FERNAND LAFARGUE

FLORAISON D'AMOUR

LES MAÎTRES DU ROMAN POPULAIRE

ARTHÈME FAYARD & Cie
Éditeurs
18-20, Rue du Saint-Gothard, PARIS

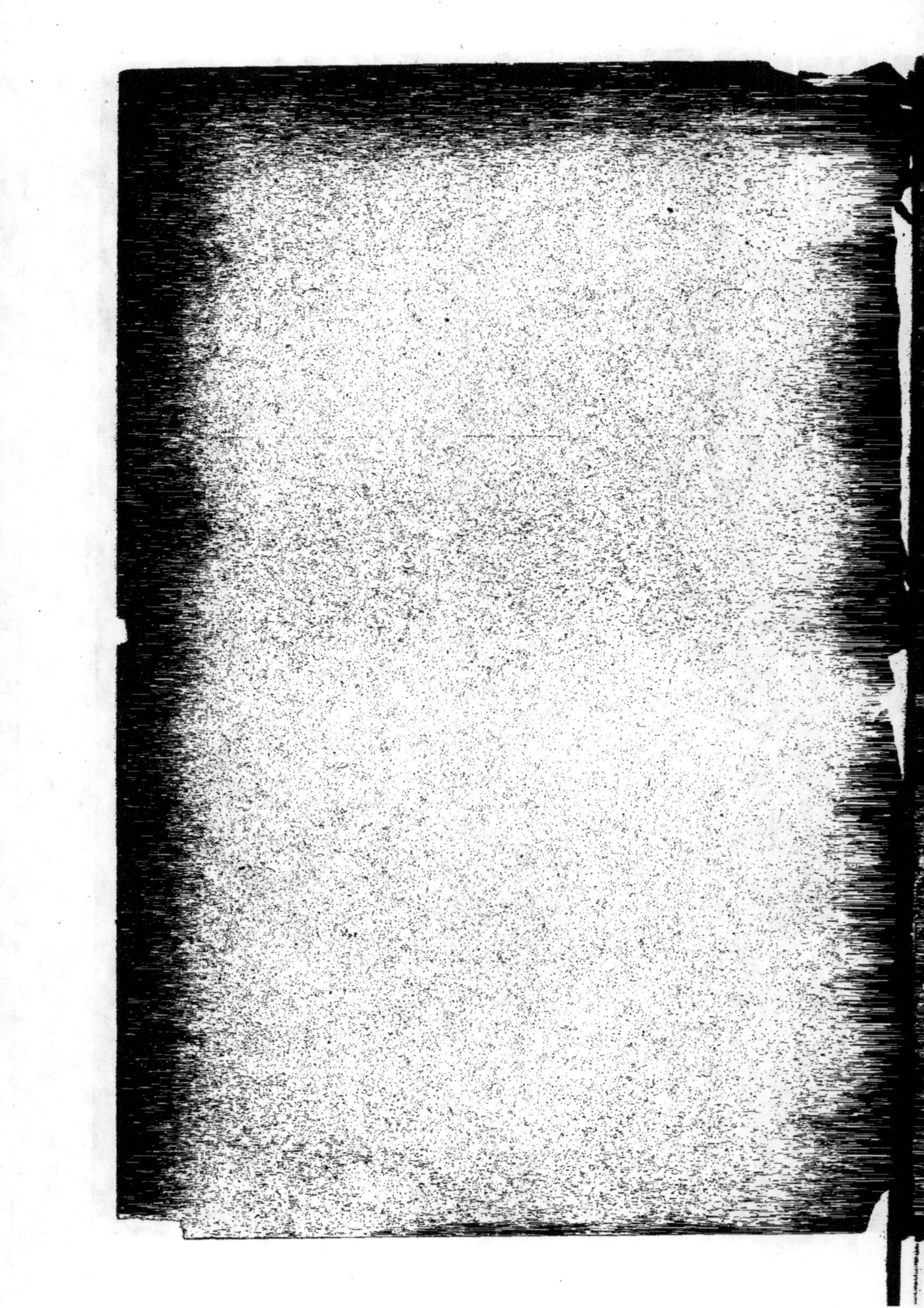

FERNAND-LAFARGUE

FLORAISON D'AMOURS

LES MAITRES du ROMAN POPULAIRE

ARTHÈME FAYARD et Cⁱᵉ

Éditeurs

18-20, Rue du Saint-Gothard, PARIS

FLORAISON D'AMOURS

I

DEUX COUPLES

La place de l'église, tout à l'heure déserte, s'animait de la sortie de la grand'messe. Toute la population du bourg de Saint-Rome était là, grossie des habitants des hameaux voisins. La cloche, sonnant encore la fin de l'office divin, jetait dans l'air une note de fête. Quelques voitures stationnaient sous les catalpas, devant la mairie.

La comtesse de Luz se détacha de la foule, suivie d'un de ses fils, le plus jeune, que les paysans appelaient familièrement de son prénom : « Bonjour, monsieur Georges ! » C'était un beau garçon de vingt-trois ans, blond, à la figure joviale, à la carrure puissante, au sourire accueillant. Tout le monde l'aimait dans le pays autant qu'on respectait sa mère dont les précoces cheveux blancs faisaient valoir l'aristocratique douceur.

La comtesse de Luz n'avait pas encore atteint cinquante ans, mais depuis trois ans qu'elle était veuve, les saisons avaient compté double à cause du poids du nom et des responsabilités qui lui étaient échues subitement au milieu des affaires d'une succession en désordre. Avant de monter en voiture, elle se retourna vers son fils :

— Et ton frère ? interrogea-t-elle

— Mère, Maxime rentrera au château à pied.

— Pourquoi donc ?

— Après l'offertoire, il s'est senti mal à l'aise et est sorti de l'église pour prendre l'air.

Georges de Luz, après avoir répondu à quelques coups de chapeau de la foule, ferma la portière, et la voiture disparut dans la poussière blonde de la route brûlée de lumière.

L'église était vide. Une jeune fille restait seule auprès de l'autel de la Vierge, agenouillée, comme grisée par l'encens et endormie par la chaleur des cierges. Quand elle sentit le silence autour d'elle, elle fit le signe de la croix, ferma son paroissien, prit son ombrelle appuyée au montant du prie-Dieu, et, au lieu de suivre pour sortir le chemin de la foule, se dirigea vers une petite porte latérale, voisine de la sacristie. A peine l'eut-elle ouverte qu'elle la referma et rentra dans l'église, très pâle, la main gauche posée sur son cœur. Elle venait de rencontrer son beau-frère, le comte Séverin Sandoret, qui semblait l'attendre

Comment avait-il deviné ses intentions ? Serait-elle suivie par lui ? Vite, elle prit un parti ; elle traversa la nef, passa sous le porche, comme tout le monde, et se mêla à la foule, puis habilement, après avoir joué de l'ombrelle pour se soustraire aux regards, elle contourna le lavoir, à droite de l'église, enfila une sente ombreuse et pénétra dans les bois. Elle était plus jolie, plus éclatante qu'une bergère de Watteau, dans sa blanche toilette exquise, avivée de rubans roses ; sa taille ondulait à travers les ramelles des haies, fine et bien prise dans la cuirasse du corset.

Elle alla devant elle pendant dix minutes encore, puis ralentit sa course, et enfin s'arrêta sous la frondaison d'un vieux chêne.

— Germaine ! ma Germaine !

Et deux bras déjà l'entouraient sans qu'elle se défendît. Au contraire, elle appuyait sa tête langoureusement sur l'épaule du jeune homme au-devant de qui, de plein gré, elle était venue. Lui, la regardait et ne se lassait pas de poser des baisers sur ce front blanc, sur ces joues roses, avec un emportement de passion juvénile qu'elle ne semblait pas craindre.

— Mon cher Maxime ! murmurait-elle.

Il recommença une cueillette de baisers et répéta :

— Germaine ! Ma Germaine !

— Savez-vous, dit-elle, que je ne vous avais pas vu depuis deux mois !

— J'ai été si malade.

En effet, elle le regarda, vit son teint pâle, ses joues creuses, son regard trop vif, eut peur tout de suite, s'apitoya et gentiment :

— Mais, je ne vous permets pas d'être malade ! Si j'étais près de vous, si je pouvais vous soigner, ça m'amuserait peut-être... Mais séparés. Oh ! ne recommencez pas ou nous nous brouillerions ! Vingt fois j'ai été tentée de me déguiser en servante et d'entrer au château pour avoir de vos nouvelles. Si j'avais pu me faire sœur de charité ! C'est ça qui aurait été romanesque... Je vous aurais servi votre tisane, j'aurais dormi près de votre lit... Oh ! quel rêve... et papa n'aurait pas pu empêcher ça... puisque ça aurait fait partie de mon devoir.

Un nuage de tristesse passa sur le front de Maxime de Luz :

— Votre père, Germaine, est toujours opposé à notre mariage.

— Hélas ! répondit la jeune fille, plus que jamais... Je n'ose pas lui en parler.

— Cela vaut mieux, n'en parlez plus... jamais...

— Alors, mon ami, que faire ?

— Nous attendrons, murmura le jeune homme d'une voix lasse.

Elle pâlit, et se méprenant sur la pensée de son ami :

— Nous attendrons quoi ? interrogea-t-elle. Mon père n'est pas très vieux... et vous savez que je suis incapable de souhaiter...

— Moi aussi, Germaine, moi aussi, répliqua Maxime avec vivacité. Je ne désire la mort de personne ! J'ai voulu dire qu'il fallait attendre que le bon sens, la vérité, la justice triomphent... et ce jour-là viendra...

Elle secoue la tête avec découragement.

— Mon, Maxime. Mon père s'obstinera. Il n'est pas accessible aux bonnes raisons... il ne cédera pas... il ne voudra jamais !

— Alors, Germaine, à quoi sert notre serment d'amour ? Si vous ne croyez pas au triomphe, pourquoi lutter ? Ne comprenez-vous pas que je souffre de ce refus blessant pour ma dignité et pour mon orgueil ?...

— Je le sais, Maxime, je le sais... Ne vous fâchez pas, ne vous irritez pas davantage contre mon père.

Mais Maxime de Luz continua, les traits contractés douloureusement :

— Quelle insulte tacite contient son refus ? Suppose-t-il que je sois un coureur de dot ?... Ah ! Germaine, s'il n'était pas votre père, il me paierait cher ce soupçon.

— Mon ami, parlons de notre amour... supplia la jeune fille, nerveusement émue.

— C'est en parler que de m'élever contre celui qui le combat. Eh bien ! Germaine, je veux que vous le sachiez, c'est vous que j'aime et non la fortune de votre père, vous, sans dot... et s'il m'en offrait une, même après le mariage, je la refuserais ; je vous donnerai mon nom, vous me donnerez votre cœur...

— Maxime, c'est fait depuis longtemps, répondit-elle, en lui ouvrant les bras. Nous nous aimons depuis trois ans déjà !

— Trois ans ! reprit Maxime. Trois ans de tendresses perdues. Et la jeunesse fuit...

Il la serra contre sa poitrine.

— La jeunesse fuit ! répéta-t-elle tristement... Je vais avoir vingt et un ans, être majeure...

— Majeure ? murmura le jeune homme, comme si son esprit s'appesantissait sur la portée de ce mot...

— A quoi pensez-vous, mon ami ? Vous n'avez rien d'aimable à me dire ? J'étais si joyeuse tout à l'heure à l'église, quand je vous ai aperçu ! C'eût été le septième dimanche passé sans vous voir, si vous n'étiez venu. J'attendais que vous me fissiez le signe que je connais bien ; vos deux gants croisés sur le dossier de votre chaise. Ah ! comme je suis accourue vite... vite !... Oh ! donnez-moi un conseil... que faire, Maxime, que faire ?

— Puisque vous êtes majeure... Je vous en donnerai un... bientôt... si votre père s'obstine encore... Ce que je vous conseillerai sera peut-être dur à votre cœur... et même au mien.

Elle parut deviner sa pensée.

— Pour vous, Maxime, je suis prête à tout ! Oui, oui, malgré tout, il faut nous marier, Maxime. Trois ans, c'est trop long. Je n'ai plus la force d'obéir à mon père. Je sens qu'un nouveau maître le remplace.

— Vous m'aimerez toujours ainsi, ma Germaine ?

— Toujours, Maxime.

Tout à coup, elle s'écarta de lui :

— Sandoret ! fit-elle dans un cri étouffé, en se dissimulant derrière le tronc du chêne.

— Où donc ? interrogea Maxime en se retournant.

— Là-bas, à l'orée du bois.

— Croyez-vous qu'il nous ait vus ?

— Je le crains.

— Est-il capable de vous dénoncer à votre père ?

— Oui, je le redoute... il ne m'aime pas... répondit Germaine, en frissonnant.

— Que vous reproche-t-il donc ? s'écria Maxime, étonné que quelqu'un pût haïr la jeune fille.

— Il me reproche de donner raison à ma sœur, dans leurs querelles ! Mais cette pauvre Alice est une telle martyre que, ne fût-elle pas ma sœur, je serais tout de même avec elle de cœur et d'âme contre lui.

— Ils sont mariés, eux... et ils ne s'entendent pas... tandis que nous...

— Oh ! nous ! est-ce que c'est comme les autres, nous, Maxime ?... notre amour est mutuel, aussi grand, aussi fort, n'est-ce pas, des deux côtés ? tandis que ma sœur seule, oui, seule, aime avec toute l'ardeur du dévouement.

— Et lui ?

— Lui ?. Vous le savez bien, tout le pays le sait... Il la trompe... il l'outrage... Et c'est moi qu'il fâche ! Ma chère Alice ose à peine se plaindre. Elle me prie même de me taire...

— Voilà pourquoi il vous hait... voilà pourquoi il est capable de nous dénoncer à votre père ?

— Oui, Maxime.

— Et si votre père apprenait nos rendez-vous ?

— Il me tuerait ! balbutia la jeune fille.

— Voulez-vous que je coure après Sandoret, que je lui avoue notre amour, que je lui demande sa parole d'honneur de ne pas nous trahir ? C'est le seul moyen, me semble-t-il, de prévenir le danger.

— Gardez-vous-en bien, Maxime. Cet homme n'est accessible à aucun bon sentiment. L'intérêt seul le guide. S'il n'a pas intérêt à parler, il restera muet, attendant l'heure où notre secret pourrait lui être utile. Espérons qu'il ne nous a pas aperçus...

Germaine émettait ce doute en tremblant. Elle suivait des yeux, en même temps que Maxime de Luz, la silhouette haute de son beau-frère qui se détachait sur l'horizon. Peu à peu, ils la virent disparaître vers la ferme de Mourion.

— Il descend vers ma maison ! remarqua Germaine avec terreur.

— Eh bien ! qu'importe ! Si cet homme nous trahit, nous entrerons plutôt dans la vraie lutte. Serez-vous forte, Germaine ?

— Je vous le jure, Maxime... Mais à quoi bon faire souffrir inutilement mon père, perdre son estime, si je puis éviter qu'il sache que nous nous parlons en secret ?... Je n'ai qu'à hâter le pas. J'arriverai avant Sandoret. Je prendrai le chemin le plus court. Il me trouvera chez moi ; il croira, s'il nous a mal vus, s'être trompé...

— Vous avez raison, hâtez-vous. Adieu, Germaine, à bientôt.

Après une douce étreinte d'adieux, elle courut à travers le bois pailleté de soleil, et Maxime se dirigea vers l'endroit où il avait vu disparaître Sandoret. Il voulait faire face au danger ; il espérait rencontrer le meunier, l'interroger, deviner ses intentions. Soudain, il s'arrêta. Non loin de lui, dans un endroit creux, on parlait. Il entendit prononcer distinctement son nom, par une voix de femme. En restant debout, il risquait d'être découvert s'il désirait entendre l'entretien. Il s'assit rapidement, se blottit au pied d'un hêtre, tendit l'oreille. La voix de femme reprenait :

— Je t'affirme qu'elle était là avec M. Maxime de Luz ! Tu ne sais donc pas regarder ? Il y a longtemps que j'étais certaine de leur amour !

— De leur amour, moi aussi ! Mais de leurs rendez-vous ? En plein bois...

— Ta belle-sœur est une pimbêche ! Elle fait la mijaurée... elle ne me salue même pas ! Et tu la reçois chez toi !

— C'est bien naturel, Simonne. Ma femme ne jure que par elle. Des sœurs, ça se comprend... qu'elles s'aiment !

— Mais toi, ne dissimule pas, tu la détestes, toi aussi, comme moi.

— Pourquoi la détesterais-je ?

— Parce que tu m'aimes et qu'elle me veut du mal, cette petite ! Elle donne toujours raison à la femme contre moi... Cela ne t'irrite pas, à la fin ?

— Si, ça m'irrite, mais Alice est sa sœur, encore une fois, et comme Germaine nous a devinés, elle ne peut pas prendre parti pour toi, ma chère Simonne, sois juste...

— Séverin, tu ne me défends jamais. Tu ne me

...nes même plus d'argent... comme autrefois.. tu ne m'aimes plus !

— Va donc ! va donc ! On n'aime plus sa Simon-ne ? Que contes-tu là ?

Maxime de Luz entendit claquer un baiser.

— Eh ! si tu m'aimais, tu ferais l'impossible pour empêcher ce mariage... qui me déplaît... reprit Si-monne, avec une flamme jalouse dans le regard.

— Quel mariage ?

— Celui de Germaine et du comte de Luz.

— Il ne se fera pas.

— En es-tu sûr ?

— Jamais papa Privat ne consentira.

— Pourquoi ?

— Parce que, suivant mon conseil, il veut la ma-ier à Nicaise-Rabastin.

— À Nicaise le riche ?

— Parfaitement.

— Mais Nicaise la veut-il ?

— Il ne demande pas mieux. Il adore Germaine. Papa Privat ira le trouver prochainement pour lui parler de l'affaire.

Il y eut un silence. Simonne, sans doute, réflé-chissait. La sueur perlait aux tempes de Maxime de Luz.

— Quel intérêt as-tu donc à ce que Germaine se marie avec Nicaise ? interrogea brusquement Si-monne.

Séverin ne put retenir un éclat de rire.

— Oui, insista Simonne, quel intérêt ? Je te con-nais, tu ne te serais pas occupé de lui trouver un mari si...

— Ne serait-ce que pour barrer le chemin à M. le comte Maxime ! prononça rageusement Séverin.

— Il y a autre chose, Séverin.

— Et pour te faire plaisir, Simonne... puisque ce mariage ne te va pas, ajouta le meunier, par rail-lerie.

— Encore autre chose, dis ? Un intérêt d'argent avoué...

— Peut-être !

— Un gros intérêt ?

— Qui sait ?

— Et j'aurai ma part ?

— Gourmande !

— Ah ! tu es gentil, mon gros Séve... ni.

Maxime entendit un nouvel échange de baisers. Son cœur se souleva de dégoût. Il eut la vision de la sœur de Germaine, Alice Privat, au visage de vierge brune, épouse soumise de cet homme, rivée au mariage par l'enfant qu'elle avait de lui. Il plai-gnait le martyre de cette femme simple et douce dont Germaine lui avait souvent parlé — et qui se voyait supplantée par cette Simonne Soria, une an-cienne fille de ferme, éhontée et vulgaire. Simonne Soria et Séverin Sandoret s'éloignèrent. Il les suivit des yeux ; elle, massive et molle, grosse fille aux cheveux noirs trop pommadés, aux hanches rou-lantes ; lui, carré d'épaules, grand et lourd, deux bêtes puissantes attelées au même joug de passion, et il eut pour ce couple un sourire de dédain. Il décida qu'il était urgent d'obtenir de Germaine un nouveau rendez-vous. Et, lentement, rêveur, il ga-gna, par les bois, les hauteurs du château de Saint-Edme dont il regardait la silhouette au-dessus du dôme des arbres.

Deux fois avant le dimanche suivant, le comte Maxime de Luz s'était rencontré avec Germaine Privat dans les profondeurs des bois qui environ-nent Saint-Edme. C'était toujours la même idylle d'amour, mais ils la vivaient tous deux d'une façon plus intense parce que le moment approchait où il faudrait prendre une décision, entrer en lutte ou-verte avec le père de Germaine, Calixte Privat, qui passait pour l'homme le plus obstiné du pays. Ger-maine avouait avoir épuisé tous les moyens pour amener son père au moins jusqu'à la pitié. Elle avait d'abord espéré que le temps calmerait la violence de son opposition, mais, au contraire, la

haine semblait s'enraciner davantage en l'esprit du vieillard contre « les gens du château » qui, disait-il, convoitaient sa fortune. S'ils avaient la consi-dération et le respect, il avait, lui, l'argent et il vou-lait, en jaloux, le garder, ne point le partager, ne pas aider à consolider, avec des pièces d'or chan-gées en pierres neuves, les murailles branlantes du château.

À leur dernière entrevue, Germaine dit à Maxime :

— Je suis très inquiète. Mon beau-frère Sandoret a eu cette semaine trois entretiens avec mon père. Il ne lui a pas parlé de nos rendez-vous, puisque mon père paraît radieux. Il se pourrait pourtant que quelque combinaison fût complotée entre eux contre notre bonheur.

— Je suis là pour le défendre, répondit-il avec la fougue des jeunes amoureux.

Quand ils se quittèrent, elle n'eut plus qu'une idée fixe, suivre le conseil terrible que Maxime de Luz venait de lui donner : aller trouver Me Bourafieu, le notaire de Castiran ; user enfin de ses droits de fille majeure. Désormais, elle se tiendrait, vis-à-vis de l'autorité paternelle, dans une attitude de res-pectueuse révolte.

II

LA VOLONTÉ D'UN PÈRE

Germaine époussetait, gantée de vieux gants, pour ne pas s'abîmer les mains, les meubles, les fauteuils blanc et or très usés qui permettaient de croire que l'antichambre servait de salon d'été et qui donnaient à la pièce un grand air d'allure vieil-lotte. Calixte entra. Et, tout de suite, il fut frappé de ceci, que Germaine ne courait pas à lui pour lui donner le baiser quotidien. Il était sorti le ma-tin, de très bonne heure, avant qu'elle fût levée.

— Eh bien ! Germaine ?

— Ah ! c'est toi, papa !

Elle s'approcha, docile, les paupières baissées et offrit son front. Il y déposa un baiser rapide, puis, prenant la jeune fille par les poignets, il l'écarta un peu de lui, la regarda fixement et lui dit :

— Germaine, tu as pleuré.

— Non, papa, je n'ai pas pleuré. Tu vois ; je suis très gaie !

Elle esquissa un sourire auquel il ne se méprit pas ; il sentit une mauvaise humeur sourde l'en-vahir, comme si ces larmes qu'il devinait lui avaient été hostiles, et il répéta :

— Tu as pleuré, ne mens pas ?

— Non, papa, répéta Germaine en essayant de dégager ses bras et en fuyant le regard paternel, les yeux mi-clos, la tête détournée.

Il la lâcha brusquement et, pris d'un soupçon qui réveillait le souvenir des scènes passées, l'in-terrogea d'une voix dure :

— Pourquoi ? dis-moi pourquoi !

Elle s'entêtait dans sa négation, craintive, effa-rouchée.

— Mais, puisque je n'ai pas pleuré !

— Sournoise, finiras-tu par me dire la vérité ? Je suis ton père. J'ai bien le droit de savoir...

— Mais, père...

— Ah ! va-t'en ! clama-t-il, subitement exaspéré.

Vite, elle se dirigea vers une porte d'intérieur, ne demandant pas mieux que de se soustraire à l'inquisition qui la menaçait.

Lui, se repentant aussitôt :

— Non, reste, cria-t-il.

Elle s'arrêta sur le seuil de sa chambre, muette, attendant. Il se promenait les bras croisés, faisant crier le parquet sous ses talons.

— Je viens de m'occuper de toi ! Je ne pense qu'à toi ! Je ne vis que pour toi !

Elle baissait la tête, le dos tourné.

— Tu n'oses pas me regarder en face ? Écoute donc ce que je te dis, je viens de m'occuper de toi... Germaine... Je viens de te trouver un mari !

Il s'attendait sans doute à produire en elle une émotion soudaine. Il fut déçu. La jeune fille se retourna et simplement, avec indifférence :

— Ah ! un mari... pour moi...

— Oui, un mari... et un bon... le vrai mari qu'il te faut. Qu'en dis-tu ? Que réponds-tu ? Qu'est-ce que tu murmures au lieu de me remercier ?

— Père, je vous écoute... J'attends de savoir...

— Je t'ai choisi un brave cœur, loyal, franc, qui t'aime depuis longtemps...

— Qui m'aime ? interrogea-t-elle étonnée et secouée d'un tressaillement.

— Assurément... J'en réponds.

Elle regarda son père pour deviner le nom, pour savoir si elle ne se faisait pas une seconde illusion trop cruelle, et, comme il souriait, elle crut qu'elle allait lui devoir une reconnaissance immense, que tout était possible, que Dieu l'avait aidée, exaucée...

— Qui ? balbutia-t-elle... Qui ?

Calixte prononça lentement :

— Nicaise Rabastin.

Germaine tournoya sur elle-même ; son dernier espoir lui échappait ; elle leva les deux bras et d'un geste désespéré poussa la porte de sa chambre, la referma et se laissa glisser sur un fauteuil en sanglotant. Nicaise serait son mari ? Jamais ! jamais ! C'était à cet homme que son père la destinait ? C'était pour la réserver à celui-là qu'on n'avait jamais toléré qu'elle pensât à l'autre, à Maxime de Luz, dont elle se savait si sincèrement adorée ?...

Et cependant, c'est aujourd'hui. C'est aujourd'hui que le notaire va venir... Comment ai-je osé !... Mon Dieu !... Un acte respectueux ! Papa va me tuer... quand le notaire viendra...

Soudain, elle se redressa :

— Qu'importe ! Je préfère mourir que d'appartenir à un autre que Maxime !

Et elle se mit à suivre la progression lente de l'aiguille sur le cadran de la pendule. Chaque minute la rapprochait du moment terrible qu'elle redoutait et qu'elle appelait, — le moment où le notaire entrerait dans la maison pour signifier à ses parents qu'elle voulait épouser le comte Maxime de Luz.

Calixte Privat, resté seul dans l'antichambre, la face blême de colère, appela :

— Eugénie ! Eugénie ! Femme, où es-tu donc ? Sacrédié ! Où es-tu quand il s'agit d'affaires graves ? Eugénie !

Une petite vieille entra, le dos voûté, la face humble, le regard interrogateur :

— Tu m'appelles, Calixte ?

— Oui, Nicaise Rabastin déjeune avec nous.

Il fit silencieusement quelques pas et soudain se retournant :

— Sais-tu ce qu'a ta fille ?

— Germaine ?

— Mais oui, Germaine... pas Alice... Germaine qui est triste... et qui pleurniche et qui ne dit pas pourquoi, morbleu !

Il frappait le sol de sa canne et sa fureur croissait :

— Oui, oui, elle est triste, et tu dois savoir pourquoi. Tu l'approuves sans doute, en secret ?

— Moi, Calixte ?... Je ne sais rien, je n'approuve rien sans avoir pris ton avis et ton conseil.

— Alors, Germaine ne t'a rien dit ?

— À quel sujet ?

— Morbleu ! Il faut bien te mettre les points sur les i ! Au sujet de son châtelain, quoi ! Le monsieur de là-haut, sur la colline, qui la reluquait pour ses écus.

— Oh ! depuis trois mois, je te jure, Calixte, qu'elle ne m'a pas dit un mot de lui. Nous avions

trop nettement refusé de l'écouter, pour qu'il osé m'en reparler. Tu sais que sur ce point je suis avec toi... comme en tout, d'ailleurs.

— Allons ! bien, ça va bien ! Je croyais... mais du reste, c'est ça qui ne m'embarrasserait point maintenant que ma promesse est donnée.

— Ta promesse ?

— Oui... Je la marie.

— À qui ?

— À Nicaise, notre ami Nicaise.

— Il te l'a demandée ?

— Ce matin même... et s'il vient déjeuner avec nous à midi, c'est pour causer avec elle.

— Pourvu que Germaine y consente, ce mariage me sourit, en effet.

— Ma bonne, si Germaine fait la récalcitrante on la forcera d'obéir, voilà tout.

— Et comment ?

— Comment ? Mais tu n'es donc pas sa mère ? Je ne suis donc pas son père ? Nous voulons, doit suffire, morbleu ! Je n'aime pas les sangliers... Alice a pris Sandoret qui ne valait pas Rabastin. Si on ne pouvait plus établir ses filles à son gré, maintenant !...

Et Calixte, sans lâcher sa canne, le chapeau en arrière, tournait dans la pièce, en jetant des regards furieux vers la porte de la chambre de Germaine, tandis que sa femme restait plantée là, debout, dans son attitude habituelle, éteinte et soumise.

En ce moment, une silhouette d'homme apparut derrière la porte vitrée de l'antichambre et deux coups discrets furent frappés.

Calixte Privat ouvrit aussitôt et s'écria :

— Tiens, tiens ! maître Bouradieu ! Entrez donc, monsieur le notaire, entrez donc.

III

L'ACTE RESPECTUEUX

Le notaire, un petit homme sec, aux yeux vifs, au sourire vague, sanglé dans sa redingote, le col droit dans sa cravate blanche, s'avança d'un pas mesuré et posa sur un guéridon sa serviette enflée de paperasses. Calixte aussitôt l'interpella :

— Enchanté de vous voir, maître Bouradieu. Qu'est-ce qui vous amène ici ? Par cette chaleur, je voudrais pouvoir dire : quel bon vent vous amène ! Mais il n'y a pas un souffle dans les arbres ! Asseyez-vous, reposez-vous, maître Bouradieu. Justement, j'avais besoin d'aller vous voir. Le hasard m'épargne une fameuse course. Puisque vous êtes ici, vous déjeunez avec nous. Eugénie, tu mettras un couvert de plus...

— Non, non, je ne puis accepter, protesta M. Bouradieu en s'asseyant.

— Si, si. Vous ne sauriez croire comme votre visite tombe bien. Restez avec nous ; ça aura l'air d'un déjeuner de contrat.

Le notaire tendit l'oreille :

— Vous dites ?

— Ah ! c'est ça qui vous étonne, hein ?

— Vous avez dit un déjeuner de contrat ?

— Oui. Je marie ma fille.

— Vous mariez mademoiselle Germaine ?

— Germaine... naturellement. Je n'en ai plus qu'une à caser.

M. Bouradieu paraissait stupéfait.

— Tant mieux ! tant mieux ! murmura-t-il. Je ne puis qu'approuver... moi. Je ne demande pas mieux, puisque vous consentez à vous en séparer. Vous avez raison, mon cher Calixte, il ne faut pas marier les filles trop tard... et quand le cœur a parlé... à quoi bon s'opposer ?

— Oh ! le cœur ! fit Calixte avec dédain.

La mère soupira.

— Je comprends, reprit le notaire en la regardant, que vous ne soyez pas, en tous points, satisfaits. Les parents ne le sont jamais. Mais si votre fille est contente, c'est bien quelque chose, n'est-ce pas ?

— Voilà bien, murmura la vieille mère, c'est qu'elle n'est pas contente du tout.

Calixte frappa du poing sur le guéridon et M° Bouradieu fut perplexe.

— A quoi bon dire des choses qui ne sont peut-être pas vraies ! s'écria le père. J'ai tout lieu de croire qu'elle sera heureuse, très heureuse !

— Et moi aussi, ajouta le notaire.

Ce fut le tour de Calixte Privat d'être étonné. Il ne put retenir ce cri :

— Vous savez avec qui je la marie ?

— Parbleu.

— Déjà ?.. Vous êtes joliment bien informé. L'affaire s'est conclue il y a une heure à peine... et je n'en ai parlé encore à personne... qu'à ma fille et à ma femme.

— Qu'importe ! Je suis au courant...

— Elle est bien bonne ! Alors, c'est que vous avez rencontré, en route, Nicaise Rabastin ?

— Rabastin ?

— Qui vous a tout dit...

— Non. Il sait donc la chose, aussi, lui ?

— S'il la sait, lui !

Et Calixte se dérida. Son rire sonna fort dans la salle haute.

— S'il la sait ! Mais, c'est lui, maître Bouradieu, qui est le fiancé de Germaine.

Le front du notaire se plissa. Calixte attendait l'effet produit.

Deux secondes de pénible silence s'écoulèrent. Enfin, sentant l'improbation inexpliquée de son hôte peser sur lui, il se grisa de paroles en plaidant pour Rabastin :

— Cela vous étonne ? Oui, Nicaise pour Germaine, et Germaine à Nicaise ! Deux fortunes alliées ! C'est un timide, mais un honnête homme, ça, j'en jurerais, foi de Calixte Privat; et je fais là un excellent cadeau à ma fille.

Le notaire, très grave, laissa tomber ces mots, presque avec tristesse :

— Et ce mariage est bien arrêté ?

— Conclu.

— Avec l'assentiment de Mlle Germaine ?

— Son assentiment... il faudra bien qu'elle le donne, fit Calixte avec un geste de menace.

— Et si elle refusait ?

— Ah ! si elle refusait, elle aurait affaire à moi !

— Oh ! monsieur Privat !

— Je la chasserais ! Je la maudirais !

— Calmez-vous, monsieur Privat.

Le vieillard s'était levé, recommençait à faire le tour de la pièce pour calmer sa rage.

— Et vous, madame Privat, êtes-vous de l'avis de votre mari ? Lutteriez-vous contre votre fille Germaine ?

— Moi, répondit humblement la vieille femme, je ferai ce que voudra Calixte.

— Alors, mes bons amis, cela devient très grave, vous m'entendez, très grave.

Calixte Privat bondit.

— Grave ? Pourquoi grave ?

— Je vais vous l'expliquer. Ecoutez-moi un instant en silence, je vous en prie.

M° Bouradieu déplia sa serviette, en retira des papiers et ajouta lentement :

— Je suis chargé d'une pénible mission. Tâchez de m'écouter jusqu'au bout, monsieur Privat ! Je ne serai pas long.

— Une pénible mission ! répéta Privat très perplexe, qu'est-ce que cela signifie ?

— Voici, mes bons amis, de quoi il s'agit. Il y a huit jours, mademoiselle Germaine est venue me trouver, dans mon étude, à Castiran, accompagnée de deux témoins.

— Ah ! ah ! vous avez vu la petite ? s'exclama Privat, interdit. Et que vous a-t-elle raconté ?

— Elle m'a requis — elle en avait le droit, ayant atteint sa majorité — pour que je vous notifie, aujourd'hui, un acte respectueux.

— Hein ! s'écria la mère, en levant les bras au ciel.

— Un acte respectueux ! Ah ! la drôlesse ! rugit le père.

— Je vous en prie, mes amis, intervint le notaire, du calme ! Un acte respectueux n'est pas une injure faite aux parents. Son nom vous l'indique et dans l'esprit de la loi...

— Je me fiche de la loi, hurla Privat déchaîné. Un acte respectueux ! A nous ! à des parents comme nous !... Ah ! la gueuse !

Et il appela :

— Germaine ! Germaine ! Montre-toi un peu. Ton mandataire est là.

Il marcha vers la chambre de sa fille, les yeux en sang.

— Calixte ! Calixte ! De grâce, calme-toi, tu ferais un malheur...

— Oui, je le ferai, je le ferai le malheur si je la revois devant moi ! Un acte respectueux ! Ah ! c'est trop fort !

Le notaire, ému mais froid en apparence, s'adressa au vieillard :

— Je n'ai pas voulu faire entrer les témoins ni mes clercs, je les ai laissés sur la route, pensant que vous voudrez bien signer en dehors de leur présence la notification que je vais vous lire. Il m'a semblé inutile d'introduire des étrangers.

— Oui, oui, vous avez bien fait, maître Bouradieu, approuva nerveusement Calixte.

— C'est par délicatesse... par estime pour vous.

— Oui, oui, c'est bien, je signerai, nous signerons. Quoi ? Que faut-il signer ? Ce papier... Ah ! mais... ce n'est pas notre consentement au moins ?... Nous ne le donnerons jamais... Car, je sais tout, je devine tout, Oh ! la gueuse ! Pour ce godelureau du château, n'est-ce pas, faire une telle avanie à ses parents !

— Moi qui l'ai fait élever au « Sacré-Cœur » de Bordeaux ! gémit Eugénie Privat.

— Je vois, reprit le notaire, que vous n'ignorez rien de ce qui est contenu dans l'acte; mais, je suis légalement obligé de vous le lire. Calmez-vous, écoutez-moi.

M° Bouradieu lut rapidement, interrompu par les exclamations de Calixte :

— *Obtempérant à la réquisition qui lui a été faite par Mlle Germaine Privat, M° Bouradieu, notaire soussigné, assisté des témoins requis, s'est transporté au domicile de M. et Mme Privat, où étant arrivé à dix heures du matin, il leur a notifié, en parlant à leurs personnes, l'acte respectueux par lequel Mlle Germaine, leur fille...*

— Ma fille, ça ! Oh ! non, non, je la renie !

— *... Demande respectueusement leur conseil sur le mariage qu'elle se propose de contracter avec M. le comte Maxime de Luz...*

— Un propre à rien !

— *... Sans profession.*

— C'est ce que je disais ! Un joli gars !

— *... Fils majeur, demeurant chez madame la comtesse de Luz, au château de Saint-Edme.*

— Un château, dont toutes les pierres sont hypothéquées !

M. et madame Privat, engagés par le notaire sou-
signé à répondre à cette demande, ont dit...

— Non, non ! accentua violemment le vieillard.

M. Bouradieu continua :

— ...*Monsieur Privat — que par des motifs con-*
nus de sa fille elle-même et qu'il lui a expliqués, il
ne trouve pas convenable le mariage que cette der-
nière persiste à vouloir contracter malgré la vo-
lonté de son père et qu'en conséquence, il refuse
son consentement... c'est bien cela, monsieur Privat ?

— D'accord ! Et je vais lui donner d'autres explications tout à l'heure...

— ...*Refuse son consentement, et madame Pri-*
vat — que pour les mêmes motifs, elle désapprouve
ce mariage et refuse aussi son consentement...
Est bien cela, madame Privat ?

Elle hésita à répondre, mais rencontra le regard
de Calixte :

— Oui, moi... comme Calixte, monsieur le notaire... comme Calixte.

M. Bouradieu conclut :

— Maintenant, vous n'avez plus qu'à signer ici...
Je vous laisse l'acte de réquisition... une copie de
la notification... et voilà, c'est tout.

— Qu'est-ce que nous signons ? interrogea Calixte soupçonneux.

— Simplement ce que vous venez d'entendre
dans cette lecture.

Le mari et la femme apposèrent leur signature.
Puis Calixte se leva, frémissant.

— C'est tout ? s'écria-t-il. Vous croyez que c'est
fini, monsieur le notaire ? Eh bien, ça commence.
Allons ! Germaine ! Germaine !... Vous allez voir !

De nouveau, madame Privat se plaça devant la
porte de la chambre. Mais son mari la bouscula,
et il allait violemment pénétrer chez Germaine,
lorsque la jeune fille, d'elle-même, se présenta.
Elle était très pâle. Ses cils frémissaient. Sa démarche chancelait. Son père voulut la saisir par
le bras au passage ; elle l'évita et se réfugia auprès
de M. Bouradieu, qui la prit par la main comme
pour la protéger.

— Priez-les de m'écouter, monsieur le notaire,
je vous en supplie, priez-les de m'écouter, lui dit-
elle avec angoisse.

Le notaire maîtrisait son indignation et ne demandait pas mieux que d'intervenir.

— Monsieur Privat, prononça-t-il avec une dignité paternelle, c'est mon droit, aujourd'hui, c'est
mon rôle et c'est mon devoir de vous conseiller
le calme, la modération envers cette enfant. J'ai
confiance dans votre bon sens, monsieur Privat.
Et vous, mademoiselle Germaine, écoutez vos parents sans aucune prévention, essayez de comprendre les motifs qui dictent leur conduite. Avec de
l'affection et de l'indulgence, on finit toujours par
s'entendre.

M. Bouradieu, satisfait de son début, prit un
temps, s'épongea le front avec son mouchoir et
continua :

— Je vous laisse pour que vous puissiez causer ;
j'emporte l'espoir que mes conseils n'auront pas
été inutiles. Vous, Privat, vous avez devant vous
les mois de résistance que la loi vous accorde ; si
mademoiselle Germaine ne s'est pas, avant ce délai, rendue à vos désirs, il sera toujours temps de
vous désoler ; mais d'ici là, aimez-la encore un
peu, c'est le meilleur moyen de persuasion... n'est-
ce pas, mademoiselle Germaine ? Allons, écoutez
ce que vous dira votre père ; il est disposé,
lui aussi, à vous entendre.

Le brave homme, content de sa modeste élo-
quence, se retira prestement, la serviette sous le
bras, pour rejoindre ses clercs. Tous au soleil.

La violence des sentiments intimes était telle que
personne ne songea à le reconduire. Calixte, Eugénie et Germaine restèrent en présence, silencieux,
un long moment, debout tous les trois, sans se regarder. Tout à coup, Germaine s'avança vers sa
mère, et avant de l'aborder, plia les deux genoux,
se prosterna en pleurant et dit :

— Maman ! maman ! je vous demande pardon.

La vieille Eugénie, tremblante et attendrie, se
précipita vers sa fille, pour la relever. Mais Calixte, saisissant sa femme par le bras :

— Va donc surveiller les servantes ! Le déjeuner de Nicaise ne serait pas prêt pour midi. Va !

Mme Privat enveloppa son mari d'un regard inquiet et sortit. Elle avait à peine disparu que Germaine s'était relevée et avait pris devant son père
une attitude digne, ni humiliée, ni insolente. Et
pourtant, lui tout de suite :

— Tu te relèves devant moi ? Ne m'as-tu pas fait
d'injure aussi ?

— À vous, mon père ?... Je n'ai pas voulu vous
faire injure en vous envoyant le notaire, mais seulement vous faire entendre par la loi ce que vous
n'avez jamais voulu écouter de bonne volonté.

— Quoi ? Parle. Que vas-tu me dire que je ne
sache déjà ? Des sottises. Tu aimes ce Maxime de
Luz.

— Oui, mon père.

— Eh bien ! Qu'est-ce que ça prouve ? Cesse de
l'aimer, voilà tout ce que je te demande.

— Et vous trouvez cela très simple ? Moi, mon
père, je le juge impossible. Je voudrais tant vous
faire plaisir ! Si vous saviez comme j'ai lutté avant
d'en arriver à faire ce que j'ai fait ? Mais, je n'ai
pu agir autrement. Croyez-moi, mon père, je voyais
que je ne pouvais attirer sérieusement votre attention sur mon amour, sur ma peine. Voilà pourquoi je me suis servie de la loi.

Calixte répondit :

— Tu n'es qu'une malheureuse.

Germaine se redressa :

— Père ! Père... vous ne voulez donc pas être
juste ? Je vous aimerais tant !

— Qui t'a captée ainsi ? Qui t'a poussée à ce jeu
de fille ingrate ?

— Personne.

— Lui ?

— Non.

— Ton hobereau ruiné.

— Non, vous dis-je.

Il ricana :

— Il sait que tu as des écus.

— Je ne crois pas qu'il vous en demande.

— Ah ! triple sotte !

— Je suis certaine qu'il ne les prendrait pas si
vous les lui offriez.

— C'est donc qu'il nous méprise ?

— Alors, que vous dire ? S'il désire votre fortune,
il est intéressé ; s'il la refuse, il est orgueilleux !

— Je ne veux pas de lui pour gendre, c'est di-
gné. Tu ne me feras pas revenir sur ma signature. Je ne me dédis jamais.

— Mais votre fille, vous ne la comptez pas comme
vivante !

— Je la préférerais...

— Ah ! dites-le, dites-le... morte, plutôt que déso-
béissante, n'est-ce pas ?

— Je t'ai choisi un mari, un honnête homme.
Tu seras heureuse avec lui...

— Comme Alice avec Séverin, sans doute ? C'est
vous qui avez choisi Séverin, aussi !

— Eh bien !

— Vous savez qu'Alice meurt de désespoir, que
mon beau-frère est une brute, vous le savez...

— Et c'est moi qui suis la cause de cela ? Ah !
petite ! Prends garde si tu me juges !

— Je ne vous juge pas, père. Je ne crois même

...que M. Rabastin soit capable de faire le mal-
...ur de sa femme ; mais il se peut qu'il ne sache
...as faire son bonheur et cela me suffit.

— Parce que tu en aimes un autre, niaise.

— Justement, mon père, et ce ne serait ni digne,
...honnête de me marier à quelqu'un qu'il me se-
...it impossible d'aimer, quand il existerait, dans
...pays, un autre homme qui ne serait pas mon
...ri et que j'aimerais malgré moi.

— Des phrases de romans, lus en cachette !

— De simples vérités que m'enseigne mon cœur.

— Il s'agit bien de ton cœur ! Mon devoir de père
...de m'occuper de tes intérêts, de ton avenir...
...ne t'entête pas... car je ne donnerai jamais mon
...nsentement et tu épouseras Nicaise Rabastin.

— Je ne comprends pas, mon père, que vous
...issiez vous faire illusion à ce point, répondit Ger-
...maine, en baissant la tête.

— Est-ce que tu me railles ?

— Oh ! il n'y a pas en moi l'intention d'une rail-
...erie, père ! Mais il m'est impossible de vous lais-
...er croire que je céderai... ne l'espérez pas. Et ce
...ne sera point pour vous faire de la peine que je
...sisterai à votre volonté.

— Petite misérable ! interrompit Calixte.

Germaine, excédée, pour en finir, insista sur son
...droit.

— N'oubliez point que je suis majeure.

— Tu l'as bien employée ta première heure de
...jorité ! Ta conduite est d'une fille sans cœur !

— Depuis un an, vous ne vous conduisez pas en
...père !

— Encore une fois, morbleu, ne me juge pas !

— Vous ne m'avez pas donné une seule raison
...cceptable contre mon projet de mariage. Vous
...avez dit : « Je ne veux pas », et vous m'avez me-
...nacée. Est-ce suffisant ?

— Je ne veux pas te voir mourir de faim dans
...un château où tu apprendrais à mépriser ton ori-
...gine !

— Ah ! père, que vous êtes d'un autre âge !

— Toi, tu es bien de ton époque ! Une fille qui
...obéit pas est maudite de Dieu. Tu étais pieuse,
...jadis, réfléchis.

— Oh ! père, je ne fais que pleurer. C'est prier,
...et plus je pleure, plus j'aime Maxime de Luz...

— Tiens, malheureuse, si je ne me retenais.

Calixte Privat était si exaspéré que Germaine
...eut peur.

— Cessons de parler de ces choses, père, dit-elle,
...effrayée. Je vous irrite inutilement et quand vous
...m'interrogez, je ne sais pas dissimuler.

— Alors, insista-t-il, il est inutile que Nicaise se
...présente aujourd'hui à notre table ?

— Inutile, père, bien inutile.

Calixte, d'un geste violent, montra la porte :

— Eh ! bien, va-t'en... va-t'en !

Germaine s'agenouilla :

— Grâce, père, ne me chassez pas !...

Mais lui, brandissant sur elle sa canne, répéta :

— Mauvaise fille ! Va-t'en.

— Non père, non ! je vous en supplie !

— Renonces-tu à ton Maxime ?

Elle ne répondit pas.

— Renonces-tu, renonces-tu ?

Elle eut un tressaillement de tout le corps, leva
vers le plafond ses yeux de désespérée, et rencontrant les regards furibonds de son père, elle murmura :

— Je ne peux pas ! Je ne peux pas.

Soudain la canne fit un moulinet terrible, prête
à abattre... Germaine se releva, poussa deux cris
de frayeur et de révolte. Pour fuir tête nue, elle
bondit vers la porte ouverte.

— Tu ne rentreras jamais ! lui cria le vieillard,
du seuil de sa maison.

Elle se retourna :

— Jamais, approuva-t-elle, jamais...

Et Germaine s'enfuit dans la campagne sans
oser jeter un dernier regard sur la maison paternelle...

IV

EN FUITE

Le seul regret qu'elle ressentit, à peine arrivée
sur la route qui passe devant la ferme de Mourion,
fut celui-ci : « Je suis partie sans embrasser ma
mère ! » Et elle excusait cette chère femme, cour-
bée sous la domination de son mari, de n'avoir
rien tenté pour éviter, pour adoucir les scènes de
violence soulevées dans la ferme dès que le nom
de Maxime de Luz était prononcé.

Elle fut tentée de retourner sur ses pas. Mais
elle eut la vision du père irrité, et son front se
plissa.

— Non, non, je ne rentrerai pas ! Qui sait ce
qu'il eût obtenu de moi par la douceur ! L'abdi-
cation de mon amour, cela jamais ; j'aurais dif-
féré, attendu encore pour lui donner une preuve
de tendresse soumise, mais après cette dernière
épreuve, je ne suis plus sa fille !

Elle se complaisait à raviver sa blessure, et les
nerfs secoués, elle tremblait, jusqu'au moment où
elle s'aperçut qu'elle marchait tête nue, comme
une fille des champs revenant du travail. Elle eut
la sensation que si on la rencontrait, les gens
diraient d'elle : « Tiens, Mlle Privat qui court au
soleil, en plein midi. Est-ce qu'elle est folle ? »
Elle entra dans le bois pour se cacher. Déjà elle
ne savait que faire de sa liberté. Où aller ? où
se réfugier ? Comment Maxime et elle, lorsqu'ils
avaient pris ensemble la redoutable décision de
forcer le consentement du père Privat par la signification d'un acte respectueux, n'avaient-ils pas
été assez prévoyants pour en deviner les conséquences ?

Que faire ? Ah ! si sa nourrice, Mariette, une
seconde mère, jeune et douce, qui l'avait longtemps soignée, n'avait pas quitté le pays, comme
elle irait vite se jeter dans ses bras, et se confier
à elle, et lui demander conseil ! Cette Mariette lui
était doublement chère, car elle avait aussi allaité
Maxime de Luz. Mais Mariette partie n'était jamais revenue à la ferme de Mourion. Germaine
n'avait pas reçu de lettre d'elle depuis plus de
deux ans !

Cette complication des nécessités de la vie lui
apparaissait terrible. Et elle marchait droit devant
elle, se disant que Dieu ne l'abandonnerait pas,
souhaitant de rencontrer Maxime de Luz sur son
passage, par hasard, miraculeusement. N'était-il
pas inquiet en ce moment ? Il pensait à elle sûrement, sachant que le notaire devait avoir déjà
accompli sa mission ! Sans doute, il était avide de
connaître le résultat de la démarche de Me Bouradieu. Peut-être errait-il aux alentours de la ferme
de Mourion, prêt à protéger sa fiancée. Alors, elle
allait peut-être le rencontrer, se réfugier dans ses
bras !... Et elle ne craindrait plus rien désormais !
Mais Maxime n'apparaissait pas.

Germaine se dirigea vers le chêne où ils se donnaient leur rendez-vous du dimanche. Maxime n'é-
tait pas là. Elle l'attendit en vain.

Elle se décida enfin à quitter le lieu de ses rendez-vous d'amour, se souvenant presque avec amertume des enlacements chastes de Maxime. Une
rougeur lui colora le visage, et tout à coup, dans
la solitude mélancolique des grands arbres rythmi-
quement bercés par le vent, elle sanglota :

— Mon Dieu ! que vais-je devenir ?

Sans s'en rendre compte, elle avait contourné la

colline où est juché le château de Saint-Edme, entourée d'une ceinture de murailles où çà et là s'ouvraient des brèches sans cesse agrandies par le passage nocturne des braconniers. Si elle entrait !

M. Georges, le frère de Maxime de Luz, que penserait-il de cette audace ? Et la comtesse ? la comtesse de Luz, la mère vénérée des deux jeunes gens, quelle opinion aurait-elle de la jeune fille qui entrerait ainsi chez elle ?

Dans l'épouvante de passer pour une effrontée, Germaine s'écarta des murailles et reprit sa marche à travers bois. Elle n'était plus très loin de la ferme de Sivac qui appartenait à son beau-frère Sandoret. Un besoin de tendresses à recevoir, de confidences à faire, la poussait maintenant vers cette ferme où elle allait trouver sa sœur. Alice lui ferait certainement bon accueil, mais Germaine redoutait la présence du mari. Son hésitation ne dura pas.

Sandoret, à cette heure, n'était jamais chez lui. Il vivait, du reste, très peu auprès de sa femme, presque toujours au moulin où il prenait souvent ses repas, où il couchait quelquefois, sous le prétexte de surveiller ses gens et d'éviter l'incendie des hangars et des granges.

Germaine avait quitté la maison paternelle vers onze heures du matin. La hauteur du soleil marquait environ quatre heures. Elle marchait depuis cinq heures et la distance entre la ferme de Mouron et celle de Sivac est de deux kilomètres à peine. Elle avait donc erré au hasard, elle avait tourné dans un cercle, inconsciente et indécise, ne sentant même pas la faim. Elle longeait une haie d'aubépine très épaisse qui servait de clôture au vaste terrain sur lequel s'élevait la maison de Sandoret, et les joues encore humides des larmes versées, les paupières alourdies, elle examinait à travers les branches l'intérieur de l'enclos. Elle n'apercevait personne dans les allées semées de sable jaune qui faisaient devant le perron de la maison des méandres de parc anglais. La porte d'entrée était ouverte.

— Pauvre sœur, pensa-t-elle. Elle est pourtant encore plus malheureuse que moi ! Et si elle n'avait pas son fils... ce n'est pas cette retraite coquette qui lui ferait oublier l'inconduite de Séverin.

Séverin, en effet, par orgueil et vantardise, plutôt que par affection pour Alice, tenait à ce que sa demeure fût, aux yeux de tous les paysans, l'une des plus séduisantes de la contrée. Depuis longtemps pourtant, la gêne était dans le ménage. Ce n'était point que la meunerie et la minoterie ne fussent d'un excellent rapport, mais les minotières canalisaient en partie l'argent de Sandoret et le faisaient couler dans leurs tabliers avant qu'il ait pu l'apporter au domicile conjugal. Alice néanmoins, à force de courage, d'économie et de patience, gardait le terme de son rang de bourgeoise, n'ayant qu'un homme à la journée pour l'entretien du jardin, et une femme de service pour l'aider dans les gros travaux du ménage.

— Elle qui apporta quatre-vingt mille francs de dot ! soupirait Germaine.

Tout en regardant à travers la haie, Germaine avait fait le tour de l'enclos, inquiète de savoir si Sandoret était présent ou absent. Elle n'entendait d'autre bruit que des voix d'enfants en colère, disputant, du côté de la garenne, à droite de la maison, près de la minuscule pièce d'eau, où Lucien, le fils d'Alice, aimait à faire nager des flottes de bateaux en papier.

Sans entrer dans la propriété, Germaine la contourna tout à fait et aperçut son neveu dans toute l'action d'un amiral qui commanderait son escadre sans quitter le rivage. Un camarade plus grand que lui se tenait au bord de la pièce d'eau, et ils les deux criaient très fort.

Germaine reconnut le jeune Alfred de Montvert, le fils d'une voisine qui était venue s'établir à Sivac, il y avait trois ans environ et qui vivait là d'un maigre revenu. Elle ne sortait jamais, la dame de Montvert, pas même pour aller le dimanche, à la messe. On ne la connaissait dans le pays que par son fils qui la voisinait le plus possible, comme s'il s'ennuyait dans l'atmosphère de deuil où semblait se complaire sa mère.

Germaine évita les enfants, pénétra dans la maison et se jeta dans les bras de sa sœur, accourue en l'entendant entrer.

V

SIMONNE SORIA

Le jour du mariage de sa première fille Alice avec le meunier Séverin Sandoret, le beau-père lui dit au gendre :

— Ce que je donne aujourd'hui n'est qu'une pierre d'attente pour l'édifice de votre fortune. Le jour où je marierai ma petite Germaine, ma seconde fille, je serai plus riche et je pourrai verser immédiatement une grosse dot. A ce moment-là, je compléterai celle de l'aînée, de ta femme, pour la rendre égale à celle de la cadette.

Sandoret se souvenait de la promesse. Et il souhaitait ardemment que Germaine se mariât le plus tôt possible, car son beau-père avait laissé comprendre un jour qu'il était prêt à donner à Germaine, si elle se mariait à sa convenance, deux cent mille francs de dot. Or, Alice, sa femme, n'avait reçu que quatre-vingt mille francs ; c'était donc cent vingt mille, la différence que Sandoret escomptait, attendait dans une brûlante convoitise.

Aussi, quand il sut que Nicaise Rabastin, propriétaire de la belle ferme de Pierrevel, déjeunait, à titre de fiancé, chez son beau-père, il ne se posséda plus de joie, il courut aux nouvelles et il apprit de Calixte Privat lui-même la fuite de Germaine ; la signification des actes respectueux, la volonté fort nette de la jeune fille de ne pas se courber sous l'autorité paternelle. Il trouva même le vieillard si accablé qu'il craignit un instant de le voir faiblir, maté par cette résistance inattendue.

Et que le père fût maté par la fille, qu'elle épousât Maxime de Luz, cela ne faisait pas l'affaire de Sandoret. Calixte, en ce cas, ne donnerait plus les deux cent mille francs de dot ! Et Séverin avait promis de l'argent à Simonne.

Simonne avait vingt-cinq ans maintenant, dans toute la plénitude d'une beauté puissante. A peine marié, dès qu'il eut acheté le moulin de Sivac, Séverin l'avait prise pour confectionner à bon marché les sacs de farine. Il avait été séduit par les yeux bleus de cette brune sanguine et nerveuse qui, orpheline, vivait presque de la charité publique, des secours intermittents de la cure et de son inscription parmi les indigents, à la mairie. Un frère qui lui restait ne pouvait lui être d'aucun secours. C'était le piot, l'idiot du village qui s'enivrait et que les enfants poursuivaient à coups de pierres.

Simonne avait tout de suite accepté la besogne offerte. Comme si elle eût compris les intentions du maître, elle s'appliquait au travail, mais dès qu'il passait devant elle, passionnément elle l'en-

...ppait de son regard bleu, d'une reconnaissance ...nante. Et Sandoret, dans une heure de folie, l'avait pour toujours attachée à lui.

Et pourtant, un jour, sur l'injonction d'Alice, sa femme, écœurée de les avoir surpris, il avait congédié Simonne de la minoterie. Mais Simonne n'avait pas quitté le pays. Elle s'était établie dans une échoppe très coquette, où elle continuait à confectionner des sacs pour le compte de Sandoret. L'habitation de Simonne était isolée, en pleine campagne, sur un chemin vicinal peu fréquenté qui reliait Sivac à Mourion, la maison de Sandoret à la ferme de Privat. Quand Séverin disait se rendre chez son beau-père, il passait par là. Personne ne le voyait entrer chez Simonne, le chemin étant toujours désert. Mais la continuation de leurs relations ne faisait doute dans l'esprit d'aucune commère des hameaux environnants.

En quittant Nicaise Rabastin, il avait suivi le chemin vicinal, sous le soleil plombant et, tout en marchant, il se demandait où avait bien pu se réfugier sa belle-sœur Germaine. Bien qu'il fût trop contrarié pour désirer en ce moment les caresses de Simonne, il ne put s'empêcher de s'arrêter devant l'échoppe, ornée de coquettes persiennes vertes. Il éprouvait le désir de se dérober un instant aux morsures du soleil. Simonne avait laissé la porte extérieure entr'ouverte pour établir un courant d'air, tellement la chaleur était lourde et orageuse. Elle entendit quelqu'un s'arrêter devant la porte.

Séverin, lui, étant entré sans frapper, se trouvait dans un corridor assez large qui séparait les deux pièces de l'humble logis, une chambre à droite, une cuisine à gauche. Il fit deux pas et déjà Simonne, sortant de la chambre, était près de lui.

— C'est toi, Séverin ? s'écria-t-elle, en lui faisant un collier de ses deux bras nus, aux manches courtes.

— Oui, répondit-il, en la repoussant d'un air las et d'un ton ennuyé. Je passais. Je suis entré. Donne-moi dix minutes d'hospitalité.

— Dix minutes seulement ? Tu n'as donc rien à m'apprendre de nouveau ? D'où viens-tu ?

— Je viens de Mourion. J'ai vu le père Calixte.

— Ah ! Eh bien ?

— Eh bien ! ça ne marche pas tout seul le mariage de ma belle-sœur avec Rabastin.

— Ah ! ah ! que t'avais-je dit ?

— Je ne croyais pas que la petite montrerait tant d'énergie. Elle n'a pas reculé devant un acte respectueux, la mâtine.

— Elle veut le comte Maxime, elle l'aura !

Sandoret regardait le plancher.

Simonne, amèrement, pour l'obliger à parler, continua :

— Et la combinaison de mon gros Séverin ne réussira pas.

— Quelle combinaison ? fit-il, sans relever la tête, la voix aigre et le regard sournois.

— Est-ce que je la connais, moi, cette combinaison ? Est-ce que tu crois que mon ami Séverin me dit tout ? Il s'en garde ! Qu'est-ce que je suis pour lui, moi ? Rien.

— Je vois ce que tu cherches, Simonne. Une querelle, n'est-ce pas ?

— Non, dit-elle, en se campant devant lui avec une minauderie charmante, je cherche de l'argent !

— Voilà qui est franc.

— Et, parce que tes grandes « combinaisons » ne réussissent pas, ce n'est pas une raison pour me priver de tout.

— Ah ! ça ! maugréa-t-il en frappant du pied, il me semble que je t'en donne assez, pour une fille seule qui vit à la campagne... beaucoup trop même.

— Beaucoup trop ? Si je m'attendais à cette la-

drerie, par exemple ! M'as-tu donné ce que tu m'as promis pour chaque mois, le mois dernier ?

— Tu n'as donc pas d'économies ? Morbleu ! Deux cents francs par mois pour vivre dans cette cahute ! Tu vas bien, ma petite ! Mais, si je t'avais envoyée à la ville, tu m'aurais ruiné ! Tu ne peux donc pas me faire crédit de quelques jours ? Qu'est-ce que tu fais de ton argent ?

Elle s'assit près de lui et railleusement :

— J'achète des obligations, je me fais construire un château, je me prépare des ressources pour ma vieillesse.

— Tu railles, mais je te connais, Simonne. Tu me dis en partie la vérité. Tu économises, j'en suis certain..

— Oh ! non ! Est-ce que tu parles sérieusement ? Est-ce que tu le croirais ? Dis-moi que je te vois aussi ! Voyons, mon gros Séverin, tu ne veux pas me laisser mourir de faim, te faire passer pour avare dans le pays si l'on me voit à la messe sans toilette... quand on sait que tu es mon seul ami...

— Morbleu ! avoua-t-il, puis-je te donner ce que je n'ai pas ?

— Ne te fâche pas, Séverin. Je te répondrais des vérités trop dures...

Il courba la tête.

Elle s'enhardit.

— Oui, je te dirais que si j'étais la seule à puiser dans ta bourse, elle ne se viderait pas si vite... Veux-tu que je les nomme, les autres, mes rivales ?

Elle eut un geste de dédain et se reprit :

— Mes rivales... d'un jour ! Des rivales de passage ! Mais, pourtant, Séverin, il faut que tu te ranges, je le veux... sans quoi...

— Sans quoi ?

— Je deviendrai jalouse et je serai terrible.

— Des menaces ! Ah ! ma pauvre Simonne...

— Tu ne me crains pas ?

— Tu es plus terrible quand tu souris.

Il la prit par la taille et rapprocha sa chaise pour se faire absoudre.

— Non, non, Séverin... c'est moi qui suis fâchée maintenant. Un jour viendra où j'en aurai assez de cette vie de recluse et... si tu ne me rends pas heureuse, qu'est-ce qui me retiendra au village ? Personne. Alors, je partirai.

Il eut un rire de doute. Elle affirma plus nettement :

— Oui, je partirai. Tu le sais bien. Tu n'auras plus ta Simonne... et ta femme ne te fera plus de scènes.

Quand elle le menaçait de partir, il devenait tout de suite très doux, surtout depuis qu'il voyait sa fortune flotter à vau-l'eau, la minoterie ne vendant plus, les dettes grossissant de jour en jour. Quand il n'aurait plus d'argent, pourrait-il la garder, cette Simonne dont il avait longtemps été le maître et qui maintenant le dominait au point que la seule idée de vivre séparé d'elle à jamais lui paraissait le plus grand malheur qui pût fondre sur lui. Il était à ce point aveugle que son amour l'empêchait de voir qu'il était aimé ! Il croyait à des menaces que Simonne se serait gardée de réaliser, car le tempérament de Sandoret, mâle et violent, s'adaptait au tempérament de Simonne : ils formaient bien ce couple de rencontre mais de sélection que la Nature se plaît parfois à faire surgir, comme aux temps primitifs, pour jeter un défi aux mœurs et aux conventions.

Elle insista pour avoir de l'argent, avec une âpreté tenace, avec une telle résolution d'en obtenir quand même, que Sandoret lui en promit pour le lendemain.

Mais où en trouver ? Séverin Sandoret sortit de la maison où il était allé chercher l'oubli de ses ennuis, plus sombre, plus amer, plus irrité contre le sort qu'avant d'y entrer.

VI

ALICE SANDORET

Entre les bras d'Alice Sandoret, Germaine était restée un instant silencieuse, suffoquée de larmes :

— Oh ! chère sœur ! chère sœur ! sanglota la jeune fille.

— Parle. Que t'est-il arrivé ? Que se passe-t-il ?

Germaine soupira :

— Mon père m'a chassée !

— Chassée ? Pourquoi !

— C'est-à-dire... il faut que je sois bien franche... Il m'a menacée... il m'a rudoyée... et je souffre par lui depuis si longtemps... que je suis partie.

— Mais pourquoi ? pourquoi ?

— Oh ! Tu devines bien ?

— A cause de M. Maxime de Luz ?

— Oui.

— Tu l'aimes donc toujours ?

— Plus que jamais !

— Et notre père persiste à s'opposer.

— Avec plus de sévérité et de colère que jadis...

— Comment a commencé la discussion ?

— Il me proposait comme mari Nicaise Rabastin.

— Nicaise ? Quelle folie ! Il a vingt-cinq ans de plus que toi !

— Et justement comme il me parlait de lui, le notaire est arrivé...

— Le notaire ? interrogea madame Sandoret étonnée.

Germaine baissa timidement les yeux :

— Le notaire qui venait signifier un acte respectueux.

Alice jeta un léger cri et pressa dans ses deux mains la main de Germaine.

— C'en est donc fait ? Tu t'es résignée à cela !.. A cela ?

— Oui, Alice, oui... Je ne pouvais faire autrement... il le fallait...

— Ne tremble pas, chérie ; je ne te blâme pas, je te plains, voilà tout. Je te connais, va. Si tu as agi ainsi, c'est après avoir bien réfléchi, c'est poussée à bout et certaine de l'amour du comte de Luz.

— Oh ! oui. Bien certaine ! prononça la jeune fille avec un regard d'extase au ciel.

— Et maintenant, que penses-tu faire ?

— Je suis venue te demander l'hospitalité jusqu'à mon mariage.

Alice pâlit.

— A moi ? Ici ?

— Si tu crois pouvoir... si je ne te gêne pas...

— Oh ! chère mignonne ! Ce n'est pas cela, mais...

— Quoi ?

— Mais Sandoret ?

— Ton mari ? Je sais qu'il ne m'aime pas... pourtant peut-il s'opposer à mon désir ? N'as-tu pas sur lui assez d'influence ? Ce que je lui demande est très simple... et si, plus tard, il faut l'indemniser...

— Chère petite ! Chère petite ! Ce n'est pas cela !

— Quoi donc, Alice ?

— Il objectera que te garder ici, c'est prendre parti pour toi contre notre père. Et Séverin, tu le sais, n'est pas homme à affronter sa colère. Tu devines pourquoi il le ménage ? D'une nature violente, il n'est doux que devant lui.

— Notre père a de la fortune ! dit Germaine les lèvres plissées de dégoût.

— C'est cela, Germaine, c'est cela !

— Et alors, reprit la jeune fille, en se soulevant d'un doux effort, il faut aussi que j'abandonne cette maison ?

Alice la força à s'étendre de nouveau.

— Ne désespère pas si vite, ma petite. Je verrai.

Dès qu'il rentrera, je lui parlerai. Tu me demandes d'user de mon influence sur lui ? Hélas ! je voudrais en avoir. Jamais je ne pourrais mieux l'employer qu'en ta faveur !

— Où puis-je aller ? Je ne veux pas rentrer chez mon père. Qui m'accueillera ? gémit Germaine.

— Ne te désole pas ainsi, tout n'est pas perdu. Séverin s'apitoiera peut-être.

— Non, j'étais folle de l'espérer. C'est déjà trop le seul désir de te voir qui m'a conduite ici...

— A toi, si cordiale et si bonne, petite sœur, ne me sera donc pas permis de te prouver mon dévouement. Ah ! je suis bien malheureuse !

Germaine se redressa :

— Ecoute mon idée, dit-elle. Que me faut-il pour vivre trois mois ? Dans trois mois je serai mariée...

Alice réfléchit un instant et répondit :

— Je ne sais pas, moi... Cinq cents francs... peut-être quatre seulement.

— Si je me réfugie dans un couvent ?

— Cinq cents francs suffiront.

— Les as-tu ?

— Oui... c'est-à-dire que... je les ai, mais Séverin le sait.

— Et tu ne peux pas me les prêter ?

— Si... pourquoi me les demanderait-il ?

— Alors, je suis sauvée. Avec cette somme, je peux quitter le pays et attendre le jour de mon mariage. Dieu ne m'abandonne pas.

— Où iras-tu ?

— Je te l'ai dit, dans une retraite honnête, dans un couvent qui reçoit des pensionnaires. J'en aviserai... aussitôt entrée, mon père et mon fiancé...

— Ah ! chère petite sœur, que tu es heureuse d'avoir du caractère, de la décision. Tu te créeras ton bonheur dans la vie. Moi, je n'ai pas... Je ne saurai jamais. Il ne suffit pas, vois-tu, d'épouser qui l'on aime... Moi, j'aime Séverin...

— Il faut encore, ajouta tristement Germaine, être aimée de qui l'on épouse...

— Oui, oui, petite. Et tandis que Séverin ne m'aime pas, tu es adorée de M. Maxime de Luz, toi ! Aussi, je juge que notre père a tort, et je te souhaite, de tout mon cœur, enfant chérie, la réalisation de tes volontés. Moi, je fais, en vivant, un mauvais rêve. Toi, tu n'as que trois mois à attendre pour adorer la vie !

Et Alice Sandoret inclina la tête sur le coussin où reposait la tête de Germaine. Les chevelures des deux sœurs s'emmêlaient, les tresses d'or fauve de Germaine et l'opulente toison noire d'Alice. Et là, l'une près de l'autre, Germaine ayant le front et le menton plus volontaires, paraissait, quoique blonde, être l'aînée.

C'était Alice, maintenant, qui avait besoin de consolations. Celles que lui donnait Germaine étaient muettes, des soupirs, des caresses, des baisers. Mais elles se sentaient si intimement sœurs qu'elles restèrent plus d'un quart d'heure en proie à leurs pensées, sans se parler, se comprenant, chacune apitoyée sur le malheur de l'autre. Tout d'un coup, comme saisie d'une résolution subite, Germaine se dégagea de l'étreinte de sa sœur et se releva.

— Il faut que je sorte d'ici, dit-elle. Je comprends mieux que tout à l'heure l'impossibilité d'y rester.

— Cependant, mon amie... attends de savoir ce qu'il en pensera, lui.

— Non. Je ne veux rien devoir à cet homme par qui tu as tant souffert.

— Germaine, reprends le calme. Je puis tenter de te faire rester ici... et cela vaudrait mieux pour tout le monde, pour notre père, pour toi... pour ton fiancé. Le scandale ne peut profiter à personne...

— Le scandale ? répéta Germaine qui devint pensive.

— Oui, petite sœur. Excuse le mot en faveur de l'intention. Il vaut mieux, si c'est possible, que tu restes près de nous.

Germaine, d'un signe de tête lent et triste, continua :

— Je comprends que tu as raison !... Tu es sage
et raisonnable, toi ; tu n'as jamais fait de coups de
tête... et tu es pleine d'indulgence pour moi. Merci.

— Oui, continua la jeune femme, reste ici jusqu'au retour de Sandoret... dans cette chambre. Je
ne lui dirai pas que tu es venue. Il est probable
qu'il aura vu notre père aujourd'hui et qu'il est
informé de ta fuite. Il me dira son opinion. Selon
ses intentions, tu resteras, ou...

— Où je partirai. Soit ; tente l'épreuve. Mais je
veux être prête à quitter la maison immédiatement,
si le sentiment de Séverin m'est contraire, ce qui,
pour moi, n'est pas douteux.

— Attends-moi, lui dit Alice, je vais te chercher
l'argent. C'est bien entendu. Ne te montre pas ; Séverin ne peut maintenant tarder à rentrer.

— Et dès que tu m'apporteras son refus, je sorti-
rai par là, conclut Germaine, en indiquant la petite
porte d'un cabinet de toilette qui s'ouvrait sur le
jardin.

VII

LES ÉCONOMIES D'ALICE

Séverin avait à peine quitté la retraite de Simonne qu'il était en proie à cette préoccupation :

— Où donc s'est réfugiée Germaine ?

Et une autre, secondaire, mais lancinante le poursuivait à travers la première :

— Je ne peux pas laisser Simonne sans argent.
Elle compte sur moi. Où en trouverai-je ?

Il ajoutait dans sa pensée, car les deux préoccupations se mêlaient :

— Où en trouverai-je, si le mariage de Germaine avec Nicaise Rabastin est définitivement manqué ?

Jusqu'à présent, il avait tenu tête, en beau joueur,
à la diminution de son crédit.

Il espérait, avant tout, en l'argent de son beau-
père Calixte Privat si le mariage de Germaine et
de Nicaise se réalisait : frêle espoir.

Sandoret avait du sang de paysan, volontaire et
têtu. C'était un tempérament sanguin, âpre à la
lutte, désireux de jouir et de vivre à tout prix.
Rien n'était perdu tant que Germaine ne serait pas
mariée au comte de Luz !

Et dans son désarroi moral, il eut un éclair de
joie :

— Alice a des économies, pensa-t-il. J'ai vu des
billets de banque dans un tiroir. Si je les lui demande elle me les donnera.

Il sourit. La préoccupation du moment diminuait.
Il pourrait tenir la promesse faite à Simonne. Et il
allait vers sa maison, le pas moins lourd, la tête
plus libre, hanté néanmoins par cette obsession :

— Où donc Germaine s'est-elle réfugiée ?

Sandoret pensa que sa belle-sœur avait préparé
cette fuite dès longtemps et s'était assuré un lieu
de retraite avant de prendre une décision si grosse
de périls. Tout en songeant, il était arrivé devant sa
demeure. Il entra. Alice, justement, traversait le
pas-perdu, en sortant de sa chambre pour rapporter à Germaine la somme qu'elle lui avait offert
de lui prêter.

Elle tenait les billets de banque. Voyant brusquement Sandoret, elle se troubla, glissa les billets
dans sa poche d'un geste machinal et instinctif qui
attira vaguement l'attention de son mari.

— Bonsoir, dit-il de sa voix rude. Le souper est-il
prêt ?

Et il s'assit, comme harassé.

— La chaleur est accablante, n'est-ce pas ? interrogea Alice pour parler, pour ne pas paraître
trop émue.

Elle ajouta :

— Tu viens de loin ?

Debout devant lui elle tremblait qu'il demandât :

— Que vas-tu faire de cet argent ? As-tu quelque
fournisseur qui l'attende ? Où le portes-tu ?

Mais lui, ne se doutant pas de la présence de
Germaine dans la chambre voisine, était pris tout
entier du désir d'annoncer à sa femme la stupé-
fiante nouvelle :

— Ta sœur vient de quitter ton père !

Alice ne broncha pas.

— Oui, ta sœur, ta Germaine, reprit Sandoret railleur, ta sainte, elle est partie... seule... ou accompagnée. Je n'en sais rien encore ! Ce qui est sûr,
c'est qu'après avoir constaté que le notaire avait
bien accompli ses ordres, après la signification
d'un acte respectueux, elle a déserté la maison paternelle.

Alice resta muette. Sandoret la regarda.

— Oui, elle s'est enfuie ! Voilà ce qui est très édi-
fiant ! Qu'en dis-tu ?

Directement interpellée, Alice répondit :

— Que veux-tu que j'en dise ? Ce n'est pas à moi
de juger la conduite de ma sœur.

— Et à qui donc ? Aux étrangers ? Ce sera fait
demain ! Et ils la jugeront bien, ma foi !

— Peut-être auront-ils tort ?

— Ah ! Tu la soutiens encore ! Le contraire m'eût
étonné.

— Qui la soutiendra, si je l'abandonne ?

— Pas moi, assurément.

— Préférerais-tu me voir lui jeter des pierres,
comme les autres, comme toi ?... Si elle a fui, elle
avait sans doute ses raisons.

— Et ton père, tous les torts ?

— Mon père est vieux, mon père est irascible.
Il aime Germaine, et Germaine, j'en suis certaine,
l'aime aussi... Il a dû se passer des choses... une
série de faits que nous ignorons.

— Plaide, plaide. Elle est partie, voilà le fait.

— En tout cas, il m'appartient de la défendre et
non de l'accabler !

— Une jeune fille ne doit pas se conduire ainsi.
Aurais-tu agi comme elle, toi ?

— Je ne sais pas.

— Non, Alice, non. Si j'avais dit : « Suis-moi ! »
aurais-tu quitté ton père ?

— Je ne puis répondre. Il n'y a pas eu lutte entre mon père et toi. J'ignore ce que j'aurais fait...

— Tu ne veux pas l'avouer, tu la blâmes.

— Non, prononça résolument Alice.

— Alors, tu es sa complice, tu l'approuves ?

— Pas davantage. Je ne veux pas la juger.

— Pourquoi ?

— Je la connais et je l'aime.

— Eh bien ! moi, je la prends pour une fille sans
cœur, indigne de son père et de sa sœur, indigne
de nous tous.

— Oh ! Séverin !

— Sur qui va retomber le scandale ? Sur nous,
sur sa famille qu'elle livre à la risée du pays.

— Tu as un parti pris contre la pauvre enfant.

— La pauvre enfant ! Une fille de vingt-et-un ans !

— Majeure, donc raisonnable.

— Raisonnable ? De cette raison qui autorise à
faire des sottises. Et c'en est une qu'elle fait...
dont elle se repentira, je le jure... et dont nous
pâtirons tous, peut-être, sans qu'elle le veuille !

— Qui n'en fait pas, des sottises ? A tout âge !

— C'est possible. Cela n'empêche pas de déplorer
celles qu'on voit faire. Eh bien ! moi, je déplore
tellement celle-là, que si je savais où est Germaine, j'irais la prendre par les oreilles comme une
mioche pour la reconduire à sa mère qui pleure,
à son père qui est un brave et digne homme...

— Je respecte et j'aime mon père et ma mère,
mais en entravant la liberté de Germaine, toi, Séverin, tu dépasserais tes droits. La colère t'égare.

Séverin se redressa.

— La colère, dis-tu ? Non, l'indignation. Je me crois le droit, moi, son beau-frère, de veiller à la dignité et à l'honneur de la famille !

Alice eut un mouvement dédaigneux des lèvres et osa ce seul mot de riposte cruelle :

— Toi ?

Elle supporta son regard indécis d'homme qui paraît n'avoir pas compris, et, tout de suite, par crainte qu'il ait saisi l'insulte, elle évita une réponse en l'interrogeant :

— Donc, si Germaine venait nous demander l'hospitalité, tu me forcerais, moi sa sœur, à la jeter dehors comme une étrangère ?

Sandoret n'eut pas une hésitation :

— Je suis chargé par sa mère de la reconduire à la ferme et si elle résistait, je l'y traînerais...

— C'est bien, mon ami. Ne parlons plus d'elle. N'en parlons plus.

— Cela vaudra mieux ! répliqua Sandoret.

Il se dirigea vers sa chambre.

— Fais servir. J'ai faim.

Alice poussa la porte de la pièce où sa sœur l'attendait. Germaine aussitôt l'entoura de ses bras, la pressa fortement sur sa poitrine et murmura :

— Adieu, chérie ; j'ai entendu.

— Tiens, voici l'argent... prends-le et fuis vite, balbutia la jeune femme tremblante. Qu'il ne se doute même pas que tu es venue ! A quoi bon ?

— Oui, je sais... je sais... il est brutal... adieu.

— Adieu, ma mignonne aimée, et si tu souffres, pense que je souffre aussi !

Alice ouvrit la porte qui donnait accès dans le jardin. Germaine, après un dernier baiser, disparut sous les arbres.

VIII

POURSUITE DANS LA NUIT

A peine la petite porte était-elle refermée que la voix de Sandoret sonnait dans l'antichambre :

— Alice ! Alice !

— Me voici. Que veux-tu ?

Elle fit un effort pour cacher toute apparence d'émotion, parut devant lui, le visage calme et répéta :

— Que veux-tu ?

Moins brusque, le ton adouci, en homme qui vient de réfléchir :

— Je veux, dit-il, que tu oublies notre entretien. La paix n'est pas toujours entre nous ; il est inutile d'augmenter nos causes de dissensions. Germaine a fait ce qu'elle a voulu. Cela ne me regarde pas ; tu as raison. Mais, je t'en prie, ne prends parti ni pour ni contre. Ne nous aliène pas ton père. Il faut bien te l'avouer, nous avons absolument besoin de lui pour nous tirer d'affaire. Promets-moi donc.

Alice l'interrompit :

— Il n'est pas nécessaire que tu me demandes une promesse, Séverin. J'ai toujours agi selon tes vues quand tu avais pour but le bonheur de notre ménage, mais tu ne peux exiger que j'accable une enfant que j'aime et que je sais malheureuse.

— Il ne s'agit plus de cela, répondit nerveusement Sandoret, mais de notre situation.

— Notre situation ?

— Qui devient lamentable ! Il y a eu sur les farines une baisse considérable et mes greniers sont pleins. Les hangars regorgent de sacs et de minots. Des échéances et pas d'encaissements. Il faut pouvoir temporiser ; il peut s'opérer des rentrées. En attendant, je n'ai pas les cinq cents francs nécessaires pour faire face à une traite qui me sera présentée demain matin.

— Tu en es là, Séverin.

— Oui, fit-il les yeux baissés.

Il s'attendait à des reproches, à un mouvement de révolte, à ces deux cris de l'épouse et de la mère :

— Qu'as-tu fait de ma dot ? Tu ne penses donc pas à notre enfant ?

Alice ne récrimina pas. A quoi bon ? Elle savait bien que si la minoterie s'effondrait peu à peu, n'était pas à cause des fluctuations du cours des blés, mais par l'incurie du maître occupé ailleurs.

C'était la première fois qu'il s'ouvrait à elle au sujet de la question d'argent, du rendement des affaires. Pour que tout d'un coup il se confiât à elle, au point d'avouer qu'il avait besoin de cinq cents francs, la fin irrémédiable approchait donc. Sandoret subissant l'humiliation d'avouer la débâcle de leur fortune, l'impuissance de remonter le courant sans l'aide du beau-père, cela remua profondément Alice et lui arracha cette parole de pitié :

— Ami, que vas-tu faire ?

Ah ! si Alice avait su que Sandoret avait du temps devant lui avant que la minoterie sombrât définitivement et que s'il cherchait de l'argent pour le lendemain, c'était afin de tenir la promesse faite à Simonne !

Il répondit humblement :

— J'ai pensé que tu avais sans doute quelques économies et que tu ne me les refuserais point.

Elle fut secouée d'un tressaillement.

— Des économies, Séverin ? Comment veux-tu que j'en aie ? Tu m'accordes un budget de ménage si maigre qu'il m'est impossible de mettre de côté la plus petite somme.

— Oh ! fit-il. Toutes les femmes disent de même.

— Pourquoi ne me crois-tu pas ?

Sans se fâcher, il répondit, le sourire narquois :

— C'est bien simple. Je ne te crois pas parce que tu ne dis pas la vérité.

— Je t'affirme que je ne mens pas en te disant que je n'ai pas d'argent.

— Allons donc ! fit-il en haussant les épaules.

— Séverin.

— Pardon, assez de dissimulation. Les cinq cents francs dont j'ai besoin, tu les as, je le sais, je les ai vus...

Alice sentit un nuage devant ses regards. Qu'allait-elle répondre ?

Il continua :

— Je les ai vus, il y a huit jours, dans ton tiroir de commode... sans chercher... par hasard... en billets de banque. Est-ce vrai ?

— Mais, balbutia-t-elle, tu comprends que depuis huit jours...

— Assez, te dis-je, assez de dissimulation. J'ai la preuve, à présent, que tu ne veux pas me venir en aide...

— Séverin, je ne peux pas !

— Tu ne peux pas... menteuse !

— Menteuse, dis-tu ? Non, non ; je ne te mens pas ; je ne peux pas t'aider, hélas !

— Mais, tout à l'heure encore, en entrant, j'ai vu ces billets entre les doigts. Me diras-tu le contraire ? Tu mens, tu mens. Il y a des limites à l'indulgence d'un homme. Garde-le, ton argent. Je n'en veux pas. Je saurai bien m'en procurer ailleurs...

— Mon Séverin ! gémit Alice en s'appuyant à la muraille. Pourquoi doutes-tu de moi ? Tu sais bien que je ne vis que pour toi !...

— Alors, donne-moi cet argent.

— Je ne l'ai plus.

— Qu'en as-tu fait... A l'instant il y a cinq minutes, tu les avais, ces billets... dis... qu'en as-tu fait ?

Alice sanglotait, les deux mains sur le visage.

Soudain, le jeune Lucien Sandoret, brandissant son filet à papillons, fit une entrée bruyante et sauta au cou de son père :

— Dis-moi, papa ! Pourquoi n'as-tu pas dit à Germaine de rester ? Fallait la faire dîner avec nous, cette pauvre tante Germaine !

— Germaine était ici ! rugit Sandoret, en jetant à sa femme un regard furieux.

— Oui, papa, continua l'enfant. Au fond du jardin, avant de me quitter, elle m'a embrassé en pleurant. Qu'est-ce qu'on lui a fait, à tante Germaine ?

Sandoret se rapprocha d'Alice, et tout bas :

— Je comprends. C'est elle qui a l'argent ! C'est toi qui lui as donné le moyen de désobéir et de fuir avec une somme dont j'avais besoin... Elle n'est pas loin et tu en seras quitte pour avoir été, ce soir, menteuse, voleuse, méchante épouse et fille ingrate. Ah ! tu peux pleurer, va !

Il avait saisi son chapeau et franchissait le perron, lorsque Alice le rappela :

— Séverin, ne sois pas dur pour elle !

Il ne répondit pas. Lucien cria :

— Veux-tu que je coure après tante, moi aussi, papa ? Nous la ramènerons.

Mais Alice prit l'enfant par la main et le força à rentrer, tandis que Séverin disparaissait par le sentier.

Le crépuscule estompait la cime des arbres, et c'était presque déjà la nuit entre les haies où le pas d'Alice avançait d'un pas rapide. La rejoindrait-il ? Elle aurait à traverser, dans le sentier, un grand bois noir, de sapins et de mélèzes, à la partie nord du parc du château de Saint-Côme, enfin à déboucher sur la plaine, presque en face de la gare. Mais elle n'irait pas jusque-là. Sandoret pensait bien l'avoir, auparavant, convaincu de rentrer à la maison paternelle. Il préparait ses arguments, il refrénait sa violence. Il convoitait surtout les cinq cents francs qu'il avait promis à personne et que sa belle-sœur emportait. Sandoret déjà marchait depuis un quart d'heure. Il approchait de la muraille à brèches du château.

— Est-ce bien Germaine ? murmura Sandoret, en distinguant une silhouette de femme qui hâtait le pas le long de la muraille du château.

Il hésitait à cause de la mante dont elle s'était enveloppé la tête.

C'était bien Germaine. Sandoret n'était plus qu'à deux pas d'elle. Elle s'effaça pour le laisser passer. Elle le reconnut tout à fait et s'arrêta. La jeune fille eut un cri étouffé :

— Sandoret !

Et elle recula contre le mur, comme si elle se préparait en cas de se défendre, en présence d'un ennemi redouté.

— C'est donc vous, Germaine ! Je suis fort aise de vous rencontrer... mais, à cette heure, comment n'êtes-vous pas sur la route de la femme de Mou...

— Sandoret, répondit Germaine d'une voix grave, calme et décidée, laissez-moi passer, je vous prie.

— Vous ne voulez pas que je vous accompagne au bout de chemin ?...

— C'est inutile... Je n'ai pas besoin de vous...

— Je le vois bien, fit-il, en essayant de railler, vous savez marcher seule et vite... mais vous pourriez me dire où vous allez.

— Vous le savez, répondit Germaine, avec crânerie.

— Chez le comte de Luz ? interrogea-t-il avec une insolence mielleuse.

— Non, Séverin, pas encore !

— Alors, ma petite Germaine, vous prenez le chemin de la gare pour quitter le pays ?

— Oui.

— Pour longtemps ?

— Jusqu'à mon mariage.

— Ah !

— Ne le faut-il pas, puisque la maison de mon père est un enfer et puisque la maison de mon beau-frère est inhospitalière ?

— Il y aurait moyen d'arranger tout avec de la bonne volonté. Si vous voulez rentrer demain chez vous, je vous donnerai l'hospitalité cette nuit.

— Laissez-moi continuer mon chemin, Séverin.

— Voyons, Germaine, votre mère est tout en larmes. Je l'ai vue après votre départ...

Germaine sentit son cœur battre et ses yeux se mouiller.

— Pauvre maman ! soupira-t-elle.

— Et votre père est inquiet, continua Sandoret. Pourquoi le faites-vous souffrir ?

— Se demande-t-il, lui, si j'ai mérité ses rigueurs ?

— Vous savez qu'il est violent...

— N'essayez pas, Séverin, de me faire revenir sur ma résolution. Mon père n'a qu'un mot à dire pour me rendre heureuse ; il ne veut pas le dire ; donc, il ne m'aime pas... Si vous voyez ma mère, continua-t-elle en pleurant, qu'elle sache toute la peine que j'ai de la quitter...

— Oh ! Germaine, vous avez la tête mauvaise, vous ne remplissez pas votre devoir de fille.

— Assez, s'il vous plaît, mon beau-frère. Ce n'est pas à vous de me parler du devoir !

— Oh ! Oh ! Vous le prenez sur un ton...

— Que votre conduite autorise... Du reste, vous êtes responsable à demi de ce qui m'arrive. Mon père n'eût pas été si dur, si cruel, si vous ne l'aviez poussé à me faire épouser M. Nicaise !

— Moi ?

— Oui, vous, je le sais.

— Et quand cela serait ? Nicaise a le demi-million ! Ne vaut-il pas votre comté ruiné ?

— Ruiné ! Est-ce une insulte, ce mot-là ? Je m'inquiète peu de savoir s'il est riche ou pauvre, pourvu qu'il m'aime !

— Il n'est peut-être pas aussi désintéressé que vous, ma petite... Et puis, réfléchissez... il faut de l'argent pour vivre... il en faut pour partir en voyage, n'est-ce pas ?

— Que voulez-vous dire ?

— Que vous quittez le pays à cause de M. le comte de Luz mais que c'est l'argent du meunier Sandoret qui vous aide à monter dans le train !

Germaine rougit sous le reproche.

— Alice vous a avoué...

— Non, j'ai deviné...

— Et cet argent, s'écria-t-elle indignée, vous préféreriez le savoir entre les mains de vos maîtresses qu'entre les miennes ? Il me brûle les doigts. Je vous le rends.

Elle retira les billets de sa poche et d'un mouvement de mépris les lui glissa dans la main :

— Je ne vous dois plus rien, laissez-moi passer !

Il ricana :

— Mais sans argent, où irez-vous maintenant ? Venez donc, Germaine, venez avec moi chez votre père ! Vous l'apprendrez à vos dépens que l'argent est nécessaire, et, déjà, ça commence, voyez-vous ! Allez donc emprunter cinq cents francs à votre fiancé !... Toute la vie vous serez misérable !

— Ah ! du moins, pas de la même façon que vous, lâche !

— Allons, allons, vous ne voulez pas coucher à la belle étoile ! Suivez-moi ! Où iriez-vous ? Je suis chargé par votre père de vous ramener... de force.

— Osez seulement m'approcher...

Elle bondit en arrière en criant :

— Laissez-moi ! Laissez-moi !

Sandoret venait de lui saisir le poignet.

— Laissez-moi. Je ne vous suivrai pas ! répétait-elle. C'est inutile, Séverin ; laissez-moi, ou j'appelle au secours.

Elle avait franchi une brèche du mur et Sandoret l'avait suivie.

— Sortez, cria-t-elle. Sortez ! Ici, je suis chez moi. Je suis chez mon fiancé !

— Êtes-vous folle, Germaine. Vous comprométtez votre avenir. Suivez-moi.

Il réussit à la ressaisir pour l'entraîner sur la route.

— Au secours ! cria-t-elle.

Le galop d'un cheval retentit derrière elle dans une allée du parc. C'était le frère de Maxime, le vicomte Georges de Luz, qui accourait aux cris de la jeune fille. Sandoret le reconnut et recula.

Le vicomte arrivait, la cravache haute. Sandoret se retira en poussant un juron qu'il fit suivre d'un rire de défi.

— Mademoiselle, dit le vicomte en saluant après avoir mis pied à terre, cet homme est heureux de n'avoir pas été rencontré par mon frère !

Et Germaine, appuyée au bras du frère de son fiancé, très pâle et très belle à la clarté de la lune, ne trouva que ceci à répondre :

— Merci, monsieur, merci !

IX

LE FRÈRE DU FIANCÉ

Bien que Georges de Luz, frère du comte Maxime, eût la stature d'un jeune Hercule et fût renommé pour sa force musculaire, ce n'était point par lâcheté que Sandoret avait si vite disparu à son approche. Le mari d'Alice n'aimait pas les luttes stériles, les efforts inutiles et vains. Séverin n'avait donc qu'à se retirer.

S'il eût eu, durant une seconde de rage, causée par sa déception, l'intention de résister au jeune homme et d'entraîner sa belle-sœur, son sens pratique lui eût fait abandonner aussitôt ce projet ; car il était sur les terres mêmes du château ! La lutte, au point de vue des conséquences, eût été inégale. Séverin ne se souciait pas de donner barre sur lui à cette famille de Luz qui pourrait bien ne pas le ménager. Il se réservait pour des occasions plus favorables. Et, du reste, n'avait-il pas dans les doigts les billets froissés que lui avait rendus Germaine ? S'il avait couru après elle, c'était d'instinct, pour reconquérir cet argent qu'attendait Simonne. Sa course avait eu ce premier résultat ; mais elle avait aussi servi un autre de ses désirs, car Germaine, sans argent, ne pourrait quitter le pays !

La situation embarrassante où il laissait la jeune fille, à la charge maintenant de M. Georges de Luz qui allait être forcé de lui trouver un gîte pour la nuit, était la cause du rire qu'avait lancé Séverin en fuyant. Le vicomte oserait-il la conduire au château ?

Quoi qu'il dût arriver, Séverin s'assigna deux buts de promenade avant de rentrer sous le toit conjugal : il allait se rendre à la ferme de Mourion d'abord, pour rassurer sa belle-mère, — en lui disant que Germaine était vivante — et, ensuite, pour surexciter la colère de son beau-père, en lui annonçant que Germaine passerait la nuit au château de Saint-Edme. En second lieu, il irait frapper à la porte de Simonne pour lui remettre la somme si habilement reconquise et lui demander quelques sourires de reconnaissance.

Sous les arbres du parc du château de Saint-Edme, la nuit se faisait complète autour de Georges de Luz ému et de Germaine encore terrifiée de l'insistance de Séverin. Elle ne parlait pas. Il crut qu'elle attendait d'être interrogée et que, par timidité, elle se réfugiait dans le silence. Mais comme elle s'appuyait plus lourdement contre lui, il la sentit faiblir, chanceler, glisser. De ses deux bras enveloppants il la retint.

— Mademoiselle Germaine, du courage !... Il... N'êtes-vous pas avec le frère de votre... ? Puisque Maxime vous aime, je vous ch... n'avez plus rien à craindre près de moi... comme si j'étais Maxime.

— Merci, monsieur, balbutia Germaine... vous demande pardon...

— De quoi, mademoiselle, pardon de quoi ?

— D'être entrée dans le parc... de me... ici... de vous avoir fait témoin de la violence... mon beau-frère... Enfin, je vous demande pardon d'être en ce moment si troublée et si faible... m'appuie à votre bras... comme si...

— Appuyez-vous, appuyez-vous, mademoiselle, interrompit Georges de Luz avec gaieté. J'ai la force de vous soutenir.

— ... Comme si je vous connaissais depuis longtemps !

— Et vous faites bien. J'éprouve une vraie... de comprendre que vous avez confiance en moi. N'est-ce pas ? vous avez confiance ?

Il l'interrogeait autant du regard que de la voix, mais s'il pouvait voir Germaine dont le v... levé recevait quelques rayons égarés dans... branches, elle ne pouvait deviner toute l'arde... émue qui éclairait les yeux du jeune homme. Car il était plus grand qu'elle et penchait la tête en la soutenant de son bras vigoureux. Elle répondit :

— Pleine confiance... puisque votre frère vous tout dit et que vous aimez votre frère.

— Alors, mademoiselle Germaine, remettez-vous de votre émotion... Essayez d'être assez forte pour me suivre...

— Pour vous suivre ? répéta-t-elle, stupéfaite.

Où M. Georges de Luz voulait-il la conduire ? Soudain la difficulté de sa situation apparut sensible à Germaine. En effet, le vicomte ne pouvait l'abandonner la nuit, en plein bois. Il fallait le suivre, lui obéir, se confier à lui comme... avait été rencontrée par Maxime lui-même... voulut pas paraître tout d'abord deviner l'inquiétude qui naissait en elle et répondit jovialement :

— Je comprends... vous n'auriez pas la force de marcher et je n'étais pas galant, mademoiselle Germaine, en vous proposant de me suivre. Mais c'est moi qui vous suivrai... ajouta-t-il dans un bienveillant éclat de rire.

Et, mettant un genou en terre en guise de marchepied, il conclut :

— Mon cheval est très doux. Montez sans crainte. Je le mènerai par la bride.

Elle hésitait, la tête perdue, ne sachant même d'où venait son hésitation, lorsque le comte Georges la vit chanceler. Il eut peur. Que ferait-il d'elle dans la nuit, si elle s'évanouissait ? Il mettait sur le compte de l'émotion la faiblesse de cette robuste jeune fille, ignorant qu'elle avait passé la journée entière sans prendre la moindre légère nourriture. La faim, en ce moment, était victorieuse. Les sentiments s'effaçaient devant la sensation de l'estomac défaillant.

— Mademoiselle Germaine, un peu de courage ! Ne me faussez pas compagnie pour la première fois que j'ai le plaisir de me trouver en tête à tête avec vous ! Allons, allons ! Aidez-moi un peu, que diable !... et vous allez voir si je suis fort !... Houp ! Houp !

Il l'avait soulevée avant qu'elle eût perdu connaissance.

Germaine, instinctivement, s'étant accrochée à la crinière du cheval, se trouva poussée en selle et sentit de nouveau son sang circuler, grâce à l'effort accompli. Le vicomte Georges profita de cet éclair de vigueur, bondit sur la croupe, saisit les rênes, et maintint Germaine contre sa poitrine entre ses bras. Elle était redevenue immobile, mais c'était à présent de timidité, de honte et presque de terreur.

— Où me conduisez-vous ? demanda-t-elle, dès que le mouvement lui eut rendu toute sa présence d'esprit.

— Mais... au château...

— Chez vous ? prononça-t-elle, épouvantée.

— Chez moi... chez mon frère... chez ma mère...

Germaine baissa la tête.

— Oh ! non, non... je ne veux pas... c'est d'elle que j'ai peur.

— De notre mère ?

— Oui.

— Pourquoi ?

— Je ne sais pas... oh ! monsieur Georges, laissez-moi descendre... Je vous en prie... ne me conduisez pas au château.

— Mais, où irez-vous ?

— Qu'importe !... laissez-moi...

— Je serais fou comme vous êtes folle, si je vous laissais.

— De grâce ! Pas au château. Arrêtez votre cheval. Je veux m'en aller.

— Mademoiselle Germaine, mon frère me maudirait...

— Vous lui direz que je n'ai pas osé... vous lui direz ce que vous voudrez... il comprendra... mais, je ne peux pas entrer de cette façon chez Mme votre mère. Arrêtez-vous, je vous l'ordonne, monsieur Georges.

— Je suis désolé de ne pas vous obéir pour la première fois que vous exprimez un désir. Où passerez-vous la nuit ? A moins que je ne vous ramène chez votre père.

Le cœur de Germaine palpita violemment :

— Quoi ? Vous savez... déjà.

— Oui, mademoiselle... déjà... et tout le pays le sait... et croyez bien que notre rencontre n'a pas été si fortuite que vous le pensez...

— Vous me cherchiez ?

— Oui, mademoiselle... sur le désir de mon frère, je me suis mis en quête. Nous sommes partis à la même heure, dès qu'un des clercs du notaire, un ancien camarade de collège de Maxime, qui vous rencontré fuyant tête nue, nous eut avertis qu'une scène de violence s'était sans doute produite contre vous... J'ai eu plus de chance que mon frère, vous le voyez... Je m'étais posté en observation près de la maison de Sandoret, dans les bois, supposant bien que votre première idée serait d'aller demander l'hospitalité à votre sœur ; mais, je avais aussi que Sandoret vous la refuserait... et ai attendu votre sortie. Il vous a suivie de près. Je suis intervenu dès votre premier appel.

Germaine frissonna :

— Oh ! je vous remercie encore ! murmura-t-elle.

— Maintenant, continua Georges de Luz, en ralentissant le pas de son cheval, vous devez choisir : revenir chez votre père, ou accepter notre hospitalité... car, mon frère, je vous l'affirme, ne me pardonnerait pas de vous avoir laissée dehors la nuit.

— Je vous le répète, monsieur Georges, j'ai peur de Mme la comtesse. Que va-t-elle penser de moi ?

— Ma mère, vous ne l'ignorez pas, sait que mon frère vous aime. Maxime l'aura préparée à vous recevoir s'il est rentré avant moi. Sinon, je me charge d'expliquer votre conduite. Fiez-vous à moi. Ma mère vous ouvrira les bras. Elle a appris ce qui s'est passé, ce matin, chez vous. Elle voit où vous en êtes venue pour l'amour de Maxime... à braver l'obstination injuste de votre père. Quelle mère ne serait pas flattée que son fils inspirât une telle passion !

— Oh ! monsieur Georges ! c'est moi qui serais heureuse si Mme de Luz ne me désapprouvait pas... J'ai bien souffert avant de me résoudre à cette lutte contre mon père...

— Et Maxime aussi, mademoiselle Germaine...

— Pourvu que cela ne nous porte pas malheur ! D'avance, je suis résignée et je supporterai... pour l'amour de lui.

Georges de Luz exprima la pleine sincérité son âme en murmurant :

— Mon frère est bien heureux d'être aimé ainsi.

Mais, comme la lune inondait soudain le faîte des arbres, Germaine aperçut au bout de l'allée silhouette grise du château se découpant en pleine lumière. Elle fut aussitôt reprise de ses terreurs.

— Voici le château, je ne veux pas y entrer, Monsieur Georges, laissez-moi descendre. Ma volonté est formelle. Si vous m'y apportez, c'est que vous aurez abusé de votre force. J'ai peur... honte. Que diraient les domestiques ? Que dira le pays demain ? Laissez-moi fuir.

Le vicomte fit halte et sauta de son cheval.

— Descendez, mademoiselle Germaine, dit-il en lui tendant les bras ; j'avais prévu votre refus. Je le trouve honorable et très naturel, mais mon devoir était d'insister. Néanmoins, vous ne passerez pas la nuit dans les bois. Descendez, je vais vous montrer votre maison.

Elle regarda de tous les côtés, étonnée, ne comprenant rien à ces paroles, car elle n'apercevait aucune habitation — mais, confiante comme un enfant, elle se laissa glisser du cheval, soutenue par Georges de Luz. Il attacha la bête à un arbre et ajouta :

— Suivez-moi, vingt pas seulement.

Ils s'engagèrent dans un sentier étroit bordé d'aubépines et Germaine, au fond du fourré, aperçut, par une fenêtre ouverte, une cuisine éclairée où flambait un grand feu.

— Mariette ! cria le vicomte dans la nuit.

Germaine entendit une porte s'ouvrir et une voix de femme répondre :

— Est-ce vous, monsieur Georges ?

— C'est moi, et je ne suis pas seul !

— Ah ! ah ! M. Maxime va être bien content. Il est déjà venu voir si vous étiez rentré.

Et, comme Germaine et son compagnon étaient près de la maison, la femme fit deux pas en avant, les bras ouverts :

— Bonsoir, mademoiselle Germaine ! Embrassez-moi donc bien vite !

— Mariette ! Toi, Mariette, ici ! s'écria Germaine suffoquée... Ah ! si je m'attendais...

Eh ! quoi ? C'était cette Mariette qui l'avait allaitée et qui avait aussi, quelques années avant, servi de nourrice au comte Maxime, cette Mariette qui avait quitté le pays depuis dix ans, qu'elle retrouvait ce soir, si inopinément, au moment où elle avait besoin de protection et d'affection !

Elle se jeta dans les bras de la paysanne, répétant, au milieu de sanglots de joie, son cri d'étonnement :

— Mariette ! Toi, Mariette, ici !

Le vicomte Georges, à l'écart, jouissait de ce moment d'effusion, puis, jovial et avec une raillerie aimable :

— Eh bien ! mademoiselle Germaine, voulez-vous maintenant vous en aller ? Accepterez-vous de passer la nuit ici ?

— Je reste, affirma-t-elle, un sourire traversant ses larmes. Remerciez mille fois pour moi, Maxime ! laissez-moi avec Mariette et courez tirer votre frère d'inquiétude.

— C'est bien pensé ; oui, je cours vers lui ; mademoiselle Germaine, et songez que vous avez auprès de ma mère deux ambassadeurs qui vous feront ouvrir toutes grandes les portes du château demain matin.

— Bonsoir monsieur Georges.

Le vicomte disparut dans le sentier. Les deux femmes écoutèrent le pas du cheval monter l'allée du château et Germaine s'affaissa sur une chaise, exténuée, en avouant avec franchise :

— Oh ! ma chère Mariette, je meurs de faim !

X

NOUNOU-MARIETTE

Mariette ne put retenir un éclat de rire :

— A la bonne heure, mademoiselle Germaine, il ne faut pas se laisser aller au chagrin. Il faut vivre avant tout ! J'ai là une bonne soupe qui vous attendait... car je pensais bien que l'un ou l'autre de mes maîtres vous retrouverait. Voulez-vous la partager avec moi ?

Germaine accepta sans se faire prier, les yeux vagues, les jambes lasses, la tête lourde, comme si elle vivait dans un cauchemar.

— Allons, continuait Mariette, ne soyez pas préoccupée, mademoiselle Germaine; tous les obstacles tomberont... Vous serez comtesse...

Germaine protesta doucement.

— Oh ! Mariette, tu ne crois pas que j'aime M. Maxime à cause de son titre et de son nom !

— Je me suis mal exprimée, reprit Mariette... Je voulais dire que vous vous marieriez, voilà tout... Mangez donc, mademoiselle Germaine. Vous êtes pâle. Nous causerons quand vous serez réconfortée...

Germaine, malgré la faim, ne put manger. Elle but quelques cuillerées de bouillon qui la ranimèrent et, tout de suite, retomba dans ses préoccupations.

— Tu sais que tout est décidé maintenant... C'est la raison qui t'explique ma présence ici. Que mon père consente ou non, dans trois mois, Maxime et moi nous serons mariés.

— Dans trois mois ?

— Oui, Mariette. Encore deux actes de volonté à signifier, hélas ! C'est long pour nous et cruel pour nos parents !

— Enfin, tant mieux si vous approchez du but. Je suppose bien qu'une jeune fille comme vous, mademoiselle Germaine, doit souffrir de l'état présent des choses.

— Que veux-tu dire ?

— Que vous préféreriez n'être pas entrée en lutte contre votre père !

— Naturellement.

— Parce que vous l'aimez... au fond de votre cœur.

— Mais je l'adore, Mariette, je l'aime autant et plus que si j'étais encore toute petite, affirma Germaine, dont les yeux s'emplirent de larmes.

— Là ! fit Mariette, j'en étais sûre ? Voilà ce que vos parents ne veulent pas d'abord comprendre. Ce sont deux amours qui ne se ressemblent pas.

— Tu as raison, Mariette, bien raison ! Et si mon père savait ce qu'il m'a fallu de courage pour lui résister... s'il savait ce que je souffre... il pardonnerait...

— Oui, mademoiselle Germaine, ce n'est pas un mauvais homme ! Il est entêté, orgueilleux. Je l'ai connu beaucoup, moi ! Et puis, il a ses raisons. Voulez-vous que je vous conduise à votre chambre ? Elle est préparée, là-haut. Venez.

Germaine n'avait même plus la force de s'étonner. Elle gravit, derrière sa nourrice, un escalier de bois, très étroit, adossé au mur du fond de la cuisine. La bougie que tenait Mariette éclaira une pièce assez vaste, un petit lit à rideaux blancs, une fenêtre garnie aussi de blanc. Du plancher luisant se levait une bonne odeur de cire.

— C'est moi qui ai tout préparé ! dit Mariette avec un sourire de satisfaction... et il a fallu travailler, l'après-midi, car M. Maxime m'a prévenue que vers les deux heures. Encore n'étais-je pas sûre de vous avoir ici, ce soir, chez moi, si vous aviez accepté de coucher au château !

Germaine restait rêveuse. C'était la première fois qu'elle dormirait hors de la maison paternelle. Une tristesse immense l'envahissait, une crainte d'avoir poussé trop loin ses droits d'enfant majeure. Ce ne fut qu'en se domptant, pour remercier Mariette de ses peines, qu'elle l'interrogea et parut s'intéresser à ce qu'elle venait de dire :

— Comment, Mariette ? Tu dis que c'est ici, toi ?

— Oui, mademoiselle.

— Depuis quand ?

— Depuis quinze jours à peine.

— Et que fais-tu ? Comment es-tu ici ?

— Je suis au service du château, moitié concierge, moitié jardinière. Je m'occupe un peu de tout, à la buanderie et ailleurs. M. Maxime m'a dit me rendre utile sans m'assigner d'ouvrage. Ce que j'ai bien vieilli, mademoiselle Germaine...

La jeune fille examina Mariette avec plus d'attention. Mariette exagérait vraiment. C'était encore une robuste paysanne, au teint hâlé, aux cheveux noirs, aux yeux bleus, qui avait été très belle, dont les chairs alourdies indiquaient seulement l'âge mûr.

— Vieillie ? Tu es à peine changée !

— Oh ! Savez-vous, mademoiselle, que vous ne m'avez pas vue depuis dix ans !

— Dix ans déjà que tu as quitté le pays !

— Oui, mademoiselle, un peu avant votre première communion !

— C'est vrai.

— Je ne vous ai pas vue en robe blanche... Mais je vous verrai bientôt...

Germaine sourit tristement.

— A quelle occasion es-tu revenue ?

— Hélas ! J'ai perdu mon mari à Bordeaux il y a deux ans, soupira Mariette en baissant la tête...

— Ah ! ma pauvre Mariette ! Que me dis-tu là !

— J'ai essayé de vivre en ville toute seule et la misère est venue. Alors, je me suis décidée à écrire à M. Maxime, qui avait autrefois tant d'affection pour sa nounou...

— Il est si bon ! interrompit Germaine.

— Et tout de suite, il m'a répondu qu'il y aurait toujours une place pour moi au château. Il a été heureux de me revoir !

— Je le comprends, je suis si contente, moi aussi, de te retrouver, Mariette.

— Vous êtes aussi bonne que lui !

— N'avons-nous pas été nourris du même lait ?

— Je ne sais pas « si ça y fait », mademoiselle, mais pour sûr, je vous ai tant aimés tous deux, à quatre ans de distance, que vous étiez destinés à vous unir un jour ! Vous remplacez dans mon cœur les enfants que j'ai perdus !...

Elle ajouta dans un élan de tristesse :

— Ah ! quand Maxime m'a confié qu'il vous aimait, j'ai cru que je devenais folle de joie.

Mariette, entourant Germaine de ses deux bras, la serra contre son cœur :

— Vous serez heureux, mes petits...

Et se reprenant :

— Vous serez heureux... M. le comte et vous, mademoiselle Germaine, c'est moi qui vous le dis !

Une heure encore Germaine et Mariette causèrent du temps passé, l'une de son amour, l'autre de ses malheurs, et Mariette voulut déshabiller Germaine, la coucher, border les draps comme autrefois. Elle ne quitta la jeune fille que lorsqu'elle lui vit les yeux fermés. Alors, elle souffla la bougie et descendit.

Mais Germaine ne dormait pas. Des larmes passaient entre ses cils. Il lui manquait, pour la première fois, le baiser du soir de ses parents. Et toute la nuit, elle n'eut que cette pensée : « Comme il faut que je l'aime, pour avoir fait cela pour lui ! »

XI

LA COMTESSE DE LUZ

Georges de Luz entrait à peine dans la cour d'honneur, au pavé sonore, que son frère le comte Maxime apparaissait sur le perron, courait à lui et lui demandait avec inquiétude :

— Eh ! bien ! L'as-tu rencontrée ?

— Oui, répondit Georges, en souriant avec mystère.

— Où est-elle ?

— Chez Mariette.

Maxime poussa un soupir de joie et continua ses interrogations pressantes. Georges le renseignait par monosyllabes.

— Elle a consenti à te suivre ?

— Pas facilement. Impossible de l'amener jusqu'au château. Tu as bien fait de prévoir le refus et de t'entendre avec Mariette.

— D'autant plus que je ne m'attendais pas à trouver de résistance en notre mère...

— Ah ! Tu lui as déjà parlé, demanda Georges.

— Oui, dès mon arrivée, répondit Maxime.

— Que lui as-tu dit ?

— Je lui ai brièvement expliqué la situation et j'ai imploré l'hospitalité pour Germaine, si tu la ramenais...

— Elle a objecté...

— L'impossibilité absolue à cause du scandale.

— C'est le même argument que m'a opposé, tout à l'heure, la fiancée.

— Les femmes ont plus de mesure dans l'audace, plus de réserve dans la conduite. Moi, je ne pensais pas à cet obstacle ; je croyais la chose facile, aisée, naturelle. Ma mère m'a fait toucher du doigt ma folie de vouloir que Germaine habitât sous notre toit avant le mariage... En effet, j'étais fou...

— Amoureux, parbleu !

— Et vois donc si c'est étrange, je ne suis pas encore bien convaincu...

— De quoi ?

— De leur bon sens.

— Explique-toi.

— Ma mère sait parfaitement en quel mépris nous tient le fermier de Mourion, à cause de nos embarras d'argent ; elle sait que le pays tout entier connaît l'opposition de M. Privat au mariage de sa fille avec moi. Cela ne l'empêche pas d'approuver mes projets, bien qu'on puisse méchamment soupçonner en elle comme en moi des sentiments intéressés.

— Eh bien ?

— Et elle recule, par peur du monde, devant le fait insignifiant de donner asile à une jeune fille qui sera sa fille bientôt.

— Question de dignité, de tact, d'étiquette... expliqua Georges qui comprenait en quel état d'angoisse le refus de la comtesse avait jeté son frère Maxime.

— Et Germaine ! Germaine se fait chasser de chez elle par son père. Personne n'ignore que c'est à cause de moi. Elle brave l'opinion publique... et elle n'ose pas accepter asile chez son futur mari ! ajouta Maxime en haussant les épaules.

— Notre mère et Germaine ont parfaitement raison, selon moi, répondit Georges.

— Alors que faire à présent ? Je ne puis admettre que ma fiancée reste plus d'une nuit logée chez... notre concierge... dans une dépendance du château, comme une vagabonde recueillie sur la route... cela serait indigne d'elle et de nous ! Et puis, cela se saurait bientôt. Le scandale serait plus grand. On croirait que j'ai voulu la cacher, la voir en secret. La clandestinité me répugne. Il vaut mieux agir au grand jour.

— Je suis de ton avis.

— Il faudrait en convaincre notre mère, conclut Maxime.

Georges de Luz baissa la tête, et, tout en réfléchissant, il conduisit son cheval à l'écurie, tandis que le comte Maxime, debout au milieu de la cour pleine de ténèbres, torturait entre ses lèvres une cigarette éteinte.

Le frère aîné avait pleine confiance dans le bon sens du cadet. D'intelligence égale et d'une hauteur égale de sentiments, Maxime était néanmoins plus timide, plus porté à l'effacement que son frère dont le visage ouvert, le caractère gai avaient conquis la sympathie générale. Le comte Maxime, d'une nature plus rêveuse, avait l'abord plus froid, la poignée de main moins facile. On l'accusait de fierté. Et, peu à peu, il s'était habitué, contemplatif et doux, à laisser à son frère la partie active de leur existence commune. C'était le vicomte Georges qui traitait les affaires, qui vendait le produit des terres, commandait les ouvriers. Maxime continuait de travailler intellectuellement et tenait compagnie à sa mère qui ne sortait jamais depuis la mort du comte de Luz.

Un phénomène inattendu, curieux, s'était produit dans l'esprit de la comtesse. Bien qu'elle aimât aussi profondément l'un que l'autre, ses deux fils, ce n'était point celui pour lequel elle montrait le plus de tendresse qui avait sur elle le plus d'influence. Le comte Maxime semblait son préféré, elle savait le combattre pourtant et lui résister parce qu'il était toujours près d'elle, à l'adorer. Mais si le vicomte Georges voulait, vite la marquise accordait. Elle était si certaine d'avance que le jovial et sérieux jeune homme trouverait des arguments irrésistibles de drôlerie ou de logique. Et l'aîné s'était ainsi habitué, peu à peu, à tout obtenir par l'intervention du plus jeune. Aussi Maxime ne fut-il pas du tout blessé du ton de certitude avec lequel Georges, revenant vers lui, prononça cette phrase :

— Mon cher, tu aurais mieux fait d'attendre mon arrivée. Si j'avais parlé le premier à notre mère, l'affaire eût marché toute seule.

— D'accord ! avoua Maxime.

Et, d'un air d'imploration aimable, un peu protecteur pourtant, il ajouta :

— Voyons, frère, rien n'est encore perdu... si tu veux t'en mêler !

— Il faudra bientôt que je me marie à ta place, lança Georges, en riant.

Maxime plissa le front et soudain soucieux :

— Oui, sait si cela ne vaudrait pas mieux, pour elle ! murmura-t-il.

— Ce n'est pas, répondit Georges, le moment de te laisser reprendre par tes tristesses, par le doute de toi-même, la peur de l'avenir !

Maxime posa la main sur l'épaule de son frère et dit avec un soupir :

— Je ne suis qu'un rêveur ! Elle est riche, et, par ma volonté, elle devient pauvre ! C'est une lourde charge que j'assume. Si mes forces défaillaient... si je ne réussissais pas à nous faire vivre ?... Sait-on jamais...

— Voyons, Maxime, tu n'as donc pas de courage ?

— Tandis que toi, continua l'aîné, toi, je t'admire. Tu as le sens pratique de la vie. Tu es un lutteur et tu vaincras.

— Mon cher Maxime, si j'étais hésitant, sans initiative et sans ambition, sais-tu ce qui suffirait à me donner une énergie invincible ?

— Quoi donc ?

— Être aimé comme tu l'es.

— Tu es raison. Sans cet amour, devant notre situation diminuée et précaire, j'aurais déjà perdu tout courage. Il est si difficile aujourd'hui de conquérir un rang digne d'un grand nom. Sans elle, te dis-je, et sans toi, j'aurais déserté... la vie.

— La vie ? Oh ! pauvre Maxime ! Dans quel état

abattement je te trouve, juste au moment où Germaine est près de toi... quelques semaines avant qu'elle soit à toi !

— C'est que je songe à la série d'humiliations que j'aurai subies avant d'arriver au but ! Dire que j'ai été obligé par dignité, par désir de triompher, de donner à une jeune fille le conseil de braver son père ! Ne m'en voudra-t-elle pas un jour, de l'avoir poussée à cet acte répréhensible ?

— Elle t'aime trop pour te reprocher jamais rien...

— Mais lui, le père ! Il sera notre ennemi !

— Jusqu'au jour où il te connaîtra mieux et se rangera à l'opinion de sa fille.

Maxime prit la main de Georges.

— Merci. Tu as toujours des paroles réconfortantes.

Ils se promenèrent un instant silencieux, dans la cour, levant tous deux instinctivement les yeux vers une tourelle où brillait une lumière, au premier étage.

— Mère n'est pas encore couchée, dit Georges.

Et, prenant brusquement une décision :

— Attends-moi. Je vais lui parler.

Georges de Luz gravit le perron d'un pas ferme et tranquille pendant que le comte Maxime, inquiet, doutant de l'issue de la démarche qu'allait tenter son frère, pensait :

« S'il réussit, je serai une fois de plus son obligé. Vingt fois, sans lui, j'aurais perdu l'espoir. Depuis qu'il est mon confident, c'est lui qui a dirigé mon amour. Ah ! le bon garçon, le franc camarade, le précieux auxiliaire que la nature m'a donné en lui ! »

En approchant de la chambre de sa mère, le vicomte Georges souriait malicieusement. Il frappa doucement à la porte de la chambre, tout en disant :

— Mère ! c'est moi. Puis-je entrer pour vous dire bonsoir ?

Sa voix était affectueuse et douce, très caressante.

— Entre donc !... entre donc !... répéta la comtesse.

Il avait à peine détaché ses bras du cou de sa mère, qu'elle l'interrogeait vivement avec une hâte fiévreuse, pleine de reproches :

— Peux-tu revenir si tard ! Je suis certaine que tu n'as pas encore dîné...Ta course a-t-elle un meilleur résultat que celle de ton frère ?

— Oui, mère... et si je n'ai ... dîné avant de monter vous embrasser... c'est que j'ai pensé à votre anxiété... me permettez-vous de dire... à votre curiosité ?

— Dis, dis toujours... Cette jeune fille ? Ah ! c'est très vrai qu'il me tarde de savoir... Tu l'as retrouvée ?

— Oui, mère.

— Où donc ?

— S'en allant vers la gare, par le sentier qui longe notre mur.

Il n'osa pas dire : à l'intérieur du parc.

— Et qu'en as-tu fait ?

— Ce que j'en ai fait... Je l'ai amenée, répondit Georges de l'air le plus naturel du monde.

La voix de la mère baissa d'un ton :

— Amenée ! Où, mon enfant ?

Le jeune homme joua l'étonnement.

— Où ? mère, réfléchissez, où pouvais-je bien l'amener ? Elle était sans asile, il faisait nuit, elle était lasse... Qu'auriez-vous fait à ma place ? Dites-moi, mère, ce qu'un galant homme... qui se trouve en présence d'une jolie fille aimée de son frère aurait fait en respectant les lois de la galanterie et de l'amitié fraternelle ? Il aurait offert son bras, c'est ce que j'ai fait.

— Mais, malheureux enfant, tu as commis une faute énorme, irréparable ! Ce que tu as fait, j'avais interdit à ton frère de l'oser...

— En effet, c'est ce qu'il vient de me dire.

— Alors, cette jeune fille est ici ?

— Oui et non.

— Que signifie ?

— Elle est ici, mais elle n'est pas... là... Comment vous expliquer ? C'est elle qui n'a pas voulu entrer au château.

— Ah ! elle n'a pas voulu entrer... cela dénote d'excellents sentiments. Tu vois que cette jeune fille est de mon avis. Elle a trouvé qu'il serait inconvenant... de pénétrer.

— Oui, mère, sans votre permission.

— Mais je ne la donnerai jamais ! s'écria la comtesse.

— Pourquoi donc, mère ? interrogea le vicomte avec un calme déconcertant.

— Tu n'as pas l'air de comprendre ? répondit Mme de Luz, étonnée.

— C'est vrai, je ne comprends pas.

— La jeune fille a pourtant compris... elle... et ma permission n'atténuerait pas la gravité de l'hospitalité donnée sous le toit où vit mon fils.

— Ah ! voilà votre seul argument ?

— N'est-il pas suffisant contre le plan de ton frère et le tien ? Vous m'entendez, que cette jeune fille n'entre pas ici, dans son propre intérêt, ou je m'oppose à ce mariage ! Je ne veux pas que le monde m'accuse de complicité dans la passion de Maxime ! Il la veut, il l'aura, mais selon les usages et l'étiquette. Elle dans le château, je ne vivrais pas tranquille. Comment, toi si raisonnable, Georges, ne m'approuves-tu pas ?

— Alors que décidez-vous, mère ? demanda le jeune homme avec une pointe de malice. Il faut que je chasse Mlle Germaine ? Il est nuit. Maxime vous a bien expliqué qu'elle était, sans aucun doute, résolue à ne pas plier devant ce père qui ne cesse de maudire votre fils qu'elle aime... où voulez-vous qu'elle aille ? Qu'elle coure la campagne et les bois la nuit, celle qui sera dans quelques semaines « comtesse Maxime de Luz ? » Connaissez-vous dans la contrée un paysan, un bourgeois, de caractère assez indépendant, de nature assez haute pour recueillir Mlle Germaine et s'attirer l'inimitié du potentat Calixte Privat ? Dites-moi son nom ! Vous n'en connaissez pas... Alors ?

— Alors, s'écria la comtesse attendrie et furieuse, j'accepte pour une nuit le fait accompli, mais, demain... demain, elle partira... Est-elle ici, mon fils ? Fais-la donc entrer que je la voie !

— Mère, elle n'est pas là... Elle dort. Vous le voyez, Maxime et moi, nous avons respecté votre scrupule autant qu'il était possible... Mlle Germaine n'est pas dans le château. Elle se repose chez Mariette où nous lui avons préparé une chambre... et elle s'est endormie, en répétant... qu'elle avait grand'peur de vous !

— La chère petite ! Peur de moi ? Est-ce que ce n'est pas pour elle que je refusais de la recevoir, autant que pour moi ?... Demain, il ne sera pas difficile de la décider à chercher un autre asile... et je la verrai s'en aller d'ici à contre-cœur... Tu peux le dire à Maxime que ma décision a fait souffrir... mais la garder ici, cela est impossible, absolument impossible.

Georges de Luz sans paraître profiter de la demi-victoire obtenue, répondit, en conservant toujours la même gravité froide d'homme pondéré :

— Oui, je sais... vous m'avez donné, tout à l'heure, votre argument souverain, chère mère.

La comtesse crut pourtant deviner dans ces paroles une nuance de raillerie :

— L'as-tu trouvé mauvais, mon fils ?

— En vérité, mère, pour être très franc.

— Parle, parle... Je t'autorise.

— Je ne l'ai pas trouvé bon, votre argument !

La comtesse pinça ses lèvres :

— Par exemple ! Dis-moi par où il pèche ?

— Une jeune fille, évidemment, vous avez rai...

ou ne peut pas, ne doit pas, surtout après avoir
... la maison paternelle, se réfugier chez son fiancé
et dormir sous le même toit que lui... quoique...

— Quoique... quoique... interrompit la comtesse.
Enfin, tu avoues qu'elle ne le peut ni ne le doit ?

— Oui, mère.

— Donc... conclus...

— Je conclus que le fiancé n'a qu'à s'en aller
habiter ailleurs.

La comtesse resta interloquée.

Georges de Luz continua :

— Voilà l'œuf de Christophe Colomb. Il ne fallait
trouver que ça ; mais ni vous, ni Maxime ne
l'aviez trouvé.

— C'est vrai, avoua-t-elle.

— Et voilà comment vous vous seriez épargné
l'un à l'autre quelques heures de tristesse en cette
courte vie ! prononça philosophiquement Georges
en lançant un rire sonore.

La comtesse lui tendit les mains et l'attira vers
elle.

— Embrasse-moi, et va vite rassurer ton frère !
s'écria-t-elle.

— Merci, mère. C'est toujours la tendresse qui
domine vos actions. Merci pour nous deux.

La comtesse retint une larme.

— A demain matin. Vous me conduirez tous les
deux chez Mariette où j'irai chercher Mlle Germaine Privat... puisqu'elle a peur.

Georges de Luz remercia de nouveau sa mère
d'un baiser muet et, pendant qu'il sortait, la comtesse, émue, songeait :

— En effet, pauvre petite, quel mal y a-t-il à
ce que je sois sa mère un peu plus tôt ?

XII

UN DINER OÙ L'ON CAUSE

Maxime n'avait pas cessé sa promenade nocturne dans la cour déserte. Il suivait mentalement
la conversation qui se tenait au premier étage
entre son frère et sa mère, se posant les objections, essayant d'y répondre victorieusement, et
souvent distrait par une pensée qui traversait son
raisonnement : « Germaine est là, près de moi, à
deux minutes ! Si j'allais la trouver ! » Revoir Germaine le plus tôt possible le préoccupait plus que
de connaître le résultat de l'entretien engagé là-
haut ! Il regardait la fenêtre de la chambre de sa
mère, puis jetait les yeux sur l'allée ténébreuse qui
descendait du portail de la cour d'honneur à la
maison de Mariette.

— C'est là-bas qu'elle est ! au bout de cette allée !

« Mère parle de moi avec Georges et Germaine
rêve de moi dans le lit blanc préparé par Mariette.

Cet enveloppement de tendresses pourtant le réchauffait, atténuait cette mélancolie qui tombe sur
certaines âmes au moment où la vie les force à
prendre des décisions définitives. La note sombre
du caractère de Maxime de Luz s'était surtout accentuée à l'époque de la mort du comte, son père,
le jour où, frère aîné, il s'était senti le maître responsable de la famille. A l'époque sénile, le père s'était mis en tête d'élever des vers à soie, et il avait
fait construire, contre une aile du château, une magnanerie qui avait coûté fort cher. Les dernières
années du comte s'étaient écoulées entre des étagères surchargées de cocons jaunes et blancs,
dans une atmosphère tiède tout imprégnée de la
fade odeur des feuilles de mûrier. Et il était mort
lentement, ne se rendant pas compte du ravage
exercé au dehors, sur ses terres, par le phylloxera.

Maxime de Luz faisait alors son service militaire.
Il s'abîma dans sa douleur de fils, étonné pourtant
du courage héroïque de sa mère dont il ne vit pas
couler une seule larme. L'année de son volontariat terminée, Maxime, en rentrant au château,
trouva son frère adonné à l'exploitation avec une
ardeur qui méritait le succès. Mais comment lutter, sans ressources, contre l'insecte envahisseur
qui corrodait et annihilait les vignes au point de
laisser croire qu'un vent de flamme avait brûlé
les feuilles ? Maxime jugea son intervention inutile et s'appliqua surtout à rendre moins sévère
l'isolement de la comtesse, tout en continuant ses
études littéraires et scientifiques. Cette vie, un peu
cloîtrée, assombrit davantage son âme, et ce fut
la vue de Germaine qui l'éclaira, tout à coup, d'une
belle lumière de juvénile amour.

Il la vit dans toute la splendeur de la femme,
dans la plénitude des formes de la dix-huitième
année, et il se souvint d'elle toute petite, d'elle
venant voir Mariette au château. Il voulut la revoir souvent. Le père, Calixte Privat, intervint.
L'obstacle entre eux se dressa. L'obstacle qui fortifie l'amour... Alors, Maxime de Luz se confia à sa
mère qui réfléchit longtemps avant d'approuver.
Un jour, voyant Maxime se désoler, elle finit par
consentir.

— Va, mon fils, si tu crois que le bonheur est là,
je ne te défends pas de l'aimer !

Et Maxime avait été surpris du ton de souvenir
dont sa mère avait ajouté :

— Qui n'a pas aimé, fût-ce même pour en souffrir, n'a pas vécu !

Jusqu'à présent, il avait souffert par l'amour.
N'était-il pas temps de commencer à vivre par lui ?
Comme cette vision le faisait palpiter de joie, il
entendit son frère descendre le perron et courir
à lui :

— Eh ! bien, as-tu convaincu notre mère ?

Georges répondit simplement :

— Oui, Germaine restera.

Puis, haussant la voix et avec une bonhomie
désireuse d'éviter les remerciements, le cadet dit à
l'aîné :

— Suis-moi à l'office. Il me semble que j'ai bien
gagné une aile de poulet froid.

Maxime suivit Georges dans une grande salle
aux murs nus, dont un buffet monumental occupait tout un panneau, éclairé par une lampe en
fer forgé qui descendait du plafond à poutres, une
lampe à godet d'huile, qui faisait veilleuse et donnait à la pièce un aspect de sacristie.

— Oui, dit Georges, allumons des bougies. La
lumière égaie l'esprit. Et qu'on serve ! commanda-
t-il d'une voix de tonnerre. Or, il n'y avait pas de
serviteurs, l'unique cuisinière dont la comtesse se
servait aussi comme femme de chambre ayant jugé
que l'heure avait sonné d'aller se coucher.

— Monsieur Georges de Luz, ouvrez ce buffet et
voyez s'il y a quelque chose dedans ! reprit comiquement le frère de Maxime, en s'obéissant aussitôt.

Et il trouva du veau froid, des pêches, une bouteille de vin suffisamment ornée de toiles d'araignée pour simuler la vieillesse.

— Assieds-toi, Maxime, et aide-moi.

— Non, j'ai dîné avec mère.

— Recommence.

Le comte Maxime s'assit en face de son frère,
devant une immense table ronde qui aurait pu recevoir, sans rallonge, vingt convives au moins,
et garda un silence interrogateur.

La bouche pleine, en appétit de jeune loup, Georges prononça pourtant très distinctement ceci :

— Elle reste... mais tu pars !

— Ah ! fit Maxime.

— Oui... c'est moi qui ai trouvé ça.

— Mère approuve ?

— Parbleu !

— Et je pars... quand ?

— Demain matin.

— Sans voir Germaine ?

Georges prit une pose importante et, avec un sourire royal :

— Nous ne sommes pas des tyrans, mère et moi !

— Et je pars pour...

— Pour... jusqu'au mariage ?

— J'allais te demander : pour où ?

— Ah ! ah ! Elle est bien bonne ! Tu as raison. Puisque c'est nous qui t'exilons, te déportons, te reléguons... nous devons, en effet, t'assigner un lieu de séjour...

— C'est que... je ne vois pas chez qui je puisse m'imposer durant des semaines.

— Mais moi, je le vois ! Je le sais, moi, chez qui.

— Tu es stupéfiant !

— Et je le savais avant d'aller parler à mère... mon plan était prêt.

— Chez qui donc dois-je me rendre, sans être invité... sans être à charge... pour si longtemps ?

— Chez quelqu'un qui te recevra les bras ouverts.

— Savinien est arrivé ! s'écria Maxime de Luz.

— Justement.

— Et je n'en savais rien ?

— C'est par hasard que je l'ai appris, dans l'après-midi, en cherchant à rencontrer Mlle Germaine.

— Comment cela ?

— Je passais près du bourg de Saint-Edme quand je me suis entendu appeler. C'était Désiré, le cocher de ton ami, qui venait te prévenir de l'arrivée de son maître. Je lui ai dit qu'il pouvait s'en retourner, que je me chargeais de sa commission.

Le visage de Maxime s'épanouit.

— Allez-vous être heureux de vivre ensemble, Savinien et toi ! continua Georges.

— Un an passé que nous ne nous sommes vus !

— En aurez-vous à vous faire des confidences ! Tu lui conteras ton amour. Il te décrira son voyage en Orient, pays des rêves. Pendant ce temps, mère et moi, nous soignerons Mlle Germaine, sois sans inquiétude, et pour être pratique jusqu'au bout, c'est moi qui accomplirai, pour elle et pour toi, toutes les formalités exigées par la loi. Je réunirai les papiers avec la célérité d'une agence. Veux-tu ?

— Si je veux. Je crois bien.

— C'est entendu, tu vas chez Savinien ?

— Je n'y vois pas d'obstacles.

— Tu lui expliques la bizarrerie de la situation et il s'emballe là-dessus avec frénésie, le bon garçon ! Il n'aime bien que ce qui sort de l'ordinaire, ce qui brave les conventions. Ah ! le chaud partisan que tu auras là.

— Presque un autre frère ! murmura Maxime.

— Et la place ne lui manque point pour te recevoir.

— Certes, un château qu'il habite seul !

— Ni la fortune pour t'héberger royalement !

— Ceux qui savent tout disent qu'il est plusieurs fois millionnaire.

— Et personne entre vous deux pour troubler vos entretiens.

— Hélas ! Il est orphelin de père et de mère.

— Maintenant, va préparer ta malle.

— Oh ! une malle ! À quoi bon ? Il y a six kilomètres à peine d'ici chez Savinien. Je partirai avec une simple valise et si j'avais besoin de quelques vêtements, je les enverrais prendre par son cocher Désiré.

— Où tu viendrais les chercher toi-même, pour avoir l'occasion d'entrevoir Mlle Germaine, n'est-ce pas ? Non, non ; pas de ça ! Il faut être sérieux, monsieur mon aîné.

— Si longtemps ! soupira Maxime.

— J'écrirai à ton ami Savinien de t'attacher...

— Mais, tu viendras me voir ?

— Assurément, et mère aussi.

— Sait-elle où je vais ?

— Nous le lui dirons, demain.

Les deux frères causèrent longtemps, dans le silence de la grande salle. Georges, très surexcité par une journée si bien remplie, vida la bouteille de vieux vin et parla très haut, menaçant du poing l'ombre de Séverin Sandoret, qu'il semblait voir passer sous les futaies du château.

— La haine de cet homme ne me dit rien qui vaille ! avoua le comte Maxime.

— Tu n'as qu'à te défier de lui, à veiller sur toi !

— Toi, tu veilleras sur Germaine !

Ils montèrent dans une vaste chambre commune où ils couchaient tous les deux, sur deux lits de fer étroits — comme deux frères d'armes, — et peu à peu, les idées sombres de Maxime s'évanouirent à la pensée qu'il retrouverait le lendemain le plus cher de ses amis de collège et que Germaine allait vivre dans ce château où il avait passé tant d'heures à rêver d'elle, en trois années d'amour.

XIII

SÉPARATION

Le lendemain matin, le comte Maxime se présenta chez sa mère à une heure très matinale. Elle était levée. Pas plus que lui, elle n'avait pu dormir. Elle l'accueillit avec ce sourire d'orgueil qui enveloppe, qui protège, caresse — et, tout de suite, avant qu'il abordât le sujet qui lui tenait au cœur, elle lui épargna les préliminaires délicats, en disant, comme pour s'excuser de sa sévérité de la veille :

— Tu viens me chercher ? Crois-tu qu'elle soit réveillée déjà ?

Maxime, ému, répondit :

— Je viens d'abord vous embrasser et vous remercier, mère, puis vous annoncer la décision que j'ai prise de concert avec Georges, hier soir. Cette décision a, je le sais, votre approbation. Je quitte le château.

— Parfaitement. C'est très sage. Mais, je réfléchissais, cette nuit, à cette combinaison, sans trouver la retraite qu'il fallait choisir.

— Savinien de Reillan est chez lui depuis hier.

— Savinien ? Alors tout est pour le mieux.

Elle aimait ce jeune homme qui avait passé la moitié de son enfance à courir sur les pelouses devant le château, en compagnie de Georges et de Maxime. Le comte de Luz et le père de Savinien, le baron de Reillan, avaient été camarades d'enfance comme plus tard devaient l'être leurs fils. Les relations de voisinage avaient continué entre les deux hommes. La mort avait atteint le baron quelques années avant que le comte, presque mort intellectuellement, dans sa magnanerie modèle, fût frappé à son tour. La comtesse de Luz était heureuse du retour de Savinien parce qu'elle était certaine de son affection. Au château de Reillan, Maxime serait chez lui. Ainsi s'expliquait le cri de joie de la comtesse. Elle ajouta, tout en jetant un dernier coup d'œil sur sa toilette matinale :

— Es-tu prêt ? Pars-tu à cheval ?

— Me permettez-vous de vous accompagner jusque chez Mariette !...

— Soit ! Tu ne veux pas partir sans la voir ?

— N'est-ce pas naturel, mère ?

— Prie d'abord ton frère d'aller voir si elle est levée, le soleil n'est pas très haut à l'horizon ; tu n'as pas dormi, grand enfant !

Il répliqua :

— Ni vous, mère !

Et il lui prit la tête, avec une folle tendresse, ne

chant comment lui exprimer sa reconnaissance de la voir si affectueuse, si indulgente... car, c'était contraire à tous les usages ce que sa mère allait faire pour lui être agréable, il se l'avouait à présent. Et elle s'y résignait simplement, presque d'un air heureux. Ils descendirent.

Maxime trouva Georges attablé devant une bouteille de vin blanc et un fromage de chèvre dont la blancheur était striée d'estragon parfumé.

— Tu manges donc toujours ? remarqua Maxime en souriant.

— Je ne suis pas amoureux, moi ! Et je prévois des courses à faire pour toi.

— Dis, frère... si tu allais l'informer si mademoiselle Germaine...

— Est visible ? Qu'est-ce que je disais ? Ça commence. On y va. Mon cheval est sellé. Et puis ?

— Et puis, c'est tout. Reviens-nous le dire.

Mademoiselle Germaine n'avait pas passé la nuit sans cauchemar ; son père la menaçait, laissait tomber sur elle le bâton levé, la maudissait au moment où elle prenait la fuite — et sa course échevelée sous bois ne finissait jamais, jamais... Ah ! que Sandoret marchait vite ! Elle était rejointe, en pleine nuit, il lui saisissait le poignet, elle se débattait en vain, et soudain, apparaissait le sauveur, M. Georges de Luz, le frère de son fiancé !

Et vers le matin, elle appela :

— Mariette ! Mariette... Je veux revenir chez moi.

Mariette accourut, vit qu'elle dormait encore et que de grosses larmes coulaient de ses yeux clos.

— Chère petite, murmura-t-elle. Elle expie déjà d'aimer.

Mais le pas d'un cheval se rapprochait ; deux coups furent frappés à la porte du rez-de-chaussée.

— Vous voici bien matinal, monsieur Georges ! dit Mariette en ouvrant la porte.

— Mademoiselle Germaine dort-elle encore ?

— Oui, monsieur Georges.

— Dès qu'elle s'éveillera, prévenez-la que ma mère doit venir la chercher ici.

— Comment ! Madame la comtesse !...

— Oui, oui. Croyez-vous... que dans une heure ?

— C'est bien. Dans une heure, elle sera prête.

Georges s'éloigna. Vite, Mariette monta pour annoncer la nouvelle à Germaine. La jeune fille était déjà debout. A travers la fenêtre entr'ouverte, elle avait entendu le court entretien qui s'était tenu en bas sur le seuil de la maison. Et son cœur avait battu très fort.

— Non, non, dit-elle à Mariette, il ne faut pas que Mme la comtesse de Luz se dérange. C'est à moi d'aller chez elle. Tu m'accompagneras, n'est-ce pas, Mariette ?

— Je veux bien, mademoiselle Germaine. Mais vous ne vous montrerez pas dans vos avantages... Si j'osais, j'irais chercher d'autres vêtements chez votre père...

— Mme la comtesse era indulgente.

Mariette avait poussé les volets ; la fraîcheur du matin rosé de soleil entrait dans la chambre tiède.

— Venez, que je vous coiffe, mademoiselle Germaine. Vous ne savez pas ! si vous le voulez, je deviendrai votre femme de chambre !

— Je n'aurais pas osé te le proposer, Mariette.

— De cette façon, je ne vous quitterai plus, ni lui, ni vous !

— Ce sera charmant pour nous deux.

— Et je ferai sauter les bébés.

Mlle Germaine sentit le sang lui colorer les joues.

Et, la chevelure livrée aux mains de Mariette, elle s'adonna aux pensées sombres.

— Encore ! s'écria Mariette. Encore pleurer !

— Je pleurerai longtemps ! soupira Germaine.

Elle fermait les paupières, comme pour mieux se voir en dedans, examiner sa conscience, et les larmes recommençaient, plus abondantes. Il fallait qu'il fût bien puissant cet amour qui l'avait poussée à se jeter dans l'atroce géhenne du remords et qui l'empêchait de désirer en sortir ; car, même à cette heure, elle n'eût pas sacrifié Maxime à qui elle se sentait à jamais liée.

Germaine leva un ardent regard vers le ciel.

— Allons, mademoiselle Germaine, du courage ! Vous allez être jolie comme une reine maintenant !

— Il faut que j'aille au-devant de Mme de Luz, dit-elle. J'ai déjà trop attendu.

Suivie de Mariette, elle s'engagea dans la grande allée, et lorsqu'elle vit la comtesse, appuyée au bras de son fils Maxime, sortir à pied de la cour d'honneur, elle fut sur le point de défaillir. Le vicomte Georges accompagnait sa mère et son frère, mais se tenait à dix pas en arrière, dans une réserve émue. La distance entre les deux groupes diminuait et Germaine, malgré son trouble, voyait distinctement un bon sourire éclairer le visage de la comtesse. Elle se rassura. Son pas se fit plus ferme.

— Que vais-je lui dire ? pensait-elle. Comme je vais être embarrassée après l'avoir saluée !

Madame de Luz s'était arrêtée à quelques pas, divinement belle encore sous ses bandeaux de cheveux blancs, le sourire de plus en plus affable, et Maxime, l'ayant quittée, vint prendre Germaine par la main. La jeune fille éprouva, à ce contact, une émotion aussi grande que si elle recevait l'anneau des fiançailles.

— Venez, Germaine, murmura-t-il.

Et la présentant à sa mère, immobile :

— Mademoiselle Germaine Privat, ma fiancée ! dit-il, avec un tremblement dans la voix.

Puis, à Germaine, qui avait baissé le front :

— Ma mère.. qui vous aime déjà.

En effet, la comtesse avait ouvert les bras, muette et noble, d'un geste simple et grand.

Germaine, sans un mot, s'y était précipitée et sanglotait. Il y eut quelques secondes de silence sous les arbres aux branches diaprées de soleil, et Maxime de Luz ajouta :

— Puisque je pars, mère, je vous la confie.

— Elle est ma fille, répondit la comtesse.

Mais Germaine avait tressailli. Maxime partait ! Qu'avait-elle entendu ? Que venait de dire Maxime ?

Elle se dégagea des bras de la mère et regarda le fils avec un étonnement inquiet :

— Vous partez ! Vous partez, dites-vous ?

— Rassurez-vous, Germaine, je ne quitte le château que pour vous permettre d'y demeurer. Je me rends, non loin d'ici, chez mon ami, Savinien de Rénian, qui m'accordera l'hospitalité pour le temps nécessaire...

— Et je ne vous verrai pas... jusqu'au mariage ? interrogea timidement la jeune fille.

La comtesse intervint :

— Les convenances l'exigent, mon enfant ! Il faut savoir souffrir un peu pour le monde, puisque nous vivons en société !

— Et quand partez-vous ? demanda Germaine résignée.

— Tout de suite, Germaine, je ne dois rentrer avec vous au château que le jour où vous serez ma femme...

— Allez, Maxime, puisqu'il le faut...

Ce fut avec un déchirement dans la voix que Germaine prononça ces paroles.

— Allons l'attendre au portail, offrit la comtesse, qui devina le désir de Germaine.

Mariette rentra dans sa maison de garde.

Le comte Maxime et Georges sellèrent leurs chevaux, le dernier luxe qu'ils eussent conservé de l'ancienne fortune, et les conduisirent par la bride jusqu'à la limite de la propriété où ils retrouvèrent Germaine et leur mère. Georges avait offert à son frère de l'accompagner jusqu'à mi-route. Au moment de monter en selle, les regards que Maxime

...Germaine échangèrent furent si éloquents que Mme de Luz s'écria:

— Ne vous séparez pas sans vous embrasser, mes chers enfants.

Georges se détourna, très ému, pendant que Maxime serrait Germaine sur son cœur.

Et Germaine, toute frissonnante, murmura à l'oreille de son fiancé:

— Oh! Maxime! Il me semble que nous ne nous reverrons plus!

— Pourquoi donc, Germaine?

— Ce n'est qu'un pressentiment. Pardonnez-moi.

— Vous n'êtes pas raisonnable, Germaine.

— Adieu, Maxime, adieu...

Et les deux cavaliers, superbes, s'en allèrent à travers la plaine, longtemps se retournant, longtemps accompagnés par les regards des deux femmes silencieuses.

XIV

EN CHEVAUCHANT

— C'est ton ami Savinien qui va être surpris! dit Georges de Luz pour faire prendre un autre cours à l'émotion de Maxime.

— Agréablement, j'en suis certain, répondit Maxime, en se retournant une dernière fois vers les bois du château de Saint-Edme.

— C'est un si parfait ami qu'il me remplacera durant ce mois. Et ce sera pour toi une distraction délicate de lui continuer tes confidences, commencées, je suppose?

— Oui, l'an dernier, avant son départ, je lui avais parlé de Germaine et des difficultés qui entravaient nos projets.

— Lui, de son côté, se laissera glisser sur la même pente... Il te racontera...

— Quoi? interrompit Maxime. Des aventures de voyage, c'est tout ce qu'il aura sans doute à me communiquer...

— Crois-tu?

— Oui, Savinien n'a pas encore aimé, c'est mon opinion. Il m'aurait dit...

— Il y a aimer et aimer, et d'autres façons encore! Le droit de faire des confidences est plus ou moins absolu, selon que la personne aimée est ou n'est pas libre... marié, jeune fille, veuve.

— Tu as l'air d'être au courant de choses que j'ignore.

— Moi? Oh! des hypothèses seulement.

— Invraisemblables.

— Non.

— Tu m'étonnes.

Ils chevauchaient, en ce moment, sur la route du bourg de Saint-Edme qui passe devant l'église. Georges ralentit le pas de son cheval.

— Je vais, dit-il, te faire comprendre tout de suite la vraisemblance de ce que je soupçonne.

— Explique-toi.

— Savinien t'a-t-il jamais parlé de mariage?

— Jamais.

— Il ne lui est jamais venu à l'idée de distinguer une jeune fille parmi toutes celles du pays qui, le savent riche et dont les parents ne demanderaient qu'à s'allier à lui?

— Jamais!

— Et tu trouves cela naturel? Il y en a pourtant de bien jolies dans les environs, d'une fortune modeste, mais instruites, de grande race et dignes de toi.

— D'accord.

— Et Savinien a deux ans de plus que toi.

— C'est vrai, vingt-huit ans, bientôt.

— N'est-ce pas l'âge où l'on songe à se marier,

d'ordinaire, surtout quand on vit seul, un homme qu'on a peu de goût pour ce que les snobs appellent la grande vie?

— Oui, c'est l'âge, approuva Maxime. J'en suis la preuve et l'exemple.

— L'indifférence de Savinien pour le mariage l'indique assez qu'il est retenu dans le célibat par une considération puissante.

— Une liaison secrète?

— Justement.

— Qui l'empêche de la briser?

— Ce n'est pas toujours facile!

— De la légitimer alors!

— Je l'ignore... puisqu'il est le maître de ses actions, il doit avoir ses motifs.

Maxime de Luz s'entêta dans la négative.

— Non, dit-il, tu dois te tromper.

— Qu'est-ce qui te le fait croire?

— L'absence de Savinien durant une année entière.

— Eh bien?

— S'il avait aimé quelqu'un, il ne serait pas parti... sinon accompagné, et je sais qu'il est parti seul... qu'il a voyagé seul. J'espère qu'il sera revenu seul.

— Ce voyage, au contraire, me confirme dans mon opinion, reprit Georges.

— Comment cela?

— Il aura voulu rompre, se distraire... oublier... ce voyage décidé subitement ne t'avait donc pas semblé bizarre?

— J'ai trouvé naturels les motifs qu'a bien voulu me fournir Savinien. Le désir de se perfectionner dans les langues orientales; de connaître le berceau du soleil et de la civilisation...

— Admirables prétextes, mais...

Maxime de Luz eut presque un mouvement d'impatience.

— Mais... si tu sais quelque chose de précis, pourquoi ne parles-tu pas?

— Je préférerais que Savinien, lui-même, te fît des confidences.

— Pourquoi?

— Je n'ai que des données incertaines.

— Tu vois bien!

— Ne triomphe pas si vite. Le hasard me vient en aide. Regarde la personne qui traverse, en ce moment, la place de l'église.

— Vêtue de noir?

— Oui.

— Je ne la reconnais pas.

— Elle habite pourtant le pays depuis trois ans. Seulement, elle ne sort presque jamais de chez elle.

— Où demeure-t-elle?

— Près de la ferme de Sivac. Elle a loué la cette maison blanche qui est adossée au coteau, voisine de la maison de ta future belle-sœur.

— Son nom?

— Elle se fait appeler Mme de Montvert. Toi qui connais bien l'armorial, tu pourras vérifier si le titre et le nom ne sont pas de contrebande.

— Qu'est-ce qui te le fait supposer?

— Cet isolement dans lequel elle se tient... et ce que je te dirai tout à l'heure.

— Est-elle mariée ou veuve?

— Elle porte, paraît-il, le deuil de son mari. Ce qui est certain, c'est qu'elle a un enfant de six à sept ans, Alfred de Montvert, qui joue souvent avec le neveu de ta fiancée, le petit Lucien Sandoret.

— Quel rapport existe entre ce que nous disons et l'intrigue que tu prêtes à mon ami Savinien?

— Nous voici près d'elle. Regarde-la d'abord. Veux-tu que nous mettions pied à terre sous le prétexte d'entrer chez le sellier? J'ai un point à faire coudre à ma bride.

Mme de Montvert s'était assise sous les catalpas, adossée à un banc devant lequel son fils jouait après avoir tiré des billes de sa poche. Elle faisait aux cavaliers qui venaient de s'arrêter et comme pour mieux respirer après une promenade qui avait été sans doute longue et fatigante dans la poussière, elle avait relevé sa voilette noire à gros pois sur son front blanc. De sa main gantée, elle se tamponnait de temps en temps le visage avec un fin mouchoir, et ses joues, roses de chaleur, paraissaient d'une extraordinaire fraîcheur de santé.

Georges de Luz était entré chez le sellier et Maxime l'attendait devant la porte. Il pouvait examiner à loisir Mme de Montvert, qui, du reste, les yeux baissés, ne semblait pas gênée par son regard. Elle était vraiment très belle. Il se souvenait maintenant de l'avoir rencontrée une ou deux fois, mais il ne savait pas qu'elle résidât dans le pays, il avait supposé qu'elle y venait seulement en visite.

Maxime de Luz n'était pas curieux. En dehors de la vie de son cœur, rien n'existait. Mais Savinien, c'était aussi une partie de lui-même. Est-ce que la jeune veuve qu'il avait devant lui jouait un rôle dans la vie de son ami ? Il ne se sentait pas le droit de pousser loin son investigation. Pourtant Maxime de Luz ne pouvait détacher ses yeux du visage de cette étrangère. Il comprenait qu'elle fût capable d'inspirer une puissante passion. Elle était grande, elle avait le buste long, la poitrine opulente et la taille fine ; les pieds et les mains très aristocratiques, et le port de la tête presque fier sous la masse des cheveux noirs. Le visage, au teint mat de créole, était remarquable par son ovale de vierge de Murillo. Les lèvres épaisses et rouges laissaient voir, par un entre-bâillement constant, frère du sourire, des dents grosses, mais très blanches. Et des yeux bleus, d'un bleu intense, éclairaient cette tête orientale, pleine de rêverie, de passion et de fatalité.

Georges de Luz revint sur le pas de la porte.

— L'as-tu assez vue ?

— Oui... Partons.

— Est-elle assez belle !

— Trop.

— Tu comprends qu'on en soit fou ?

— Elle fait excuser la folie.

Ils remontèrent en selle et s'éloignèrent.

Maxime se taisait, décidé à écouter, se refusant à interroger.

— Eh bien ! dit Georges, voici ce que j'ai vu...

« Il y a deux ans, comme je revenais à cheval de Saint-Miguel où le comte de Latour-Grillon m'avait invité à courir le sanglier, — tu faisais alors ton service militaire, — un couple passait sous bois, un jeune homme et une jeune femme vêtue de noir. Le jeune homme, c'était Savinien de Reillan, et la jeune femme, c'était elle. Deux mois après, un soir à neuf heures, en rentrant à pied à Castiran, je passais par Sivac, lorsque, devant la maison blanche voisine de la ferme de Sandoret, je vis un cheval sellé, sans cavalier. Le cheval, attaché à un jeune tronc, tondait l'herbe, au clair de lune. Je reconnus parfaitement la plus belle bête du baron Savinien. Enfin, il y a seulement six mois, à l'un des guichets de la poste restante de Bordeaux, je me trouvais derrière une dame qui demanda si une lettre était arrivée pour elle. « D'où ? » interrogea l'employé. — De Tunis, monsieur. » Je regardai la dame. C'était Mme de Montvert. Elle s'en alla, du reste, sans emporter de lettre et sans m'avoir remarqué. Voilà. C'est tout. Concluons. Tout cela me semble assez probant.

— C'est possible ! murmura Maxime.

Et il ajouta philosophiquement :

— Tant mieux pour Savinien.

— Où tant pis ! répliqua Georges.

— Pourquoi tant pis ?

— Parce que cette femme ne me dit rien qui vaille. Elle est trop belle pour n'être pas très puis-

sante et Savinien est trop riche pour n'être pas un peu naïf.

— Es-tu sentencieux, mon pauvre Georges !

Ils n'étaient plus qu'à dix minutes du château de Reillan; Georges de Luz serra la main de son frère.

— Je ne vais pas plus loin, adieu.

— Ne manque pas de venir souvent pour m'apporter des nouvelles de Germaine et de ma mère.

— Je te le promets.

— Adieu !

XV

UNE VISITE NOCTURNE

Le comte Maxime partit au grand trot et s'arrêta bientôt devant la demeure de son ami. Ce n'était point une antique demeure seigneuriale, mais une grande villa moderne qu'on appelait le « château » parce qu'elle était d'un aspect plus imposant que toutes les habitations d'alentour. Un jardin anglais précédait la maison, montée sur un perron d'où s'apercevait la grille d'entrée à laquelle sonna Maxime de Luz, sans descendre de son cheval. Un domestique accourut et presque en même temps parut sur le perron le baron Savinien de Reillan qui cria joyeusement :

— Ah ! Maxime... Je pensais bien que tu ne te ferais pas attendre.

C'était un grand garçon au visage ouvert, qui avait conservé vierges ses favoris en long duvet soyeux. Il était ainsi tout semblable aux magistrats de sa famille, dont les portraits ornaient les murs de son salon. Lui seul, Savinien, n'avait pas suivi la carrière ; mais il avait gardé dans le monde de la magistrature les plus puissantes relations, les amitiés les plus dévouées.

Savinien vint au-devant de Maxime qui remit sa bête au domestique et tous deux s'embrassèrent avec effusion, sans contrainte, les yeux brillants de la joie de se retrouver. Et ils marchèrent jusqu'à la maison, sans se parler, ayant trop de choses à se dire. Maxime, avant d'entrer, jeta un regard sur le jardin et rompit le silence :

— Rien n'est changé ! Les mêmes parterres, les mêmes fleurs, les allées aussi nettes, les massifs aussi soignés, tout comme si tu n'avais pas été absent ! Es-tu heureux de rentrer chez toi, la maison prête ! Tu retrouves tes habitudes, tes vêtements, tes chevaux, tes chiens, ton fusil... et ton ami !

— C'est mon ami seul qui m'a fait trouver le voyage trop long. Ah ! mon cher Maxime, nous avons un an de plus... un an, c'est beaucoup de jeunesse enfuie.

Ils avaient gravi l'escalier, dédaignant le salon, bon pour les étrangers, et tout de suite, avaient gagné la chambre de Savinien, au premier étage, une vaste pièce ouverte sur le parc qui suivait la maison, et ils s'assirent devant un guéridon où traînaient des boîtes de cigares et des paquets de tabac d'Orient.

— Tu vois, dit Savinien, je défais moi-même mes malles. Elles sont pleines d'objets rares, de bibelots, de souvenirs. Je ne veux pas qu'on y touche. Pardon, pour l'encombrement.

— Quand je fume, je ne remarque rien ! répondit Maxime, dont le regard vague errait autour de la chambre.

— C'est que déjà dans l'intimité de la première heure, il était prêt aux confidences. Et ne sachant par où commencer, il jeta brusquement l'aveu, après un instant de silence :

— Tu sais... Je me marie.

Savinien, du bout de son petit doigt, fit tomber dans un cendrier la poussière de sa cigarette.

— Avec... *Elle*? interrogea-t-il.

— Naturellement, puisque je l'aime.

— Et le père?

— Toujours dans les mêmes dispositions... mauvaises.

— Alors?

— Alors, je la prendrai sans dot.

— Ah!... ça ne m'étonne pas de toi. Tu es un peu fou! Mais, c'est très bien d'être fou, de cette folie-là.

— Tu m'approuves?

— Je t'encourage même. Cela est d'un très bel exemple.

— Voilà comment tu encourages? Mais, je ne tiens pas à savoir ce qui arrivera... Je la veux... nous nous voulons... Le principal est d'être deux et de s'aimer. Elle est courageuse et je suis instruit. Il y a un Dieu pour les amoureux.

— C'est très beau.

Maxime, comme s'il disait une chose très simple, ajouta d'un air indifférent, pour jouir de l'effet:

— Hier au soir elle a quitté la maison paternelle et s'est réfugiée chez moi.

— Chez toi? fit Savinien, stupéfait.

— Elle a signifié un acte respectueux au père Pri-vil, son beau-frère n'a pas voulu la recevoir. Où voulais-tu qu'elle allât?

— Et qu'a dit la mère?

— Elle l'a embrassée et m'a congédié... Je viens te demander l'hospitalité.

— Ce n'est pas beau, c'est sublime, parole d'honneur! Et moi qui voyageais pour être étonné! Vrai, tu m'en ménageais une... surprise! En voilà du roman! Je n'en aurai donc pas un dans ma vie, moi!

— Tu me railles, Savinien.

— Je te raille? Tu sais bien le contraire, mon pauvre Maxime. J'ai l'air froid; je n'en suis pas moins ému. Que ton mariage ne soit pas la fin de notre amitié, c'est tout ce que je souhaite... — on aime tant sa femme qu'on délaisse ses amis; à part cette crainte, ta situation me ravit. J'aime ce qui n'arrive pas à tout le monde.

— Comment peux-tu douter de l'avenir de notre amitié?... Si tu te maries, à ton tour, nos femmes se connaîtront et leur amitié fortifiera la nôtre!

— Tu fais toujours des rêves, Maxime. Moi, je ne me marierai jamais.

— C'est un serment?

— Non, une appréhension. Pour se marier, l'amour est nécessaire, quand on a déjà la fortune et le nom. Sans l'amour, que gagnerai-je au mariage?

— C'est à vingt-huit ans que tu désespères de rencontrer une jeune fille...

— Eh! mon ami, je ne suis pas très beau, vois, déjà la calvitie commence. Je ne suis ni artiste, ni politicien. Aucune gloire ne me couronnera pour remplacer mes cheveux. J'ai de l'argent, c'est tout. On me prendrait par-dessus le marché.

— Tu te calomnies.

— Non!... être aimé, pour un homme qui a du cœur, c'est la grande affaire. Voilà pourquoi je te trouve heureux; celle qui t'aime te veut pour toi... Mais, être aimé, comme je l'ai été trop souvent... oh! non, non! Je ne veux pas ajouter une femme légitime à la collection que voici!

Et Savinien prit dans une valise une énorme brassée de photographies qu'il jeta sur un guéridon avec un rire sceptique.

— J'ai voulu les conserver toutes en effigie par crainte de les oublier! Il y en a là de tous les pays, presque de toutes les couleurs, à coup sûr de tous les rangs et de toutes les conditions. Aucune n'a aimé Savinien; toutes, un jour ou l'autre cyniquement ou habilement, hâtivement ou après tempori-sation, sont passées à la caisse du baron Savinien de Réillan qui les a payées.

— Même celle-ci? interrogea Maxime, en posant le doigt sur une photographie qui s'était séparée du tas des autres et se trouvait en évidence.

Maxime indiquait une jeune femme, vêtue de noir. Savinien devint pâle.

— Non, protesta-t-il... très troublé, celle-ci s'est trouvée mélangée aux autres... par hasard. Cette femme n'a jamais été ma maîtresse... je te demande pardon pour elle... C'est la fille d'un ami de mon père.

— Je suis muet... Je n'ai rien vu... dit Maxime.

Savinien s'empara de la photographie et la glissa dans un tiroir en demandant:

— Tu la connais donc, cette dame?

— Non. Je sais seulement son nom: Mme de Montvert.

— Elle est dans la misère... ou à peu près... et j'ai continué à lui servir une petite rente que lui faisait mon père.

— Je t'en prie, Savinien... n'en parlons plus... Je ne te demande rien...

La voix très douce, Savinien s'excusa:

— Crois-tu, Maxime, que si je pouvais parler, c'est à toi que je cacherais quelque chose? Ne m'en veuille pas... Je ne peux rien dire.

— Mais, Savinien, je t'en prie. Il y a un secret, garde-le. Je n'ai même pas le désir de le connaître; ton silence ne me fait pas douter de ton amitié.

— Je sais que nous ne douterons jamais l'un de l'autre. Pourtant, il faut que je répète une phrase que j'ai prononcée tout à l'heure... parce que tu pourrais croire qu'elle a été jetée, dans un moment de trouble, avec le simple but de détourner les soupçons. Ce que je t'ai dit est la vérité absolue: « Cette femme n'a jamais été ma maîtresse. »

— Je ne doute ni de toi, ni de ce que tu m'affirmes. Encore une fois, Savinien, parlons d'autre chose.

Ils allumèrent de nombreuses cigarettes en attendant le déjeuner.

Le soir même du premier jour, dès la tombée du crépuscule, il éprouva une telle mélancolie que les récits de son ami Savinien ne l'intéressèrent plus pendant le dîner et qu'aussitôt après, il lui demanda la permission de se retirer dans sa chambre.

— Je suis las à dormir debout, dit-il. Tu m'excuses, n'est-ce pas, Savinien?

— Moi qui reviens d'Orient, je suis frais et plus dispos que toi! Pas même une partie de billard?

— Non, merci.

— Un whist?

— Non... demain, si tu veux.

— Il est à peine huit heures...

— J'ai eu tant d'émotions hier et ce matin...

— Allons, va!

Maxime monta au premier étage, laissant son ami en train d'examiner si les panoplies de la salle à manger ne s'étaient pas rouillées, durant son absence. Et avant de se coucher, sans allumer sa bougie il se laissa choir près de la fenêtre ouverte dans un fauteuil, aimant ce repos préliminaire avant de se dévêtir jusqu'au moment où la fraîcheur de la nuit a calmé suffisamment le cerveau pour lui permettre d'être envahi par le sommeil. Et il s'assoupit, le visage éclairé par la lune aux voiles vaporeux de fiancée.

Il fut réveillé par un bruit de voix qui montait du rez-de-chaussée.

Combien de temps avait-il dormi?

Il regarda sa montre. Il était plus de dix heures. Il y avait donc une heure et demie environ qu'il avait quitté son ami. La personne qui parlait haut était une femme et Savinien lui répondait, au-dessous, dans le grand salon, dont la fenêtre sans doute n'était pas close, puisque les paroles s'enten-

...aient distinctement et que des supplications et des sanglots arrivaient jusqu'à Maxime, coupés par des réponses brèves et le ton bref de Savinien irrité.

— Oh ! Savinien ! vous me tuerez. Savinien, ayez pitié de moi !

— Ayez pitié de vous-même... ne rentrez plus jamais dans cette maison... ou je fuirai encore. Voulez-vous me chasser de chez moi ?

— Savinien, ne soyez pas si dur pour moi !

— Je vous en prie, madame, retirez-vous. Je suis resté un an dans l'exil pour vous faire oublier cet amour, qu'il m'est impossible d'accueillir ; pour combattre, peut-être, la passion naissante que vous m'inspirez. Je ne faiblirai pas ! J'ai des raisons qui me garderont de faiblir.

— Savinien !

— Encore une fois, ne me forcez pas à vous dire à quelles raisons je fais allusion...

— Si, parlez, je le veux enfin...

— Soit ! Votre passion ne vous semble donc pas monstrueuse !

— Savinien, j'essaie vainement de vous comprendre.

— Eh bien, la mienne serait criminelle.

— Pourquoi ? Dites-moi pourquoi ! Vous n'oserez pas exprimer un soupçon que je devine...

— J'oserai, car il faut en finir. Cette rente que mon père vous a laissée... ce fidéicommis en faveur de votre fils... est-ce que cela ne prouve pas ?

— Oh ! Savinien, je me courbe sous l'insulte... parce que je vous aime et parce que je sens que vous m'aimerez un jour.

— Jamais !

— Vous reconnaîtrez vos torts... vous m'aimerez.

— Quand vous m'aurez dit quel est le père de votre enfant ! Loyalement, pour votre bonheur même, avouez...

— Que j'avoue, quoi ? N'est-il pas atroce que vous m'obligiez à répondre à cet outrage ? Le père, c'est mon mari. Je n'ai pas de papiers justificatifs... Hélas ! je ne me suis pas mariée en France... Il est mort aux Indes.

— Oui, cette histoire d'incendie, de massacre, de fuite, de naufrage, que sais-je ? Eh bien ! j'ai le malheur de ne pas y croire... et Dieu sait si j'en ai eu longtemps le désir !... Mais, je me suis ressaisi... écoutez-moi bien... restons amis... je ne vous aimerai jamais d'amour... mais je veillerai sur votre avenir...

— Ah ! Savinien, croyez-vous que je m'humilierais ainsi en votre présence, si je n'étais pas, depuis longtemps, certaine que vous m'aimez ! C'est parce que vous souffrez, vous aussi, que j'insiste et que je me fais si petite devant vous. Écoutez-moi à votre tour... vous ne pouvez pas être heureux sans moi. Vous êtes parti, vous voici revenu. Vous saviez pourtant que j'étais toujours là, dans votre pays, à vous attendre... et vous êtes revenu tout de même... parce que vous aviez le désir de me revoir. Vous ne direz pas le contraire, Savinien... et puisque vous m'accusez à tort... puisque je nie et que vous n'avez pas de preuves... au moins devriez-vous avoir pitié de vous et de moi.

— A quoi pourrait nous mener cet amour ? Au mariage, n'est-ce pas ? répondit Savinien, en ricanant assez haut pour que Maxime comprît de quel mépris insultant son ami enveloppait son interlocutrice.

Et la voix de femme répliqua :

— Non, Savinien... à l'amour seulement pour lui-même, si vous le vouliez ainsi. Car, je la connais, votre peur ! Vous me supposez intéressée ! Votre fortune pétrifie votre cœur. N'ayez pas cette crainte : je ne veux pas être baronne de Reillan... Alors, que craignez-vous encore ? Car, le reste, l'épouvantable accusation que vous m'avez jetée à la face, tout à l'heure, brutalement...

— Vous l'avez exigé...

— Vous n'y croyez pas, n'est-ce pas ? Il n'est pas possible que vous y croyiez.

— Dites que je n'ai pas la certitude et vous direz vrai. Mais ne comprenez-vous pas que le doute suffise pour que vous m'inspiriez, vous aimerais-je, une terreur sacrée !

— Donc, Savinien, vous exigez de ne plus me revoir !

— Je vous le demande comme une grâce !

— C'est le propre des femmes très aimantes d'être outragées sans merci et de demeurer prêtes au dévouement lorsqu'elles sont suppliées... Soit, vous ne me reverrez plus, Savinien, mais vous garderez, toute votre vie, le remords de m'avoir accablée du soupçon le plus odieux... Je ne peux pas lutter contre l'hypothèse infamante qui a surgi dans votre cœur au moment où vous veniez à moi, il y a trois ans !

La femme cessa de parler une seconde, comme accablée par l'émotion, et Maxime de Luz l'entendit poursuivre bientôt sur un ton de résignation navrante :

— C'est après la mort de votre père... après l'ouverture du testament... que vous avez changé de sentiment à mon égard... Ah ! si je n'avais pas un enfant que ce testament assure contre la misère, si j'étais seule au monde, je ferais vite l'abandon de cette libéralité qui est la cause de toutes mes souffrances... Votre père fut pour moi un ami.

Savinien interrompit :

— Madame, ne parlez plus de lui ; ses volontés, je les ai respectées... elles n'ont pas été, pour moi, un sacrifice aussi dur... qu'un autre... que je crois devoir à sa mémoire... Si je me trompe, qu'il me pardonne, et vous aussi ; mais si, dans l'inquiétude du doute, il m'arrivait de passer outre, sans tenir compte de l'ombre que je vois toujours entre nous deux, c'est ma conscience qui ne me pardonnerait jamais !

— Vous croyez donc être seul, Savinien, à avoir une conscience ? Plus vous vous félicitez de me résister, plus c'est me blâmer de vous poursuivre. Quand vous vous prenez pour un héros, c'est que vous me jugez bien infâme...

— Dites-vous, madame, que je ne veux pas si profondément analyser mes sentiments et que nous sommes tout simplement deux malheureux.

— Cette dernière phrase rachète un peu les autres.

— Oh ! sans intention, car elle est définitive comme un adieu.

Maxime entendit deux ou trois sanglots sourds, et la porte du salon s'ouvrit, puis celle du perron. La femme était partie.

XVI

LA CONFESSION DE SAVINIEN

Quelques minutes après, Savinien, d'un pas saccadé, marchait dans la chambre voisine. Sa souffrance morale était sans doute atroce, car — Maxime l'avait reconnu au timbre de la voix, à l'ardeur des répliques — Savinien avait signifié, ce soir-là, une décision prise depuis longtemps et qui avait dû coûter à son cœur. Cette rupture définitive, à laquelle, malgré lui, venait d'assister Maxime, était un acte imposé à son ami par une naturelle intelligence de la morale, mais aussi par une raison haute, supérieure à un coup de passion. Savinien était la victime de lui-même ; — Georges de Luz avait deviné la vérité ; — le baron de Reillan n'était pas arrivé à vingt-huit ans, sans avoir aimé. La conversation, ce soir entendue par hasard, confirmait à Maxime les déductions de son

et il était gêné d'avoir surpris ce secret et
le point d'aller loyalement s'accuser à Savinien :
Je sais tout ! J'ai tout entendu !
Il n'en eut pas le temps. Savinien poussa la
porte de communication des deux chambres et en-
tra en demandant :
— Dors-tu, Maxime ?
— Non, répondit Maxime, en allant vers son ami.
Je dois même t'avouer que je n'ai pas encore dormi
et que je n'ai rien perdu de la conversation qui
est tenue, tout à l'heure, sous cette chambre...
Je te demande pardon.
— C'est inutile. Tu as appris ce que j'étais décidé
à te confier. Si tu nous as entendus, tu sais à peu
près tout.
— Et j'ai compris que tu étais malheureux.
Savinien baissa la tête.
— Oui, dit-il. Pourquoi le nier ?
— Tu l'aimes ?
— Je l'aime.
— La personne que tu appelais « Madame » est
bien Mme de Montvert ?
— Oui, mais je n'ai jamais vu M. de Montvert,
même du vivant de mon père.
— De sorte que tu le demandes ?
— Si cette femme n'est pas une aventurière.
— Aucun indice ne t'est donc venu en aide, de-
puis que tu la connais ?
— Alors, il m'eût été difficile de vérifier les
aventures impossibles qu'elle m'a contées.
— Mais, comment l'as-tu connue ?
— Ce que je vais te confier est une tranche de
vie navrante. Sans le vouloir assurément, par un
de ces hasards qui forcent la volonté, c'est mon
père qui me la fit connaître.
— Ton père ?
— Oui, écoute :
« Ma mère était morte depuis deux ans, et mon
père tu le sais, était encore jeune. Il s'ennuyait ici
dans la solitude, et il avait pris l'habitude d'aller
passer une partie de la semaine à Bordeaux où il
revoyait d'anciens amis. Moi, j'achevais mon volontariat d'un an, à Mont-de-Marsan. Je vins un
dimanche, en permission à Bordeaux..., et je ren-
contrai mon père, sur les allées de Tourny, avec
une jeune femme à son bras. Il ne parut pas troublé et me présenta à elle, avec ce grand air que
tu lui as connu :
« — Madame de Montvert, me dit-il.
« Je la vis rougir et je remarquai qu'elle était
toute vêtue de noir. Je ne les quittai pas ; mon père
m'invita à dîner au restaurant en leur compagnie.
« J'étais au comble de l'étonnement. Je ne pouvais m'expliquer qui était cette dame seule, jeune,
que mon père osait compromettre de la sorte, et
dont je n'avais jamais entendu parler auparavant.
Leur intimité pourtant ne paraissait pas née de la
veille.
« Après le dîner, nous la reconduisîmes chez
elle, non loin du boulevard de Caudéran, où elle
habitait un coquet petit hôtel, car, nous entrâmes,
je reconnus, tout de suite, que mon père avait
l'habitude de la maison.
« J'entendis un vagissement qui partait du premier étage.
« — Comment va l'enfant ? demanda mon père.
« — Oh ! très bien depuis huit jours, monsieur.
« J'appris alors que l'enfant dont on parlait était
tout jeune, quatre mois à peine, et qu'il avait été
récemment atteint d'une entérite.
« Nous acceptâmes une tasse de thé.
« Avant de sortir, mon père baisa la dame au
front, très paternellement, et lui dit :
« — Au revoir, mon enfant !
« Quand nous fûmes dehors, je me posai un
point d'interrogation, l'échine concave et la tête
en arrière.

« — Cette dame de Montvert, répondit mon père
à ma question muette, est une jeune veuve.
« — Ah ! Je m'en doute. Je n'ai pas vu le mari.
C'est de lui qu'elle porte le deuil ?
« — Oui. C'est une vie bien mouvementée que
la sienne. Je te raconterai cela un autre jour, car il
faut que tu réintègres la caserne. Qu'il te suffise
de savoir qu'elle avait commis la sottise d'épouser
un homme de mon âge, un de mes meilleurs camarades de collège, aux Indes, où il est mort. Elle est
revenue enceinte en Europe, m'apportant une lettre
de son mari qui, aux approches de l'agonie, me la
recommandait. Comme elle n'était pas riche, je lui
suis venu en aide et je lui ai voué une affection de
protecteur... Tu sais qu'il est tard... ne manque
pas le train.
« Mes dimanches, je les passais à Bordeaux. Je
ne manquais pas d'aller présenter mes hommages
à Mme de Montvert que je trouvais toujours seule.
Je n'y voyais jamais mon père, et cela m'était presque un soulagement de ne pas le rencontrer. Il
apprit par elle que j'allais la voir et m'en remercia
sans contrainte, de la façon la plus naturelle. Elle
me parlait à peine de lui, prononçait à son sujet
quelques paroles de discrète reconnaissance et de
respectueuse admiration. Et comme elle était ac-
cueillante, aimable, jeune et belle, d'une grande
douceur mélangée d'une grande tristesse, je me
laissais aller au plaisir de la regarder, puis, au
danger de la plaindre. Ne comprends-tu pas,
Maxime ? »
— Quel homme jeune aurait résisté au charme
de la situation ? répondit Maxime de Luz.
Savinien de Reillan reprit :
— De là à l'aimer, la distance n'était pas difficile
à franchir. Elle était avec moi d'une réserve très
digne, sans pudeur maniérée, bien qu'elle sût
qui se passait dans mon cœur. Quand je quittai
le régiment, je continuai de la voir toutes les fois
que j'allais à Bordeaux et les prétextes d'y aller,
j'en inventais en foule.
— M. de Reillan ne fit jamais d'observation ?
interrogea Maxime.
— Jamais ! Il me pria même de l'y accompagner
deux ou trois fois en trois ans. Durant ces trois
années, je n'ai pas prononcé un mot d'amour, et
madame de Montvert a été d'une correction parfaite. Pourtant, l'intimité grandissait entre nous
au point que je ne songeais même pas à révoquer
en doute les courtes explications qui m'avaient
été fournies sur elle, et que je me laissais aller à
la douceur d'ignorer, par crainte que la vérité ne
portât un coup trop funeste à de chères illusions.
« Mon père mourut.
« Ce fut alors seulement que je m'aperçus de la
profondeur et de la violence de mon amour ; mais,
en même temps, par une bizarrerie de cet amour
même, je devins inquiet, timoré et scrupuleux...
et j'osais moins lui manifester ma tendresse à mesure qu'elle m'en montrait davantage. On eût dit
que la mort de mon père l'avait déliée et m'enchaînait. Elle venait à moi maintenant et je n'a-
vançais pas vers elle.
— Peut-être, interrompit Maxime, les clauses du
testament de ton père l'avaient-elles paru surpre-
nantes ?
— Peut-être, en effet, car il constituait à la veuve une rente réversible sur la tête de l'enfant et
me faisait, en outre, le gardien d'une assez forte
somme que cet enfant doit toucher si je meurs
avant lui.
— Voilà une clause qui, je crois, n'est pas ba-
nale.
— Tu as raison. Il s'agit d'un fidéicommis à
terme incertain, véritable substitution qui est interdite par notre code. Mon père avait confiance
en toi et je ne tromperai pas cette confiance ; ce
testament sera intégralement exécuté, par la suite

qui est déjà fait pour le cas où je mourrais avant qu'Alfred de Montvert ait atteint ses vingt et un ans révolus. Du reste madame de Montvert elle-même n'a aucun doute sur ce point.

— Elle sait que ce testament est fait ?

— Je lui en ai parlé souvent sans qu'elle m'ait jamais demandé d'explications. Seulement...

— Seulement ?

— Elle a trop voulu me raconter son passé et l'histoire romanesque dont elle m'a fait part m'a fait douter de sa sincérité.

— Qu'est-ce donc qui te fait douter d'elle ?

— Un mensonge. Quand elle apprit la teneur du testament de mon père, elle manifesta une surprise si grande que je ne pus m'empêcher de lui demander si mon père ne lui avait jamais laissé entendre qu'il ferait, en faveur d'elle ou de son enfant, quelque libéralité, dépassant ce que la loi lui permettait de donner. Non, me répondit-elle, il ne m'avait jamais parlé de cela. J'aurais refusé. Or, dans ce secrétaire qui est là, derrière toi, j'ai trouvé une lettre où elle remerciait mon père, en termes émus et vibrants, de sa promesse... elle n'attendait pas moins, de sa justice et de son cœur... mais elle prierait Dieu, pour que l'effet de sa promesse se réalisât le plus tard possible.

— Oh ! Oh ! murmura Maxime de Luz.

— Peut-être cette lettre n'a-t-elle pas le sens que je lui ai attribué, mais dès ce jour, ma confiance est tombée... Mes soupçons ont grandi. Malheureusement mon amour se vivifiait dans la souffrance. J'ai fini par permettre un aveu de sa part. Oui, quelques mois après la mort de mon père, — comme je n'avais pas su la fuir, un jour que je venais de lui remettre ses rentes, — elle m'avoua qu'elle m'aimait depuis trois ans... et avec une audace de créole exaspérée par la passion, elle ajouta : « Si je parle, c'est que vous vous taisez ! Si j'avoue, c'est que j'ai lu en vous ! » Je me domptai. Il me sembla que je recevais un jet d'eau glacée sur le visage. Jamais mon soupçon ne fut si précis qu'à ce moment-là. Le petit Alfred, âgé de cinq ans déjà, venait d'entrer. Et la vue de cet enfant avait suffi pour transformer en froideur invincible le mouvement de désir qui allait me jeter dans les bras de cette femme.

— Mon pauvre Savinien ! gémit Maxime.

— Oui, plains-moi, Maxime, car la vision de cet enfant est toujours entre elle et moi, et me sépare d'elle à jamais. Il a les traits de mon père ! Est-ce une hallucination ? J'ai un portrait de mon père enfant qui ressemble au fils de madame de Montvert !

— C'est atroce, atroce... si vraiment tu l'as aimée ! conclut Maxime.

— Hélas !... Et longtemps j'ai voulu vraiment la fuir. J'allais toujours la voir comme attiré par le crime à commettre. Enfin, je fus vainqueur de moi-même. Je cessai mes visites... Ce fut elle qui vint s'établir dans le pays...

— Et c'est alors que tu partis pour l'Orient.

— Oui. Je suis à peine de retour qu'elle frappe à ma porte, ravive ma blessure en se montrant à moi dans une beauté plus éclatante... mais, tu m'as entendu... dis... tu m'as entendu... elle a dû comprendre que je ne succomberai pas !

Savinien tremblait presque à présent, comme s'il avait peur de lui-même.

— Elle ne reviendra pas, espérons-le ! soupira Maxime pour apaiser son ami qu'il voyait en proie à une grande surexcitation nerveuse.

Mais, en lui-même, il s'apitoyait, effaré de cette fatalité terrible de l'amour : « Si elle ne revient pas, c'est lui qui ira vers elle ! Qui le sauvera ? » pensait-il.

— Comprends-tu, continua Savinien, pourquoi sa photographie s'est trouvée parmi celles des filles de hasard ?. C'est qu'un jour de souffrance, en voyage, je l'y ai jetée exprès, pour avilir son image, pour la souiller dans ma pensée, car si ce qu'elle rêve arrivait jamais, si ce qu'elle voite, elle le gagnait, que ce soit mon amour ou ma fortune par mon amour, elle ne serait pas digne, celle-là, de dénouer les sandales des autres.

— Tu es un brave garçon, Savinien, lui répondit Maxime, en l'embrassant.

XVII

LA DIPLOMATIE DU VICOMTE

Comme le vicomte Georges de Luz revenait d'accompagner son frère chez le baron Savinien de Reillan, il éprouva le désir de passer, avant de rentrer au château de Saint-Edme, devant la ferme de Mourion. Ce n'était point par forfanterie ni bravade, mais par instinctive curiosité.

Entre gens qui se fuient, les malentendus sont éternels ; tandis qu'après une virulente bataille de mots, quand on a dit tout ce qu'on avait à dire, on se reconnaît quelquefois moins différents l'un de l'autre, qu'on ne supposait, et les mains se rapprochent et les haines tombent. Georges de Luz se sacrait déjà grand pacificateur.

Et il se promettait de passer tous les jours devant la ferme de Mourion. La route est à tout le monde. Pourquoi ne s'en servirait-il pas comme autrefois ? Il ne se disait pas que Germaine recevant l'hospitalité au château de Saint-Edme après avoir fui la ferme de Mourion, cette petite promenade pouvait facilement passer pour une raillerie, un défi, une provocation. Et, confiant en son bon droit, Georges de Luz arrivait au pas, sous les arbres centenaires qui précédaient l'habitation de Calixte Privat.

Il vit un homme en sortir. C'était Sandoret qui, sans doute, venait de conférer avec son beau-père sur la conduite à tenir, après ce qui s'était passé la veille au soir. Évidemment, Calixte Privat n'ignorait plus rien et sa colère devait, en ce moment, atteindre l'exaspération. Néanmoins, Georges de Luz eût préféré rencontrer le beau-père, à la place du gendre. Calixte était brutal mais franc. Le meunier était hypocrite et sournois.

Le vicomte, se souciant peu d'une explication avec ce dernier, détourna la tête, sans hâter le pas de son cheval. Mais il s'entendit appeler :

— Monsieur le vicomte !

Il se retourna. Sandoret avait couru et se trouvait sur le bord de la route, à deux pas derrière lui. Georges de Luz souleva son chapeau.

— Que me voulez-vous, monsieur Sandoret ?

Le meunier, papelard et doux, se doutant de l'inutilité du ton agressif, répondit :

— Je voudrais vous poser une question, monsieur le vicomte... Je m'adresse à votre loyauté.

— Parlez, monsieur Sandoret.

— Pensez-vous qu'il soit bien humain de faire pleurer un vieillard ?

— Non, monsieur Sandoret, assurément non.

— Surtout en lui ravissant sa fille ?

— Ce serait le comble de la cruauté ! avoua Georges, sans intention de raillerie.

— Alors, pourquoi votre famille se mêle-t-elle de faire souffrir la nôtre ?

— Pardon, monsieur Sandoret, deux mots seulement... n'attaquez pas ma famille, même en paraissant m'implorer, parce que je ne le souffrirai pas. Ensuite, écoutez ceci : Moi, personnellement, je plains M. Privat s'il pleure, mais personne ne lui a ravi sa fille... qui est majeure, qui s'est retirée d'elle-même, chez nous. Vous le savez bien, monsieur Sandoret.

— Si vous ne l'aviez recueillie... attirée... elle serait revenue chez elle, monsieur le vicomte !

— Ne croyez pas cela, monsieur Sandoret, répliqua Georges de Luz, dont le sang avait bouillonné au mot « attirée ». Elle restera chez nous, si elle y reste, de son plein gré, et, si elle veut revenir chez son père, nous ne la retiendrons pas. Si vous doutez, monsieur Sandoret, de notre désintéressement en cette affaire, apprenez que mon frère a un profond mépris de l'argent, qu'il donnera son nom à Mlle Germaine et ne recevra d'elle, en échange, que de l'amour. Quand à une dot, non seulement il ne la désire pas mais il la refuserait.

— Enfin, monsieur le vicomte, il n'est pas convenable qu'une jeune fille habite...

— Je sais cela, monsieur Sandoret. Aussi, mon frère a-t-il quitté le château ce matin même... il est allé pour un mois, chez son ami, le baron de Reillan, si vous tenez à le savoir pour édifier les mauvais esprits.

— Je ne dis pas, monsieur le vicomte, je ne dis pas... mais vous ? insinua Sandoret avec un sourire plein de sous-entendus.

— Moi ? interrogea Georges, la rougeur au front.

— Oui... oui... vous êtes jeune, elle est gentille et ardente, notre Germaine... et... habitant près d'elle...

Il ne termina pas sa pensée. Un coup de cravache le cingla en plein visage. Et, sans s'inquiéter de Sandoret qui hurlait, aveuglé par le sang, Georges de Luz éperonna son cheval et disparut du côté du château de Saint-Edme, bouleversé d'indignation. A l'entrée du bois, il se calma, réfléchit :

— Voilà une première sottise ! murmura-t-il. Décidément, je ne suis pas assez maître de moi. Je suis trop jeune. Si c'est ainsi que j'aplanis les difficultés et que je prépare la réconciliation... Mais aussi... mais aussi... à quelle famille Maxime va-t-il s'allier ?

C'était le premier mouvement d'humeur qu'il éprouvât contre son frère. Le sang de sa race venait de protester, au souvenir de la bassesse d'âme de Sandoret. Mais ce ne fut qu'un nuage.

Il était le premier toujours à lutter contre les préjugés de castes et sa raison, sa philosophie, son bon sens, lui avaient fait dire autrefois à Maxime, un instant hésitant :

— Tu l'aimes ? Est-elle intelligente et instruite ? A-t-elle une âme digne de la tienne ? Un cœur ouvert à la charité ? Une raison ouverte aux idées larges ? Un visage qui charmera tes yeux ? Elle est parfaite, épouse-la. Donne-lui le nom qui lui manque.

Il rectifia sa première pensée par cet accommodement d'un scepticisme radical :

— Après tout, il vaut peut-être mieux ne jamais se réconcilier avec certaines gens... On évite de recommencer à se désunir.

Avant de rentrer au château, il s'assit dans une clairière du bois.

Il réfléchissait à l'incident de tout à l'heure, se remémorant les paroles échangées, et tout d'un coup, il cria tout haut :

— Je croyais n'avoir fait qu'une sottise... J'en ai fait deux. Oui... deux... Etait-il bien utile de dire à cette brute où s'est retiré Maxime ?

Il entendit la cloche d'appel du déjeuner. Le matin, après le départ de ses deux fils, la comtesse de Luz avait entraîné Germaine qui s'appuyait timide et muette à son bras, et, tout de suite, l'avait conduite dans sa propre chambre, et non au salon comme pour lui indiquer qu'elle n'était plus une étrangère, qu'elle entrait de plain-pied dans l'intimité familiale. Mais Germaine ne se déridait pas. Elle semblait effarouchée. Chaque affabilité nouvelle de la mère de Maxime la faisait se réfugier davantage en elle-même. Alors, la comtesse de Luz fut plus qu'affable. Elle devint tendre, adorablement enveloppante, comme une mère.

— Voyons, mademoiselle Germaine, je vous fais donc peur ?

Et Germaine, les cils baissés, répondit avec franchise :

— Presque, madame la comtesse !

— Appelez-moi seulement madame... puisque vous ne voulez pas encore m'appeler maman...

— Je n'ose pas, madame.

La comtesse s'ingéniait à trouver des sujets de conversation pour que le silence, entre elles, ne fût pas trop lourd, ce silence qui ressemble à l'indifférence ou à l'ennui. A peine obtenait-elle de Germaine quelques monosyllabes de réponse. Et Germaine, elle-même, souffrait de sentir sa gorge contractée, de ne pouvoir rendre gentillesse pour gracieuseté. Elle craignait de paraître sotte, gauche, de manquer d'éducation et la peur de déplaire la paralysait.

La comtesse se rendait compte de l'état moral de la jeune fille et la jugeait avec une indulgence émue, s'efforçant de l'apprivoiser en peu de temps, désireuse de la voir « chez elle », dans ce château dont elle serait, avant quelques années, la seule châtelaine. Et la sainte et digne femme avait des trouvailles de délicatesse pour permettre à sa future belle-fille de reprendre possession d'elle-même, d'abdiquer enfin cette timidité presque douloureuse pour toutes les deux.

— Ah ! mademoiselle Germaine, vous me rappelez la première fois que je fus présentée à la mère de mon mari... Je n'osai pas prononcer une parole !

— Vous, madame.

— Oui, mon enfant, vous pensez... c'était Mme la comtesse de Luz, et moi, j'étais tout bonnement Mlle Gabrielle Masson. Ah ! je croyais qu'il m'était fait un grand honneur... et je regardais tout le temps le bout de mes bottines.

Et la comtesse posa un baiser sur chaque joue de Germaine ahurie, qui eut la naïveté de répondre en son trouble :

— Comment ! vous n'avez pas toujours été comtesse, madame ?

La mère de Maxime ne put réprimer un rire de franche gaieté.

— Eh ! non, eh ! non, mignonne. J'étais une simple bourgeoise, de la haute bourgeoisie, si vous voulez, — c'est l'argent qui fait la hauteur, — et j'avais reçu, comme vous, une excellente instruction. M. le comte de Luz voulut bien me demander en mariage. Je ne le refusai pas. Voilà comment Mlle Gabrielle Masson est devenue comtesse. Je suis très étonnée, mon enfant, que vous n'ayez pas entendu parler de la maison Masson et Cie, de Bordeaux. Les Masson ont fait une révolution dans le bouchage à la mécanique. Ils sont bien plus connus que les Luz !

Et la comtesse riait de si bon cœur, en raillant spirituellement son origine, que Germaine finit par avoir un sourire de reconnaissance.

— Oui, continua la comtesse, la maison Masson était une des plus importantes du quai des Chartrons, — de la façade, s'il vous plaît — et nos vins se vendaient sur toutes les places du monde. Nous avions une armée de voyageurs et de courtiers, d'employés et de maîtres de chais. Nous faisions beaucoup l'exportation...

La comtesse, avec une pointe de comique insistance, appuyait sur le nous avions, nous faisions, comme si elle-même était entrée dans l'âme et dans les affaires de cette bourgeoisie commerçante qui l'avait faite riche, tandis que son alliance noble l'avait ruinée. Elle ajouta, non sans une subite gravité dans le ton :

— Et voyez comme les desseins de la Providence sont impénétrables, mon enfant ! Il y avait, chez nous, à cette époque, un maître de chai dont je me souviens parfaitement. Il était intelligent, jeune, actif. Mon père se priva subitement de ses

ices, après une conversation qu'ils eurent...
...as notre salon... c'est un fait particulier dont
...e me souviens. Et ce jeune homme s'appelait...
...evinez comment il s'appelait, mademoiselle Ger-
...aine ?

— Comment pourrais-je... madame ?...

— Calixte Privat !

— Mon père ?

— Oui, mon enfant, votre père...

— Vous avez connu mon père ?

— Je lui ai parlé jadis, il y a vingt-sept ans.

— Jamais il n'a prononcé votre nom de jeune
...le chez nous.

— Ah ! fit la comtesse, le petit maître de chai
...fait son chemin depuis... Mais, vous le voyez,
...était écrit que nous devions nous connaître.

Germaine réfléchissait :

— Qui sait, madame, si ce n'est pas à ce passé
d'intériorité de mon père vis-à-vis du vôtre que
doit être attribuée l'obstination dont nous souf-
frons, votre fils et moi !

— Peut-être, mon enfant. Peut-être bien.

La comtesse, elle aussi, se plongea dans des
réflexions qui évoquèrent un passé d'un lointain
brumeux, et le silence pénible entre les deux
femmes allait régner, lorsque retentit le coup de
cloche auquel avait répondu le vicomte Georges,
en se dirigeant vers le château. Il entra dans la
salle à manger. La comtesse et Germaine étaient
assises déjà. Georges embrassa sa mère et serrant la main de Germaine :

— Il m'a recommandé de lui apporter de vos
nouvelles tous les jours, mademoiselle ! Essayez
donc de vous porter à merveille et de prendre
l'existence... gaiement... comme je le fais. Ah !
que c'est réconfortant un bon potage, après une
promenade à cheval !

Sa gaieté paraissait naturelle, quoiqu'elle fût
un peu voulue.

Il se garda bien de conter l'incident survenu
entre lui et Sandoret, par crainte d'alarmer les
deux femmes qui vivaient sous son unique protection.

XVIII

UNE SOIRÉE TROUBLÉE

Le lendemain, Georges de Luz quitta le château
de bonne heure, non sans avoir prié Mariette de
veiller à ce qu'aucune personne suspecte ne fût
introduite auprès de la comtesse et de Germaine.
Il allait rendre compte à Maxime des deux légè-
retés qu'il avait commises la veille. Les trois jeunes gens déjeunèrent ensemble, et ce ne fut que
vers le soir que Georges put parler en particulier à Maxime :

— Je te le répète, lui dit-il, je crains tout de
Sandoret, maintenant surtout qu'il porte au visage la preuve de mon affabilité. Prends des précautions. Ne sors jamais seul sans être bien
armé.

— Je suivrai ton conseil; mais je crois que tes
craintes sont exagérées.

— Sandoret a une nature de fauve, de loup-cer-
vier. Il a le front bas, aplati, la mâchoire proémi-
nente et l'œil fuyant ; il doit être lâche et féroce ;
sans compter qu'il a intérêt à faire manquer ton
mariage.

— Je le sais ; je le lui ai entendu avouer à sa maîtresse Simonne, un jour que je les ai surpris dans
les bois de l'église. Mais j'ignore en quoi consiste
l'intérêt de cet homme.

— Tu es le seul à ne pas savoir que le père Privat lui a promis d'augmenter considérablement la
dot de sa première fille, si c'est Nicaise Rabastin
qui épouse la seconde.

Maxime eut un frémissement de dégoût.

— Et c'est ma Germaine qui est l'enjeu d'une telle
convoitise ! Elle si désintéressée, si dénuée de tout
esprit de lucre... Est-ce que ce Nicaise est complice
de la combinaison ?

— Pas du tout. Nicaise est un brave homme, incapable d'acheter une jeune fille. Nicaise est simplement le vieux garçon qui désire enfin s'établir.
Esprit ouvert et cœur droit, il comprendra non seulement ta rivalité, mais ta victoire, et je le connais
assez, pour t'affirmer que nous ne l'aurons pas
parmi nos ennemis.

— Du reste, conclut Maxime, maintenant les ennemis ne comptent plus. Personne ne fera revenir
Germaine sur sa décision. Nous serons bientôt plei-
nement heureux.

Maxime et Georges longeaient la route derrière la
haie de clôture. Maxime regarda de tous côtés et
baissant la voix avec un soupir :

— Je voudrais que tous ceux que j'aime fussent
aussi heureux que moi !

— Tu fais allusion à Savinien, devina Georges.

— Oui, ce n'est pas un secret que je trahis, puisque tu avais pénétré l'intrigue de notre ami et de
madame de Montvert.

— Eh bien ?

— Je crains que cette femme entrave le bonheur
de Savinien, trouble la paix de toute sa vie.

— Ah ! j'avais raison de penser qu'elle était redoutable.

Tous deux songeaient, en se promenant, à ces si-
tuations douloureuses où l'homme est jeté par son
cœur, lorsque Georges saisit Maxime par le bras.

— Arrête-toi. Restons immobiles, lui dit-il.

Ils étaient sous l'ombre des arbres et cachés par
les branches folles de la haie non taillée, de sorte
qu'ils pouvaient voir les passants sur la route, sans
être vus.

Une carriole attelée d'un petit cheval blanc avançait au trot. Un homme, assis sur un banc de bois
tressautant, conduisait, les rênes en main, le nez
en l'air, les yeux fureteurs, fouillant la profondeur
du parc de Reillan. Et cet homme avait sur le visage une balafre encore sanglante.

— Le reconnais-tu ? interrogea Georges.

— Avec peine. C'est Sandoret. Tu l'as défiguré.

— Que vient-il faire ici ?

— Il passe en carriole... pour ses affaires.

— Hum ! Moi, je crois qu'il vient explorer les
lieux...

— Dans quel but ?

— Que sais-je ? Méfie-toi, morbleu, où je serai
dans l'anxiété tout le temps que tu habiteras loin
de nous. Regarde-le donc.

Sandoret, maintenant, était vu de dos. Il avait
mis la carriole au pas et il scrutait la haie avec une
attention intense, sans doute pour y découvrir une
trouée, ce que les paysans appellent un pas. Et, ne
se croyant pas observé, il fit tourner son cheval et
partit dans la direction contraire.

— Tu vois, dit Georges, qu'il n'allait pas loin et
que le but de sa course était seulement la petite
exploration qu'il vient de faire. C'est la première. Il
en tentera d'autres. Tiens... le canon d'un fusil qui
passe sous ses pieds... Il a son fusil avec lui... Je
ne le savais pas chasseur.

— Décidément, mon frère, pour me rendre prudent, tu souhaiterais de me voir dans un perpétuel
cauchemar ! Eh ! Si je suis attaqué, je me défendrai... mais, nous ne sommes pas ici en Corse, et
vraiment tes idées sont bien noires.

Georges hocha la tête et murmura :

— Sandoret est une canaille.

— Je le sais.

— Tu es prévenu...

— C'est surtout pour elles que je suis inquiet ;
rentre au château. Ici, Savinien et moi, deux hommes, que veux-tu que nous ayons à craindre ?

Avant la tombée de la nuit, Georges de Luz était de retour à Saint-Edme. Ses préoccupations ne l'abandonnaient pas, mais devant sa mère et devant mademoiselle Germaine, il se laissait aller à ce caractère enjoué qui eût pu le faire passer pour léger. Maxime avait beau ne pas prendre au sérieux les craintes qu'il lui avait exprimées, Georges de Luz en était hanté. Aussi résolut-il, pour sa propre satisfaction, de prendre les précautions que son frère dédaignait. Il se dirigea vers une grande prairie où paissaient des vaches et appela le petit garçon qui les gardait. C'était un enfant long et maigre, aux yeux intelligents, qui éclairaient, en compagnie de ses dents blanches, un visage brûlé par le soleil. Il aimait M. le vicomte Georges de l'affection violente et enthousiaste des enfants pour ceux qui les traitent avec la sévérité qui n'exclut pas la bonté. M. Georges ne passait jamais dans la prairie sans lui dire un mot aimable, sans le faire rire aux éclats par une grosse plaisanterie campagnarde. Et le vacher lui en était reconnaissant comme d'une haute faveur.

— Mathurin, lui dit Georges de Luz, comme j'ai grande confiance en toi, je vais te charger de me rendre un service.

— Ah! ah! monsieur le vicomte, vous me feriez plaisir, répondit l'enfant dont les yeux brillèrent d'orgueil.

— Pendant quelque temps, tu vas changer de travail.

— Ah! ah! Qu'est-ce que monsieur le vicomte va me donner à faire?

— Au lieu d'être au service de l'étable, tu seras à mon service particulier.

— Ah! ah! C'est ça qui me va, monsieur le vicomte... si je suis capable de ce qu'il faudra...

— Il faudra te promener toute la journée.

— Ah! ah! C'est vraiment pas difficile de gagner sa vie comme ça!

— Et ne dire à personne, si ce n'est à moi, — tu m'entends bien, — ce que tu auras vu.

— Oh! oh! monsieur le vicomte peut y compter.

Mathurin n'avait jamais pu commencer une phrase sans l'une de ces deux exclamations: « Ah! ah! — Oh! oh! »

Donc, mon petit Mathurin, dès aujourd'hui, sois habile... à me satisfaire.

— Oh! oh! je vous écoute, monsieur le vicomte. Ordonnez.

— Il faut surveiller la ferme de Sivac et suivre son propriétaire partout où il ira.

— Ah! ah! M. Séverin Sandoret?

— Oui... le suivre, sans qu'il s'en aperçoive.

— Oh! oh! je comprends.

— Et me dire le soir où il est allé dans le jour.

— Ah! ah! très bien. Je suis capable de ça.

— Mais retiens bien ceci. Tu accourras me prévenir toutes les fois qu'il prendra la route qui passe à Reillan. Sais-tu où il est le château de Reillan?

— Oh! oh! Bien sûr... comme qui dirait à une lieue et demie derrière la colline... là-bas.

— C'est cela. Il n'y a qu'une route... tu ne pourras pas te tromper. Laisse tes vaches et va te poster en observation aux alentours de la ferme de Sivac.

— Ah! ah! Tout de suite... me v'là parti! A ce soir, monsieur le vicomte.

— A ce soir, mon petit Mathurin.

Georges de Luz préposa un autre enfant à la surveillance des vaches et revint au château, l'esprit plus calme. Durant les trois premiers jours, Mathurin ne remarqua rien d'anormal. Sandoret faisait souvent le trajet de Sivac à Mourion. Il restait une heure chez son beau-père, puis enfilait le chemin qui le conduisait à la petite maison de Simonne Soria et, de là, après une station plus ou moins longue, rentrait chez lui en longeant les murs du château de Saint-Edme, qu'il menaçait du poing.

Ce détail, raconté par Mathurin, faisait sourire le vicomte, mais le confirmait dans son idée que Séverin Sandoret ruminait des projets de vengeance.

— Oh! oh! monsieur le vicomte, dit un soir Mathurin, le petit Lucien m'a vu sur la route.

— Lucien? Qui est-ce Lucien?

— Ah! ah! le fils de M. Sandoret.

— Et vous avez joué ensemble?

— Oh! oh! non, monsieur le vicomte. Il est trop bien habillé pour jouer avec moi, mais il sait que je suis « en condition » chez monsieur le vicomte et il est venu me parler pour savoir si sa tante est toujours au château.

— Comment t'a-t-il demandé cela?

— Ah! ah! je crois que c'est sa mère qui l'a poussé à venir m'interroger... Elle s'est cachée pendant qu'il me parlait. Il m'a dit très franchement: « Est-ce que ma tante Germaine est toujours chez madame la comtesse? » Moi, je lui ai répondu: « Je n'en sais rien. » Il a été tout triste: « Je l'aime bien ma tante Germaine et je voudrais l'embrasser... sans que papa le sache », a-t-il ajouté.

Georges de Lux communiqua à Germaine le rapport de Mathurin et la jeune fille ne put retenir son émotion.

— Ma sœur et cet enfant... voilà tout ce qui m'aime encore dans ma famille! dit-elle.

La comtesse intervint et, avec un tact infini, consola Germaine.

— Et votre mère? Croyez-vous qu'une mère puisse jamais oublier sa fille? Et votre père? Je ne sais ce qui me fait supposer que sa rudesse et sa violence ne lui servent qu'à dissimuler son absence de volonté. C'est souvent ainsi, mon enfant, pour certains bons cœurs! Vous lui avez résisté, il est désemparé. Son autorité devait être faite surtout d'une grosse voix. S'il vous aima, il est à l'avance vaincu. Vous verrez.

— Monsieur Georges, implora la jeune fille, si cet enfant, mon neveu, demandait encore à me voir, je serais bien heureuse de l'embrasser. Croyez-vous qu'il soit possible de le laisser entrer dans le parc?... Rien que dans le parc?

— Mademoiselle, répondit Georges, très perplexe, je devrais refuser nettement. Laisser entrer l'enfant, c'est donner au père le droit absolu de venir le chercher. Il vaudrait mieux...

— Vous avez raison, monsieur Georges. Je m'abstiendrai de le voir, je vous le promets.

Le jeune homme lui fut reconnaissant de cette soumission et, en souriant:

— La prochaine fois que je verrai Maxime, je lui dirai combien vous êtes raisonnable et sage, mademoiselle.

Dans la journée du lendemain, Georges de Luz alla trouver M. le curé de Saint-Edme, puis le notaire de Castiran, puis le secrétaire de la mairie. Il se renseignait sur les formalités requises pour contracter mariage, s'irritait de les trouver si nombreuses, prohibitives plutôt qu'encourageantes.

— Je fais mon apprentissage! pensait-il. Quand il s'agira de moi, je serai tout renseigné.

Et, comme il rentrait, revenant du bourg, il vit arriver en courant le petit Mathurin.

— Monsieur le vicomte! Monsieur le vicomte!

Il était si ému qu'il en oubliait ses exclamations préliminaires.

— Qu'as-tu, que se passe-t-il?

— M. Sandoret est parti sur la route du château de Reillan.

— A pied?

— Oui, monsieur.

— Je le rattraperai

il y avait plus d'une heure, monsieur le vicomte... Je vous cherchais partout.

— Une heure ? Ah ! diable !

— Et il marchait bon train, je vous l'assure, à grandes enjambées...

— Cours avertir ma mère que je rentrerai très tard. Je vais dîner chez le baron de Reillan.

— Oui, monsieur le vicomte.

Avant de se retirer, Mathurin suivit pendant quelques pas Georges de Luz qui se dirigeait à travers le parc vers l'écurie de l'ancienne cour d'honneur.

— Eh bien ? Que fais-tu là ? Je t'ai dit de passer avant pour avertir madame la comtesse.

— Je voulais demander à monsieur le vicomte si je ne pourrais pas lui être utile ce soir.

— Utile à quoi, Mathurin ?

— A vous accompagner, monsieur le vicomte.

— Pourquoi ?

— Pour ne pas vous quitter, monsieur le vicomte.

Mathurin n'osait pas exprimer le fond de sa pensée par crainte de paraître trop vaniteux. Pourtant, voyant son maître réfléchir, il hasarda :

— Je ne suis pas vieux, mais je suis fort tout de même. Si monsieur le vicomte permet, je l'accompagnerai... Puisque monsieur le vicomte sait que je garde bien les secrets !

Georges de Luz ne put s'empêcher de sourire.

— Tu crains qu'on ne me fasse du mal, mon petit Mathurin ?

— Peut-être bien, monsieur le vicomte.

— Et tu veux me défendre ?

— Si je peux, ça me ferait honneur !

— C'est très bien, très bien... Mais je partirai seul, à cheval... Je ne peux pas te porter en croupe. Toi, tu iras atteler un cheval de labour au vieux tilbury, et tu viendras m'attendre devant le portail du château de Reillan.

— C'est plus prudent, monsieur le vicomte. Vers minuit, vous reviendrez en voiture, au lieu de traverser les bois sur votre bête, que vous laisserez dans l'écurie de M. le baron.

— Bravo ! mon petit, tu comprends avant que je parle. Je t'attends vers neuf heures. Tu sonneras à la grille.

— Oui, monsieur le vicomte.

Mathurin courut au château et Georges de Luz en deux minutes eut sellé son cheval. Au grand trot, il partit par la route qu'avait prise Sandoret.

Le crépuscule tombait. Si rapide que fût son allure, il n'arriverait pas chez l'ami de Maxime avant l'homme dont il redoutait les projets. Que craignait-il donc ? Il lui eût été impossible de préciser ses terreurs.

En route, Georges de Luz n'avait pas rencontré Sandoret. Le comte Maxime et son ami Savinien étaient sur le point de se mettre à table. Georges de Luz attendit un instant avant d'entrer, heureux qu'ils n'eussent pas assisté à cette arrivée en trombe qui les eût épouvantés, et lorsqu'il fut de sang plus calme, après avoir recommandé son cheval au domestique, il poussa la porte de la salle à manger, le sourire aux lèvres, annonçant lui-même.

— Monsieur le vicomte Georges de Luz ! Bonsoir, mes amis. J'ai failli arriver trop tard.

— Après la bataille, dit Savinien.

— Contre quoi ?

— Un canard aux olives qui n'est pas aussi tendre que ton frère. Il résiste au moins, ce canard... tandis que Maxime pleure...

— Voyons, Savinien, tu m'avais promis de ne pas dire... protesta Maxime.

— C'est vrai, j'avais promis... mais il faut bien que je dévoile à ton frère tes faiblesses, tes déses-pérances, les lâchetés devant la vie... [illegible], comme je l'ai éprouvée avec Valérie.

— Je le bois... je la connais... approuva Georges en se versant à boire.

— Ce pauvre Savinien manque d'indulgence pour ses amis comme pour ses canards, riposta Maxime. Il les nourrit et puis il les dépèce.

Ils étaient joyeux tous les trois dans cette coquette salle à manger de château moderne, et tous les trois de bon appétit, bien qu'il y eût là deux amoureux. Quant à Georges, il ne fronçait plus le sourcil ; il avait oublié Sandoret qui peut-être n'était même pas venu à Reillan, et sa plus grande préoccupation était de décider lequel était préférable d'un canard au sang ou d'un canard aux olives, controverse entre Maxime et Savinien.

— Impossible d'être documenté sans les goûter l'un après l'autre ! conclut Georges.

Par la fenêtre ouverte sur le jardin anglais, le parfum d'un massif d'héliotropes montait jusqu'à eux, porté par les premières ondulations de la fraîcheur du soir. Ils ne pouvaient pas voir les grandes branches des arbres voisins s'agiter en des saluts très lents, — à cause de la lumière qui tombait éclatante de la suspension sur la blancheur de la nappe, — mais ils entendaient les murmures du dehors, les stridentes cigales et les appels continus des grillons.

— La superbe soirée, un ciel plein d'étoiles, avait dit Savinien, qui s'était levé entre le dessert et le café, le temps d'allumer une cigarette.

Et, comme il revenait à sa place, le dos tourné à la fenêtre, le globe en demi-sphère de la suspension vola en éclats et s'abattit sur la table. Maxime se dressa, pâle.

— Vous avez entendu un coup de feu ? dit-il.

Savinien restait ahuri. Mais, d'un bond, Georges de Luz s'était rapproché de la fenêtre, et penché au dehors, il voyait fuir une ombre humaine.

— Tonnerre ! cria-t-il.

Sans hésiter, il franchit l'appui et se trouva dans le jardin, le revolver au poing. La personne qui avait tiré sur l'un des trois hommes n'avait pas vingt mètres d'avance. Georges de Luz faisait des bonds prodigieux.

— Mon pauvre Sandoret, pensait-il, si je te rejoins avant que tu aies repassé la haie de clôture, ton affaire est faite ; je te brûle la cervelle.

Il gagnait du terrain. A dix pas maintenant de l'ombre qui fuyait, il était sur le point de presser la détente, lorsqu'il la vit s'affaisser et rouler à terre. Et il entendit un cri, aigu et clair, un cri qui ne pouvait sortir d'une poitrine virile. L'ombre se releva. C'était une femme, le visage recouvert d'un voile noir. Déjà les deux bras de Georges de Luz la saisissaient par derrière et l'étreignaient à l'étouffer.

— Lâchez votre arme ! ordonna Georges. Qui êtes-vous ?

Elle obéit, se laissa désarmer et dit :

— Que vous importe de savoir qui je suis !

— Sur qui avez-vous tiré ?

— Sur le baron Savinien de Reillan.

— Alors, je sais qui vous êtes.

— Vous savez ! prononça-t-elle avec terreur.

— Madame de Montvert.

— Oh ! fit-elle, la tête baissée, en donnant un violent coup de reins pour se dégager, vous vous trompez, je ne suis pas madame de Montvert. Ne soyez pas lâche... Laissez-moi partir ou je suis perdue.

— Votre nom, vous dis-je ?

— Soyez généreux, je ne suis qu'une femme qui aime et que la folie d'amour a poussée au crime, vous êtes jeune, on vient... je suis perdue. Sauvez-moi. Ayez pitié de moi !

— J'aurai pitié peut-être, si vous êtes franche.

prie Georges de Luz... Je vous en supplie.

— Ah ! vous me connaissez donc, madame ?

— Oui ! je vous connais pour un loyal gentilhomme qui ne voudrait pas abuser d'un moment [...] d'une femme pour la compromettre jamais.

— Un gentilhomme qui défend ses amis.

— Grâce... grâce...

— Eh bien ! fuyez... mais je vous suis.

Il desserra les bras. Elle se glissa dans un taillis qu'elle semblait bien connaître et aboutit auprès de la haie de bordure. Georges de Luz la fran[chit] en même temps qu'elle et tous deux se trou[vèrent] ensemble sur la route, en pleine nuit.

— Votre nom ? répéta Georges d'une voix plus [impé]rieuse. Vous m'appartenez, madame, et je [...] bien vous forcer à parler, dussé-je vous [trai]ner jusqu'à la gendarmerie en vous traînant [de force]...

— Voilà qui serait d'une galanterie douteuse.

— Ne raillez pas... Je viens de vous sauver de la colère de Savinien... cela semblait être... im[portant] pour vous... Dites-moi qui vous êtes !

— Pour que vous me dénonciez à votre ami ?

— Peut-être.

— Alors, vous ne saurez pas.

— Je le veux.

— Non, non, vous dis-je. Soyez généreux jus[qu'au] bout, monsieur de Luz, et je me souvien[drai] de vous toute ma vie. Laissez-moi partir.

Il la saisit par le poignet.

— Regardez, dit-il, regardez au fond de la route, cette lanterne jaune qui s'avance vers nous. Avant [trois] minutes, elle sera près de nous. La nuit est [sans] lune, mais, à la lueur de cette lanterne, je [vous] verrai, je saurai qui vous êtes...

[C'é]tait le jeune Mathurin qui arrivait, à l'heure [...] pour prendre son maître...

— C'est un viol de conscience que vous allez commettre là, monsieur, répondit la femme.

— Allons donc, madame. C'est tout simplement une constatation d'identité, répondait le vicomte, en [haus]sant les épaules.

Il lui serra le poignet plus fort. Elle écumait de [rage, s]avait vainement de se débattre.

— Eh bien ! dit-elle, je suis vaincue... Je vais vous dire mon nom... lâchez-moi...

La voiture était à trois mètres d'eux.

— Mathurin, cria le vicomte, en poussant la coupable vers la lumière, arrête là !...

Et, après une seconde d'hésitation, ayant devi[né] l'inconnue :

— Vous pouvez monter, madame de Montvert. [Mathurin] va vous rapporter chez vous... vous [n'a]viez sans doute pas l'intention de faire la route [à pied]...

Madame de Montvert releva son voile.

— Puisque le sort en est jeté, dit-elle tout bas [puis]que vous me connaissez, qu'allez-vous faire ? [...]ont dire à Savinien ? Avouez-moi tout de suite [vo]tre intention, monsieur de Luz... si vous devez [par]ler demain matin, je serai morte...

[Il y] avait une telle résolution dans la voix que [Geor]ges la crut sincère... mais il suivit son ins[tinct] où il avait l'occasion de débarrasser Savi[nien] de cette femme. Pourquoi hésiterait-il ?

— Vous tenez beaucoup, je le comprends, à ce [qu]e le baron de Neillan ignore votre tentative [d'as]sassinat ? Eh bien ! je puis vous promettre, [ma]dame, de vous garder le secret, à une condition.

— Je souscris d'avance à toutes celles que [vo]us m'imposerez, monsieur...

— Avant un mois, vous aurez quitté le pays.

— Soit.

— Vous irez où vous voudrez. Le jour où vous [repa]raîtrez, ne fût-ce qu'une heure, le baron de [Nei]llan saura qu'on a voulu l'assassiner...

— Pas de... ces conditions...

— C'est [moi]. Montez dans cette voiture... elle m'appartient, madame. Vous entendez... [C'est à] mon frère et de son ami, qui m'appelle... [Il est] temps de nous quitter...

Et s'adressant à Mathurin, pendant que [madame de] Montvert se glissait sous la capote du [cab]riolet :

— Retourne au Mathurin, et tu conduis [ma]dame à la maison blanche, près de la [forêt] Sévac. Moi, je rentrerai à Saint-Éden à [pied].

La voiture à lanterne jaune disparut dans la nuit [noire] et Georges de Luz [se dirigea] dans le [...] le pas de la haie.

— Étrange aventure, pensait-il... J'ai crevé le poignet Sandorel et je me suis sauvé [avec] une jolie femme parfumée...

Il s'entendait toujours appeler dans [la nuit par] Maxime et par Savinien. Et les [...] avaient allumé des torches, car la nuit était tou[jours] sans lune.

— Que vais-je leur dire ?... Je leur dirai que [je n'ai] trouvé personne... que l'assassin a pris [ses jambes à] toutes jambes... plus vite que moi... C'est [que] Maxime supposera sans doute que le coupable est [M.] de Sandorel... et cela le rendra plus prudent.

Il répondit enfin aux appels de plus en plus pressants.

— Me voici... me voici...

Il trouva Maxime et Savinien très surexcités.

Au bout d'une heure, aucun n'avait trouvé [une] explication admissible de cette agression nocturne. Ils ne voulaient pas laisser Georges partir, [...] mais il déclara que leurs craintes étaient vaines, que deux attentats ne pouvaient pas en [une même] soirée et il les laissa pour aller [...] l'inconnue si son cheval s'était en [...] [...] faisait, il n'était pas fâché de l'avoir [...] cher... car ça allait être enfin libre de ses [mouve]ments. Et si jamais il rejoignait Mme de [Mont]vert il n'aurait plus d'excuses !

<h3 style="text-align:center">XIX</h3>

<h4 style="text-align:center">L'ÉTONNEMENT DU MEUNIER</h4>

Calixte Privat eût-il eu cent fois raison, la sym[pathie] va aux bons, aux jeunes qui ne croient qu'à l'amour et qui luttent pour le droit de s'aimer. Maxime de Luz et Germaine Privat s'uniraient un jour, malgré tout obstacle, parce que le senti[ment] public était avec eux, et que c'est pour un petit pays un orgueil sentimental d'avoir son idylle, son roman, une chose extraordinaire et douce et jolie qu'on peut conter aux étrangers attendris. Ainsi [rê]vait Georges, tout en faisant sa tournée du soir autour des dépendances du château. Il monta [au] grenier au dessus de la vacherie et réveilla [Ma]thurin qui dormait à poings fermés.

— Oh ! oh ! qui est là ?

— Tu n'as rien à me dire, Mathurin ? [Mme] est-elle arrivée chez elle sans accident ?

— Ah ! dam... je ne sais pas.

— Comment ! Tu ne sais pas ? Tu ne l'as [donc] pas portée jusqu'à la maison blanche ?

— Elle a préféré descendre au bout de [...] à pied... pour n'être pas vue, monsieur... voyez-vous...

— C'est bien... Dors, petit...

— Mme de Montvert, songea-t-il, méfiante, répondit Georges.

Et, monté dans sa chambre, il retira de [sa] poche le revolver qu'il avait arraché des [mains] de la jeune femme. C'était une arme mignonne incrustée d'argent, d'un travail neuf, d'un [...] récent et dont la poignée portait des initiales d'or et de brillants, deux M entrelacés...

Calixte, tiré de ses réflexions, s'arrêta net.

— Ah ! c'est toi ?

Et avant d'être interrogé :

— Que viens-tu faire ici ?

Sandoret était trop nerveux pour user de ruse en ce moment. Il alla droit au but :

— Moi, je passais. Je vous vois sortir de ce portail. C'est à moi, beau-père, de vous demander ce que vous êtes venu faire là ?

Le vieillard eut une seconde d'hésitation qui permit à Sandoret d'ajouter :

— Vous venez de réclamer votre fille, n'est-ce pas ? Et elle n'a pas voulu vous suivre.

— Non, répondit Calixte. Ce n'est pas cela.

— Alors ?

— Alors... si on te le demande...

— Mais, beau-père, ne suis-je pas de la famille ? Ne dois-je pas savoir ?

— Savoir ? Savoir ce qu'il me plaira de te dire, je suppose ?

— D'accord... bien que j'aie la prétention de mériter des réponses moins dures. Je suis autant que vous engagé dans cette affaire et j'ai payé de ma personne pour soutenir vos idées.

— Cela m'imposait-il de n'en jamais changer ?

— Eh ! beau-père, c'est presque mon opinion.

— Alors, mon gendre, je te conseille de ne pas t'y tenir.

— Cela signifie ?

— Que je viens de consentir au mariage de Germaine.

— Mais... beau-père... pourquoi ?

— Pour des raisons qui ne regardent que moi.

— M. le comte Maxime de Luz a donc aujourd'hui des qualités dont il était privé hier ?

— La raillerie ne te sied guère, Sandoret.

— Il est tout d'un coup devenu riche à millions ?

— Que t'importe, à toi ?

— Et vous dotez Germaine...

— Ah ! C'est cela qui te tracasse... eh bien !... non... Je ne lui donne pas un sou de dot.

— Il est agréable de caser une fille si... gratuitement.

— Ah ! ça, rugit Calixte enfin poussé à bout, me laisseras-tu maître de mes actions ! Ai-je des comptes à te rendre ? St Germaine n'a pas de dot, Alice en a-t-elle encore une ? Non, tu la lui as mangée. N'élève donc pas trop la voix, mon gendre, ou je t'en dirais de dures.

Pour la première fois, Sandoret osa résister en face à Calixte :

— C'est que, s'écria-t-il, je trouve un peu cruel d'être lâche ainsi ; vous avez vraiment le pardon et l'oubli faciles. Il vous était permis à vous de revenir sur vos serments, sur vos menaces ; vous n'aviez pas reçu d'insultes directes, mais moi, puis-je vous imiter ? Le vicomte Georges de Luz m'a frappé en plein visage parce que je défendais votre cause, et j'irais lui faire des excuses au nom du lien de famille auquel vous consentez ! Je me courberais parce que vous pliez ; vous me prendriez pour le dernier des lâches et, sachez-le bien, vous avez beau adopter cette famille, moi, je ne cesserai jamais de la haïr !

Calixte sembla s'adoucir :

— Si tu ne m'avais pas interrogé sur un ton qui m'a déplu, je t'aurais peut-être expliqué ma conduite.

— Il fallait me prévenir que vous étiez disposé à la défaite.

— Non. J'ai voulu faire cesser le scandale, avoir l'air d'approuver la retraite de ma fille chez eux, donner le consentement qu'elle demande, puisque le refuser est un entêtement désormais inutile et vain, mais retenir la dot ; enfin, j'ai voulu montrer à Germaine tout l'odieux de sa conduite en lui prouvant mon indifférence d'une façon...

— De quelle façon ? ricana Sandoret.

— D'une façon qui l'a fait éclater en sanglots.

« Puisque tu as quitté ma maison, lui ai-je dit, tu n'y rentreras plus jamais ! Tu sortiras de ce domicile, qui n'est pas celui de ta mère, en robe de mariée, et toute ta vie, tu auras présente, par ce souvenir, l'insulte que tu nous a faite ! »

Sandoret eut un rire de pitié moqueuse.

— Tout cela pour dissimuler un pardon plus simple que vous brûliez d'accorder. On vous a vraiment roulé là-dedans...

— J'ai fait ce que j'ai voulu, rien autre.

— Oui, pas de dot pour le moment, et plus tard les appels pressants à la bourse ; oui, le consentement aujourd'hui et dans quinze jours la présence à l'église et à la mairie.

— Peut-être... pour éviter le scandale.

— Toujours... oh ! je sais ; mais, écoutez, beau-père, la réconciliation est la première des concessions, ce ne sera pas la dernière.

— Que veux-tu dire ?

— Les Luz mangeront la fortune des Privat.

— Si tu leur prêtes les dents, naïf ! Ne sais-tu pas que c'est moi qui ai le sac ? Et je ne suis pas mort !

— Serrez bien fort les cordons, beau-père. Quant à moi, vous n'exigerez pas ma présence le jour du mariage, n'est-ce pas ?

— Toi, tu es libre.

— C'est bien, adieu. Je vais apporter la bonne nouvelle à Alice. Elle va posséder une sœur comtesse, matin.

Et Sandoret quitta son beau-père, en faisant claquer la langue insolemment.

Calixte Privat n'eut pas un mouvement de colère contre lui. Il se contenta de hausser les épaules, comme s'il était sûr d'avoir bien agi, ayant sa conscience tranquille. Et, de fait, son visage était placide, ses traits moins tirés, son regard moins sévère. Il n'avançait pas de son grand pas ordinaire, nerveux et pressé, mais doucement, en promeneur qui rêve. On n'eût plus dit le même homme.

Rentré chez lui, il fut doux, même dans sa brusquerie habituelle, et rencontrant le regard de sa femme, ce regard suppliant qui interrogeait toujours le maître soucieux, il dit :

— J'ai vu ta fille, ma femme, elle se porte bien.

Et la mère ne put lui tirer une parole de plus sur le moment. Mais, le lendemain matin, le voyant s'*habiller*, endosser sa belle redingote de cérémonie, elle osa lui demander :

— Où vas-tu, Calixte ?

— A Castiran.

— Pour un mariage ?

— Justement.

— Et... qui se marie ?

— Ta fille.

Mme Privat tomba de saisissement sur une chaise :

— Aujourd'hui ? s'écria-t-elle.

— Mais non, ma bonne... Je vais à Castiran chez Me Bouradieu, à propos du mariage de Germaine avec ce... avec M. le comte de Luz... tu comprends pas ?

— Non, ma foi, non. Explique-toi mieux.

— Eh bien ! habille-toi et viens avec moi. J'attends et je t'expliquerai la chose en route. Te plaît-il de m'accompagner ?

— Tu sais, Calixte, si ma présence n'est pas nécessaire... Je suis si fatiguée.

— Comment, morbleu ! Tu ne veux pas signer ?

— Signer ?... Signer quoi ?

— Ton consentement...

— Au mariage de Germaine, balbutia-t-elle, ayant peur de se tromper.

— Assurément ! fit-il, puisqu'il le faut.

— Mettre ma signature... à côté... de la tienne, interrogea-t-elle, les larmes au bord des cils.

— Mais oui... mais oui... maugréa-t-il, sans s'attendrir.

La mère s'approcha du père et lui prit le front
entre ses deux mains tremblantes pour y dé-
poser un baiser.

— Merci, Calixte, merci, merci, sanglota la vieille
femme. Je voulais tant voir ça, avant de mourir.

— Comment, s'écria-t-il, tu la désirais, toi aussi,
ma bonne ! Il fallait donc le dire !

Les deux vieillards, la voiture attelée, — un
break à quatre places, — se firent porter à
[...] et descendirent, sous les yeux des voisins,
devant les panonceaux de Mᵉ Bouradieu.

XX

LE BONHEUR APPROCHE

Georges de Luz, aussitôt après le départ de Calixte Privat du château de Saint-Edme, avait sellé
un cheval pour voler auprès de son frère, au château de Reillan.

Le baron Savinien était parti pour la chasse.

— Ah ! mon cher Maxime, je t'apporte une excellente nouvelle, qui aura sur ton avenir une influence bienfaisante, une nouvelle dont Mlle Germaine est bien heureuse.

— Ne me fais pas attendre, parle vite.

— Son père est venu voir notre mère.

Maxime eut un soubresaut de surprise.

— Mère a dû être bien émue en le recevant !

Ils ont eu une demi-heure de conversation en tête à tête, puis Mlle Germaine a été
appelée au salon. Elle s'y est rendue, chancelante,
soutenue par Mariette qui lui soufflait :
« Allons, courage, mademoiselle ! c'est pour la réconciliation, j'en suis certaine. Allez-y sans trembler et jetez-vous dans ses bras. »

— C'est ce qu'elle a fait ?

— Oui, et il paraît qu'il a pleuré, le père, et la
mère aussi, et notre mère avec eux.

— Alors, c'est fini, ce cauchemar ?

— Puis, c'est moi qu'on a fait appeler. Moi, le
chef de famille par intérim ! Je ne savais pas ce qui
s'était passé, mais ma mère et Mlle Germaine
avaient de la joie très vive dans les yeux encore
humides et cela me donna le courage de supporter
l'attitude un peu raide que le père Privat avait
reprise dès mon entrée.

— Que s'est-il passé entre vous ?

— Je l'ai laissé parler et je me suis incliné
comme s'il eût été mon père, sans répondre, soumis
à ses volontés.

« Monsieur, m'a-t-il dit, je continue à vous confier ma fille Germaine jusqu'au jour de son mariage avec M. votre frère. Je vous remercie de veiller sur elle... et de votre hospitalité... » Ne trou-
ves-tu pas que cet aplomb n'est pas sans quelque
grandeur ? Il est original, ton futur beau-père !
C'est l'orgueil l'a guidé toujours et c'est l'orgueil
qui l'empêche d'être bon jusqu'au pardon complet.
Il partira du château pour aller à la mairie,
et il partira de la ferme de Mourion. Je n'y
vois pas d'inconvénient.

— Donc, le consentement ?

— Sera dûment donné chez le notaire et trans-
crit avec les autres pièces à la mairie.

— J'en suis très heureux, mon cher Georges,
et heureux pour Germaine qui a beaucoup souffert, avant de manifester sa formelle volonté. Quant
à moi, je n'éprouve pour cet homme...

Maxime fit un geste d'indifférence.

— Je comprends, reprit Georges, assez vivement, que tu ne puisses pas aimer subitement cet
homme qui vous a fait souffrir sans que vous le
méritiez, mais, dis-toi qu'il est le père de la fiancée.

— Oh ! interrompit Maxime, s'il plaît à Germaine que j'oublie mes blessures d'amour-propre,
je les oublierai, mais ce sera pour elle et non par
un élan de mon cœur. Son père veut bien donner
son consentement ; l'eût-il donné, si nous ne lui
avions pas forcé la main ? Quel mérite a-t-il à cela ?
S'il veut prouver que sa capitulation — c'est le mot
— est empreinte de bienveillance pour moi, qu'il
me la démontre par un acte public, par sa présence
à la mairie, en accompagnant sa fille à l'autel.

— C'est de cela que j'allais te parler. J'ai compris que Mlle Germaine souffrirait beaucoup, en ce
jour qui devrait être le plus joyeux de la vie, si ses
parents lui laissaient l'injure inoubliable d'être loin
d'elle. Pour elle, le pardon ne sera complet que si
son père assiste au mariage.

— Germaine a raison absolument ; cela prouve
qu'elle aime ses parents. Et ils le savent bien tous,
les pères et mères qui ne réussissent pas à empêcher les enfants de choisir pour aimer ; ils le savent bien que les enfants ne font qu'user d'un droit
imprescriptible et naturel, et que l'exercice de ce
droit ne devrait pas être considéré par eux comme
une injure, ni comme un manque de reconnaissance, ni comme une diminution d'affection ! On les
aime tout de même, les chers vieillards, mais pendant qu'ils descendent à la mort, la jeunesse monte
invinciblement à la vie, c'est-à-dire à l'amour !

Georges de Luz considérait avec attendrissement
l'état nerveux où se jetait son frère Maxime toutes
les fois qu'il abordait ce sujet, et toujours, avec
son grand sens pratique, son équilibre de santé et
de raison, il le calmait :

— C'est vrai, mon frère, mais puisqu'ils descendent à la mort, comme tu dis, peut-être serait-il
charitable de leur accorder quelques satisfactions,
avant qu'ils arrivent au trou de la tombe. C'est
aussi l'opinion de Mlle Germaine, et je viens, de
sa part, te demander une concession que tu ne
sauras pas lui refuser.

— Que désire-t-elle ?

— Elle désire... — oh ! une chose bien simple. —
Son père a fait, en somme, les premiers pas ; il
a courbé son orgueil jusqu'à venir au château. Ne
pourrais-tu pas laisser fléchir un peu ton amour-
propre à ton tour ?

— Et ? interrogea Maxime anxieux.

— Et te rendre, avant le mariage, l'avant-veille
ou la veille, à la ferme de Mourion ?

— Tu me demandes un dur sacrifice, Georges ?

— Oh ! mon frère, le sacrifice d'un amour ou
d'une amitié, j'en comprends la dureté, mais le
simple renoncement à une rancune !... Voyons, dis-
toi seulement que si tu ne fais pas cette démarche,
ta fiancée n'aura pas la joie, le bonheur d'entrer à
l'église au bras de son père, car il ne viendra pas,
si...

— Germaine le veut et tu le désires; je ne balance
plus, j'irai.

— A la bonne heure ! Quel jour ? demanda Georges en serrant affectueusement les deux mains de
son frère.

— Quel jour ? Je l'ignore, mais, je te le promets
et tu peux l'affirmer à Germaine, j'irai.

Avant de quitter Maxime, Georges voulut s'entendre avec lui pour régler quelques points de détail relatifs aux cérémonies du mariage.

La comtesse souhaitait que le mariage se fît
dès la première heure du jour, pour accentuer le
caractère d'intimité familiale. La fiancée partirait
en voiture avec la comtesse et la nourrice Mariette. Georges les accompagnerait. De leur côté,
Maxime et le baron Savinien se rendraient à la
mairie de Saint-Edme, où on se rencontrerait pour
attendre l'arrivée des Privat et des Sandoret

quelque chose ? Pour le père de Germaine, cela
dépendrait de la visite de Maxime. Pour Alice
Adoret il n'y avait pas de doute, elle viendrait.
Son mari ne l'en empêchait pas. Quant à Seve-
rin lui, il se garderait assurément de paraître. Sa
présence ressemblerait à une provocation.

Néanmoins, Georges avait promis à sa mère de
se maîtriser et de n'offrir, ni par un regard, ni
par un geste, si le meunier se présentait, l'occasion d'une altercation nouvelle.

— Pour ma sœur, l'avait supplié Germaine. Elle
est déjà si malheureuse d'aimer cet homme ; il lui
faut supporter sa colère impuissante contre
vous.

Les deux frères causèrent encore longuement,
car cette entrevue ne se renouvellerait probable-
ment pas avant le mariage.

— C'est la dernière fois que je te vois avant le
jour de ton bonheur, disait Georges au moment de
partir. Ah ! je comprends ton impatience, car elle
est ravissante ta fiancée, dans la robe que lui a
commandée maman !

— Comment ? Tu l'as vue en robe de mariée ?

— Oui, après l'essayage d'hier ; on te l'a royalement ornée la femme !

— Je parie que mère a fait des folies !

— Pour toi, mère n'a jamais compté et il lui
semble déjà que Germaine c'est toi !

— Oh ! la chère mère ! Remercie-la, remercie-la
bien !

— Non pas, elle dirait que je ne sais pas garder
les secrets.

Et ils se séparèrent à regret, n'ayant jamais
éprouvé la sympathie fraternelle aussi puissante
que ce jour-là.

XXI

DEUX VISITES OBLIGATOIRES

Le maire de Saint-Edme avait promis de se
trouver à la mairie, le mardi vingt-neuf septembre, à sept heures du matin, et M. le curé devait
dire la messe à sept heures et demie, car il n'est
pas long le trajet de la mairie de Saint-Edme à
l'église : seulement la place des Catalpas à traverser.

C'est la mode du pays de se rendre à la mairie
en robe d'épousée et de passer tout de suite de la
formalité civile à la cérémonie religieuse.

Maxime de Luz fut prévenu de l'heure choisie
par une lettre de son frère.

Georges ajoutait :

« J'ai eu le plaisir, hier, de faire la connaissance
de la future belle-sœur, la femme de Sandoret.
C'est une bien aimable personne, très douce, à
l'âme très élevée, qui paraît adorer Mlle Germaine.
C'est bien dommage qu'elle soit dotée d'un tel
mari ! C'est Mlle Germaine qui m'a supplié de l'envoyer chercher. Elle voulait la voir avant le mariage. J'ai dépêché vers Mme Sandoret mon jeune
frère Mathurin qui l'a conduite habilement, jusqu'au château sans que le mari ait pu soupçonner
l'entrevue. Mme Sandoret a promis à Mlle Germaine d'assister au mariage, que Sandoret le per-
mette ou non. Du reste, à ce sujet, elle avait déjà
consulté M. Privat. Le père est d'avis qu'elle doit
être présente, ce qui te prouve la sincérité de ses
sentiments de conciliation. Aussi ne puis-je que le
rappeler la promesse. Va le voir, Mlle Germaine
me prie de beaucoup insister sur ce point. Va le
voir. Adieu, mon grand Maxime, à mardi.

« GEORGES »

d'aimer Maxime, à provoquer un éclat.
Encore trois jours et il serait son mari,
pas furtivement, clandestinement, mais à la
loi et à la face de tous ! Il était si heureux qu'il se
sentait meilleur et qu'il eut un moment de tendresse pour le père Privat, parce que c'était lui qui
avait créé Germaine ! Il décida :

— Lundi, dans l'après-midi, je me présenterai à
la ferme de Mourion.

Il communiqua la lettre de Georges à son père
Savinien et lui fit part de son intention d'aller
voir, la veille de son mariage, le père de Germaine. Le baron l'approuva.

— Je ne doute pas, lui dit-il, de l'heureuse issue
de cette entrevue. Le bonhomme sera vite sûr.
De tout ce que tu m'as raconté, il est facile à
déduire qu'il ne demande pas mieux que d'être
bon.

Et en observateur sceptique à qui les paysans
sont connus, Savinien se permit cette réticence.

— Surtout, maintenant qu'il est sûr de n'avoir
pas à débourser de dot !

— Oh ! Savinien !

— Eh ! eh ! J'ignore quelle raison puissante l'a
si rapidement séduit, ton beau-père ! Mais, je ne
serais pas étonné qu'à la réflexion il eût pensé :
« Après tout, je donne la fille et je garde l'argent.
Double bénéfice ! »

Maxime de Luz eut un sourire amer.

— Que ces considérations sont mesquines, soupira-t-il, auprès de ce grand acte qui unit deux
êtres rapprochés par l'amour !

— Oh ! toi, parbleu toi, tu es dans le rêve ! Le
père Privat, qui n'a plus que Mme Privat dans
dans la réalité. Il me semble être de ceux qui veulent faire la fortune de leurs enfants, toujours
plus tard... par testament.

Savinien frappa sur l'épaule de Maxime et conclut :

— Enfin, cela, c'est l'avenir lointain. Mais ce
qui est prochain, dans deux jours, c'est le présent que
je tiens.

Une ombre de tristesse envahit le front du jeune
homme, et Maxime de Luz lui prit la main.

— Ce bonheur-là c'est peut-être réservé aussi à
Savinien ! si tu as le courage d'arracher le souvenir de ton cœur...

— Oh ! le courage, je l'ai ! niez la puissance !
Voyons, Maxime, j'avais juré de n'en plus parler.

Et Savinien changeait de sujet.

— Nous partirons ensemble, mardi matin, n'est-
ce pas ?

— Oui, en voiture, vers six heures et demie.

— L'aube se lève à peine.

— Mais quand nous serons à Saint-Edme, il fera
grand jour.

— C'est entendu.

Et il proposait à Maxime de faire un tour de
chasse dans le parc, lorsque la sonnette de la
grille retentit. Le facteur apportait une lettre char-
gée pour « M. le baron Savinien de Reillan ». Savinien quitta Maxime pour signer le registre de
réception et, dès que le facteur se fut retiré, pâlit
en reconnaissant l'écriture.

— C'est d'elle ! murmura-t-il.

Et, avant d'ouvrir l'enveloppe, il eut un geste
de lassitude. Reviendrait-elle donc toujours à la
charge ? Ne considérerait-elle jamais comme définitif le congé qu'il lui avait donné ? Faudrait-il recommencer cent fois cette lutte qui était si trou-
blante pour son honnêteté de fils ? Il parcourut avi-
dement la lettre et ne put réprimer un tressaillement. C'était fini ! Elle partait ! Définitivement
elle quittait le pays. Elle avait compris, disait-elle,
le scrupule de Savinien. Scrupule injurieux pour
elle, mais qu'elle devait respecter en lui. Seulement, elle voulait revoir Savinien une dernière
fois. Elle espérait qu'il ne lui refuserait pas cette

...entrevue et lui donnait rendez-vous chez ... pour le lundi soir.

Savinien, après cette lecture, resta un instant perplexe. Quel parti prendre? Pouvait-il ne pas consentir à la voir, puisqu'elle partait? Quand elle lui accordait tout, pouvait-il lui refuser si peu? Cette détermination si nette de Mme de Montvert le surprenait. Il en éprouvait une satisfaction empreinte de tristesse, croyant qu'il la devait à ses rigueurs, à la sévérité de leurs derniers entretiens. Il ne se doutait guère que la jeune ... obéissait aux injonctions du vicomte Georges. Savinien décida qu'il accepterait ce rendez-vous ... dernier adieu.

Mais, pensa-t-il, comme je passerais aux yeux de Maxime pour ne demander qu'à faiblir, je lui cacherai mon projet. A quoi bon lui dire que je suis presque heureux de la voir encore une fois.

Il mit la lettre dans son portefeuille et rejoignit Maxime dans le jardin. Ils chassèrent ensemble dans les bois de Reillan, toute la matinée du lundi. Après le déjeuner, Maxime ne cacha plus que la visite promise était pour lui un sujet de grosse préoccupation.

— Je crains, dit-il, d'être timide comme un enfant devant ce vieillard... parce qu'il est le père de Germaine.

— Allons! Allons! fit Savinien en le raillant.

Il était quatre heures quand Maxime de Luz quitta le château pour se rendre chez Calixte Pri... Son ami le regarda s'en aller et dès qu'il l'eut perdu de vue:

— Moi aussi, j'ai ma visite terrible! soupira-t-il.

Il monta dans sa chambre, sonna un domestique.

— Je vais sortir à la nuit tombante. Je n'ai pas faim, je ne dînerai pas, et je reviendrai peut-être tard. Si M. Maxime rentrait à l'heure du dîner comme c'est probable, vous lui direz que je suis allé à Castiran pour affaires, et qu'il n'a pas besoin de m'attendre pour se coucher, ni vous.

— C'est bien, monsieur le baron.

Savinien partit à pied. Comme Maxime, il avait pensé que certaines visites n'ont pas besoin, pour être très remarquées, à la campagne surtout, d'être faites en voiture, avec un cheval qui piaffe bruyamment devant les seuils des maisons.

XXII

DANS L'ATTENTE

L'aube naissait. L'aube du mardi, 29 septembre, tant souhaitée par le comte Maxime de Luz et par Mlle Germaine Privat.

Devant le perron du château de Saint-Edme, un vieil omnibus de famille aux armes des Luz attendait. Le jardinier endimanché, mais sans livrée, était sur le siège. Le cheval du vicomte Georges, ... broutait l'herbe du pavé, près de l'écurie. La journée s'annonçait pluvieuse et triste. Dans sa chambre, Mlle Germaine était aux mains de Mariette et d'une habilleuse, venue exprès de Bordeaux, arrivée la veille au soir. Bientôt elle serait prête et pourrait descendre, impatiente, nerveuse, ... l'âme joyeuse, le cœur gros, ne sachant déterminer elle-même si elle était plus près de rire que de pleurer.

— Allons, mademoiselle, disait Mariette, en posant ici une épingle, en redressant là un pli de la robe... encore deux minutes et vous serez libre... comme vous êtes belle!

— Mariette, ne m'admire pas tant et dépêche...

— Voici qu'il est plus de six heures et demie... nous ne serons pas à la mairie à sept heures... que c'est convenu.

— Et vous ne voulez pas faire attendre M. Maxime! Il vous pardonnerait! Quelle est la mariée qui n'est pas arrivée en retard à la mairie ou à l'église?

— Je veux faire exception. Allons, vite!

Georges de Luz, deux fois, était venu frapper à la porte de la chambre.

— Peut-on entrer?

— Non, monsieur, non, répondait Mariette. Pas encore.

— Ce n'est pas à vous que je parle, Mariette! insistait-il à travers la porte. C'est à madame ma belle-sœur! Peut-on entrer?

— Non, beau-frère, non! protestait Germaine en riant.

— C'est ma mère qui veut pénétrer... Je vais enfoncer la porte pour lui livrer passage et je la suivrai... Vous permettez, mademoiselle Germaine?

Mariette enfin donna l'autorisation ...vrai. La comtesse accompagnait son fils, très simplement vêtue, en robe de soie noire. Elle ... Germaine au front, tandis que Georges faisait le tour de la jeune fille avec des exclamations d'une ironie feinte où se devinait une sincère admiration.

— Avez-vous fini de vous moquer de moi, monsieur Georges? Je le dirai à votre frère.

— C'est ça! Faites-nous brouiller dès le premier jour, madame!

Germaine rougit.

— Oh! Pas déjà madame!

— Dans une heure, vous ne pourrez plus m'empêcher de vous appeler ainsi...

— Qui sait? Dans une heure... je serai peut-être morte!

La comtesse, Mariette, Georges, tous se récrièrent à la fois:

— Oh! est-il possible! Avoir de pareilles idées!

Mais Germaine, surmenée par l'heure d'habillage qu'elle venait de subir et par une nuit d'insomnie, eut une crise de nerfs très courte, vite réprimée, et quelques larmes la soulagèrent.

— Partons-nous? demanda-t-elle.

Arrivée sur le perron, avant de monter en voiture, elle leva les yeux sur l'horizon chargé de nuages. Des vols de corbeaux traversaient la plaine au ras de terre et semblaient fuir devant la tempête prochaine.

— Oh! le vilain temps! dit-elle, attristée.

Georges voulut plaisanter.

— Qu'importe! Vous avez du soleil dans le cœur!

Elle répondit par un sourire d'une infinie mélancolie, un sourire qui semblait prier Georges de ne plus être gai, comme si la gaieté des autres la faisait souffrir. A peine entrée dans la voiture elle pencha la tête sur l'épaule de Mariette qui se trouvait en face d'elle, et serrant la main de la comtesse assise à sa gauche, elle se mit encore à pleurer en demandant:

— Crois-tu, Mariette, que mon père sera là?

— J'en ai l'espoir, mademoiselle.

— Avec ma mère?

— Oh! il ne viendra pas sans elle!

Georges chevauchait derrière, très ému, et dans les champs, tous les paysans levaient la tête et saluaient en apercevant la robe blanche de Mlle Germaine, à travers les glaces de l'omnibus de famille. Malgré l'heure matinale, des groupes de jeunes filles du bourg stationnaient devant la porte de la mairie. Une traînée de feuilles de laurier et d'oranger jonchait la place devant l'église.

Un murmure flatteur accueillit Germaine à qui Georges de Luz offrait la main pour l'aider à descendre du marchepied de la voiture. Et la comtesse aussi fut saluée de l'approbation des chuchotements. Germaine, très pâle, la robe traînante sur la jonchée humide, entra presque en chance...

tant dans la salle des mariages. Et, tout de suite, elle eut un éclair de joie ; Alice était là, avant elle, avec le petit Lucien qui se précipita en criant :

— Bonjour, tante Germaine !

Elle se baissa et tendrement le pressa dans ses bras, pendant que l'enfant déposait des baisers sur le voile blanc.

Puis, la fiancée de Maxime se penchant à l'oreille d'Alice :

— Il a voulu te laisser venir ? interrogea-t-elle.

— Oui. Il a même été très doux... « Tu comprends, m'a-t-il dit, que je ne puisse pas y aller ; mais toi, fais ton devoir. » C'est sans doute pour réparer ses torts, car lorsqu'il est rentré, hier soir, je ne l'avais pas vu depuis six jours.

— Pauvre sœur ! murmura Germaine.

Georges de Luz consulta sa montre :

— Sept heures moins cinq, dit-il.

— Je m'étonne que Maxime ne soit pas arrivé, mon fils. Lui as-tu bien exactement indiqué l'heure dans ta lettre ? demanda la comtesse.

— Mais oui, mère. Sois sans inquiétude. Savinien et lui seront là quand sept heures sonneront.

Mariette objecta :

— Vous voyez, mademoiselle, que vous êtes arrivée trop tôt. Ça ne s'est jamais vu !

Germaine s'était assise entre Alice et la comtesse, donnant une main à chacune, sa petite main de miniature, si fine dans ses gants blancs. Et bientôt, au clocher de l'église, sept coups sonnèrent.

Georges de Luz se promenait un peu nerveusement, les mains derrière le dos. Germaine n'osait pas demander son fiancé. Aussi exprima-t-elle une autre inquiétude quand Georges passa devant elle.

— Et mon père qui n'est pas là ! Croyez-vous que Maxime ait tenu sa promesse, monsieur Georges ?

— J'en suis certain, répondit-il.

Et il reprit sa promenade qui trahissait une préoccupation.

Il alla jusqu'à la porte, et revint, disant :

— Du reste, le voici !

— Maxime ? demanda Germaine en se levant.

— Non. Monsieur votre père.

En effet, M. et Mme Privat descendaient du break devant la porte. Germaine les laissa pénétrer dans la salle pour n'être pas vue par la foule du dehors, et quand ils furent là, elle se jeta vers eux, avec un grand abandon de sanglots :

— Père, merci ! Mère, merci !

Ce furent ses seules paroles. Madame Privat la retint longtemps sur son cœur, pendant que Calixte faisait des efforts pour arrêter deux lourdes larmes qui roulaient le long de ses rides.

Les présentations mutuelles se firent et le silence régna.

— Sept heures cinq ! prononça Georges de Luz.

Germaine, timidement, interrogea son père :

— Avez-vous vu mon fiancé, hier ?

— Oui, ma fille.

La comtesse intervint :

— Mon fils était-il en bonne santé, monsieur Privat ?

— Oui, madame. Je l'ai prié de rester à dîner avec nous. Il s'est retiré de très bonne heure, vers huit heures et demie.

— Il savait bien que le mariage était pour sept heures, ce matin, n'est-ce pas ?

— Oui, madame.

— Alors, il ne peut être loin. C'est Savinien qui l'aura mis en retard.

Georges de Luz s'inclina et posa cette question :

— Est-il parti de chez vous à pied ou à cheval, monsieur Privat ?

— A pied.

Une voix retentit :

— Monsieur le maire !

Georges s'avança, et dit tout bas quelques mots d'excuses : « Le marié étant en retard de quelques minutes... monsieur le maire serait bien aimable d'attendre un peu... »

— Eh ! répondit jovialement le magistrat, il faut bien que j'attende, car la loi exige qu'on soit deux pour se marier !

Mais personne ne sourit. Une vague angoisse étreignait les cœurs. Un roulement de voiture retentit sur la place. Georges de Luz se précipita dehors. Il aperçut Savinien, Savinien tout seul. Il fendit la foule, alla droit à lui, et la voix étranglée :

— Où est Maxime ?

Le baron Savinien regarda fixement Georges, pâlit et répondit :

— Vous ne l'avez pas vu ?

Et ses yeux s'agrandirent d'épouvante. Georges lui posa la main sur l'épaule, reconquit ses sens, et nettement :

— Voyons, Savinien, en deux mots expliquez-moi comment Maxime n'est pas avec vous.

— Je ne l'ai pas revu depuis qu'il est parti pour aller chez son beau-père.

— Hier soir ?

— Oui, depuis hier, quatre heures de l'après-midi.

— Et cette nuit ?

— Il n'est pas rentré.

— Pas rentré ! Voyons, Savinien, parlez bas ; on nous écoute. Je ne comprends pas bien. Comment, s'il n'est pas rentré cette nuit, avez-vous attendu jusqu'à ce matin pour vous inquiéter de lui, pour nous prévenir, pour faire le nécessaire enfin !

— C'est que moi-même, je me suis absenté hier soir. J'ai quitté le château après lui et quand je suis rentré, je l'ai cru couché. Je n'ai pas voulu le réveiller. Ce n'est que ce matin...

— Ce matin.

— Que j'ai trouvé son lit non défait.

— Ah ! misère ! misère ! s'écria Georges en se tordant les mains.

On les entourait, on essayait de saisir, en voyant leurs visages livides, quelques détails de leur entretien.

— Que faire ? Que dire ? Que dire à ma mère ? Que dire à sa fiancée ? murmura Georges de Luz atterré.

— Rentrons tout de même. Nous ne pouvons rester ici.

Georges l'arrêta :

— Pas vous, Savinien, n'entrez pas ! En vous voyant seul, ma mère et Germaine croiraient à un malheur.

— Il faudra pourtant que je paraisse.

— Attendez un peu... quelques minutes qui me permettent d'inventer une explication pour cette absence de Maxime.

En ce moment, dans la salle des mariages, comme le maire regardait la pendule qui marquait sept heures et demie, Mariette fit remarquer timidement que, seule, sa montre allait bien et qu'il était à peine le quart. Et Alice Sandoret, voyant croître l'inquiétude de sa sœur, ajouta :

— Évidemment, vous voyez bien que les témoins de la mariée ne sont pas là !

Mais l'attente ne fut pas longue. M⁰ Bouradieu et son premier clerc apparurent sur le seuil. Le notaire, suant et soufflant, s'excusa aussitôt d'être en retard d'une demi-heure, et tout à coup, s'apercevant des mines tristes, des visages allongés, il s'écria :

— Mais je ne suis pas le dernier !... Où est le marié ?

— Nous l'attendons, répondit la comtesse. Il doit arriver en voiture avec le baron de Reillan.

— Avec le baron ? Alors, il est là. Je viens de

voir le baron causant sur la place avec le vicomte Georges.

Les joues de Germaine se colorèrent. Elle courut à la fenêtre, aperçut en effet, la voiture de Savinien que le cocher allait remiser. Et en même temps, elle vit Georges revenir vers la mairie, très pâle. Quand il entra, tous les regards l'interrogèrent, et la comtesse, l'interpellant:

— Eh bien ! et Maxime ?

— Il n'est pas arrivé, mère.

— Comment n'est-il pas venu dans la voiture de Savinien ?

— Mais... mais... ma mère... Savinien n'est pas encore là... balbutia Georges de Luz.

La comtesse, Germaine, Alice et Mariette, Privat et sa femme, tous eurent un frémissement commun en entendant le mensonge.

— Georges, reprit la comtesse, M° Bouradieu, ici présent, vient de te voir causer avec le baron Savinien ; comment se fait-il que n'ayant jamais menti de ta vie...

— Mère, mère, je voulais vous épargner quelques instants d'inquiétude.

— Mais Savinien t'a-t-il expliqué la cause du retard de Maxime ? Parle vite.

Et l'enveloppant de ce regard maternel qui lit dans l'âme des enfants :

— Surtout... ne nous trompe pas.

Georges avoua en tremblant :

— La cause ? Savinien ne la connaît pas.

— Alors... alors... oh ! mon Dieu... Alors, il n'a pas vu Maxime ?

— Depuis hier soir, mère !

Derrière eux, un cri atroce retentit, un cri de Germaine, rauque, sauvage, désespéré :

— On me l'a tué ! on me l'a tué !

Un frémissement passa dans la salle. Devinait-elle ? L'amour lui donnait-il une seconde vue, la vue de l'âme ! N'exprimait-elle qu'un simple pressentiment ? Germaine, le regard fixe, entourée de tous, répétait :

— On me l'a tué ! On me l'a tué !

Et huit heures sonnèrent. Soudain, la figure bouleversée, le curé entra dans la salle commune. Il avait traversé la place envahie par une extraordinaire rumeur. Un cortège s'avançait, précédé de deux gendarmes. C'étaient des hommes portant à bras une échelle, sur laquelle un corps était étendu.

— Un accident ? avait demandé le curé à l'un des gendarmes.

— Non, sans doute un assassinat. C'est M. le comte Maxime de Luz dont nous venons de trouver le corps dans une mare.

— Le comte de Luz ? le comte de Luz ? est-ce possible ?

— Oui, monsieur le curé. C'est bien M. Maxime de Luz.

— Où l'apportez-vous ? oh ! Dieu ! Dieu !

— A la mairie, d'abord. Nous n'avons pas un autre endroit.

— N'entrez pas... N'entrez pas là... sa fiancée l'attend...

Et le curé se précipita dans la mairie pour essayer d'épargner le spectacle horrible à la mère, au frère, à la jeune fille, à tous ceux que torturait l'incertitude. La foule s'était grossie de tous les paysans qui suivaient le cortège funèbre. Une sourde colère agitait les têtes. Quelques femmes levaient le poing en l'air.

On prononçait tout haut :

« Le comte de Luz ! Le comte de Luz ! M. Maxime de Luz ! Le marié ! Le marié assassiné ! » Et la rumeur grandissante entrait par la fenêtre ouverte de la salle.

A peine le curé paraissait-il sur le seuil que Germaine, l'oreille frappée par quelques cris distincts du peuple, se retournait brusquement vers la place et regardait dehors.

— C'est lui ! C'est lui qu'on apporte ! s'écriat-elle, en désignant l'échelle recouverte d'un voile noir.

Et, cette fois, le regard plus égaré, mais la voix plus terrible de certitude, elle affirma :

— On me l'a tué On me l'a tué !

Et le curé n'eut pas le temps de leur épargner la scène épouvantable et tragique. La fiancée et la mère étaient déjà sur les marches de la mairie. De leurs regards pleins d'angoisse et de folie, elles suppliaient le cortège de s'arrêter. La foule respectueuse s'écarta. Alors un grand silence plana sur la place. Les gendarmes firent halter. L'échelle fut posée à terre. Germaine et la comtesse tombèrent à genoux.

Et Georges de Luz, lugubre, lentement découvrit le corps. Il ne murmura qu'un mot :

— C'est lui !

Germaine ne fit pas un mouvement, mais comme la comtesse, sans un cri, se baissait pour baiser le front du cadavre, elle sentit ses lèvres s'agiter aussi pour le baiser.

— Oui, ma fille, vous aussi, vous pouvez...

Alors ce fut de la part des deux femmes un long enlacement déchirant sur le visage ensanglanté du mort. Derrière elles, les sanglots de Georges et de Savinien résonnaient dans le corridor, et Alice était blême, et Calixte était d'une pâleur d'agonisant, tandis que la mère Privat geignait lamentablement :

— Oh ! ma pauvre fille ! Notre pauvre fille !

Devant elles, la foule, atterrée, curieuse, mais respectueuse pleurait. La comtesse tourna la tête vers Germaine :

— Donnez-moi votre main, mon enfant...

Et, retirant une bague d'or du doigt du cadavre, elle la passa au doigt de la jeune fille :

— Gardez-la, mon enfant, puisque vous étiez sa fiancée !

— Je suis sa veuve ! sanglota Germaine.

— A genoux ! cria le curé d'une voix angoissée.

Et la foule s'agenouilla pendant qu'il récitait les prières des morts.

XXIII

LE RETOUR AU CHATEAU

Quand le prêtre eut terminé, dans le silence ému de la foule, les prières pour le repos de l'âme du comte Maxime de Luz, quand il eut fait sur le cadavre le grand signe de la paix et récité le « Notre père qui êtes aux cieux », un sentiment presque unanime de colère, un désir de vengeance et de châtiment éclata autour de la mairie et de l'église, dans le peuple accouru du fond du bourg, parmi tous ces paysans qui avaient suivi le funèbre cortège.

On criait : « A mort ! à mort ! » sans préciser à qui s'adressaient les cris de mort.

Mais l'âme obscure des multitudes a des divinations, et, sans qu'on osât individuellement prononcer le nom de l'assassin, tout le monde le dénonçait ; les soupçons de la famille et de la justice pouvaient s'égarer. L'instinct de la population désignait le meunier comme l'assassin de Maxime de Luz.

Quelques cris outragèrent Calixte, debout sur les dernières marches de la mairie. Il n'eut qu'à lever la tête vers ses agresseurs pour les faire taire. En effet, sa tête de vieux paysan, hâlée par le soleil, démentait par l'énergie de sa douleur l'atroce et odieuse accusation.

Il pleurait. Les larmes roulaient dans les sillons de ses joues. Il pleurait, comme la comtesse à qui il avait osé prendre la main pendant qu'elle était encore agenouillée. Il pleurait comme sa pauvre vieille femme que ce coup inattendu vieillissait encore de dix années. Il pleurait comme Georges de Luz que secouait un tremblement nerveux.

Savinien qui restait cloué sur place, terrifié, et Mlle Alice dont l'effarement prodigieux ... deviner qu'elle essayait de comprendre une ... à laquelle son cœur ne pouvait pas croire. Il ... comme tout le monde, sincère, le cœur brisé, ... par la soudaineté du malheur !

... la plus frappée, la fiancée qui restait fiancée, ... la veuve avant d'être épouse, seule, Germaine Privat, abîmée dans une vision du passé, ne ... pas. Elle demeurait toujours dans la con... de cette figure sanglante. Elle ne pouvait ... à l'horreur du spectacle. Elle aurait ... baiser cette bouche froide, ces lèvres blêmes, ... ces paupières lourdes, rappeler la vie du ... soigner une plaie noire qu'elle apercevait ... le menton, un trou par où avait dû s'échapper ... le sang de Maxime, le sang chéri, le sang du ... le sang dont elle espérait un jour être ... elle qui était si désireuse d'être mère ? Et ... son âme de jeune fille se sentait encore mieux ... par ce cadavre qu'elle ne l'avait jamais été ... Maxime vivant ! Déjà le passé n'était plus qu'un ... mais il est des âmes qui ont le culte du ... et Germaine se sentait à jamais liée au mort. ... pourrait lui faire oublier Maxime ? Il venait ... emporter son cœur.

... un signe du maire, les gendarmes soulevèrent ... où était Maxime et voulurent emporter la ... improvisée. Les sanglots redoublèrent. Pâle, ... les lèvres agitées d'un balbutiement de ... attendries, d'une dernière prière d'amour, ... Privat tira le drap sur la tête du fiancé, ... regarda le mari mort s'en aller, s'éloigner ... pour toujours, et, ne pouvant plus de souf... elle se précipita dans les bras de la comtesse ... Luz. La tendresse de la mère de Maxime, c'était ... qui pouvait le mieux la rattacher à la vie, pour ... A deux, elles sauraient le pleurer sans ... car chacune savait ce qu'elle avait chéri d'une ... différente, mais d'une affection égale, pour ... dispute. Un instant, autour de ce grand ... de cette mère en robe noire, de cette fiancée ... robe blanche, toutes les deux s'embrassant avec ... dans la communauté du deuil, un grand ... régna, puis les étrangers aux deux familles ... et les voitures de mariage s'avancè... devenues, pour suivre le corps du comte de ... des voitures d'enterrement où maintenant, les ... de la femme et les maîtres du château ... mêlés. Germaine était assise dans l'une ... la comtesse et sa sœur Alice, Georges de ... dans l'autre, restait abattu entre le père et la ... de Germaine, silencieux.

... pensaient : « Il y a trois mois, le comte ... de Luz est sorti jeune et beau de ce châ... Il n'a plus reparu par délicatesse et par dé... la mort ! y ramène. Il espérait y conduire ... mariée, il y ramène une morte veuve ! » Et le ... des chevaux rythmait les battements des ... et la coulée des larmes. Le corps de Maxi... de Luz fut déposé dans une salle basse et ... aux soins de sa nourrice Marietta dont les san... retentissaient sous la voûte. C'était une an... salle de garde très vaste, et, tout de suite, ... femme eut l'idée de la tapisser de verdure ... fleurs. Elle soumit impérieusement son désir ... paysans et aux domestiques de l'exploitation ... avaient pas franchi le seuil et, en moins d'un ... d'heure, lui édifièrent une chambre odorante ... murailles, piquées de chrysanthèmes. Quatre ... brûlèrent aux quatre coins du drap blanc. ... s'agenouilla et bientôt les serviteurs, au ... d'elle, se courbèrent pour prier. Ce fut une ... ardente où le pays défila jusqu'au soir ... la forme immobile du cadavre recouvert, ... de temps en temps, à la sortie, une imprécation ... contre le misérable, encore inconnu, qui ... commis le crime et la salle retombait au si...

*

... lence des plaintes sourdes et des sanglots rentrés.

Au premier étage, tandis que Georges de Luz, Savinien de Reillan et Calixte Privat s'arrêtaient dans l'antichambre, les femmes pénétraient dans le salon. Germaine défaillait. Sa vieille mère et sa sœur l'aidèrent à tomber dans un fauteuil. Elles restèrent, toutes les quatre, muettes un instant, écoutant le murmure de voix d'hommes dans la pièce voisine, sans comprendre ce qu'ils disaient. C'était Georges de Luz qui se reprenait à la vie, ressaisissait son calme et sa logique, avide de sa... voir la vérité, de trouver le coupable, de le châtier.

Il s'adressa d'abord à Savinien :

— Vous n'aviez rien remarqué d'anormal, les jours précédents, dans la manière d'être de mon frère ? Il faut, de toute évidence, n'est-ce pas, écarter l'hypothèse d'un suicide.

— Un suicide ! s'écria le baron Savinien, les bras levés au ciel dans une protestation spontanée. Un suicide ! Il était gai, causait avec entrain, avait une telle certitude d'être le maître de l'avenir qu'il me disait : « Jamais je n'aurais cru qu'on pouvait être si heureux ! »

Les larmes visibles, sans les cacher de ses mains ridées, le père Calixte hocha la tête, se jugeant sans doute et se condamnant, balbutiant des excuses au mort. Il sentait Germaine pour toujours malheureuse ! Il avait voulu se montrer autoritaire et dur, lui, dont le cœur était plein de tendresse, et il avait brisé la vie de son enfant.

— Et lorsqu'il vous a quitté, reprit Georges, vous a-t-il dit où il allait ?

— Chez son futur beau-père à la ferme de Mon... rion.

— En ce moment-là, il ne vous a point paru soucieux ?

— Pas du tout. Il s'acquittait d'un devoir. Il se savait attendu, n'ignorait point qu'il serait reçu cordialement. La démarche eût été pénible avant le consentement de M. Privat, mais après !

Et le baron Savinien, pendant que le père Calixte l'approuvait d'un signe de tête, insista plus énergiquement.

— L'hypothèse d'un suicide est absurde, croyez-moi. Jamais Maxime de Luz n'avait aimé la vie autant qu'hier soir.

Georges de Luz, sur ce point, était déjà convaincu, mais il avait voulu l'écarter pour répondre à une opinion qui avait couru un instant dans la foule, autour de la mairie. Un médecin, qui faisait sa tournée, ayant examiné superficiellement le cadavre au sortir de la mare, avait conclu au suicide et la blessure au-dessous du menton lui avait paru être une morsure de poisson.

— Aussi, conclut Georges de Luz, je résume tout ce que vous savez, Savinien. Mon frère, très gai, heureux de vivre, vous a quitté vers quatre heures de l'après-midi pour se rendre chez M. Privat et vous ne l'avez plus revu que mort. Vous-même n'êtes rentré chez vous que très tard. Vous avez cru votre ami couché dans sa chambre et c'est ce matin, à l'heure du départ, que vous avez constaté avec surprise que mon frère n'était pas rentré hier soir.

— Tout est exact et tel que je le redirai au juge d'instruction.

Georges se tourna vers le père de Germaine :

— Et vous, monsieur Privat ?

— Interrogez-moi, monsieur Georges. À nous trois, peut-être éclaircirons-nous le mystère.

— À quelle heure Maxime est-il arrivé à la ferme de Monrion ?

— À cinq heures environ. Il y a quatre kilomètres du château de Reillan chez moi, peut-être un peu plus.

— Mon frère ne s'est donc pas arrêté en route, n'a vu personne dans l'intervalle ?

— Non. Il m'a dit : « J'ai fait la route à pied... »

promenade ravissante... il m'a mis à l'aise
tout de suite, par sa franchise, par sa douceur, et,
pour lui montrer que tout était oublié, que mon
cœur ne gardait aucune rancune, je l'ai supplié
de dîner avec moi. Il refusait. J'ai insisté. Hélas !
c'est moi qui suis la cause de sa mort. Si je l'avais
laissé partir avant la nuit, on ne l'aurait pas assassiné. Ma pauvre Germaine ! Ma pauvre enfant !

Le vieillard s'assit sanglotant :

— Tout ce qui est arrivé, c'est par ma faute. J'ai
été le deuil chez vous et chez moi. J'ai porté malheur à tout le monde. J'aurais dû mourir il y a dix
ans !

Georges de Luz posa la main sur l'épaule du père Privat et dit avec indulgence :

— Ne pleurez pas et répondez-moi, monsieur
Privat. A quelle heure Maxime vous a-t-il quitté ?

— Nous nous sommes mis à table vers six heures et nous avions fini à huit heures. Il a dû s'en
aller de chez nous une demi-heure après.

— A pied ?

— A pied.

— La nuit était noire ?

— Non. Une belle nuit de pleine lune.

— Mais la mare où il a été trouvé ne se trouve
pas sur la route de Reillan à Mourion. Il n'est donc
pas parti par le chemin le plus direct ?

— Je ne sais plus. Je suis rentré dès que je l'ai
perdu de vue. Dans quelle mare a-t-il donc été jeté ?

— Dans celle de Sivac.

— Ah ! fit le père Privat.

Et il ajouta involontairement :

— Du côté de la minoterie.

— Oui, non loin de la maison seule où habite
une nommée Simonne, une ancienne ouvrière du
moulin.

— Ah ! ah ! répéta inconsciemment le vieillard.

— Et cette Simonne, ajouta Georges de Luz, est
la maîtresse de votre gendre Sandoret.

— Je le sais, répondit Calixte. Tout le monde le
sait dans le pays.

— Le crime n'a donc pu être commis au plus
tôt que vers neuf heures, car il faut bien trente
minutes pour se rendre de chez vous à la minoterie.

— Environ trente minutes.

— Et voilà tout ce que nous savons pour le moment, c'est-à-dire à peu près rien, ajouta le baron
de Reillan.

Mais les regards de Georges de Luz et du père
Privat se croisèrent, se comprirent.

— Matériellement, rien, remarqua Georges.
Mais moralement, tout. Je n'ai pas le droit d'expliquer mes déductions avant d'avoir des preuves
certaines. Je ferai, nous ferons notre enquête à part,
parallèlement à celle de la justice, à côté ou contre, suivant qu'elle sera dans la bonne voie ou sui-
vra une piste fausse. Mais je crains que le parquet
ne classe vite l'affaire, si nous ne l'aidons.

Et, d'un geste découragé, il ajouta, entendant la
voix d'Alice Sandoret dans la pièce voisine :

— Nous sera-t-il possible de l'aider ?

Le père de Germaine crut comprendre le sentiment de subite indulgence qui venait de germer au
cœur de Georges de Luz et le trouva tellement sublime qu'il pâlit d'émotion.

Est-ce que déjà, malgré la mort de celui qui allait les allier, les deux familles seraient réunies à
ce point que, pour l'honneur de l'autre, Georges de
Luz renonçât à venger la sienne ? Non, non. Le
jeune et nouveau maître du château ne pouvait
laisser impunie la mort de son frère ! Calixte Privat lui-même, dût-il en souffrir, dussent les siens
gémir, ne verrait dans cette souffrance qu'une
juste réparation. Et lui-même, dans la mesure de
ses forces, aiderait Georges à découvrir l'assassin
de Maxime, dût-il le trouver dans sa propre famille, et il le livrerait au frère irrité, qui serait
libre alors d'user de clémence, mais Calixte Privat
aurait fait son devoir.

La porte du salon s'ouvrit et Alice Sandoret, sa
fille, vint vers lui.

— Père, lui dit-elle en le prenant par la main,
venez auprès de madame de Luz, elle désire vous
parler.

Il se leva, entra précédé d'Alice Sandoret, dans
ce salon où quelques jours plus tôt il était venu,
sur le conseil de Mariette, abdiquer son obstination et consentir au mariage. Il se souvenait de
cette entrevue, presque solennelle d'abord, que la
grâce souriante de la châtelaine en cheveux blancs
avait tout de suite convertie en colloque familier :
sa jeunesse lui avait de nouveau envahi le cœur.
En quelques minutes il était redevenu humble
comme autrefois le petit commis de mademoiselle
Masson. Et, à la regarder de si près, lui qui depuis des années ne l'avait vue passer qu'en voiture, avec l'auréole du nom et de la puissance,
il avait perdu toute rancune, la trouvant jolie, un
peu changée par l'âge, plus jolie même, puisqu'elle daignait lui parler, être aimable et ac-
cueillante, tandis que jeune fille elle avait affecté
une indifférence qu'il avait prise pour du dédain.
Maintenant, dans ce château, qui jadis blessait
ses regards de ses tourelles hautaines, dans ces
murs auxquels, par colère jalouse plutôt que par
haine, il montrait le poing, il se trouvait à l'aise,
ému et attendri. L'effondrement du bonheur de la
comtesse de Luz lui apparaissait comme la plus
criante des injustices du ciel, et pourtant, il avait
presque souhaité les malheurs qui la frappaient.
Il avait jeté de toute sa force têtue, l'anathème
contre les terres et les maîtres de Saint-Elme.
A présent, il ne savait ce qui lui poignait le plus
le cœur de la douleur de Germaine, ou des larmes
de la châtelaine. Et il se sentait des trésors de
tendresse pour les consoler toutes les deux, sa
fille et l'ancienne image idéalement aimée, le fruit
de sa chair et la fleur de son rêve. Il n'était donc
le dominateur orgueilleux, s'inclinait au service
de la comtesse de Luz, et croyait se réveiller, au
souvenir de son premier amour, avide de dévouement, et quel que fût le coupable, justicier et ven-
geur. C'était à lui de relever les courages. Il lui
appartenait de diriger ces âmes.

— Madame, dit-il, et toi, Germaine, et toi aussi,
ma femme, il ne faut pas pleurer comme ça.

Et des sanglots tremblaient dans sa gorge.

— Monsieur Privat, je voulais vous prier de
m'accorder une grâce... implora la comtesse de
Luz. Déjà madame Privat vient de consentir. Vous
serez bon comme elle...

— Dites, madame...

— Il me semble que Germaine est un peu ma
fille. Une partie de l'âme de mon fils est en elle,
puisqu'ils s'aimaient tant ! Ne me la retirez pas
déjà ! Laissez-la vivre près de moi. Vous viendrez
la voir tant que vous voudrez. Mais, si elle me
quittait tout de suite, je ne serais plus capable
que de mourir. Vous voulez bien cela, n'est-ce pas,
monsieur Privat ? Votre femme a dit oui. Germaine le désire aussi. N'est-ce pas, Germaine ?

— Cette maison est ma maison, murmura la
jeune fille.

— Reste, mon enfant, reste ici tant que tu voudras, ma petite Germaine. Ton devoir est de consoler la mère de ton fiancé. Je puis bien me priver
de ta présence un long temps, puisque tu es privée, toi, et vous aussi, madame, puisque vous
êtes privée... à cause de moi... de la présence d'un
autre... pour toujours.

Et, cette fois, sans pouvoir se contraindre, il
sanglota avec une telle violence que Germaine
courut à lui, se jeta à ses genoux, lui baisa les
mains, répétant :

— Oh ! père, père, mon cher père, n'ajoute pas
à ma peine. Je t'ai toujours aimé, mon cher père,
et je t'aime plus que jamais ! Si je te demande
la permission de rester ici, tu l'as compris, c'est

pour vivre au milieu des objets qu'il a aimés, auprès de sa mère et de son frère qu'il adorait... jusqu'au jour où... ce sera mon tour de vous quitter pour le rejoindre.

— Ah ! petite ! petite ! s'écria madame Privat. Ne dis pas ça. Ne dis pas ça, ma fille !

Alice Sandoret releva sa sœur, l'enveloppa de ses bras presque maternels et le silence, entrecoupé de sanglots, ne fut plus troublé que par le va-et-vient discret, sur le sable de la cour, des paysans qui se succédaient pour défiler, dans la chapelle ardente, autour du cadavre du fiancé.

XXIV

AUTOUR DU MORT

La journée se passa dans cette stupeur qui suit les catastrophes inattendues. Calixte Privat, sa femme, sa fille Alice, rivés au château par la douleur, ne savaient pas s'en aller, ne quittaient plus Germaine, la comtesse de Luz et son fils. De part et d'autre, la prostration était complète. Ennemis, étrangers de la veille, ils ne faisaient plus qu'une famille. Georges de Luz secoua cette torpeur.

Il s'impose, par un effort de volonté, la lutte, l'activité, s'arracha au découragement stérile. Il ne craignit pas de renouveler ses terribles émotions et descendit dans la salle basse.

L'après-midi était déjà très avancée. Le défilé des voisins se ralentissait, le château étant assez éloigné du bourg. Et la discrétion naturelle au paysan timide restreignait l'affluence des curieux. Seuls étaient venus ceux qui avaient eu quelques relations avec les gens du château et les proches habitants. Dans cette retenue entrait un certain respect de la mort. Les femmes, en plus grand nombre, s'étaient présentées pour prier. Seule, toute la journée, assise auprès de son grand enfant, Nounou-Mariette, à la main un chapelet qu'elle n'égrenait pas, avait vu passer devant elle toutes les figures du pays et, saluée de tout le monde, n'avait reconnu personne, l'âme absente.

Au moment où Georges de Luz parut, Mariette était debout, répondant avec tous les signes de l'ahurissement, à deux messieurs qui l'interrogeaient. Elle ne comprenait qu'à demi, levait les bras au ciel en entendant le mot d'autopsie, était sur le point de crier à la profanation. Georges s'approcha, écouta le médecin-légiste et l'opérateur, pâlit, puis approuva. Puisqu'il le fallait ! La formalité épouvantable, dans l'intérêt de la justice, s'accomplirait. Mais il était inutile d'en prévenir la comtesse de Luz et Germaine. A quoi bon leur imposer cet effroyable supplice de sentiment ?

— Allons, Mariette, dit Georges. Il ne faut pas rester là.

— Et vous, monsieur Georges ?

— Moi, je sors aussi. Laissons ces messieurs.

Il ferma les portes, se retira.

Mariette ne quitta pas la salle voisine, comme si elle craignait qu'on ne lui dérobât le corps chéri, et elle tressaillait au bruit des instruments d'acier qui taillaient dans cette insensible chair autrefois nourrie de son lait.

— Ah ! le pauvre petit ! le pauvre petit !

Georges, pendant ce temps, errait autour du château, tête nue, offrant à l'ombre des murailles grises son front brûlant.

Tout à coup, il était passé chef de famille. Son frère mort, il était tenu de le remplacer. Au point de vue de la direction des intérêts, de l'administration des biens, c'était déjà fait ; mais Maxime occupait une place si grande dans le cœur de la comtesse, que Georges désespérait de combler le vide.

N'était-ce point là le principal, à raisonner juste ? Qu'importait la fortune si le bonheur à jamais était perdu pour la mère ? Quel but Georges, désormais, pouvait-il assigner à sa vie ? S'il se sentait impuissant à faire aimer l'existence à sa mère, après la perte de l'aîné, s'il la perdait aussi, la chère femme, pour n'avoir pas su remplacer le frère mort, quel motif lui resterait-il de vivre ? Aucun. Il était seul, isolé, perdu malgré son activité d'homme jeune, avec le poids de ses terres et de son nom sur les épaules, des terres qui rendaient mal, un nom qui le forçait à tenir un rang. Et le découragement qui suit les graves secousses morales assaillait Georges de Luz, le déprimait, lui enlevait sa clairvoyance habituelle de l'avenir. Il ne songeait plus même en ce moment à venger son frère. Il craignait que sa mère ne consentît pas à vivre longtemps.

Et, peu à peu, pendant qu'il marchait autour des murailles, oubliant l'atroce formalité qui s'accomplissait à l'intérieur, une idée se leva très nette en son esprit lentement redevenu lucide, une idée qui le surprit d'abord, qu'il examina comme une curiosité mentale, à laquelle il s'habitua en quelques secondes et qui enfin s'imposa à son esprit, à sa logique, à son cœur.

— J'ai un devoir, un autre devoir ! Ma mère d'abord, oui, mais l'autre femme dont il était aimé ? Germaine ? ne dois-je pas aussi la rendre heureuse et la sauver du désespoir ?

Et le but de sa vie lui apparut aussitôt. Il le jugea très noble, très digne de lui ; il trouva moins vaste sa solitude, comprit qu'une affection nouvelle allait tenir dans son cœur là place de la tendresse perdue et que si quelque chose de son frère vivait en Germaine, il avait bien le droit d'aimer un peu Germaine comme une sœur. Cette pensée le réconforta.

Son amour d'activité, de dévouement, se trouvait favorisé. Cette jeune fille devenue veuve sous le voile de mariée ne pouvait pas lui être indifférente. Elle entrait dans sa famille aujourd'hui. Ses parents, trop vieux, ne pourraient pas longtemps la protéger. Lui, Georges, serait là, présent, ami, conseiller, protecteur, remplaçant Maxime, fier de ce rôle que lui dictait le mort.

Sa promenade inconsciente l'avait conduit jusqu'aux étables, à une portée de fusil du château. Son attention fut attirée par des gémissements et, se rappelant que le corps de Maxime était en ce moment livré au scalpel du chirurgien, il subit un frisson de terreur comme si ce gémissement pouvait venir de son frère. Mais il reconnut les étables, voulut s'expliquer le bruit vague, et lent, la plainte douce qu'il entendait. Il entra.

Les bœufs et les vaches, dans le demi-jour tamisé de toiles d'araignées, tournèrent la tête vers la grande lumière de la porte ouverte et quelques beuglements le saluèrent. La chaude buée du souffle des bêtes mêlée à l'odeur ammoniacale de la litière qui fermente le prit à la gorge et aux yeux, le dégrisa de son chagrin. Le propriétaire domina. Il cria très haut, contrarié :

— On n'a pas changé de paille ce matin. Mathurin ! Mathurin ! Où es-tu ?

Le vacher Mathurin ne répondait pas. Alors, Georges de Luz s'avança plus profondément dans l'étable jusqu'à l'écurie qui était au bout et ouvrit une autre porte, pour aérer plus largement, établir un courant d'air raréfié. Et de nouveau :

— Mathurin ! Mathurin !

Les gémissements avaient cessé. Georges de Luz ne songeait plus qu'à la façon dont son bétail était soigné lorsqu'il se souvint d'avoir remplacé Mathurin par un autre garçon dans les fonctions de vacher et de palefrenier.

— J'allais me fâcher contre un innocent, murmura-t-il.

Et cette pensée le ramena au drame horrible de la matinée.

— Comment se fait-il que Mathurin, chargé spécialement de surveiller les allées et venues de Sandoret, n'ai pu me prévenir à temps que Sandoret guettait Maxime au sortir de la maison du père Calixte ? Il n'est pas possible que Sandoret ait eu une conduite régulière et normale ces jours derniers ! L'approche de ce mariage l'affolait. Il ne vivait presque plus chez lui. Pourquoi Mathurin n'est-il pas venu me dire cela ? J'aurais mieux fait de lui laisser garder les vaches, puisqu'il s'est si mal acquitté de la mission confiée.

Il entendit un nouveau gémissement. Et cette fois, il leva la tête pour écouter. Il se trouvait au pied de l'échelle du grenier à foin, établi au-dessus des mangeoires. Il grimpa, passa par le trou carré du plafond et se trouva sous les combles. Tout bruit s'était tu. A peine quelque fuite trottinante de souris troublée :

— Qui est là ? demanda-t-il.

Un mouvement de bottelées qui glissaient lui indiqua l'endroit où s'était réfugié l'être humain qu'il cherchait. Il s'approcha et se trouva en face de Mathurin qui se cachait les yeux, comme pour se protéger, sous ses deux bras levés et arrondis à la hauteur de son front. L'enfant paraissait terrifié.

— Ah ! toi ? Que fais-tu là ?

Mathurin ne répondit pas. Il s'adossait plus fortement aux bottes de foin, essayait d'y pénétrer, d'y disparaître, glissant vers Georges de Luz, sous ses manches de bourgeron bleu, un regard épouvanté.

— De quoi as-tu peur ? tu trembles ?

En effet, les jambes de l'enfant se dérobaient. Il s'affaissait.

— Que te reproches-tu ? Hier encore, tu n'avais pas peur de moi. Tu n'as donc pas fait ton devoir ?

Georges s'étonna du silence qui se prolongeait.

— Tu ne veux pas répondre ? Allons, Mathurin, viens ici et parle. Que te reproches-tu ?

L'obstination à se taire devenait étrange.

— Je t'ordonne de me répondre, Mathurin. Si tu veux continuer à servir le château, tu vas parler. Sinon, je te chasse. Voyons, petit, pourquoi trembles-tu ? Est-ce que je n'ai pas toujours été pour toi un bon maître ? Si tu as commis quelque faute, raconte-la-moi ; je sais que tu n'es pas un enfant méchant et je te pardonnerai.

Levant un peu plus haut les coudes, le vacher montra mieux ses yeux d'un noir profond, que la lumière fit cligner et il fixa longuement son maître en restant muet. Georges s'irrita :

— Es-tu devenu sourd ? Fais-tu la brute ? Mathurin, je ne comprends pas ta conduite ?

Georges s'avança, saisit par le bras l'enfant courbé, plié en deux, le traîna auprès d'une lucarne et le regarda. Il était pâle et hâve, les cheveux emmêlés de brindilles de foin, les vêtements boueux comme s'il était tombé dans un fossé, la blouse déchirée, les pieds nus et sanglants. De sa lèvre inférieure qui pendait, un filet de bave découlait comme du mufle des bœufs. Une idée traversa le cerveau du frère de Maxime, une idée qui expliquait l'entêtement taciturne de cet enfant ouvert, intelligent et franc, subitement devenu stupide et sournois.

— Il a eu peur ! Mon petit ami, tu ne me crains pas ? reprit Georges en essayant de la douceur. Je saurai te défendre, moi ! Personne ne te fera jamais du mal. Raconte-moi ce qui t'est arrivé.

Et, en demandant au vacher ce récit, Georges de Luz frémissait. Le drame de l'assassinat de son frère n'allait-il pas s'évoquer ? N'était-il pas sur le point de savoir tout ce qu'il désirait savoir ? Ah ! si cet enfant avait conservé une lueur de raison ! Tout à l'heure il l'accusait de négligence et peut-être devrait-il le plaindre d'avoir usé de trop de zèle, d'avoir mis en œuvre un dévouement au-dessus des forces de cet âge ?

N'était-ce pas en épiant Sandoret que Mathurin avait assisté à la scène épouvantable du meurtre. Et ce spectacle aurait ébranlé le cerveau de l'enfant. Ainsi s'expliquait l'abstention de Mathurin à rendre compte de sa surveillance quotidienne. D'où provenaient ces blessures aux pieds nus. Quelle course à travers les ronces et parmi les pierres avait déchiré ses vêtements ? Comment savoir... puisque Mathurin paraissait ne plus jouir de son intelligence, plus irrémédiablement atteint que par la folie furieuse, déprimé comme un idiot ? Georges fit une tentative dernière :

— Mon petit Mathurin, tu dois avoir faim. Depuis quand n'as-tu pas mangé ?

Georges laissait écouler quelques secondes après chaque interrogation et les poursuivait, de plus en plus navré, désespérant de vaincre ce mutisme impuissant devant le néant de ce cerveau éteint.

— Où étais-tu hier soir ? Tu n'es pas venu me rendre compte de ta journée.

« Où as-tu passé la nuit ? Oh ! comme tes vêtements sont sales...

« Tu t'es fait beaucoup de mal aux pieds. Tu es donc allé bien loin ?...

« Tu sais que tu n'es pas gentil de ne rien me dire de ce que tu as vu. Ton maître t'aime bien et tu n'aimes pas ton maître. Réponds-lui donc, mon petit ami.

Silence affolant des bouches fermées par les ténèbres du cerveau. Georges de Luz se sentit presque aussi près de la colère que de la pitié. Il secoua l'enfant et, brusquement :

— M. le comte Maxime est mort, petit !

Mathurin releva le front, ses yeux s'agrandirent et il poussa des sons inarticulés. Georges eut une lueur d'espoir.

— On l'a trouvé dans l'eau ? Qui l'a tué ? le sais-tu ?

Nouveau silence.

— Dis-moi. Je t'avais chargé de surveiller le meunier. C'est lui qui a tué mon frère !

Mathurin jeta deux aboiements longs, deux plaintes hurlantes, se dégagea nerveusement de la main de son maître et courut s'enfouir la tête dans les foins. Georges de Luz eut un geste de découragement.

Évidemment, cet enfant savait des choses terribles, les avait vues, avait assisté à un drame dont son cerveau, momentanément, sous la secousse d'un accès épileptiforme, restait troublé. Il ne parlerait pas, ce témoin ! Aucune menace n'en tirerait un mot. Les soins, le calme, le repos, la douceur et l'isolement permettraient peut-être aux facultés obscurcies de renaître. La mémoire n'était pas tout entière atteinte ; le souvenir précis était supprimé. Georges de Luz eut un murmure de pitié reconnaissante :

— Ce gamin a trop bien fait son devoir !

Il le releva, le souleva, lui fit descendre l'échelle de bois, et comme l'enfant se pliait, se contournait, il fut forcé de le prendre dans ses bras pour l'emporter.

Il marcha, sous ce lourd fardeau, jusqu'à la salle où Mariette attendait que les opérateurs eussent terminé le lugubre travail de l'autopsie. Il expliqua tout de suite à la nourrice dévouée ce qu'il désirait : des soins immédiats pour le jeune vacher, une bonne nourriture, un bon lit, la solitude dans ce pavillon de la forêt où Germaine avait passé une nuit.

— Il faut guérir cet enfant, Mariette ; il le faut. Il peut nous aider à venger mon frère. Je vous le confie.

— S'il doit me donner un jour cette joie, je vais le soigner comme s'il était M. Maxime lui-même, répondit Mariette avec tristesse.

— Allez et dormez dans votre pavillon, ma pauvre Mariette. La nuit approche. C'est à moi qu'il appartient de veiller Maxime. Ne revenez pas ici

Contentez-vous de soigner cet enfant, sans qu'il vous échappe.

Nounou-Mariette jeta un regard de côté sur la salle mortuaire, soupira, s'éloignant à regret du corps de Maxime. Le vacher la suivit, s'accrochant à elle, se cachant la figure dans les plis du jupon et tous deux disparurent. Georges de Luz allait pénétrer dans la pièce voisine lorsque les médecins en sortirent. Il les interrogea sur le résultat de leur examen, avec netteté, les écoutant sans perdre une parole, leur faisant répéter leurs affirmations comme s'il était le juge d'instruction et devait lui-même conduire l'enquête. Eux s'y prêtaient, émus de sa grande douleur, certains de son silence et de sa discrétion.

— Donc, messieurs, quand le crime a été commis, mon frère venait de sortir de table ?

— Il s'est écoulé une demi-heure à peine entre la fin du repas et la mort. La digestion des aliments était à peine commencée.

Mon frère a donc été tué vers les neuf heures, hier soir, en sortant de chez M. Privat. Avez-vous pu déterminer la cause de la mort ?

— Oui, monsieur, la carotide a été coupée, plutôt rompue par le choc d'un instrument pointu projeté avec violence ou poussé par une main très puissante. Le trou de la gorge est d'une profondeur de dix centimètres et les bords de la blessure sont déchirés. Selon nous, on s'est servi d'une arme peu compromettante, un peu grossièrement taillée en biseau, par exemple, mais non d'un instrument de fer.

— Mon pauvre frère a-t-il lutté longtemps contre son agresseur ?

— Non, non. Il a dû être surpris par un homme caché. Nous n'avons pas trouvé, ni sur le corps ni sur les mains, une seule ecchymose. La victime, frappée par devant, est tombée subitement sur le dos et n'a plus bougé. Pas de souffrance, monsieur, nous sommes heureux de vous en donner la certitude, quoique ce soit, hélas ! une bien faible consolation.

Le frère de Maxime n'eut pas le temps d'appesantir son esprit sur les renseignements qu'il venait de recueillir. Les médecins s'étaient à peine retirés que des hommes se présentèrent, porteurs du cercueil pour la mise en bière. Un instant il se demanda s'il était de son devoir de prévenir sa mère et Germaine, pour leur offrir de contempler une dernière fois Maxime. Il se représenta une nouvelle scène douloureuse et préféra la leur épargner. Il resta seul, vit disparaître son frère entre les quatre planches de chêne, et, le cercueil vissé, placé sur des tréteaux, il congédia les hommes, s'assit auprès du mort pour le garder.

Le soir était venu. Là-haut, Alice Sandoret se préparait à quitter le château pour rentrer à la ferme de Sivac soigner son petit Lucien. Savinien était déjà parti pour Reillan où il allait se retrouver seul, après les trois mois de commensalité intime qu'il avait passés si agréablement avec son ami Maxime. Le père Privat et sa femme offrirent de passer la nuit, mais la comtesse de Luz s'y opposa.

Les obsèques étaient fixées au lendemain matin à dix heures précises. La cloche du dîner sonna ; un domestique vint prévenir Georges, qui refusa de prendre aucune nourriture. L'odeur du phénol, autant que l'abattement moral, avaient endormi son estomac de jeune homme bien portant, habitué aux exercices physiques. Il comprenait pourtant que pour supporter les émotions du lendemain et la fatigue de toute cette nuit, la longueur de cette veillée des larmes, il était nécessaire de réparer les forces perdues. Son intention de ne pas abandonner le cercueil jusqu'au lendemain était absolue. Il donna même des ordres à transmettre : « Que tout le monde de la maison se couche ! Je veux rester seul. Dormez ; je veille ! » Il

remplaça les cierges qui déjà se liquéfiaient dans les bobèches de cuivre ; il prit, à ce court travail, le plaisir d'un hommage rendu, d'un soin pieux donné à un être qui n'est plus qu'une âme ; mélange de tendresse et de culte.

Il murmurait, en une prière douce, pendant que ses mains tremblaient :

— Oh ! frère, frère chéri, que ne suis-je à ta place dans ce cercueil ! Mère, peut-être, souffrirait moins ! Et puis, moi, je n'avais pas de fiancée ! Oh ! frère, frère chéri, mon compagnon de jeunesse, est-ce vrai que je ne te verrai plus jamais ?

Pour se conduire dans la vie, il avait un caractère d'homme ; pour aimer, il se sentait une âme de femme. Et la solitude de la salle basse, où il se trouvait en présence de cet appareil funéraire, énervait son courage, ébranlait la confiance de sa jeunesse, face à face avec le néant des illusions.

Il s'agenouilla, sans prier, les yeux perdus vers l'ouverture de la fenêtre, cherchant des étoiles. Et, de nouveau, il s'assit. Parfois, les ais de chêne craquaient. Il lui semblait que dans la caisse funèbre le corps de son frère se distendait, et il songeait à ce travail des êtres organisés qui se décomposent pour se restituer à la grande nature d'où ils sont sortis. Peu à peu, son cerveau s'alourdit. L'impérieux besoin du sommeil pesa sur ses paupières. Sa peine fut plus vague, moins distincte à son cœur, comme si un baume pénétrait en lui et s'infiltrait, réparateur, dans ses veines qui, tout à l'heure, charriaient un sang brûlant. La fièvre tomba. Il s'assoupit et ce fut un anéantissement sans rêve. Brusquement il s'éveilla. Une porte s'ouvrait.

Non la porte du dehors, mais celle qui communiquait avec l'intérieur du château. Il eut la sensation d'avoir dormi longtemps. Les cierges n'avaient plus la même hauteur et, derrière les arbres du parc, une blancheur laiteuse se levait. Il comprit qu'on venait, malgré ses ordres, le remplacer pour la veillée et il eut honte d'avoir été vaincu par la fatigue. Il se mit debout, regarda vers la porte qui s'ouvrait et demanda :

— Qui est là ?

Et, tout d'un coup, à la vue d'une femme vêtue de noir, une femme éplorée, au visage de cire, il fut pris d'une immense pitié :

— Mademoiselle Germaine ! Vous, mademoiselle Germaine ? Ah ! que venez-vous faire ici ? Pourquoi ?

Elle pleurait, elle s'avança. Il courut vers elle, répétant avec douceur :

— Pourquoi, mademoiselle Germaine, êtes-vous descendue ?

Elle eut un mouvement d'épaules désespéré, expliquant, par ce geste muet, qu'elle n'avait pas pu résister à ce désir. Il ajouta :

— Allez-vous-en, mademoiselle Germaine, je vous en prie.

Elle le regarda si suppliante qu'il se tut. Il ne se sentait pas la force d'insister. La seule vue de cette robe noire qui avait pris la place de la robe blanche de la veille paralysait sa volonté, l'empêchait de parler. Germaine se mit à genoux entre deux cierges, d'un côté du cercueil. Alors, Georges s'agenouilla aussi, de l'autre côté. Ils ressemblaient aux deux anges pleurant sur l'enseveli du Calvaire. Elle avait projeté ses deux bras en avant sur le cercueil comme pour en étreindre une partie plus grande. Son front touchait les planches que ses larmes mouillaient, que ses lèvres baisaient. Sa chevelure blonde s'était dénouée et traînait jusqu'aux talons, éparse sur les plis de la robe noire. Un éclat de sanglots rompit le silence.

— Mademoiselle Germaine, ne restez pas ici, reprit Georges.

Alors, elle parla.

— Où voulez-vous que j'aille ? Où serais-je

ils vont tuer mon mari ?

— Peut-être.

La sœur de Germaine, épouvantée, s'écarta de son père.

— Vous souhaitez la mort de Séverin ?

— Je te répondrai tout à l'heure, quand je t'au-rai d'abord interrogée.

— Mais, tout à l'heure, il sera trop tard. Je dois vous quitter. Ordonnez au cocher de s'arrêter, de me conduire chez moi. Je ne veux pas aller à Mou-ron. Mon devoir est de retourner à Sivac, d'y être avant que cette foule y arrive, d'avertir Sé-verin de se cacher... ou de me tenir auprès de lui pour le sauver. Père, je vous en supplie ! Écou-tez-moi.

Le vieillard resta un instant sans répondre.

— Père, si ce n'est pas pour moi, faites-le pour Lucien, pour votre petit-fils.

Il parut s'attendrir et murmura, sans que sa fille entendît les paroles.

— Pour lui, comme pour toi, il vaudrait peut-être mieux laisser les événements s'accomplir.

Une dernière fois, elle pria.

— Père, faites tourner la voiture.

Et, comme il hésitait, elle ouvrit la portière.

Quand il la vit décidée à sauter, au risque de se tuer, il la retint à bras-le-corps et cria :

— Cocher ! à la ferme de Sivac.

— Par quelle route, monsieur Privat ?

— La plus courte. Devancez la foule.

La voiture, en quelques minutes, rejoignit les manifestants, qui s'écartèrent sur les talus.

Quelques-uns reconnurent Alice Sandoret. Une hésitation plus grande se produisit dans les rangs. Où allait-on faire du côté de Sivac ? On n'avait donc pas pensé à la femme de celui qu'on honnis-sait ! Un facétieux proposa :

— Si nous allions faire un charivari chez la So-ria.

Aussitôt, par un revirement commun aux foules qu'aucun cerveau ne dirige, malgré la cause ter-rible qui les avait ameutés, les colères dégénérèrent en plaisanteries grivoises, et l'idée de s'amuser d'une maîtresse de Sandoret conquit tous les fer-vents de justice. Il leur sembla qu'ils allaient ven-ger la douce Alice et en même temps relever la moralité de tout le canton.

— En avant chez Simonne !

La foule rebroussa chemin pour se diriger vers la maison seule, pendant que la voiture de deuil emportait Alice et son père vers la ferme de Si-vac. Tous deux mirent pied à terre devant l'habita-tion entièrement close.

— Tu vois, dit Calixte, il n'y avait rien à crain-dre pour ton mari. Il est absent... afin de n'en pas perdre l'habitude.

À ce blâme, Alice resta muette, encore émue d'avoir traversé cette foule hurlante, écouta si elle n'entendait pas encore dans le lointain profé-rer les cris de mort.

— Entrons, père, dit-elle.

À peine furent-ils à l'intérieur, dans cette anti-chambre où Germaine s'était reposée quelques mois auparavant, que Calixte Privat, brusque et ner-veux, demanda :

— Voyons, pourquoi Séverin n'est-il pas venu à l'enterrement ?

Elle eut un moment d'embarras.

Calixte reprit :

— Pourquoi n'est-il pas venu ? Tu as l'air de l'ignorer. Devait-il, un pareil jour, alors que tout le monde a contre lui des causes de colère, soule-ver la réprobation générale ? Franchement il a trop d'inconscience ou trop d'audace.

— J'avoue qu'il aurait dû... avoua timidement Alice honteuse de le désapprouver.

— Oui, il aurait dû, c'est le mot. Il était de son devoir strict de conformer en ce jour sa conduite à celle de toute sa famille... et je ne comprends pas que toi, Alice, toi, ma fille, qui es d'ordinaire une femme de bon sens et de bon conseil, tu n'aies pas réussi à le faire accompagner par lui. Tout le monde t'en aurait su gré et tu l'aurais tiré d'un fort mauvais pas, car sa conduite est loin d'arran-ger ses affaires, qui sont mauvaises.

— Que voulez-vous dire, père ?

— Ce que je dis. Pas autre chose. Je le blâme de n'avoir pas employé ton influence.

Alice n'y tint plus. Elle leva les yeux au ciel :

— Mon influence ! Hélas !

— Une femme en a toujours, à certains moments, surtout quand le mari comprend que c'est pour lui qu'elle bataille !

— Encore, s'écria-t-elle, faut-il qu'on puisse par-ler à son mari ! Ah ! ne m'accusez pas, père. Sé-verin n'est pas venu au mariage, mais il serait venu à l'enterrement si je l'avais vu, si je lui avais parlé.

Calixte ouvrit des yeux stupéfaits :

— Comment ? Cette nuit... cette nuit aussi, il l'a passée dehors ?

— Comme tant d'autres...

— Nous sachant tous dans la peine et dans l'in-quiétude, il n'a rien changé à ses habitudes.

— Rien, père, rien.

— Il était chez Simonne ?

— Je ne sais pas.

— Et tu ne te révoltes pas ? Et tu l'excuses ?

— Mon enfant... mon fils...

— Non, tu l'aimes, lui. C'est lui que tu aimes.

— C'est mon mari.

— Un misérable.

— Vous me l'avez donné. Je ne suis pas coupable de m'être attachée à lui.

— Ah ! tu n'es pas une Privat, toi. Tu n'as pas de dignité, pas d'amour-propre ni d'orgueil.

— Ma dignité est de souffrir en silence.

— Jusqu'au martyre, alors ?

— Jusqu'à la mort, peut-être.

— Ma pauvre fille, c'est de l'aberration. Tu m'appartiens bien un peu ? Je ne permettrai pas cela. Cet homme fait ton malheur. Quitte-le.

— Je n'en ai pas le droit. Je suis sa femme.

— Et le divorce ?

— Le divorce ? Séverin n'entretient pas de maî-tresse sous mon toit. Et je ne peux le demander par consentement mutuel ; il ne voudrait pas s'y soumettre. Et puis, à qui serait Lucien ? À moi, mais il aurait le droit de le voir. Il faudrait le lui amener à certains jours. Ces jours-là, mon fils se-rait reçu chez la maîtresse de son père ? Non. Je préfère souffrir où je suis attachée.

— Si tu ne veux pas le divorce, du moins, fais-t'en une arme, menace-le. Ne te soumets qu'à la condition qu'il s'amende. S'il abandonne le toit con-jugal, reviens sous le toit paternel. Ma pauvre Alice, mets fin à ce supplice qui fait la douleur des derniers jours de ta mère. Tout le monde a pitié de toi, excepté toi-même. Oui, menace-le du divorce, et la crainte d'avoir à te rembourser la dot qu'il a dilapidée le forcera peut-être à mieux sauvegar-der les apparences, à se tenir plus digne.

— Son hypocrisie ne me rendrait pas son affec-tion. Mais, que personne ne me plaigne, père, puis-que je ne me plains pas. Je crois que mon rôle d'épouse est d'être douce... si votre rôle de père est d'être sévère. Le principal grief que vous avez contre Séverin, c'est qu'il ait englouti ma dot en des spéculations malheureuses.

Calixte fut pris d'une de ces colères de sang dont il était coutumier. Sa voix s'étrangla pour jeter sa réponse.

— Il l'a mangée avec des maîtresses ! La dot, il l'a donnée à Simonne qui achète un peu partout des lopins de terre tandis que ton fils, un jour, s'il n'y veille, mourra de misère dans un fossé. Veux-

— Père, je n'ai pas eu l'intention de vous irriter.

— Je le déteste, ton mari, pour les raisons que

je viens de te donner et pour d'autres encore... plus graves. Je le hais, parce que, par lui, le déshonneur plane sur nous tous.

— Le déshonneur ?

— Oui, tu n'as donc pas compris les cris de la foule en fureur ? Eh bien ! ces cris signifiaient... Tiens, ne m'en fais pas dire plus long !

— Dites, parlez, j'ai du courage. Je sais jusqu'où peuvent aller les méchancetés des hommes !

— Naïve, va ! Eh bien ! la foule croit que Séverin est l'assassin de Maxime de Luz.

Alice ne jeta pas un cri.

— Et vous, mon père, le croyez-vous ? demanda-t-elle très froidement.

Il eut une réponse évasive :

— Moi, je prétends qu'il a le flair de l'opinion, ton mari, et c'est pourquoi il n'aurait pas dû commettre la sottise de ne pas assister aux obsèques... Tu le comprends comme moi.

Elle répéta :

— Mais vous, mon père, le croyez-vous ?

— Moi ? Je sais qu'il nourrissait contre Georges de Luz une haine violente...

— Maxime n'est pas Georges...

— Je sais qu'il avait juré de se venger de cette famille contre laquelle il m'excitait...

— Ah ! père, vous n'aviez pas besoin qu'on vous excitât...

— Je sais ce que je sais, morbleu ! Et s'il ne voulait pas le mariage, c'est qu'il comptait me pousser à donner Germaine au vieux Rabastin qui exigeait une grosse dot ! Et j'aurais été forcé de te verser autant qu'à ta sœur. J'ai vu clair à la fin dans le jeu de ta canaille d'homme ! Et c'est autant pour lui faire un pied de nez que par esprit de justice que je me suis réconcilié avec le château. Enfin, veux-tu mon opinion ? Qu'il soit ou non l'assassin de Maxime de Luz, je le crois capable de tous les crimes, même de celui-là, ma fille !

Glacée, le front plissé, elle murmura :

— Alors, désormais, vous êtes avec la foule contre nous ?

— Contre vous ? Dis contre lui. Toi, tu es ma fille.

— Moi, je reste avec lui. Etes-vous contre nous ?

— Tu déraisonnes, petite.

— L'accuseriez-vous ?

— Tu es folle. Au contraire, je le défendrais, puisque je redoute le déshonneur... Ah ! si tu voulais me croire, tu te débarrasserais de lui légalement...

Alice, visiblement, était sous l'empire d'une crise de désespoir. Elle se contraignait au calme, à la vision nette de sa situation, et chaque parole de son père la poignardait, faisait fuir le sang de son cœur. Elle dit avec logique :

— Encore une fois, père, je ne veux pas du divorce. L'intérêt de mon fils, le seul qui me guide, ne le demande pas. Divorcée ou non, si mon mari était coupable d'un acte infamant, Lucien n'en resterait pas moins son fils... et déshonoré.

— Soit, riposta Calixte, mais un membre amputé ne gêne plus la marche en avant. On sait gré aux gens de ne pas se solidariser avec les misérables. Sois la première à le mépriser.

— Le mériterait-il, je ne le ferais pas ! La première à le désigner aux coups ? Lui retirer mon aide au moment où on l'accable ? Ne serait-ce pas l'accuser ? La conduite de sa femme serait une excuse à toutes les autres lâchetés.

Calixte se croisa les bras, alla vers les pièces voisines qu'il reconnut vides, revint et fixant ses regards sur le visage douloureux d'Alice :

— Alors, toi, sincèrement, tu crois à son innocence ?

— Ce n'est pas à vous, mon père, de me pousser à en douter.

— Mais, ma fille, ma pauvre fille, si je veux savoir, si je cherche la vérité moi, c'est pour pouvoir le mieux défendre. C'est notre honneur à tous qu'il s'agit de sauver et surtout celui de ton enfant ! Ce n'est pas avec de l'amour que tu protégeras ton mari, mais avec des raisons et des preuves. Écoute-moi bien et causons tous les deux avec sagesse.

Quand elle le vit plus doux, aimable et presque protecteur, ses nerfs se détendirent, la crise de larmes éclata. Elle s'assit, il s'assit près d'elle, lui prit les mains, la baisa au front.

— Voyons, Alice, réponds-moi. Sandoret n'est pas rentré cette nuit, peu importe. Mais la nuit précédente ? La nuit du crime ?

— Eh bien ! il était ici. C'est même très étonnant, car je ne l'avais pas vu depuis cinq jours.

— Ah ! il était ici... avec toi ?

— Non, dans sa chambre ; il m'a parlé quand il est rentré.

— Et... à quelle heure est-il rentré ?

— Environ dix heures.

— Si un autre que moi t'interrogeait, mon enfant, il vaudrait mieux dire qu'il est rentré beaucoup plus tôt, n'est-ce pas ?

Alice fut prise d'un tremblement. Eh ! quoi ? Il faudrait mentir ? La vérité, dire la vérité, était impossible ! Calixte, doucement, expliqua :

— Tu comprends, Maxime est parti de chez moi vers huit heures et demie et il est probable que le crime a été commis vers neuf heures. Tu diras que Sandoret était ici à huit heures, ou même qu'il n'est pas sorti. Tu pourras t'entendre à ce sujet avec lui.

Alice suffoquait. Cette simple préméditation de mensonge évoquait en son esprit l'interrogatoire d'un juge, la comparution plus tard aux assises, la condamnation, le châtiment. Elle se raidit, puis tomba à genoux :

— Oh ! mon Dieu ! mon Dieu !

Calixte aussitôt la releva entre ses bras :

— Sois forte, ma fille... et si tu persistes à le défendre, il est temps de garder ton courage.

— Vous êtes avec nous, mon père.

— Avec toi, ma fille !

— Nous le sauverons ?

— Nous sauverons l'honneur... Allons, essuie tes larmes... et... comme les morts sont magnanimes et cléments, prie Maxime de Luz de nous aider.

Elle allait répondre par une protestation, un acte de foi plus profond en l'innocence de son mari, à cette sinistre raillerie de son père, lorsque la porte fut brusquement poussée et Séverin entra. Le visage ensanglanté, la barbe souillée de poussière, les vêtements maculés de boue, le colosse recula d'abord en apercevant Calixte puis ricana :

— Ah ! ah ! vous complotez tous deux. Vous aussi, vous demandez ma mort ? Eh bien ! continuez. En attendant, je me barricade. Voyons, qui veut sortir ? Je déclare ma maison en état de siège. Qui ne sort pas maintenant, ne sortira plus que les pieds en avant, c'est-à-dire, mort... La meute des lâches me suit, je ne l'ai pas dépistée. Voyez mon visage ! Ils m'ont poursuivi à coups de pierre en m'appelant assassin. Imbéciles ! Me croyez-vous assassin, vous autres ? Il faut se prononcer. Allons, beau-père, restez, nous allons faire le coup de feu. J'ai deux carabines, sans compter les fusils de chasse. Le premier gendarme qui se présente, je le descends... Alice nous fera passer les cartouches. Sivac devient une citadelle et je vous jure qu'avant ce soir, une dizaine de ces morveux aura payé l'insulte qu'ils m'ont faite. Restez ou fuyez. Avant que je pousse le verrou, choisissez.

Il se grisait de gestes et de paroles, les yeux hagards comme s'il était ivre, bouleversé, emporté par la colère, exaspéré, répétant avec la rage de la puissance et du courage vaincus par le nombre :

— Dix, vingt, cent contre moi, les lâches ! Qui a soudoyé ces gueux ? Qui a payé cette horde ? Les Luz ! La famille du mort ! Vos ennemis d'hier, vos amis d'aujourd'hui. On a semé la calomnie tre moi. Vous êtes avec ces misérables, vous, mon beau-père, toi, ma femme. Allez-vous-en d'ici.

Calixte répondit avec calme :

— Tu es fou, Séverin, ou tu joues une comédie infâme. De quoi nous accuses-tu ? C'était à toi de ne pas surexciter la foule en t'abstenant de paraître à cet enterrement.

— Des concessions, je n'en fais jamais. Je le haïssais, il est mort, je n'ai pas à le pleurer. Et s'ils crevaient tous, Germaine avec, je m'en réjouirais.

— Séverin, supplia la sœur de Germaine.

— Sauvage ! s'écria Calixte qui pâlit.

Le meunier que le sang aveuglait, le sang d'une blessure au front, perdant toute mesure, hurla :

— Et si vous n'êtes pas contents, tonnerre de D..., vous n'avez qu'à f... le camp d'ici. Les gendarmes vont venir et je vais leur vendre très cher ma vie... Allons, choisissez, je barricade.

Calixte se tourna vers Alice :

— Allons-nous-en, ma fille. Il n'a plus sa raison. En demeurant, nous serions ses complices. Adieu, Séverin. Prends garde à ce que tu vas faire. Tu t'avoues coupable. Il y a le bagne ou l'échafaud au bout de cette équipée.

— Ils ne me prendront pas vivant. Adieu.

Séverin entr'ouvrit la porte :

— Sortez, dit-il.

Alice ne suivit pas Calixte. Immobile dans le fond de l'antichambre, elle paraissait terrifiée.

— Alice, viens donc, allons-nous-en, répéta le vieillard. Ton mari est fou.

Elle ne bougeait pas.

Il s'adressa au meunier :

— Séverin, ton devoir est de faire sortir ta femme. Puisque tu veux déserter ta vie, ton devoir est de me rendre ma fille.

— Qu'elle s'en aille, si elle me croit coupable ! dit Séverin, en maintenant la porte entr'ouverte.

Et ils attendirent deux secondes.

— Je reste ! soupira l'épouse.

Alors, le dos voûté, la tête basse, Calixte, désespéré, poussé par Séverin, descendit les marches du perron et entendit la porte se refermer vivement derrière lui.

— C'en est fait ! pensa-t-il. Ils sont perdus.

Deux cris le firent se retourner :

— Père ! Père !

Il aperçut Alice à une fenêtre, Alice, livide, qui lui jetait cette recommandation angoissée :

— Père, veillez sur Lucien ! veillez sur l'enfant !

Il répondit par un signe d'assentiment et de loin salua sa fille avec la main, en murmurant :

— Pauvre petite ! Pauvre petite ! Elle l'aime encore !

Et, arrivé au bord du chemin, près du portail, il s'assit sur une borne pour pleurer.

XXVI

LA CONFESSION

A la réponse d'Alice : « Je reste », Séverin Sandoret s'était senti remué violemment, en proie à une surprise mélangée de stupeur, partagé entre l'attendrissement et l'admiration en constatant le dévouement de sa femme.

Dès que le père Calixte eut descendu les marches, il verrouilla la porte et, honteux de se trouver seul en présence de celle dont il n'avait jamais compris la grandeur d'âme, il se donna l'illusion d'une activité utile, poussa contre la porte un buffet de chêne, tira les contrevents et les persiennes, décrocha les fusils appendus au-dessus de la cheminée de la cuisine, les chargea, les arma,

monta jusqu'au grenier où il les déposa sur une table, à sa portée, devant un vasistas ouvert. Alice l'entendit maugréer.

— Le premier qui franchira la grille du jardin barrera de son corps le chemin aux autres. Oh ! je n'en manquerai pas un !

Un quart d'heure s'écoula sans qu'Alice prononçât une parole. Elle était demeurée au rez-de-chaussée, assise dans une encoignure, immobile, la tête penchée en arrière sur le dossier d'un fauteuil, les larmes coulant. Séverin montait, descendait, errait dans la maison, l'apercevant à travers les portes, n'osant s'approcher d'elle et lui parler. Elle l'intimidait d'avoir été sublime. Elle, la douce Alice, elle faisait peur au terrible Séverin. De temps en temps, il passait la tête dans la lucarne du grenier, regardait la route brûlée de soleil entre deux rangées de peupliers très maigres qui ne profilaient que des rayures étroites sur la craie poussiéreuse. La route était vide. Aucune foule ne se montrait. Il écoutait si le vent n'apportait pas de rumeurs. La campagne était silencieuse. Il redescendait, recommençait à rôder autour de sa femme, et, pour n'être pas interrogé par elle, l'interrogea. Il fut brutal et sec pour ne pas être tendre, força son personnage habituel au moment où il avait envie de la remercier et de la serrer dans ses bras. Et se plantant devant elle avec un rire insolent :

— Notre fils donc. Il est chez lui ?

— Chez qui ? demanda-t-elle d'une voix basse.

— Chez Milord, chez le cravacheur !

— Il a suivi sa grand'mère et sa tante.

— Et il va demeurer dans ce nid de fainéants pour y prendre de belles manières. Combien de temps ?

— Le temps de faire plaisir à Germaine, qui est bien malheureuse. N'est-ce pas naturel ?

— Tu soutiens ces gens-là, toi aussi, comme ton père.

— L'heure des inimitiés aurait dû cesser pour toi en même temps que pour nous.

— Pour moi, jamais ! Je suis marqué au front pour toute la vie. Quand la trace du coup de vache sera effacée je ne haïrai plus les Luz.

— Tu les haïssais avant cette aventure ?

— Non.

— Tu ne voulais pas le mariage de Germaine. Dans quel intérêt ?

— L'intérêt général de la famille. En doutes-tu ? Peu importe ! Mon père était seul juge. Il a cédé devant Germaine ; tu devais céder aussi.

Elle parlait avec ménagement, avec cette grande autorité de la douceur résignée qui ne récrimine pas, qui constate et ne cherche pas à redresser les torts irréparables.

— Céder ? Impossible après les événements survenus. Et, du reste, la guerre continue de leur côté, tu vois, ils ont soulevé la population contre moi.

— Es-tu certain qu'elle ne se soit pas soulevée d'elle-même ? Ni la comtesse, ni M. Georges de Luz n'ont parlé à un étranger depuis la mort de M. Maxime. La cause, c'est ton entêtement. On s'est dit : « Il haïssait le mort, et puisqu'il n'est venu ni au mariage ni à l'enterrement, il doit être content de ce qui arrive ». Alors, on t'a hué ! Quelques-uns même t'ont accusé !

— De quoi ? fit-il les lèvres pincées !

Alice ne répondit pas.

Un frisson agita ses paupières.

— Dis-moi. De quoi m'accusent-ils ? répéta Sandoret.

Elle fit un signe de la tête, elle se refusait à aborder ce sujet. Il insista, grondant, l'âme tumultueuse comme toutes les fois que son autorité rencontrait un obstacle.

— Ton père aussi m'accuse !

Elle ne fit pas un mouvement.

— Et toi ? Toi aussi, tu m'accuses !

lui saisit les deux bras, la força de les écarter et la figea... tout les yeux sous ses yeux... répéta :

— Toi aussi, tu m'accuses !

— Moi, dit-elle, tu sais bien que je t'aime.

Et... lâcha les bras. Elle continua :

— Et je t'accuse seulement de ne pas m'aimer !

Il y avait tant de tendresse dans la voix d'Alice, ... venait de lui donner une preuve si grande de... que son désir de trouver un motif de querelle se calma. Lui qui fuyait les émotions confuses comme indignes de sa virilité herculéenne, se trouva petit et balbutiant ainsi qu'un enfant, le cœur enfin touché par cette abnégation d'épouse. Il remonta le passé. Il vit Alice si jolie sous le voile de mariée que, sans l'aimer, il était... d'en être le maître. Il se rappela qu'elle avait toujours été douce, aimante, indulgente et qu'elle avait écarté de lui toute entrave aux plaisirs, ti... et martyre pendant qu'il brutalisait avec une inconscience stupide les sentiments d'affection qu'elle essayait de lui manifester.

Quelle était celle de ces amoureuses qui aurait... de... avec un héroïsme plus simple et plus grand ? Aucune, pas même Simonne. Sonia qui... pourtant la plus choyée, la plus caressée...

... si ne se sentait pas le maître, la seule... qu'il abaissait. Aussi, dans son âme obscure... et de... dans son animalité de mâle, ... une lueur de reconnaissance envers Alice. Il... incapable de résister aux tentations ex... mais il appréciait, en ce moment d'abo... physique avec... de tendresse et de justice... si Alice dans leur communauté. Il lui fit l'aumône de cette phrase :

— Tu m'accuses de ne pas t'aimer ? Je serais donc un ingrat ! Qui aimerais-je, si ce n'était toi ?

Elle leva les yeux vers la brute attendrie, se... assez récompensée.

— Ah ! Séverin ! Séverin ! Que ces paroles me... du bien ! Est-ce vrai ce que tu me dis là ? Ja... tu ne m'as paru si sincère...

Il pensait qu'elle était vraiment touchante, en... et il était dans une de ces minutes... où la douceur soumise semble une pro... sur cette faiblesse de femme auprès de lui... sa toute force. Après les fureurs de la foule... et grondante, cette adoration humble le... Il avait le sentiment d'avoir en pour... il avait grandi à ses propres yeux. Et... que quelqu'un l'aimât encore, le lui disait... de le hair. Sa blessure ne le faisait plus... tout souffrir, il l'oubliait pour regarder Alice, contente de lui.

... n'aurait-il pas dû la rendre plus souvent joyeuse ? C'était si simple, avec quelques paroles... de... heureuse chez lui, à son foyer, dans... maison, tandis qu'il s'acharnait parfois si vainement à satisfaire au dehors les caprices d'une... La comparaison, en ce quart d'heure tragi... s'imposait, et Alice apparaissait victorieuse...

— Qui aimerais-je donc si je ne t'aimais pas ?

Une goutte de sang, l'essuyeur, le caillot qui... formait à la tempe gauche de Sandoret et... cela sur Alice. Elle poussa un cri :

— Mais... qui ne te soutenais pas !

... courut vers le cabinet de toilette, revint avec une cuvette, des serviettes, du linge des tam... et... et trouva son mari très pâle.

— Ah ! Séverin, ils t'ont fait beaucoup de mal... ne le saignais pas.

... du linge... le visage de la brute, le lavait des... ... arrêta l'hémorragie. Il se laissait faire... ...sans qu'un enfant faisait. L'âme... ... la langue embarrassée, commençait... ...à s'apaiser des évènements et des senti...

C'était sans doute un commencement de... provoqué par la vue et la perte du sang,

une défaillance de l'estomac après la secousse nerveuse de la lutte...

— N'as-tu pas d'autres blessures ? interrogea la sœur de Germaine devant lui...

Et elle ajouta, sans le vouloir, simplement... une expression de sollicitude...

... tu donc lorsqu'il l'eut baisée... A cette question, le front de Séverin se... ... resta muet. Elle devina qu'il ne pouvait ré... dre sans mentir. Mais lui se mit à songer... monde. La foule l'avait trouvé chez lui... Simonne ne s'était point montrée, mais... qu'Alice. Pendant que les projectiles, les... mmes et des pierres pleuvaient sur la voit... isolée, Simonne s'était cachée et lui avait dit :

— Ne reste pas ici, Sandoret, va-t-en !

Lui avait-elle donné ce conseil par amour... ou ou pour elle ? Elle savait bien que la foule le verrait fuir ! La maison était petite, entourée de fleurs et d'arbres fruitiers, sous l'ombrage... il fallait point compter ne pas être vu. Mais... la terreur faisait claquer les dents de Simonne... était parti ; d'un saut prodigieux, d'un bond de bête fauve, il avait franchi la barrière et s'était trouvé dans les champs, courant à toutes jambes, ayant que ses agresseurs fussent revenus de leur surprise, ayant gagné deux cents mètres d'avance... Et tous, comme des chiens à la piste, l'avaient vu... vu maintenant le siège de la maison où il ne se tairait. Il les avait entendus derrière lui : lancé... quelques-uns, ayant coupé à travers bois, il failli le rejoindre et une grêle de pierres l'avait atteint... Puis la poursuite s'était ralentie, les... apaisés et maintenant, au lieu d'être auprès de Simonne tremblante, il était dans sa maison, auprès d'Alice courageuse.

La question de sa femme : « Où étais-tu ? » le plongeait dans le désordre de son indignité. Et quand qu'elle le soignât, il la regardait avec tendresse... Elle était pourtant, cette... cette femme qu'il ne savait d'habitude aussi jolie que Simonne ? Non... Simonne avec ses grands yeux, tous de braise, teint de lumière, doré par le soleil, sa frénésie de mouvements et de regards, Simonne était belle... très belle, l'emportait en pleine passion ! Mais Alice avait si bonne, si douce, si remise et si... tout en ayant gardé son air de vierge qu'en ce moment il trouvait reposant et rassurant d'être auprès d'elle. Et il était fier de se sentir aimé par cette créature de choix. Il éprouvait le besoin de se confier, de se livrer, de témoigner par de... pour l'abandon la profondeur de sa gratitude. Il l'attira sur ses genoux, l'entoura de ses bras puissants, lui demanda ses lèvres, une... épouse chaste. Mais soudain, elle... l'étreinte et répéta sa question récente :

— Où étais-tu ?

Elle essuya les baisers reçus, très pâle, d'un air de dignité froide, comme pour réparer un instant d'oubli, reprise de sa jalousie légitime.

— Ah ! tu ne veux pas dire où tu étais ? Chez Simonne, ne t'en cache pas. Je le sais, je le devine...

— Non, je sortais du moulin.

— Tu mens toujours.

— Tu es toujours jalouse !

— Jalouse de cette fille, moi ? Non, jalouse de la dignité, de notre honneur de famille, de la sécurité de la tranquillité de l'avenir. Pour toi, pour moi, pour ton fils ! J'ai le devoir de le dire. Cette femme te perd... et déjà elle te perd !

Elle avait, sur les derniers mots, baissé tellement la voix et un grand dévergo du lui parut à Séverin une accusation injuste, qu'il se hâta, depuis de... yeux fuyants... voulut savoir ce qu'il y avait en elle de certitude ou de soupçon :

— Que veux-tu dire ?

— Tu n'étais point chez Simonne tout à l'heure ; mais où étais-tu la nuit dernière ? On t'a vue... pas !

A cause d'elle qui t'a retenu, tu n'es pas venu à l'enterrement ; moi, si tu t'étais trouvé chez nous, je t'aurais donné le conseil sage d'y venir et tu aurais compris que j'avais raison !

— Je n'y serais pas allé ! Non, non.

— Elle est donc la cause des colères qui te poursuivent. C'est elle et non la famille de Luz qui soulève le pays contre toi.

— Le pays ? Je m'en moque ! Calotins ou crétins.

— Parce qu'ils te jugent. Prends garde !

— A quoi ?

— A leur justice sommaire.

— Ici, je ne les crains pas. Je suis décidé à tout. Tu as vu. Nous sommes barricadés. Qu'ils viennent ! Merci d'être restée avec moi. Ta présence me justifie de toutes les accusations.

Il se leva, poussa un contrevent et regarda dans la campagne.

— Ils font bien de ne pas venir ! murmura-t-il.

Elle l'avait suivi près de la fenêtre, elle examinait attentivement son visage.

— Tu ne crains pas la justice de la foule, soit, Séverin, mais l'autre ?

Il eut l'air de ne pas comprendre.

Froidement, elle reprit, sans cesser de le regarder en face :

— L'autre, celle des juges !

Le visage de Séverin eut une expression de dureté féroce.

Il attendait ou qu'elle s'intimidât ou qu'elle s'expliquât plus clairement.

Avec l'enveloppante sincérité de son âme inquiète, Alice ne se déroba point.

— Tu ne me réponds pas, Séverin, quand ma phrase t'outrage d'un soupçon terrible ? A qui donc diras-tu la vérité, si ce n'est à moi ? Quand tu es entré, tu m'as demandé : « De quoi m'accuse la foule ? » et tu as cru que mon père était avec les accusateurs... et ta femme, ton Alice avec son père ! Tous contre toi, le monde entier contre toi, Séverin, il te resterait moi ! Je ne t'accuse pas. Je t'interroge. Je voudrais savoir toute la vérité. Je ne te crois pas criminel.

Il baissa les yeux, sonda jusqu'où pouvait aller l'indulgence d'une épouse amoureuse de son mari, continua d'être silencieux.

— Sais-tu ce qui m'a épouvantée le plus, Séverin ? C'est de te voir si décidé à la lutte, si prêt à braver la mort. J'ai compris que tu étais désespéré. Tu as parlé de tirer sur le premier gendarme qui se présenterait. Ce serait une folie. Tu as compris qu'on t'accuserait d'un crime dont tu n'es pas coupable. Tu t'es dit en constatant que l'opinion publique te désignait peut-être : « Même innocent, je suis perdu ! » Eh ! bien, c'est de la faiblesse, Séverin. Tu ne songes pas que nous avons un fils !

Ironique il répondit :

— Tu le feras élever par les gens du château.

— Tu ne songes pas que, même si tu étais coupable ! — elle insista, appuya sur la phrase — oui, même si tu étais coupable, il faudrait, du moins, essayer de sauver l'honneur de l'enfant !

Il haussa les épaules, le regard plus dur.

— Eh ! bien, Séverin, avec calme, examine et juge la situation. D'après les questions qui m'ont été posées, je prévois que la Simonne sera la cause de ton malheur. Le soir du crime, tu étais chez elle. Oseras-tu donner cet alibi ?

— Qui osera me demander de me justifier ? rugit Séverin décontenancé.

— Le juge de l'enquête, mon ami. C'est très naturel, quoique effrayant. Tu te défendras si tu es soupçonné, voilà tout. Il le faut.

— Mais, ce soir-là, j'étais près de toi au moment du crime ?

— Non, dit Alice avec fermeté.

— A neuf heures, j'étais rentré !

— Non.

— J'en suis certain.

— Tu te trompes. Tu es rentré à dix heures. L'assassinat a été commis plus tôt.

— Qui te l'a dit ?

— Mon père.

— Ah ! je le savais bien, tous les deux vous voulez me perdre !

— Oh ! Séverin.

— Et si l'on venait t'interroger sur l'heure de ma présence auprès de toi, que dirais-tu ?

— Je mentirais.

Il eut un frémissement de joie.

— Alors, ajouta-t-il, légèrement railleur, avec une douceur de voix tremblante... tu pardonnerais à l'amant de Simonne ?

— Pour mon fils ! murmura-t-elle pendant que Séverin lui déposait un baiser sur le front.

Très bas, dans la masse des cheveux noirs d'Alice, la serrant contre sa poitrine, il laissa tomber cette interrogation anxieuse :

— Et si ton mari était coupable ?

Elle l'écarta brusquement pour la seconde fois, et, les yeux affolés, la voix terrifiée :

— Coupable ? Oh ! Séverin ! Ne dis pas cela !

Il croisa les bras, dominateur, irrité, presque provocateur.

— Tu me dénoncerais, n'est-ce pas ?

Elle s'étonna de rester sans répondre, la tête bouleversée par l'affluence des visions horribles.

— Tu me dénoncerais, dis ?

Elle aperçut, dressée sur un petit chevalet de bois, au milieu d'un guéridon, la photographie de son fils, s'en saisit, la porta jusqu'à ses lèvres et la garda sous ce baiser, les yeux au ciel, avec une ferveur de superstitieuse armée de son talisman.

— Tu me dénoncerais ? articula Séverin, pour la troisième fois, d'une voix violente.

— Non ! soupira la mère. Non !

— A cause de l'enfant ? Ah ! Tu ne m'aimes pas. Plus mère qu'épouse ! Mariée et non amante. L'amour ? Le vrai, le grand amour, tu n'es pas capable de me le donner. Si j'étais criminel, tu ne m'aimerais plus ; donc, tu ne sais pas... Tu n'as jamais su aimer !

Elle eut une moue de pitié indulgente où perçait toute l'amertume de ses déceptions ; mais elle perçut que l'instant était solennel, qu'elle pouvait, au prix d'un léger effort de dissimulation, apprendre la vérité tout entière sur le drame de Saint-Côme. Elle sentit que son mari était au point de faiblesse où les âmes les plus sauvages se confient et se livrent. Elle eut la curiosité innée de la femme, la curiosité de la faute et du crime. Et, comme dans un élan, elle s'écria :

— Tu ne me connais pas, Séverin. Je ne te dénoncerais pas si tu étais coupable, je te plaindrais, mais je ne t'aimerais pas moins !

Ils se rapprochèrent.

— Tu dis vrai ?

— Je dis vrai.

Et elle tremblait. Ne pas l'aimer moins, s'il avait commis le crime abominable, quelle illusion ! Elle ne serait pas maîtresse de ne pas le haïr, le mépriser ! Se taire par devoir, par intérêt pour l'enfant, soit, mais l'aimer encore après ? Non. Elle pressentait la confidence horrible. Séverin paraissait agité d'une lutte intérieure. Elle avait envie de fuir pour ne pas l'écouter.

— Bien vrai ? reprit-il.

Elle soupira, honteuse, croyant mentir :

— Bien vrai.

Il la prit dans ses bras toute froide. Elle se laissa étreindre, passive, la tête penchée sous les lèvres du géant brun qui pouvait la soulever comme elle était une petite fille, et elle ferma les yeux, peu habituée à ses caresses, ne sachant si c'était la douceur de l'inattendu qui la troublait ou la crainte d'entendre ce qu'elle redoutait. Et Sandoret, à l'oreille de sa femme domptée, de sa femme

... reuse murmura quelques mots sans suite, une confession endolorie, un balbutiement de repentir qui se perdit dans les baisers.

— Non, Séverin, s'écria la jeune femme, comme si elle sortait d'un rêve, je n'ai pas compris, je n'ai pas entendu ? Tu ne m'as pas dit cela !

— Je te l'ai dit, Alice, pardonne-moi.

— Non, non, non. Je ne te crois pas.

— C'est moi qui suis l'assassin.

— Non, non, non. Je ne te crois pas.

— C'est moi !

— Ah ! pourquoi m'as-tu dit cela ? Tu m'as menti. Je veux que tu aies menti.

— Écoute... Je vais te raconter tout... Cela me soulagera... J'ai dit la vérité...

— Assassin ! toi ! le père de mon fils.

— Écoute..., c'était le soir, là-bas, près de la mare...

Elle ferma la bouche de Séverin de sa main frêle et tremblante.

— Tais-toi ! Tais-toi ! C'est faux. Je ne veux pas savoir. Je ne sais pas ! Tu es Séverin, le père de Lucien, tu es mon mari. Et si l'on vient t'interroger, c'est moi qui répondrai. Et si l'on veut te prendre, je te suivrai. Si l'on t'attaque, je te défendrai. Tu es mon mari, voilà ! Mais, par grâce, tais-toi, tais-toi !

Il la reprit sur sa poitrine ; plus étroitement enlacés, ils demeurèrent longtemps silencieux, elle étonnée du crime, lui surpris de l'avoir avoué. Et pourtant, plus calmes tous les deux. Il s'était confié. Elle savait. Lui, débarrassé du secret, elle, de l'incertitude !

Et par une étrange aberration de solidarité conjugale, ces deux êtres, d'âme si différente, n'avaient jamais été si près de se comprendre et de s'aimer.

XXVII

LE SOMMEIL DE MATHURIN

— Mademoiselle Germaine, me permettez-vous de vous accompagner dans le parc ? Une petite demi-heure seulement avant le dîner ?

Assise à côté de la comtesse de Luz, devant la fenêtre du salon ouverte sur la cour d'honneur, Germaine assoupie par le bercement de sa douleur, sans cesse renaissante, leva les yeux vers le frère de son fiancé mort et, d'un doux et long mouvement de la tête, refusa l'offre cordiale.

Alors, Georges de Luz s'adressant à sa mère.

— Ma mère, votre affection pour Mlle Germaine vous autorise à lui donner des ordres aimables. Priez-la donc de me suivre. Il faut l'arracher à cette prostration qui altérerait sa santé.

— Ma fille... dit simplement la comtesse en indiquant Georges du regard... levez-vous et sortez un instant... pour lui faire plaisir.

Germaine n'hésita plus, prit le bras de Georges et tous deux descendirent le grand escalier.

Il était cinq heures.

Les premières soirées d'octobre étaient dorées de splendides soleils qui se couchaient, déformés par les brumes, derrière les collines aux chevelures frissonnantes.

Appuyée au bras de son protecteur, Germaine goûtait ce doux paysage de futaies entourant des vallons avec ce sens très aigu des beautés de la nature qui se développe dans les âmes attristées, dans les vaincues de la vie que l'abattement a jetées dans la contemplation. Elle souffrait moins. Elle était reconnaissante au jeune homme de l'avoir arrachée à l'immobilité et au silence.

Mais le hasard des pas les conduisit à un endroit qui éveilla des souvenirs, violemment.

Une montée de larmes obscurcit les yeux de Germaine. Ils étaient arrivés à ce portail d'où quelques mois auparavant Maxime était parti, accompagné de Georges, pour aller habiter le château du baron Savinien de Reillan.

— Vous souvient-il, monsieur Georges, de mes pressentiments douloureux ? Ils ne m'ont pas trompée. Je ne devais plus le revoir vivant !

— Mademoiselle Germaine, ne parlons pas de lui. Cela vous fait souffrir. N'en parlons pas.

— Quelle erreur ! monsieur Georges, cette souffrance est mon seul bonheur. Qui souffre aime qu'on l'entretienne de sa douleur et qu'on s'y intéresse... Votre mère venait de m'accueillir comme si elle eût été la mienne, elle m'avait accompagnée jusqu'ici, et toutes les deux, nous vous avons vus disparaître dans la plaine, Maxime et vous, comme deux frères d'armes, unis par l'amitié autant que par le sang.

A son tour, Georges fut secoué par ce souvenir. Il se voyait, chevauchant à côté de Maxime, à qui il contait les amours secrets du baron Savinien. Comment, en effet, ne pas parler de ce passé récent ? Mlle Germaine avait raison ; en parler, c'était une exigence du cœur.

— Quand je suis silencieux, Mlle Germaine, je pense à lui tout de même. Je ne l'oublie pas, je ne l'oublierai jamais, comme vous ! Vous m'avez confié, ma mère et vous, une mission délicate et qui touche à sa fin, une mission que je me serais à moi-même imposée par amour de mon frère, mais dont je n'osais rien vous dire encore, car j'ai fait de terribles découvertes. Je crains, murmura Georges très gravement, que l'assassinat de mon frère ne demeure impuni.

— Vous renoncez à découvrir le coupable ?

— Non.

— Alors ?

— Je redoute votre indulgence pour lui !

Cette accusation parut à Germaine si énorme, qu'elle resta un moment muette, cherchant à saisir le sens des paroles de son ami.

Puis, elle ne vit que l'affirmation blessante pour son amour, et s'écria :

— Je serais indulgente pour celui qui a tué Maxime ! Mais vous ne croyez pas ce que vous dites ! Voyons, monsieur Georges, réfléchissez !

— J'ai réfléchi...

— Et vous maintenez vos paroles...

— Oui.

Elle se révolta.

— Vous m'accusez de n'avoir pas aimé votre frère ?

— Non, Germaine, non.

— Alors, expliquez-moi ce qui pourrait m'empêcher de poursuivre l'assassin, dussé-je être à mon tour frappée et mourir de la même main ! Parlez.

— La qualité même et le nom du coupable.

Germaine quitta le bras de Georges.

Un voile de terreur s'étendit sur ses traits.

Elle eut le masque tragique des indicibles étonnements :

— Vous connaissez donc l'assassin ?

Georges prononça fermement :

— Oui, je le connais.

Les seins de Germaine se soulevèrent.

Elle fut tout entière à une joie féroce.

— Ah ! Dieu est bon ! Dieu est bon !

Puis, le doute de Georges de nouveau la troubla.

— Indulgente, moi ? Ah ! vous allez voir ! Le nom de cet homme ? Le nom, dites-le moi ! Et moi-même j'irai chez le juge. Quel que soit cet homme, c'est un misérable et je le dénoncerai.

Et, les yeux égarés, elle balbutia :

— N'est-ce pas, Maxime ? N'est-ce pas ? Il le faudra. Je jure, je te jure que je le dénoncerai.

Calme et grave, Georges de Luz dit :

— Ne jurez rien à Maxime. Il ne saurait vouloir, lui, vous imposer un devoir dont votre cœur

...lèverait, mais je n'aurai pas, moi, les mêmes raisons que vous de m'abstenir, et le coupable sera dénoncé demain.

— Par vous ou par moi, pourvu qu'il soit puni, qu'importe ! Expliquez-moi quelle raison pourrait arracher une parole de clémence ?

Georges insinua d'une voix résignée :

— Si l'assassin était de votre famille...

Germaine recula, saisie d'un doute épouvantable.

Sa gorge laissa échapper une plainte ; un seul mot sortit de ses lèvres :

— Mon père !

Mais déjà Georges l'avait prise entre ses bras et lui jetait nerveusement sa protestation loyale :

— Oh ! malheureuse ! Non, non. Ce n'est pas lui !

Elle se ressaisit.

Le sang, qui avait abandonné son visage, y revint.

Elle tomba dans un affaissement de volonté après cette secousse, pendant que Georges répétait :

— Non, non. Ce n'est pas lui ! Oh ! Mademoiselle Germaine, que vous avez dû souffrir !

Maintenant, les yeux de la jeune fille l'interrogeaient.

Il la laissa chercher un instant.

Elle le regarda, navrée et résignée et, bientôt, lentement, elle murmura :

— Sandoret !

Il baissa la tête.

— Oui, Sandoret !

Germaine de nouveau s'appuya au bras du jeune homme. Elle sanglotait :

— Ah ! ma pauvre sœur ! Ma pauvre sœur ! Vous le voyez bien, je vous le disais, mademoiselle Germaine ! Vous pencheriez vers le pardon.

Elle prit la main de Georges :

— Moi, dit-elle avec conviction, je ne ferai rien pour vous détourner de votre devoir. J'estime que débarrasser ma sœur de ce mari, c'est lui donner pour l'avenir une part de bonheur qu'elle mérite. Le déshonneur est personnel. On s'expatrie pour se refaire un nom, pour en donner un autre à son fils. Mais le crime doit être puni. Il le sera, allez, Georges, ne faiblissez pas, je suis avec vous ! Pour votre mère, pour moi, pour vous-même et pour le bonheur d'Alice, et pour l'avenir de son fils, allez, si Sandoret est coupable, livrez-le.

Elle était secouée de frissons, un peu étonnée d'elle-même et du rôle qu'elle prenait de justicière implacable. Sa douceur ordinaire, sa passivité de jeune fille la quittait. Elle redevenait la femme de décision et de volonté qu'elle s'était montrée, une fois déjà dans sa vie, pour obtenir Maxime et résister à l'obstination paternelle. Mais l'intense douleur de toute la semaine avait affaibli ses forces physiques, ses genoux se dérobaient. Georges l'entendit répéter :

— Oui, qu'il soit puni ! Qu'il soit puni !

Elle s'arrêta et demanda :

— Êtes-vous bien sûr que ce soit lui ?

— Oui, affirma Georges de nouveau.

— Comment l'avez-vous appris ?

— Je vous le dirai plus tard.

— Mais la preuve de sa culpabilité, l'avez-vous à votre disposition ? La tenez-vous ? N'est-elle pas de nature à vous échapper ? Est-ce un indice, une trace, un soupçon ?

— Je vous ai dit une preuve, mademoiselle Germaine.

— Je désirerais la connaître aussi.

— Je craindrais pour vous des émotions trop vives, le renouvellement de votre douleur.

— Elle est toujours vivace et rien ne peut l'accroître.

— Vous serez forte ?

— Je vous le promets.

Elle marchait dans une exaltation grandissante, les yeux lumineux de fièvre, et Georges dut prendre le chemin qui conduisait à la maison de Mariette, la gardienne du parc, dans les bâtiments... cette maison où elle avait passé la première nuit hors du domicile paternel. À ce souvenir, Germaine eut une nouvelle défaillance. Ils étaient devant la porte. Germaine s'assit sur un banc de bois adossé à la muraille, tapissée de roses, de chèvrefeuille et de glycine. Georges de Luz frappait en appelant : Mariette ! Mariette !

— Mariette est sortie, dit-il, n'obtenant pas de réponse.

Et il s'assit sur le banc auprès de Germaine :

— Voulez-vous que nous attendions qu'elle soit rentrée ? demanda Georges. La preuve que je veux vous fournir est là dedans.

— Ah ! fit Germaine, intriguée et effrayée.

— La preuve irrécusable. J'en avais trouvé d'autres, des indices, des présomptions qui, en faisceaux, constituaient la base d'une accusation, mais celle-là suffira seule. Vous jugerez.

Elle écoutait cette voix, la voix du frère mort, comme si le disparu était là près d'elle, encore vivant. Elle y trouvait des consonances étranges, comme. Un accent de famille, des intonations spéciales lui rappelaient les doux entretiens avec Maxime... et quand Georges, emporté par l'indignation, s'écria :

— Oh ! c'est bien lui ! C'est bien lui, le misérable lâche !

Germaine crut entendre la voix même de l'assassiné accusant Sandoret. Mariette ne rentrait pas. Ils restèrent encore sur le banc, à l'attendre dans le soir déclinant, devant les tiges droites des jeunes pins qui rayaient l'horizon envahi de clartés tendres. Des larmes silencieuses roulaient des yeux de Germaine. Il la supplia de ne pas pleurer.

— Toute ma vie est partie avec lui ! dit-elle, il n'y a plus pour moi aucune raison de vivre.

— Et le venger !

— C'est vrai ! approuva-t-elle avec conviction.

— Et fermer les yeux de ceux qui nous ont aimés ? Et vos parents ? et ma mère ? Tous vous restent et voudraient vous savoir heureuse !

— Oh ! heureuse !

— Et moi, mademoiselle Germaine, et moi ! Je trouverais encore à ma vie un but, s'il m'était donné, non de vous faire oublier Maxime, mais de vous rattacher à la vie par l'amitié.

— Oh ! monsieur Georges, votre amitié est bien ce qui me reste de plus précieux au monde.

— Merci, mademoiselle Germaine, merci.

— Il me semble qu'il y a dans votre âme un peu de l'âme de Maxime.

— Pour vous, il y a toute son âme.

Elle laissa couler des larmes plus abondantes.

Le soir ralentissait le murmure des choses. Des flamboiements d'incendie jaillissaient du soleil plongeant derrière les brumes, et c'était, dans tout le globe du ciel, jusqu'au zénith, un mûrissement d'or et de gerbes aux contours des flocons nuageux. Le silence montait des terres grasses que les troupeaux quittaient.

— Ah ! dit Germaine, qu'il serait bon de mourir !

— Non, répondit Georges dont la nature aimait la puissance de vie tendaient sans cesse à être victorieuses des tristesses et des épreuves, non, mourir n'est pas une solution, c'est une désertion. Croyez-moi, ceux qui s'en vont, même supprimés brusquement, avaient fini dans le monde le rôle assigné par la création. Les regrets qu'ils nous laissent ont encore une utilité : ils trempent nos cœurs, nous arment contre les adversités nouvelles. Mais eux, les pauvres morts, s'ils peuvent nous aimer, nous suivre, nous voir, ils doivent prier pour que nous nous rattachions à la vie

...que nous les remplacions à la tâche inache-
vée. Tant que Dieu nous permet de vivre, mademoiselle Germaine, il a besoin de notre rôle dans
le mouvement universel. Ah ! ne doutez pas de
ma pauvre philosophie, j'y crois.

Elle l'écoutait, la tête bourdonnante, ne pouvant croire qu'il eût raison, car l'éternel repos
est la conception la plus douce des cerveaux aux
espérances brisées. Et pourtant, à le voir près
d'elle, jeune et beau, grand et fort, luttant contre le souvenir atroce du deuil récent, elle approuvait aussi l'amour de la vie. Elle le regarda,
prise d'une timide admiration :

— Vous êtes plus fort que moi, vous ! Je vous
remercie de vos paroles d'encouragement.

— Et puis, ajouta-t-il, en jetant un regard du
côté de la ferme de Sivac, il y a des femmes qui
sont plus malheureuses que vous !

— Ma sœur ! ma pauvre sœur ! murmura Germaine.

— Quel coup de foudre, quand elle saura.

— Oui, oui, il faudra bien, répéta-t-elle. Il le
faudra ! Pauvre Alice ! Ah ! si vous me donnez la
preuve, ma sœur souffrir.

— Car vous serez implacable, n'est-ce pas ?

— Je le serai... bégaya-t-elle hésitante.

Et soudain, au bord de l'allée feuillue que les
branches en arceaux prolongeaient, comme un
tunnel de verdure, Georges et Germaine aperçu-
rent en même temps une ombre s'avancer, une
silhouette de femme qu'ils reconnurent :

— Alice ! firent-ils ensemble.

La compagne de Sandoret était encore à deux
cents mètres. Ils supposèrent qu'elle ne les avait
pas vus, elle marchait lentement, la tête baissée,
d'un pas désabusé. Germaine, très pâle, dit à
Georges :

— Évitons-la. Il me serait pénible de la voir en
ce moment. Je ne saurais lui parler, ni dissimuler la cruelle certitude que vous m'avez confiée.
Entrons dans la maison de Mariette.

— J'allais vous le proposer, répondit Georges.

Il poussa la porte. Germaine le suivit. Elle re-
vit avec un serrement de cœur, la cuisine luisante où elle était entrée en descendant du cheval de M. Georges, par cette soirée lamentable où
Sandoret l'avait presque violentée. Georges laissa
ouverte la porte d'entrée, et se retournant vers
Germaine :

— Montons dans votre chambre, elle est occupée par un petit malade que je désire vous présenter. Un de mes bons serviteurs.

Georges de Luz regarda par le trou de la ser-
rure.

— Nous pouvons pénétrer, Mathurin dort.

Elle reconnut, dans le lit où elle avait dormi,
le petit vacher Mathurin qu'elle avait rencontré
quelquefois autour du château.

— Cet enfant est donc très malade ? interrogea-
t-elle. Il dort avec calme et ne paraît pas avoir
de fièvre. De quoi souffre-t-il ?

— Il souffre mentalement. La santé du corps
n'est pas atteinte... pour le moment. Cet enfant
a éprouvé une grande frayeur qui a aboli sa mémoire. Je tiens à la lui rendre.

— Et c'est Mariette qui fera ce miracle ?

— Oui, avec du temps, de la patience, de la douceur et surtout par l'isolement.

— Alors, retirons-nous, si notre présence peut
lui être nuisible.

— Vous voyez bien qu'il dort...

— Mais s'il se réveillait...

— Non, il a le sommeil très lourd, des léthargies
passagères. Il ne se rappelle rien de ce qui se rapporte à un passé antérieur à son accident. Et cependant, qu'il guérisse ou non, il sera mon principal élément d'accusation contre Sandoret.

— Lui ! s'écria Germaine étonnée. C'est à l'aide
d'un être sans raison et sans jugement que vous
avez bâti votre certitude ! Oh ! je n'aurai pas
même faiblesse, monsieur Georges, je vous
sure. Ne pas punir est pénible, mais accuser à
tort serait épouvantable.

— Vous vous trompez, mademoiselle Germaine.
C'est souvent quand il possède sa conscience que
les dires d'un enfant sont à craindre. Tandis que
dans le cas de Mathurin... l'enfant ne cherche pas
à tromper et ne peut se tromper.

— Expliquez-moi cela. Quel est le cas de votre
vacher ? Pourquoi dois-je le croire ?

— C'est qu'il ne parle pas dans l'état de veille ;
il se pourrait qu'il eût la préméditation de nuire,
mais seulement dans une disposition particulière
que les médecins nomment l'état second. Mathurin, éveillé, ne se souvient de rien. Endormi, il se
livre, il conte tout ce qu'il sait. Il a présenté à ses
yeux la scène d'horreur et de terreur qui lui a
obscurci l'intelligence. Comprenez-vous ?

— Et il a vu ? Il a vu ?

— Oui, tout.

— L'assassinat ? demanda-t-elle en reculant saisie d'effroi.

— Et l'assassin, affirma Georges de Luz.

— Il parlera ?

— Il va parler.

Une angoissante curiosité lui fit garder le silence. Georges de Luz lui fit signe de s'approcher du
lit. Elle se tint au chevet et Georges aux pieds de
l'enfant. Mathurin, les yeux clos, jeta les bras
hors des couvertures, les mains en avant, dans un
geste d'épouvante, comme si quelqu'un levait sur
lui un bâton pour le frapper.

D'abord, quelques sons inarticulés s'échappèrent
de sa gorge contractée. Puis sa physionomie,
calma, et devant Germaine stupéfaite, il exprima
par une mimique, les états successifs de son âme
dans la scène dont il se souvenait. Ses gestes, accompagnés de mots très clairs. Attentive, haletante, Germaine écoutait.

— Ah ! ah ! Monsieur le vicomte... surveillons le
meunier... oui, monsieur le vicomte... suivi le meunier, ah ! ah !... Dans le bois noir... oh ! oh !...
lune éclaire... oh ! oh ! bâton pointu dans la main...
Oh ! oh !

Germaine plissa le front. L'enfant avait des bave aux lèvres. N'avait-on pas affaire à un fou ?
Que fallait-il croire de ce rêve ? Et ces « oh ! oh !
oh ! oh ! » dont il rythmait ses phrases entrecou-
pés de silence augmentaient par leur étrangeté
la méfiance de la jeune fille. Georges de Luz lut
en elle et se contenta de répondre :

— Écoutez.

Après un temps d'arrêt très court, Mathurin
prenait :

— Ah ! ah ! Un homme sur la route... le meunier
attend... oh ! oh ! monsieur le comte... oh !...
Sandoret saute... bâton en l'air...

Ici Mathurin poussa un cri violent et ses jambes
s'agitèrent sous les draps, comme s'il voulait courir. Ses bras se plièrent au-dessus de sa tête
comme pour s'abriter. Georges murmura :

— Il a peur ! Le meunier a entendu son cri au
moment où mon frère est tombé et il s'est mis à la
poursuite de ce témoin. Mathurin ne vient-il pas de
prononcer très nettement le nom de Sandoret ?

— Si ! si ! balbutia Germaine.

— Écoutez encore.

Mathurin était redevenu calme, il sommeillait.
Tout d'un coup il écuma, les yeux grands ouverts,
le front en sueur :

— Oh ! oh ! Sandoret... le cadavre... la mare...
sang... le sang... oh ! oh !

Germaine, d'un geste instinctif et rapide, plaça
sa main sur la bouche de l'enfant :

— Assez ! assez ! cria-t-elle.

Et révoltée, irritée, laissant échapper enfin le
cri de vengeance que Georges attendait :

— Le lâche ! Il resterait impuni ! Le lâche !

Georges l'interrompit.

— Mademoiselle Germaine, je pourrais vous montrer l'instrument du crime, trouvé à cent mètres du lieu de l'assassinat... à quoi bon ? Un enfant n'invente pas cette scène horrible et ne devient pas fou, par hasard, le soir même d'un tel événement ! Ses paroles ne laissent aucun doute, vous êtes convaincue.

— Cet homme est un misérable ! Et je vous l'abandonne.

Mathurin, retombé dans le cauchemar, continuait de hurler :

— Sandoret ! oh ! oh ! Du sang ! du sang !

Georges de Luz s'approcha de la fiancée de son frère, lui prit la main, la baisa du bout des lèvres :

— Mademoiselle Germaine, lui dit-il, je me suis juré de ne rien faire de ma vie qui n'eût votre approbation. Je veux vivre pour vous comme eût vécu mon frère. M'autorisez-vous à dénoncer cet homme qui est votre proche parent ?

Sans émotion, Germaine répondit :

— Dénoncez-le ! Supprimer ce misérable, c'est rendre service à ma sœur elle-même. Dénoncez-le en mon nom et au vôtre.

— C'est bien ! prononça Georges, j'obéirai.

Et soudain, tous deux éprouvèrent une commotion de surprise et de pitié.

Alice Sandoret s'était précipitée au milieu de la chambre, les mains jointes, à genoux, se traînant tantôt vers elle, tantôt vers lui, en sanglotant cette phrase d'humilité suppliante :

— Ne le dénoncez pas, je l'aime !

A ce cri navrant de l'amour conjugal aussi passionné que le cri d'une amante, à ce cri qui implorait le pardon tout en reconnaissant et en confessant l'énormité du crime, Georges lui-même fut bouleversé. Quant à Germaine, elle aimait Alice, elle courut à elle, la releva, l'embrassa pour la consoler. Mais la jeune femme ne voulait rien entendre avant d'avoir obtenu la promesse de neutralité. Et Georges ne la donna que sur un regard de Germaine où il lisait ce désir. Alice fut transfigurée. Et elle se confondait en remerciements balbutiés à travers des larmes. Elle s'applaudissait d'être entrée dans cette maison. De loin, elle avait vu Georges et Germaine disparaître du banc où ils étaient assis, et, d'instinct, en passant, voyant la porte ouverte, elle en avait franchi le seuil au moment où le petit vacher parlait fort, sous l'influence du cauchemar quotidien. Elle avait entendu ces révélations qu'elle savait vraies. Elle écouta jusqu'au bout, terrifiée et elle préféra demander grâce. Ses larmes d'aveu firent son triomphe. Elle venait de sauver Sandoret. Elle ne pensait plus qu'à cela maintenant, en pressant les mains de Germaine et de Georges silencieux.

— Ah ! Germaine, mademoiselle Germaine, c'est bien pour vous, murmura enfin Georges de Luz.

— Et qui sait ? expliqua Germaine, qui sait si ce n'est pas son âme qui dicte ma clémence.

Alice, tout à coup, tressaillit et fut prise d'un tremblement. Elle tendait l'oreille vers la nuit du dehors :

— J'entends la voix de Lucien, affirma-t-elle.

Georges courut à la fenêtre qui s'ouvrait sur les arbres du parc.

En bas, dans l'allée, en passant près de la maison, le petit Lucien criait, d'une voix rauque :

— Maman ! maman !

Germaine s'avança pour l'appeler :

— Lucien, par ici, mon petit Lucien, par ici. Monte. Ta maman est avec nous.

— Maman ! Maman ! répétait l'enfant.

Alice s'était penchée à la fenêtre.

— Que veux-tu ? interrogea-t-elle.

Et l'enfant dit :

— Les gendarmes sont venus prendre papa !

Alice s'affaissa lourdement entre les bras de Germaine et de Georges.

XXVIII

MAMAN EUGÉNIE

Elle resta dans l'immobilité de la syncope un temps assez long, pour que Georges fût pris d'inquiétude. Mariette arriva, elle soigna tout de suite la jeune femme avec une énergie et une intelligence qui ramenèrent le sentiment. Mais Alice ne paraissait entendre aucune consolation, restait dans la stupeur après avoir rouvert les yeux. Pas une plainte ne s'échappait de ses lèvres jointes. Le petit Lucien, attaché à la robe de sa mère, pleurait. Georges décida d'aller chercher la voiture de la ferme pour reconduire Alice chez elle. Il sortit en hâte. Alice alors, avec effroi, dit à Germaine :

— Non, pas chez moi !

— Tu veux rester avec nous, au château ?

— Non. J'ai peur de la comtesse maintenant. Mon mari a tué son fils !

Germaine approuva sa sœur. La comtesse ne savait rien, mais d'un moment à l'autre, elle pouvait apprendre que l'assassin présumé de Maxime était le meunier Sandoret. Alice était assez cruellement éprouvée ; il ne fallait pas l'exposer à entendre les justes malédictions d'une mère contre ce mari qu'elle aimait encore.

— Tu veux aller chez nous ?

— Oui, répondit Alice, chez nos parents.

Et, enveloppant sa sœur d'un regard de tendresse :

— Votre bonté n'a servi de rien ! Il est arrêté. Je vous remercie tout de même.

— Pauvre sœur ! Pauvre amie !

Alice saisit les deux mains de Germaine, les porta à ses lèvres :

— Il n'est pas perdu tout à fait, n'est-ce pas ? interrogea-t-elle anxieusement.

Germaine leva les yeux au ciel.

— Vous ne le chargerez pas. Vous êtes bons tous les deux. Vous m'avez comprise tous deux à la fois ; vous m'aiderez à le sauver.

— M. Georges t'a promis la neutralité, moi aussi. Alice, que peux-tu nous demander de plus ?

— L'impossible, Germaine ! Le surhumain, je vous le demande.

— Le pardon. Jamais.

— Non le pardon, non l'oubli, mais la pitié. Non la pitié pour lui, mais pour moi ! Ma petite sœur Germaine, pour moi, pour moi !

Les larmes jaillissantes d'Alice appelèrent les larmes de Germaine. Les sœurs s'enlacèrent en sanglotant.

— Nous ne pourrons rien pour lui ! gémit la fiancée-veuve.

— Qui sait ? Il n'y a contre lui peut-être aucune preuve ! Et si M. Georges, son ennemi, déclare qu'il ne le croit pas coupable, il ébranlera la conviction des autres. Un mot peut sauver un homme. Ce mot, s'il le veut, qu'il le dise.

— Il ne le dirait pas... Songe donc, Alice, songe qu'il adorait son frère...

— Il est aussi bon que toi... et toi, hélas ! tu adorais ton fiancé...

— Le sacrifice, je le fais à ma sœur ; toi, tu n'es rien pour lui ! A qui le ferait-il ?

— A toi ! dit Alice, affermissant sa voix.

— A moi ? interrogea Germaine étonnée.

— Je ne doute pas de ce que je dis, Germaine, ce que tu lui demanderas, il le fera.

— Je n'ai sur lui, sœur chérie, aucune influence.

— Il le fera, j'en suis certaine. Vous avez la même âme.

— Je souhaite que tu ne te trompes pas.

— Alors, tu promets ?

— Ce que la sympathie née d'un malheur commun me permettra d'implorer, je l'implorerai.

Alice, de nouveau, baisa les mains de Germaine.

— Merci, murmura-t-elle. Je recommence à espérer.

Elles entendaient le roulement de la voiture qui descendait l'allée.

La voiture, devant la porte, attendait, et Georges les reçut tous.

— A la ferme de Mourion ! jeta-t-il au cocher.

Voyage silencieux où chacun se demandait quel serait l'avenir. Lucien, ayant retrouvé sa mère, ne pleurait plus, regardait défiler les arbres. Les deux sœurs prévoyaient la crise terrible qui se couerait leur père à l'annonce du fatal événement, songeaient aux précautions à prendre pour lui avouer l'arrestation de son gendre. Mais Calixte, déjà, par la rumeur publique, savait la chose. Il s'apprêtait à sortir pour apporter à sa fille Alice au moins le réconfort de sa présence. Sa femme, Eugénie Privat, réfugiée sous le large manteau de la cheminée de la cuisine, paraissait changée en divinité lare et figée dans la suie, les rides plus creuses, comme une figure de relief, en bois, trop accentuée dans l'ébène par un mauvais sculpteur. On ne savait si elle riait ou si elle pleurait, perdue dans la pénombre auprès des lourds chenets de fer qui luisaient.

Or, sa fille arrivait amenée par Germaine et par Georges de Luz. Tremblant d'émotion, il les reçut dans cette antichambre où le notaire de Castiran était venu lire les sommations respectueuses. Germaine, un instant, oublia qu'elle était là pour consoler son père, ne se souvint plus de l'arrestation de Sandoret. La scène qui avait suivi les formalités légales lui revenait à l'esprit. N'eût-elle pas mieux fait de rester une enfant soumise ? Maxime de Luz vivrait encore !

— Ah ! le gueux ! le gendre de malheur ! tonnait le père Calixte en serrant ses poings levés.

Alice, confuse, se courbait. Germaine, arrachée au passé par les imprécations de son père, remarquait qu'il n'avait pas encore serré la main de Georges et s'obstinait, tout en jurant, à ne pas tenir compte de la présence du jeune homme.

— Ah ! le gueux ! Le gueux ! continuait-il sur une gamme d'exaspération montante. Je m'en doutais qu'un jour il nous déshonorerait tous. Tonnerre ! Avoir passé vingt ans, trente ans, quarante ans de sa vie à conquérir une situation d'honneur, de courage, de loyauté, pour qu'un tel garnement foule tout ça aux pieds. Monstre, canaille, voyou, assassin ! assassin !

Alice tomba à genoux :

— Père, supplia-t-elle, père !

— Oui, insista Germaine, père, ayez pitié d'elle.

Il la vit à ses pieds, l'apostropha tendrement avec l'ironie amère des grandes déceptions.

— Eh ! oui, Alice, il est arrêté ton mari ! Ton héros, ton seul amour ! Je parie que tu vas lui trouver encore une excuse. Oh ! pauvre fille, va !

— Mon père...

— Oui, je sais ce que tu penses ; il est innocent ! C'est toi qui es une innocente !

Puis dans un retour habituel aux gens qui se laissent emporter par le sang en des extravagances de paroles, il fut pris d'une subite pitié, d'une paternelle commisération :

— Eh ! Relève-toi, petite ! Après tout, il est peut-être bien innocent. Parole d'honneur, je crois bien que ceux qui ont fait arrêter ton mari se sont un peu hâtés.

Et son regard, à la fois interrogateur et sévère, s'appuya sur Georges de Luz. Ce fut Germaine qui répondit :

— Père, aucune dénonciation n'est partie de nous.

A ce *nous* imprévu qui confirmait l'union de la famille de Luz à Germaine, qui les solidarisait, Georges éprouva une douce joie, et sans intonation de riposte, avec une dignité grave :

— Je ne serais pas ici ! dit-il simplement.

Ce fut alors seulement que le père Calixte aperçut le petit Lucien dans un coin de l'antichambre. Le grand-père marcha vers lui, le prit dans ses bras, l'éleva au-dessus de sa tête, l'examina, lui baisa les deux joues et le posant à terre :

— Va donc jouer, mioche !

L'enfant, le cœur gros, ne bougeait pas.

— Va trouver ta grand-mère à la cuisine, va !

Et, dès que le petit ne fut plus présent, Calixte recommença ses doléances impuissantes contre le sort. Et il eut la même idée qu'Alice en s'adressant au nouveau chef de la famille de Luz :

— Mais, enfin ! Enfin ! si vous, monsieur Georges, et madame votre mère, vous déclariez à l'instruction que poursuivre Sandoret est absurde, que vous le tenez pour un innocent... on vous croirait, car il n'y a pas de preuves... n'est-ce pas qu'il n'y en a pas... si vous ne vous mêlez de rien !

Calixte ne pouvait s'empêcher de songer à la trouvaille du bâton sanglant, à l'heure du crime révélée par l'autopsie, à l'absence de Sandoret à cette heure même. Sandoret lui apparaissait coupable à lui comme à tout le pays, qui, d'instinct, le dénonçait.

— Je ne sais pas, dit Georges. On a peut-être trouvé des choses que nous ignorons. Quant à moi, j'ai promis de me taire. Ne me demandez rien de plus.

Cela fut dit avec fermeté. Calixte comprit que la concession de Georges était suprême. Pourtant, il ajouta :

— Si la comtesse de Luz consentait à une démarche, que feriez-vous ?

— Je ne blâmerais pas ma mère. Mais elle ne peut vous servir qu'après avoir appris l'accusation qui plane sur votre gendre, or, je vous demande, en grâce, de la lui laisser ignorer.

— Tout le pays la connaît.

— Sauf ma mère. Depuis l'heure qui a suivi celle de l'enterrement de mon frère, ma mère n'a pas quitté le château, elle n'est pas sortie de son appartement, elle n'a parlé qu'à Mlle Germaine et à moi. Il ne faut pas, monsieur Privat, que vous tentiez de la voir, à moins qu'elle ne vous demande. Et dans l'état d'esprit où l'a jetée son malheur, je préfère qu'on ne lui parle de rien, qu'on n'aiguise pas ses souvenirs, je veux qu'elle ignore tout de la vie du dehors, tout.

Calixte n'était pas habitué à entendre parler avec cette autorité de décision. Il ne protesta pas :

— Nous sommes perdus ! murmura-t-il. Les Privat sont fichus ! Dieu est contre nous.

Germaine fut secouée par cet aveu de faiblesse plus que par les cris de colère.

— Père, dit-elle, ne désespérez pas...

Il haussa les épaules, atterré :

— C'est justice, gémit-il, j'ai été trop orgueilleux. J'ai été trop dur. Dieu m'humilie et les hommes me sont cruels. Ah ! mes filles ! mes chères filles !

Il leur ouvrit les bras. Toutes deux s'y précipitèrent et Georges se détourna, ému, se demandant, en cette seconde, si la suprême vengeance n'est pas de pardonner.

— Et mère ? Mère sait-elle ? interrogea Alice.

— Oui, dit Calixte, va l'embrasser.

Quand la sœur de Germaine pénétra dans la cuisine, son fils Lucien n'y était plus. Il était allé jouer dans le verger. Elle l'aperçut à travers les petits carreaux clairs de la fenêtre, poursuivant des papillons. Et la grand'mère Eugénie Privat était seule toujours, dans le coin noir, sous le manteau de suie de la cheminée, d'une immobilité morne.

Alice courut vers elle :

— Maman ! maman... tu sais... tu sais... Sandoret...

Elle la distinguait à peine, la chère vieille, d'un effacement de silhouette falote collée au mur, tenant si peu de place qu'il fallait deviner sa présence.

Maman, maman, tu sais... tu sais...

Alice tendit les bras vers la femme ployée et assise qui était là, silencieuse. Et, au toucher, ce corps frêle, amaigri, chancela, s'affaissa, tomba sur les cendres éteintes, auxquelles les cheveux gris se confondirent.

Alice poussa un cri. Maman Eugénie était morte, sans bruit, sans rien dire de sa douleur. C'était la fin logique et simple de sa vie muette.

XXIX

GEORGES DE LUZ VAINCU

Ce nouveau deuil changea forcément l'existence de Germaine. Elle ne pouvait pas abandonner son père et sa sœur. Elle reprit sa chambre de jeune fille.

Pourtant, si les dernières fatalités n'eussent pas été sur elle, certainement elle eût préféré ne pas quitter le château de Saint-Lême. Mais elle avait juré à la comtesse et à Georges que la séparation serait seulement provisoire. La violence des malheurs qui s'étaient abattus sur le château et sur la ferme avait fait battre les cœurs d'une même terreur, les avait jetés au même creuset de douleur. A la ferme comme au château, Germaine était chez elle, pleine de mansuétude et de pitié! Elle ne pouvait espérer que tout le monde devînt heureux, mais elle avait la volonté ferme de se consacrer à les consoler tous. Puisque Maxime ne l'avait pas entraînée avec lui, son rôle utile était de vivre maintenant en sœur et en fille de charité. La comtesse de Luz devenait sa mère. Georges de Luz était son frère. Elle leur tendait une main et offrait l'autre à son père. Calixte, à sa sœur Alice, en vierge miséricordieuse qui a connu les affres du Calvaire.

Les jours qui suivirent l'enterrement de Mme Priéal, la ferme de Mourion sembla déserte, les portes et les volets restèrent fermés. De temps en temps, Germaine poussait un contrevent de sa chambre et regardait les ardoises des tourelles du château au-dessus des futaies. Par ce regard, elle avait la sensation de s'évader d'une tombe. C'est que, sa propre peine, elle ne pouvait la vivre comme au château. Entourée ici de la peine plus aiguë des siens, sa douleur de fiancée lui était chère. Elle ne voulait pas oublier le drame de son jour de mariage, même en pensant à la triste fin de sa mère. Elle luttait pour que l'image de Maxime ne s'atténuât pas devant ses yeux par l'évocation de Sandoret montant à l'échafaud! Et pourtant, elle se sentait faiblir dans son culte de souvenir, tellement était obsédante et captivante la désespérance d'Alice, la plainte incessante de cette épouse qui semblait hurler à la mort.

— Oh! Germaine, sauve-le! Germaine! trouve un moyen de le sauver.

Germaine, sans être cruelle, aurait pu se montrer sourde à ces supplications. Elle ne fut pas même sévère, pas même indifférente: elle embrassa la cause d'Alice. Sandoret, elle le haïssait! Pour faire plaisir à sa sœur, elle tenterait de le sauver!

Sa dévotion au souvenir de Maxime restait intacte. Elle ne considérait que l'injustice évidente d'une pénalité qui, pour frapper Sandoret coupable, atteindrait à la fois la femme de Sandoret et son fils, et son beau-père, et le commun patrimoine d'honneur de la famille dont elle aussi faisait partie!

La confiance des faibles en un dernier espoir est d'autant plus ardente que le motif d'espérer est plus illogique et plus frêle. Germaine suppliée d'intervenir en faveur de l'assassin de son... cette conception ne pouvait utiler que... veau d'une épouse aimante, affolée... de son amour! Et l'âme féminine est si... toutes les bizarreries passionnelles que... cations d'Alice trouvèrent un écho vibrant au cœur de Germaine. Maintenant Germaine... tait de constater son impuissance. Alice conson sort à sa jeune sœur que cette confiance... barrassait.

— Quelle puissance me croit-elle? Que... Un seul homme peut m'aider et il refusera! Pas demander à Georges de Luz de sauver Sandoret! N'est-ce pas déjà un héroïque sacrifice qu'il a... senti en promettant de ne pas l'accabler! Si la comtesse de Luz avait été consultée, jamais elle n'aurait eu l'indulgence de son fils!

Germaine, en songeant ainsi, s'accusait de n'avoir pas gardé, elle aussi, la vitalité de la haine et du désir de vengeance... mais il suffisait qu'elle aperçût le visage épuré d'Alice, le fantôme amaigri de sa sœur chérie, pour que la miséricorde et la bonté restassent en elle victorieuses. Pourtant le temps passait. Si on restait sans agir jusqu'à la fin de l'instruction, si on attendait l'arrêt de la chambre des mises en accusation, Sandoret devant les assises serait perdu! Or, le père Priéal et Germaine comprenaient leurs efforts d'avance inutiles, car eux-mêmes doutaient de l'innocence. Seule Alice le savait coupable, et par une contradiction bizarre, c'était Alice qui gardait, en sa folie de dévouement conjugal, l'espoir le plus tenace. Conseillée par le spectacle lamentable qu'offrait sa douleur, donnait aux autres le désir de s'attaquer aux obstacles les plus ardus, de lutter jusqu'au dernier jour pour une cause qu'ils savaient mauvaise. Oseraient-ils aller jusqu'à tenter même la corruption de magistrats. Cette idée absurde, peu pratique à réaliser, était d'abord née dans la cervelle de Calixte. Un matin, comme il se trouvait dans le verger de Germaine, à cause des insomnies d'Alice et de sa perpétuelle plainte de blessée, Germaine dit:

— Si nous ne la consolons pas, elle va perdre bientôt la raison. N'avez-vous rien trouvé, père?

— Eh! je ne pense qu'à cela! Rien, rien encore; pourtant... si la famille de Luz voulait nous aider... ah! si M. Georges voulait bien...

Germaine, attentive, se rappela l'affirmation précédente d'Alice: « M. Georges fera tout ce que tu voudras! » Elle eut, dans un éclair d'orgueil et difficile heureuse, l'intuition de son influence sur le frère de Maxime et répondit:

— Père, je me charge de demander à M. Georges ce que vous voudrez. Il fera l'impossible...

— Oh! pas cela... il ne voudra pas.

— Quoi donc?

Suivant sa pensée, Calixte ajouta:

— S'il le faisait, s'il le voulait, je le récompenserais d'une façon telle que la famille de Luz recouvrerait sa prospérité ancienne et que M. Georges vivrait en me bénissant.

— M. Georges, affirma Germaine, n'agira jamais poussé par un intérêt.

— Enfin, qu'il agisse... et je verrai après. Il y a toujours un moyen d'être reconnaissant envers les plus délicats. Je me charge de son avenir.

Germaine connaissait le côté faible de son père; il avait la manie de diriger, de commander et surtout de protéger. Elle faillit répondre que M. Georges de Luz saurait bâtir son avenir tout seul quand Calixte ajouta ce léger correctif:

— Tout le monde a besoin d'être aidé!

— Père, dites-moi comment M. Georges peut nous être utile?

— Par M. le baron de Reillan.

— L'ami de Maxime? Hélas! je crains que vous ne fassiez fausse route, mon père!

— On peut essayer.

Vous voulez sauver l'assassin avec l'aide du
... père et de l'âme de la victime ?
— Pourquoi n'auraient-ils pas l'âme aussi belle
que la tienne, ma fille ?
— Encore une fois, père, je ne m'intéresse pas
à Sandoret, moi ! Je ne vois que ma sœur.
— Alors tu ne crois pas même qu'il faille parler
de mon idée à M. Georges ? Songe que le baron Savinien a de très hautes influences dans la magistrature bordelaise. S'il voulait...
— Je ne connais pas le baron Savinien. À la ri-
gueur une démarche de moi... mais Georges ne la
fera pas, il restera neutre.
— Tu vois bien, tu es de mon avis. Il faut perdre
tout espoir d'arriver par ce moyen. C'est ce que je
te disais...
Et morne, après réflexion, il ajoutait, se reprenant à une illusion tenace :
— Et pourtant ! Et pourtant !
Germaine, de son côté, ébranlée, obsédée par la
constatation antérieure d'Alice : « M. Georges fera
ce que tu voudras », se demandait si elle avait le
droit de ne pas se servir de cette influence, et lai-
bie, qu'elle fût. Elle considérait que l'idée de son
père n'était pas si mauvaise qu'elle lui avait d'a-
bord paru. Le baron Savinien, disait-on, de Bordeaux à Barsac, « a le bras long ». Germaine d'a-
bord crut la chose impossible. Puis, elle fut moins
affirmative. Les doutes se précisèrent.
Elle constata dès lors, et pour la première fois,
la disparition de Savinien que personne depuis le
crime n'avait revu. Ni à la ferme, ni au château,
l'ami intime du mort n'était venu apporter ses con-
doléances. Au château du moins, à la pauvre mère,
assommée par ce coup terrible, il aurait dû offrir
les consolations qu'on attend d'un ami fidèle. A
quoi attribuer cette abstention ? A la profonde
douleur, peut-être ? Aux recherches de l'assassin
que Savinien poursuivait à part et pour le délicat
hommage à la victime de découvrir seul le meurtrier ? Ou peut-être aussi avait-il appris l'hésitation
de tous et en était-il indigné ? Germaine, ardente
aux œuvres qu'elle s'imposait, une fois sa décision
prise, savait bien pourquoi elle pensait déjà aux
difficultés futures avant d'avoir obtenu l'adhésion
de Georges ? C'est que, si Georges se révoltait et
refusait, eh bien ! ce serait elle-même qui ferait
la démarche nécessaire auprès de Savinien !
Les journées se succédaient. Il fallait prendre une
résolution. Le cerveau d'Alice, ébranlé, ne résis-
terait pas à une trop longue attente. Et Germaine
n'avait-elle pas aussi à sauver de la souillure le
nom de son neveu.
Depuis que Germaine n'habitait plus le château,
Georges de Luz semblait avoir perdu son âme, la
lumière qui le guidait, l'énergie de sa jeunesse. Il
errait dans les allées du parc, inquiet, se cachant
presque, fuyant ses domestiques et Mariette elle-
même. Il montait rarement dans la chambre de sa
mère dont il respectait la douleur. Il sentait mieux
que les premiers jours combien la disparition de
Maxime changeait sa vie. C'était plus que de l'aba-
... de l'abattement et moins aussi, une gêne véritable, une insurmontable mélancolie à se mouvoir
dans le domaine trop grand, trop vaste, surtout
trop vide. La solitude le portait à la tristesse. La
présence de Mlle Germaine l'avait d'abord sauvegardé de la faiblesse des larmes. Maintenant qu'elle
n'était plus là, le château lui paraissait mûré à
l'espoir. Elle était tout ce qui lui restait de son
frère si une personne aimée est un peu de nous-
même. Et un sentiment identique avait germé aussi
dans le cœur de la comtesse de Luz. Germaine Privat était une partie de son fils. Quand la comtesse et Georges se trouvaient ensemble ils se par-
laient d'elle. Ils déploraient le deuil qui l'avait
frappée, se plaignant d'avoir perdu sa mère,
mais n'était-ce pas sur eux-mêmes qu'ils se lamen-
taient plutôt que sur elle, résumant leur entretien

par cette pensée d'une affection si tendre et
égoïste...
« Si Mme Privat n'était pas morte, Germaine serait auprès de nous ! »
— Mon fils, elle a promis qu'elle reviendra...
— Mère, je le sais... mais quand ?
— Son père a besoin de son affection, lui aus-
... Georges pensait : « Non seulement son père, mais
sa sœur Alice, mais le petit Lucien ! » Il se taisait,
ne voulant rien avouer à sa mère de l'accusation
qui pesait sur Sandoret. Et il s'étonnait, se pre-
d'une douce admiration pour cette Germaine qui
était le centre d'affection de deux familles à la
fois, pour cette jeune et humble jeune fille qu'il
avait tirée jadis tremblante des griffes de Sandoret et sous la protection de qui tout le monde aujour-
d'hui semblait se réfugier.
— Il me semble, murmurait Georges dans le vent
qui dépouillait les arbres, que je l'aime comme
je l'avais toujours connue. Elle est plus qu'une
amie, autant qu'une sœur.
— Tu ne l'as pas revue, depuis la mort de
Mme Privat, mon fils ?
— Non, mère. Je n'ose pas aller chez eux.
— Va, Georges. Ils peuvent avoir besoin de ton
aide. Ne laisse pas rompre les liens qui, par ce
malheureux Maxime, nous attachent à sa famille
à elle. Il ne faut pas que l'œuvre du mort soit
vaine.
Le désir de la comtesse correspondait au désir
de Georges. Il irait, le jour même, à la ferme
Mourion, chez les Privat. Subitement, sa tristesse
se dissipa. Il fit seller son cheval vers une heure
de l'après-midi, descendit de sa chambre après
avoir pris un soin minutieux de ses vêtements, de
sa tenue, saisit la cravache qui avait si violemment
cinglé le visage de Sandoret et, jeune et beau, le
sang fouetté par l'air vif de novembre, il se sentit
pour la première fois depuis son deuil heureux de
vivre. Le ciel gris se bleutait au-dessus de la route
et, des hauteurs de Saint-Edme, une traînée de soleil aboutissait au toit plat de la ferme basse où vivait Germaine, comme pour indiquer le chemin au
cavalier.
Le cheval alla d'abord d'une allure vive. A trois
cent mètres de la ferme Georges le modéra. Une
émotion qu'il ne s'expliquait pas, une langueur de
pensées avec trouble visuel et contractions nerveu-
ses au cœur obligèrent le jeune homme à descendre de sa bête, à la conduire par la bride jusqu'à la
ferme. Avant d'y arriver il la laissa même attachée
à un arbre, et il attendit quelques minutes, d'être
plus calme, les yeux fixés sur les fenêtres closes.
Un contrevent fut poussé et Mlle Germaine apparut.
Sans voir Georges de Luz, elle s'accouda rêveuse, regardant les hauteurs de Saint-Edme, l'endroit où vivaient ses souvenirs, où Maxime avait
vécu en l'aimant. Et devant cette douleur solitaire,
il fut pris d'une extrême tendresse pour elle, il s'a-
vança hors de l'ombre des arbres, se montra.
— Bonjour, mademoiselle Germaine ! Je viens
vous voir.
Surprise, elle recula, puis essayant de sourire :
— Je vous attendais, dit-elle.
— Vraiment ?
— Restez là ; je veux vous parler en particulier.
Une minute et je suis avec vous !
Elle tira le contrevent, disparut.
Georges était charmé qu'elle l'attendît, se félici-
tait d'être venu. Mais que pouvait-elle avoir à lui
confier ? Rien que de l'avoir revue, il était presque
joyeux. Elle tourna le coin de la maison, vint à lui,
l'entraîna par la main vers un banc au fond du
verger. Là, ils étaient à l'abri des regards.
— Vous avez bien fait de venir, je serais allée
aujourd'hui au château, si vous n'aviez eu cette
bonne idée, expliqua-t-elle.
— Nous ne vous avons pas vue depuis six jours,
ma mère ni moi, répondit-il sans reproche, et nous
trouvions le temps long.

— Moi aussi, monsieur Georges ; et si je m'étais tue... Vous savez bien que j'aime le château... mais mon devoir est ici.

— Je le sais...

Et il eut un soupir de regret.

— Ne pensez-vous pas, ajouta-t-il, que ma mère aussi a droit un peu à votre présence ?

— Le malheur qui est tombé sur elle et sur vous, monsieur Georges, est maintenant irréparable. Je voudrais être avec elle pour pleurer. Mais il faut que je sois ici pour agir, car le malheur qui menace ma famille peut encore être évité. Plus tôt j'aurai sauvegardé les miens et leur honneur et plus tôt vous serai rendue. Croyez-le bien, monsieur Georges, je vous le répète en toute franchise, il me semble que ma maison c'est le château et que je suis ici en mission de charité.

— Vos paroles me font du bien, mademoiselle Germaine.

— Si vous les voyiez, mon père et Alice, combien changés depuis l'arrestation de mon beau-frère, et n'abandonnant pas l'espoir de le sauver.

— Et vous ?

— Moi aussi, je l'espère.

— Vous savez la vérité... et vous désirez qu'il échappe au châtiment ?

— Je ne dis pas que je désire... Monsieur Georges... Je dis que j'espère. Ce n'est point pareil, car mon espérance va contre mon désir, hélas ! Mais Maxime lui-même ne pourrait exiger que, pour le venger, je laisse mourir ma sœur qui n'est point coupable.

— Et que comptez-vous faire ? interrogea-t-il avec au front le pli de la désapprobation certaine.

— L'impossible.

— Mais encore ?

— Vous prier...

Il fit un geste d'étonnement avant qu'elle eut terminé sa phrase.

— Oh ! à moi, ne demandez rien. J'ai promis la neutralité. Il y a des degrés à la faiblesse. Je ne sais ce qui jaillira de l'instruction. Mais mon enquête personnelle suffisait seule à le faire monter à l'échafaud. Sur votre prière, je mettais. Cela suffit. Mademoiselle Germaine, il ne faut pas exiger de moi davantage. Si je vous l'accordais, je me mépriserais.

Elle l'écoutait, haletante, sachant bien à la façon que ce qu'elle souhaitait ne s'accomplirait pas sans effort de sa part, sans résistance de Georges. Mais une petite voix secrète, son intuition féminine, lui disait qu'elle obtiendrait de Georges de lui tout ce qu'il pourrait donner, et qu'entre eux, d'une si affectueuse amitié, il n'y avait pas l'obstacle de l'amour-propre, de l'obstination dans les idées premières. Elle parlerait et il se soumettrait. En femme plus âgée, Alice avait compris cela l'avait dit nettement à Germaine.

— Je comprends vos scrupules, monsieur Georges, répondit-elle avec douceur.

— Mes scrupules ! Vous nommez scrupules les souvenirs vivants qui me font regretter de ne pouvoir venger mon frère. Je trahis pour vous un devoir. Voilà ce qu'il faut dire et penser.

— Dites-moi donc que je suis une misérable et une parjure comme j'agis comme je le fais ! Dites-le donc ! Osez conclure de ma conduite que je n'ai jamais aimé votre frère.

— Oh ! Mademoiselle Germaine...

— Eh bien ! puisque vous êtes indulgent pour moi, pourquoi ne pensez-vous pas que je le serais si vous m'accusez ? Voyons, monsieur Georges, je vous croyais véritablement mon ami. Est-ce que franchement, vous pensez que je veuille vous faire participer à une mauvaise action ?

— Je ne puis pas pardonner !

— Je ne vous le demande pas ! Je ne pardonne pas.

— Je ne puis pas oublier.

— Je ne vous le demande pas. Je n'oublierai jamais.

— Alors ? c'est plus que cela qu'il vous faut, mademoiselle Germaine, car, j'ai déjà l'apparence de celui qui pardonne et qui oublie puisque je reste, sinon indifférent, au moins neutre dans ce drame de justice. Il faut que j'agisse, et il faut que j'agisse en faveur de l'assassin. Voilà ce que vous voulez. Voilà ce que je ne ferai pas.

— Agir ? répéta-t-elle habilement. Agir ? Non.

— Je ne comprends plus. Du reste, qu'aurais-je pu faire ? Je pouvais ne pas accuser, mais prouver l'innocence, Dieu lui-même ne le tenterait pas ! reprit Georges, dans un rire d'une ironie indigné.

— Il était venu à l'idée de mon père que je fisse une démarche en ma qualité de fiancée de Maxime et je ne trouvais pas convenable...

Elle parlait avec hésitation, éveillant sa curiosité, sa susceptibilité d'ami.

— Une démarche, vous ? Ah ! Et quelle démarche ?

— J'ai dit que je vous demanderais de la faire pour moi, en mon nom, pour me laisser dans mon rôle effacé de jeune fille, et c'est tout, monsieur Georges. Je voulais, tout à l'heure... quand vous m'avez interrompue avec fougue, vous prier de me donner un conseil.

— Excusez-moi, mademoiselle Germaine. Le sujet est si douloureux et j'ai les nerfs si vibrants. Excusez-moi et parlez. De quelle nature est cette démarche ?

— Mon père désirait m'envoyer auprès de M. Savinien de Reillan, l'ami de votre frère.

— Dans quel but ? interrogea le jeune homme.

— M. Savinien connaît tant de magistrats ! Il est l'ami d'enfance du procureur de la République. Qui sait si, par son influence, avant que des preuves complètes soient recueillies, l'affaire ne pourrait pas être abandonnée ? Voyons, monsieur Georges, que dois-je faire ? Qu'en pensez-vous ?

Georges de Luz était perplexe. Devait-il mentir à Germaine, la détourner d'aller voir Savinien en lui affirmant que l'influence du baron était nulle. Avait-il le droit d'écarter de Sandoret la branche du salut qui s'offrait ? Il l'avouait, l'idée de la Calixte était excellente. Sandoret, c'était probable, n'avait été arrêté que pour donner une satisfaction momentanée à l'opinion publique soulevée contre lui. Les véritables preuves, c'était lui, Georges, qui les détenait. La neutralité promise les rendait nulles. Était-ce sortir de la neutralité en faveur de Sandoret que de répondre à Germaine : « Oui, l'idée de votre père est bonne » ?

Sa conscience lui imposa, malgré sa haine pour le meunier, de ne pas tromper Germaine. Il répondit enfin :

— Je pense qu'il faut aller chez Savinien.

Germaine eut un éclair d'approbation émue sur le visage. Elle tendit la main à Georges.

— Vous êtes loyal, dit-elle.

Il était pâle. Il retenait la main offerte.

— Oh ! mademoiselle Germaine, la bonté est contagieuse, c'est pour vous que j'abdique mon caractère. Sans vous, ce misérable...

Il ferma les lèvres, se les mordit de fureur.

— Monsieur Georges, je vous en prie. Écoutez-moi encore avec calme. Si vous me conseillez cette démarche, c'est qu'elle a des chances d'aboutir selon les désirs de ma sœur. Eh bien ! mon désir est de ne rien négliger pour réussir. Croyez-vous que ce soit bien mon rôle d'aller supplier M. Savinien, l'ami de Maxime ? Il croira que j'ai oublié son ami déjà. Il ne me connaît pas. En somme, je vais lui demander de sauver celui qui a tué son ami et mon fiancé. Quelle opinion aura-t-il de moi ? Se laissera-t-il convaincre ? Je ne sais pas parler de ces choses... et pourtant, s'il le faut... j'irai... mais...

Georges l'interrompit :

— Votre père...

— Non, mon père ne saurait mieux...

— Alors...

— Alors... vous ! prononça-t-elle, les yeux suppliants.

Il se détourna, refusa d'un geste.

— Vous, M. Savinien vous aime aussi. Vous, voyons !

— Non, fit-il brusquement.

— Il vous écoutera comme la voix de Maxime.

— Ce que vous exigez de moi est atroce.

— Je n'exige pas, monsieur Georges. Voyez, voyez.

Elle pleurait.

— Taisez-vous, mademoiselle Germaine, n'insistez pas. Vous me faites souffrir.

— Je souffre plus que vous. Allez chez M. Savinien en mon nom, pas pour vous. Soyez seulement mon mandataire. Dites-lui que Sandoret est innocent.

— Non. Je ne peux pas ! Je ne pourrai pas.

— Alors, monsieur Georges, vous me refuserez cela ?

Un brusque sanglot lui monta jusqu'à la gorge ; il partit sans se retourner, sans la regarder, sauta sur son cheval, l'éperonna et prit la fuite, pendant que Germaine déçue tombait sur le banc en murmurant :

— Soit, puisqu'il le faut, j'irai !

En fuyant, Georges de Luz se demandait s'il n'avait pas eu besoin d'un courage plus grand pour refuser que pour accepter la mission dont voulait le charger Germaine. L'accepter, c'était renoncer à punir l'assassin de son frère, c'était se soumettre à cette charité contre nature, qui rend le bien pour le mal, c'était s'endolorir à jamais le cœur par un sacrifice presque divin, mais la refuser c'était plus encore, c'était s'aliéner le cœur de Mlle Germaine ! Jamais Georges n'avait si bien compris la grandeur de son affection pour la fiancée de son frère ! Il erra plusieurs heures sous les futaies, s'écartant des routes battues, n'ayant qu'une pensée et qu'un remords : « J'ai fait de la peine à Germaine ! Voudra-t-elle me pardonner ? » A mesure que l'heure où il s'était trouvé devant Germaine, s'éloignait, il s'étonnait davantage d'avoir montré tant d'énergie. Sans s'en douter, au gré de sa monture errante, il se trouva sur la route qui conduisait au château de Reillan. Il n'avait qu'à laisser aller l'animal pour passer devant la demeure de Savinien. Le hasard l'y conduisait. Devait-il réfréner le hasard ?...

Il entendait encore la voix suppliante de Germaine. La voix de Maxime ne protestait pas. Germaine était victorieuse... Il cédait. Mais, devant lui, sortant des bois, élégante, le pas grave, la taille fine, une femme qui était une dame et non une paysanne, marchait sans se retourner, non curieuse, comme si elle n'entendait pas derrière elle le cheval d'un cavalier, bruit si distinct du bruit que fait une bête attelée. Tout de suite, il la reconnut à la silhouette, à la ligne, sans avoir aperçu le visage.

— Mme de Montvert !

Il n'avait pas pensé à elle depuis un mois, depuis cette soirée troublée par un coup de revolver, la croyant partie après l'avoir menacée, si elle restait, de dévoiler sa conduite à Savinien.

— Où va-t-elle ? se demanda Georges.

Et, logiquement, la rencontrant seule sur cette route, il se répondit :

— Chez lui ! Elle aura réussi à le capter. Ils se revoient. Je la redoutais pour Savinien et je n'avais pas tort. Que dois-je faire ? Dois-je me mettre en travers de cette liaison, dire à Savinien ce que je sais ? Si elle reste, c'est qu'elle se sent forte ! De quoi m'occuperais-je là, s'ils sont heureux !

Il raisonnait ainsi, préoccupé surtout du contretemps qui l'empêchait de suivre cette route, car il ne voulait pas rencontrer Mme de Montvert. Il ralentit le pas de son cheval et lui fit rebrousser chemin. Il emportait dans sa tête, préoccupation nouvelle, le souvenir de cette femme au visage empreint de passion et de fatalisme. Il la voyait, comme le soir où il l'avait traquée, fixant sur lui ses beaux yeux bleus, froids de haine, fuyants en demandant grâce. Il évoquait ce visage au teint mat de créole dont l'ovale pur était surmonté d'une lourde charge de cheveux noirs. Et il comprenait que l'ami Savinien fût repris par sa passion. Il n'en connaissait pas aussi bien que Maxime, à qui Savinien les avait contées, les péripéties étranges, mais il avait assisté à une phase inconnue de Savinien et de Maxime, d'après laquelle il pouvait juger de la décision de cette femme.

Le cheval remontait la colline au trot, sentant l'écurie, et Georges de Luz, en approchant du château où son frère Maxime manquait, était repris par sa haine de Sandoret. A quelle lâcheté le désir d'être agréable à Mlle Germaine avait failli le conduire ? Si Mme de Montvert ne s'était pas rencontrée sur sa route, il faiblissait, il allait implorer Savinien pour l'assassin de son frère !

De loin, il aperçut un homme descendant les marches du perron d'honneur, se demanda qui était venu voir sa mère dont la porte était interdite. Et bientôt, quand l'homme sortit de la cour, il le reconnut. C'était M. Privat, le père de Germaine. Georges demeura surpris. Germaine ne lui avait point dit que M. Privat eût l'intention de venir ce jour-là au château. Peut-être n'en avait-il pas fait part à sa fille ? Pourquoi était-il là ? Georges se douta cette visite. Malgré son conseil, malgré sa défense personnelle, M. Privat, sans doute, était venu implorer la comtesse en faveur de Sandoret. La sottise était commise.

Il avait dû trouver la comtesse implacable, la mère révoltée. Maintenant, c'était fini. Impossible désormais de faire plaisir à Germaine !

Il laissa disparaître M. Privat, sans l'aborder, et quelques minutes après pénétra dans la cour. Il aperçut sa mère à la fenêtre ; elle avait le visage anxieux, était baignée des premières ombres du crépuscule. Il sauta de son cheval. Elle lui fit signe de monter chez elle.

— Ah ! ah ! pensa Georges. Le père Calixte n'est pas fin diplomate. La douleur est réveillée, la haine attisée. Elle tient un coupable, elle ne le lâchera pas. Si M. Privat croit qu'une mère fera facilement le sacrifice d'une vengeance si naturelle et si sacrée !

Tout de suite, dès que Georges fut en présence de la comtesse, il remarqua son air grave et recueilli ; ce n'était pas l'attitude inconsolée des jours derniers.

— Vous vous êtes inquiétée, mère ? Je ne vous avais pas dit où j'allais.

Il savait que depuis la disparition de Maxime la comtesse était sans cesse hantée par la crainte d'un second malheur.

Elle aurait voulu que jamais Georges ne fût dehors, à la nuit surtout. Et, que de fois, quand il rentrait du parc ou des champs voisins, après une absence d'une heure, il la trouvait à attendre à la fenêtre, émue de ne pas l'avoir vu depuis si longtemps !

— Tu es sorti vers une heure et il est près de six heures, mon fils !

— Vous aviez à me parler, mère ? J'étais allé voir Mlle Germaine, prendre des nouvelles... et justement, j'ai vu M. Privat sortir d'ici.

La comtesse de Luz observait son fils. Elle paraissait étonnée de le voir calme, agitée elle-même d'une violente émotion. Après un moment de silence :

— Tu as vu Germaine ?

— Oui, mère.

— Et de quoi avez-vous parlé ?

Georges hésita. Il n'avait pas la faculté du mensonge, même pour le bien.

— De sa mère morte ; du temps prochain où Germaine reviendrait habiter avec nous...

— Et puis ?

— Et puis... quoi... mère ?

— Elle n'a pas abordé un autre sujet ? Voyons,
tu peux être franc...

— Mais...

— Elle ne t'a rien demandé au sujet du meunier
Sandoret ?

— Ah ! s'écria Georges avec violence, c'est de
cela que M. Privat est venu vous entretenir ?

— Oui, mon fils.

— Alors, mère, vous savez...

— Que le beau-frère de Germaine est accusé
d'avoir assassiné mon fils... accusé à tort...

La voix de Mme de Luz tremblait.

— Il était bien inutile de vous apporter cette
émotion, murmura Georges. J'avais interdit qu'on
vous mît au courant de cette abominable affaire.

— Qu'importe ! C'est fait. J'ai eu le courage de
l'entendre. Je sais tout. Cela vaut mieux ? Mais
Germaine ? Que pense Germaine ? Et puisque vous
avez parlé de Sandoret, je désire savoir.

— Ce qu'elle m'a demandé, n'est-ce pas ? Eh !
vous vous en doutez bien ! Ce que son père
était venu vous demander à vous-même !

— Germaine t'a imploré en faveur de Sandoret ?

— Oui, mère.

— Et qu'as-tu répondu ?

— Mère, j'aurais voulu accorder à Mlle Germaine
ce qu'elle désirait... je n'ai pas pu... je n'ai pas pu...
refusé...

La comtesse de Luz ouvrit les bras à son grand
fils et les deux émotions se confondirent dans un
même trouble de sanglots.

— Tu aimais bien ton frère, dit enfin la comtesse,
et la démarche de Germaine ne signifie pas
qu'elle n'aimait pas Maxime. Et ce que je vais
te demander maintenant ne prouvera pas que j'aie oublié
mon fils. Écoute-moi, Georges.

Il se dégagea des bras de sa mère, prévoyant
qu'il allait entendre des paroles inattendues et
graves.

— Écoute-moi, Georges. Je te demande d'accéder
au désir de Germaine !

— Vous, mère !

— Oui, mon fils. Ne me juge pas. Je suis vieille,
je suis ta mère. J'ai la conscience de faire ce que
je dois, et l'avenir t'expliquera ma conduite.

— Vous voulez que je sauve Sandoret ?

— Oui, mon fils.

— Même s'il est coupable !

— Je ne veux pas savoir... Ne me rends pas plus
pénible le sacrifice que je fais à des idées qui s'im-
posent à moi comme un devoir.

— Soit, mère. Que dois-je faire ?

— Va voir Savinien. Dis-lui que tu lui parles en
ton nom, en mon nom, au nom de Germaine ! Dis-
lui que les trois êtres qui ont adoré le mort de-
mandent... qu'on ne poursuive pas le meunier Sandoret !

— Savinien me croira fou.

— Dieu t'aidera peut-être et tu auras accordé à
Germaine la première chose que la pauvre enfant
demande. N'hésite plus, mon Georges, va !

— Vous avez peut-être raison, mère. Je me
rends tout de suite chez Savinien.

Elle l'arrêta soudain, anxieuse.

— Non, pas maintenant. Il fait nuit. Oh ! la nuit
me fait peur quand tu es dehors.

Il condescendit avec douceur.

— Mère, je n'irai que demain matin, rassurez-
vous.

Et d'un affectueux baiser, il scella sa promesse.

Les scrupules de Georges étaient définitivem[ent]
vaincus. Avant même que sa mère eût parlé, son
désir était de satisfaire Germaine ; maintenant il
allait à la conquête de la grâce de l'assassin, presque avec ardeur, oubliant sa propre répugnance,
se disant que les deux « affections » qu'il possédait
sur la terre voulaient cela, qu'elles avaient leurs
raisons et que ce n'était pas à lui de leur faire la
leçon du souvenir !

Les deux femmes avaient trop aimé Maxime
pour que leur conduite pût être interprétée comme
de l'oubli prématuré ou de l'indifférence. L'âme
légère, il partait à cheval pour le château de Reillan accomplir sa mission. Comme il était prêt au
lever du jour, ayant passé la nuit sans sommeil,
il allongea la route par une promenade à travers
bois et passa devant le chalet où demeurait Mme
de Montvert, non loin de la ferme de Sivac, maison
d'habitation de Sandoret. Les volets étaient clos.
Il se rappela que dans les temps derniers, le chalet
avait toujours eu cette apparence inhabitée, et que
même de jour, les volets restaient fermés. Aucun
mouvement autour. L'enfant même ne jouait pas
dans le jardin.

La rencontre de la veille l'étonnait. Mme de Montvert était donc de retour. Il la verrait peut-être
chez Savinien, dans un instant.

Durant la nuit, il avait songé à la façon dont il
entreprendrait la conversation avec Savinien ;
mais il n'avait jugé aucun début convenable. Il
laisserait aller, trouverait le joint, car, dès la matinée de main, il serait tout de suite questionné de
l'arrestation de Sandoret. Mais Georges ne s'y
avait nettement établi un point de son plan : il
était décidé à garder le silence sur les preuves
qu'il possédait de la culpabilité de Sandoret. Ne
serait-ce pas naïf — bien que la franchise fût la
plus belle qualité de Georges — d'aller supplier
Savinien de s'intéresser à un homme et de commencer par établir irréfutablement la culpabilité
de cet homme ?

Vers dix heures, Georges arriva devant le portail du château de Reillan. Une minute, en rou[te],
il avait eu la pensée de passer à la ferme de Monrion pour prévenir Germaine et recevoir d'elle un
remerciement, mais il avait réfléchi que la surprise serait plus grande et le remerciement plus
doux après le succès de la démarche.

— Le baron est-il levé ?

— Non, monsieur.

— Comment, à dix heures !

Le valet qui avait couru à la grille eut cet air
impénétrable et mystérieux qui fait tout de suite
deviner le secret.

— Il n'est pas seul ? Prenez mon cheval. J'attendrai dans la salle à billard.

— Faut-il tout de même prévenir monsieur ?

— Mais certainement.

— Qui dois-je annoncer ?

— Voici ma carte.

Et Georges pesta contre Savinien d'avoir renou-
velé son domestique. Il apercevait aussi un palefrenier nouveau devant l'écurie, un jardinier no-
vice taillant mal les rosiers.

— À changer, grommela-t-il, on est plus mal servi !

Cela lui produisit un singulier effet de n'avoir
pas été reconnu dans cette maison amie. Et Georges de Luz s'avança jusqu'au perron, sous les regards gênants des serviteurs. Une soubrette lui
ouvrit la porte.

— Oh ! oh ! Une soubrette ? Il y a donc une femme avec Savinien ? Autrefois, il ne s'embarra[ssait]

sait pas de tant de monde ? pensa Georges. Du reste, je vais bien voir.

Et d'un ton d'habitué :

— Je déjeune ici. Que votre maître ne se presse pas, j'ai le temps.

La soubrette disparut et Georges, pour calmer ses nerfs et son émotion, essaya quelques carambolages sur le billard. Il les dessinait mais les manquait, nerveux de ses séries négatives, vite fatigué, la pensée ailleurs. Il s'arrêta, regarda cette vaste pièce ouverte sur une serre au fond, sur le jardin devant, sur un petit salon à gauche et sur la salle à manger, à droite. Partout des fleurs décelaient la présence de la femme.

— Ça y est, conclut-il ; cette fois, ça y est !

Et son regard se reposa sur la suspension de la salle à manger reflétée par une glace. Le globe en était brisé, étoilé de cassures. Un débris manquait en haut de la sphère. Le souvenir qui passa devant les yeux de Georges les assombrit, coupa son front d'une ride sévère :

— Pauvre garçon ! murmura-t-il.

Et il reprit la série des carambolages manqués, avec une application toujours malheureuse.

— Monsieur descend, vint annoncer la soubrette. Si monsieur veut passer dans le petit salon...

L'âme de la maison était changée. Georges poussa un soupir. Mais, en entrant dans la pièce, il fut violemment ému. Une reproduction d'un portrait de Maxime agrandi était posée sur une liseuse. Les yeux du jeune homme se mouillèrent. Il se retourna. Savinien était derrière lui. Et Savinien ouvrait les bras pour le recevoir, avec le même sourire affectueux que si c'était Maxime, son cher Maxime qu'il aimait tant. Il ne laissa pas à Georges le temps de prononcer une parole. Il le força de s'asseoir et se mit à s'excuser avec un empressement très cordial de n'être allé faire une visite de larmes ni au château, ni à la femme que la mort avait frappé aussi. Il ne tarissait pas de regrets.

— Ah ! mon cher Georges, on a dû bien souvent se demander ce qui se passait en moi ou chez moi ! Mais, après l'enterrement de Maxime, j'ai été anéanti. Je ne pouvais pas me résigner à ces visites. Il faut me pardonner. Mon cœur saignait... Oui, de mille façons, de la mort de mon ami et... enfin, j'étais fou... tu ne sais pas tout ce qui est arrivé depuis quinze jours... Pourtant, ne crois pas que je vous aie tous oubliés durant ce temps où vous ne m'avez pas vu ! Non, non, j'ai agi. J'ai remué ciel et terre. Je vais te confier tout cela. Tu as bien fait de venir.

Savinien était toujours le même garçon, affable, serviable, dévoué, au cœur vibrant, à l'amitié généreuse. Georges de Luz fut heureux de le laisser parler le premier, afin de se mieux préparer à une lutte de sentiments qu'il prévoyait. Il demanda seulement :

— Personne ne peut nous entendre ?

— Personne, répondit Savinien.

— Du reste, tu es seul avec tes domestiques ?

— Pourquoi me poses-tu cette question ?

— Il me semble que la maison s'est... efféminée.

— Chut ! Comment as-tu deviné cela ?

— Madame de Montvert, n'est-ce pas ?

Savinien sourit d'un air surpris.

— Je n'ai rien à te cacher. C'est d'elle que j'allais te parler. Mais je te trouve bien renseigné. Il me semble que j'avais fait des confidences à Maxime seul.

— Et c'est moi qui avais préparé Maxime à tes confidences en lui disant tout ce que j'avais vu, surpris ou deviné de tes amours. Ma science s'arrête à peu près au moment où Maxime est venu habiter chez toi. Que s'est-il passé depuis ? Comment se fait-il que madame de Montvert soit dans cette maison... à demeure ?

— Oui, à demeure.

— Diable ! C'est grave.

— Personne ne le sait.

— Cruelle illusion ! Tu as des domestiques, donc, sans être un sage, tu vis dans une maison de verre. Du reste, madame de Montvert entre et sort quelquefois. Elle s'est trouvée hier sur ma route.

Savinien haussa les épaules :

— Je n'ai de comptes à rendre à personne, dit-il. On pensera ce qu'on voudra, je ne relève que de ma conscience.

Il ajouta, le visage assombri :

— La conscience est mon juge... plus sévère, peut-être, que l'opinion.

Georges parut n'avoir pas entendu.

— Et son fils ? demanda-t-il.

— Son fils ? Elle l'a mis... nous l'avons mis au lycée de Bordeaux, pensionnaire.

— Vous êtes plus libres.

— Il fallait bien élever cet enfant ! murmura Savinien, comme s'il avait accepté là un devoir inévitable.

Il était soudain devenu d'une tristesse grave. Ses confidences à Maxime étaient encore le trouble de sa vie. Il avait succombé enfin, madame de Montvert était à lui, et lui, il soupçonnait toujours que l'enfant de cette femme était son frère. Georges reprit pour le tirer de ses réflexions :

— J'avais dit à Maxime que cela finirait ainsi !

Savinien répliqua :

— Et moi, je lui avais assuré le contraire. Il savait, lui, quels obstacles devaient m'empêcher de suivre la voie que j'ai prise. C'est fait. N'en parlons plus. La passion a triomphé ! Je l'aimais sans le vouloir et... maintenant que je veux l'aimer... je...

— Malheureux ! prononça Georges. Déjà !

— Ah ! rassure-toi. La passion subsiste toujours.

Savinien se leva. Ce fut lui qui craignit qu'on entendit leur conversation. Il alla vers les portes, laissa retomber une à une les tentures de tapisserie et revint s'asseoir.

— Elle est là-haut, dit-il, elle dort.

— Sait-elle que je suis ici ?

— Non.

— Alors, ne la préviens pas. Je ne déjeunerai pas. Il vaut mieux que je parte... pour ne pas la gêner...

— Comme tu voudras ! Tu vois. J'en suis à ne pas retenir mes meilleurs amis. Une femme, dans une maison de garçon, est encombrante.

— Tu n'as qu'à la transformer en maison conjugale ! risqua Georges pour connaître les intentions de Savinien.

— Si elle le veut, je ne résisterai pas, avoua-t-il.

Georges, étonné, pensa que l'influence de madame de Montvert n'était pas à dédaigner, s'il en avait besoin.

— Me connaît-elle ? Avez-vous jamais parlé de moi ? demanda-t-il.

— Jamais. Elle-même, d'ailleurs, juge sa situation, ne veut voir personne, se réfugie dans la solitude absolue. Elle me pousse même à voyager, à quitter le pays, voulant, répète-t-elle, me posséder en égoïste, sans que rien du passé me détourne d'elle. Tu apprendrais un matin que nous sommes partis sans esprit de retour...

— Je n'en serais point étonné. Et tes amis ?

— Les vieux garçons, mon cher Georges, sont moins libres que les hommes mariés. Marie-toi, Georges, marie-toi. C'est encore le seul moyen de s'affranchir.

— C'est mon avis, dit Georges.

— Crois-tu que je pensais, il y a un mois, me lier à jamais ? Oh ! non, non. Je m'en souviens de la date fatale. Jusqu'à ce jour, madame de Montvert n'était pour moi qu'une amie... une amie redoutable... mais pas davantage. C'était la veille du jour où ton frère devait se marier. Il quitta le château pour se rendre chez son futur beau-père. Moi, presque à la même heure, je me rendais chez elle, pour un adieu définitif. J'écoutai tout ce qu'elle voulut et même je ne voulus pas trop entendre. Depuis des années, nous nous désirions. Si elle m'avait poussé au mariage, j'aurais pu, pour des raisons que tu ignores, continuer à la croire intéressée. Elle fut simplement aimante, abandonnée elle aussi. Nous réunîmes nos deux solitudes. Cette liaison, si longtemps retardée, éludée, redoutée, s'accomplit d'une façon inattendue, dans un élan non prémédité, qui nous laissa tous deux étonnés. Et tu sais que mes actes, Georges, je ne les déserte jamais. Maintenant, elle vit chez moi. Je l'y ai conduite le lendemain du coup terrible que me porta la mort de Maxime, pour ne pas être seul, après ce crime qui m'arrachait un ami... un ami présent chez moi depuis trois mois et dont j'avais apprécié la grande âme.

— Savinien ! fit Georges. Ne parlons pas de lui.

Le baron de Reillan s'anima. Le feu sacré du souvenir emporta ses paroles, secoua sa mélancolie. Il haussa le ton et sa voix trembla :

— Eh ! de quoi parlerions-nous ensemble, sinon de lui, Georges ! De quoi, sinon de sa mort ! Ah ! j'ai voulu un instant m'étourdir en me jetant dans cet amour dont je te parlais tout à l'heure. J'ai accueilli chez moi la femme enfin possédée pour que mes heures de solitude soient emplies de sa voix, de ses baisers... pour oublier le mort ! J'ai cru que je réussirais à chasser la vision de Maxime assassiné, de l'ami qui m'était ravi... et je le voyais toujours à travers les tendresses de la passion se dresser pour me reprocher de l'oublier. Ce cher fantôme ne me quittait pas. Il ne me quitterait jamais si je ne le vengeais pas. Et je jurai de le venger. J'y suis parvenu. Tu dois être heureux toi aussi, Georges, car j'ai trouvé, j'ai découvert l'assassin.

Le frère de Maxime frémit :

— Comment ! c'est toi...

— C'est moi qui ai fait arrêter Sandoret !

— Sur des preuves ? interrogea Georges, inquiet.

— Des preuves certaines, rassure-toi. Maxime sera vengé. Je tiens l'assassin, je ne le lâcherai pas. Ah ! quelle joie sauvage j'ai ressentie en le dénonçant, en le livrant.

— Sûr de ne pas te tromper ?

— Sûr, oui. J'avais réuni les présomptions, les indices, les soupçons, et l'opinion publique les a corroborés. Cela forme un faisceau indestructible que les témoins fortifieront encore.

— Des témoins aussi ?

— Oui.

Georges de Luz pensa... « C'est fini ! Je peux me retirer sans espoir. Ma mission est inutile. » Mais Savinien se méprenait sur le sens des interrogations de Georges. Il estimait que cette inquiétude visible sur le front du jeune homme venait de l'émotion, de la souffrance avivée par l'évocation des événements passés.

— Tu peux te réjouir avec moi, Georges. Sandoret ne nous échappera pas. Tu peux l'affirmer à la mère et à la fiancée. Maxime sera vengé. Ah ! je comprends quelle sera leur joie et la tienne si j'en juge par ce que j'éprouve moi-même, moi qui n'étais que son ami.

Il se reprit, comme illuminé par l'approbation de la victime :

— Je n'étais que son ami, dis-je ! Mais l'affection d'amitié est la plus belle ! L'amitié qui grandit, c'est la plus douce, la plus noble, la plus sainte et la plus vraie des expériences du cœur. L'amitié, rien ne l'impose. On a une mère. On a un frère. Il se trouve qu'on subit un amour. L'ami, on le choisit. J'avais choisi Maxime... et Sandoret me l'a tué.

L'émotion de Savinien gagnait Georges. Ils avaient tous deux des larmes aux bords des cils.

Mais bientôt, essayant de réagir, se souvenant du but à atteindre, le frère de Maxime fit un effort pour calmer l'effervescence de cette douleur.

— Le frère, dit-il, peut se doubler d'un ami. C'était mon cas. Mais il ne s'agit point de savoir qui de nous l'aimait le plus ! A un degré égal, nous avons le sentiment de la perte que nous avons subie. Nos regrets se valent, je te l'accorde, et j'aurais comme toi le désir légitime de le venger, mais pour vouloir le venger trop tôt, ne nous exposons pas à commettre une injustice !

La voix de Georges était mal assurée en prononçant ces dernières paroles. Il sortait de la vérité pour entrer dans la mission acceptée. Il avait présents à sa pensée les supplications de Germaine et le désir de sa mère !

Savinien croyait avoir seul découvert le coupable, il s'en attribuait le mérite, il ne consentirait pas à être désillusionné sur ce point. Quel moyen employer pour faire revenir Savinien sur ses idées puisque Georges était décidé à ne pas avouer le but poursuivi, qui était de sauver Sandoret, même coupable ! Et pourtant, se disait Georges, quelles preuves peut-il posséder ? Les vraies, les preuves puissantes, indestructibles, c'est moi qui les ai. Quelles autres preuves sont donc entre les mains de Savinien ?

Georges résolut de le laisser parler, d'écouter, d'attendre. Savinien, du reste, devant l'hésitation du jeune homme à accuser Sandoret, avait ouvert des yeux où se peignait la stupéfaction :

— Tu dis ? tu dis... « Ne nous exposons pas à commettre une injustice ! » Mais, mon ami, tu es le seul homme du pays qui doute de la culpabilité de Sandoret !

— Je suis, plus que les autres, intéressé à posséder une certitude. C'est l'emballement des autres qui me donne du sang-froid. Puisque c'est toi qui as fait arrêter Sandoret... au moins, sur quelles données a été rédigé le mandat d'arrêt ? Tes amis, les magistrats, ne font pas des mandats de complaisance, quitte à prononcer des non-lieu.

— Ça peut arriver, mais ce n'est pas le cas. J'ai contre Sandoret, outre l'opinion publique, des faits, des présomptions graves et des témoins.

— Du crime ?

— Presque. Des circonstances qui l'ont suivi.

— Ah ! ah !

— Ça ne te suffit pas ? Tu vas comprendre.

Georges était partagé entre la curiosité, le désir de connaître avec plus de certitude les preuves de l'assassinat et la crainte de constater que Savinien était maître de preuves invincibles !

— Ecoute, reprit Savinien, gravement. Le soir de l'assassinat de Maxime, je te l'ai avoué, j'étais auprès de madame de Montvert. J'y étais allé pour rompre définitivement et un coup de passion m'enchaînait pour toujours. Par sa grâce, ses larmes, sa tendresse, ses aveux d'amour, elle avait su me retenir assez tard dans sa maison isolée. Je voulus partir, dès que je songeai à la cérémonie du lendemain. Elle essaya de me retenir encore, mais j'insistai. Je supposais que Maxime avait dû quitter son beau-père, était rentré chez moi et m'attendait pour une dernière causerie intime, la veillée du mariage ! Madame de Montvert m'offrit, pour rester avec moi plus longtemps, de m'accompagner cent mètres sous bois. J'acceptai.

Le clair de lune était radieux. Au lieu de cent mètres, elle en mit cinq cents entre elle et sa maison. Je la quittai. J'arrivai au château ; je vis la chambre de Maxime fermée et je me couchai sans m'inquiéter de savoir s'il était rentré, préoccupé surtout de la chute de folie qui me livrait à madame de Montvert. C'est le lendemain matin seulement, à mon lever, quand j'appris que Maxime n'était pas levé, que des craintes m'assaillirent...

me souvins d'avoir entendu des cris dans la forêt quelques instants après avoir quitté madame de Montvert. Je les avais pris pour des plaintes de chat-huant si semblables à celles que pousse une personne affolée de terreur, et maintenant, je sais, d'après l'autopsie, que cette heure-là fut celle d'un crime ! Ah ! si je m'étais séparé d'elle dix minutes plus tard, ma présence dans la forêt sauvait Maxime.

Georges allait poser une question. Savinien l'en empêcha.

— Ces cris, madame de Montvert les entendit aussi. Elle en fut effrayée. Un instant, elle resta immobile dans un fourré... et alors, elle vit...

— Quoi ? Que vit-elle ?

— Un enfant poursuivi par un homme.

Georges faillit crier : Mathurin !

Il se contint, attendit que Savinien eût tout dit.

— C'était l'enfant qui criait en courant. L'homme ne pouvant l'atteindre, lui lança un bâton dans les jambes ; l'enfant tomba, se releva, disparut sous bois ; mais l'homme, sanglant, un colosse, madame de Montvert, tremblante, le reconnut quand il passa près d'elle, dans le clair de lune intense : le meunier Sandoret.

— En effet, avoua Georges, ce témoignage est grave.

— Grave ? reprit Savinien, étonné du calme de Georges. Il est décisif.

— Décisif, non, insuffisant. Madame de Montvert n'a pas vu Sandoret frappant mon frère. Et puis, elle sera seule à dire ces choses. Son témoignage n'a de valeur qu'en ce qu'il fait voir Sandoret dans la forêt à l'heure de l'assassinat. Encore faudrait-il prouver la bonne foi du témoin... sa moralité, étudier ses antécédents.

— Georges, s'écria Savinien, tu oublies...

— Quoi ?, fit Georges, très posément.

— Que tu défends Sandoret ! Tu le défends !

— Eh bien ! Pourquoi ne le défendrais-je pas, jusqu'à ce qu'on me le prouve coupable ?

— Mais... toutes les présomptions...

— Je désire tellement connaître l'assassin que je ne veux pas en accepter un de rencontre et d'occasion, je ne veux pas me leurrer d'illusions.

— Je te dis que tu plaides pour Sandoret.

— Oui, Savinien, encore une fois, oui. Le motif est bien simple. Sandoret est le beau-frère de mademoiselle Germaine. Sandoret a une femme et un fils. Il est le gendre de M. Privat. Comprends-tu toutes les sollicitations auxquelles je ne peux résister ? Ma mère elle-même...

— Alors, tous, vous le voulez innocent...

— Nous le préférons innocent, nous le désirons innocent. Il y a une nuance.

— C'est très juste.

— Et je viens ici pour te supplier, à mon tour, de ne pas t'emballer sur cette piste...

— Je crois te comprendre, répondit Savinien ironique. Si j'abandonnais l'accusation, si je faisais, par mes influences amicales, rendre tout de suite et sans examen une ordonnance de non-lieu...

— Tu ferais bien.

— Sans examen plus approfondi ?

— Tu ferais très bien.

— Avoue que tu venais ce matin exprès pour me demander cela.

Georges pâlit légèrement.

— Oui, dit-il avec franchise.

— Eh bien ! moi, Georges, je refuse de me plier à cette sentimentalité. Maxime est mort. Maxime sera vengé. Il est inutile d'insister.

— J'insisterai, Savinien. Tu n'es pas certain que cet homme soit coupable !

— La vérité luira. J'attends. Après le témoignage de madame de Montvert, il y en a d'autres.

— Celui-là d'abord, je le récuse. Tu es l'accusateur et madame de Montvert est ta maîtresse.

— Deviens-tu fou, Georges ? Signifierais-tu

qu'elle m'obéit et que j'ai un intérêt à accabler Sandoret ? Crois-tu qu'elle mente ?

— Non. Mais si la famille de Sandoret veut le sauver, il faut prévoir ses arguments. Elle usera de tous, avec raison, puisqu'il s'agit de la vie d'un homme et de l'honneur des siens. Or, tout le monde sait que madame de Montvert et Alice Sandoret ne se voyaient point, depuis que la meunière avait interdit aux enfants de jouer ensemble !

— Querelle de gamins !

— Qui engendra la désunion des mères voisines. On fera valoir ces désaccords. Le témoignage de madame de Montvert — qui, du reste, ne saurait donner une bonne raison de sa présence en pleine forêt à cette heure nocturne, — ce témoignage, dis-je, tombera de lui-même. Enumère-moi les autres...

— Encore te débarrasses-tu bien légèrement de madame de Montvert, mon cher Georges.

— Je ne la redoute pas. Continue.

— Je ne sais si je le dois. Tu m'as toute l'apparence d'un homme décidé à vouloir, à tout prix, blanchir le coupable.

— Quelle arrière-pensée as-tu ? Confie-la moi.

— Je pense que, même coupable, tu le défendrais.

Georges, deviné, se tut.

— Veux-tu que je te dise pourquoi ?

Négligemment, le frère de Maxime répliqua :

— Dis.

— Parce que tu obéis à mademoiselle Germaine! Elle t'a rendu veule et hésitant. Tu cherches à lui être agréable au lieu de venger ton frère...

— Savinien !

— Oui. Elle ne veut plus le venger, elle.

— Crois-tu donc qu'elle ne l'aimait pas ?

— Je n'insinue pas cela... mais, toi...

— Achève...

— Toi, tu aimes mademoiselle Germaine !

Georges rougit, resta comme frappé d'une vérité subitement apparue. Il ne protesta pas, il balbutia :

— Qui te l'a dit ? Comment le sais-tu ? Mademoiselle Germaine l'ignore... Je l'ignorais moi-même.

Devant cette naïveté subtile d'un sentiment qui s'avouait, Savinien, sur le point d'être implacable, eut l'attendrissement des belles âmes :

— Aussi, Georges, je ne discute plus avec toi, je te pardonne, mais je suis fier de rester seul avec le culte du mort. Mon devoir était de poursuivre Sandoret, c'est fait. Mon devoir est de ne pas l'arracher à la justice, aucune prière ne me fera faillir, pas même la tienne !

Georges vit sa cause perdue. Son esprit s'aiguisa. Sa décision se précisa. Il ne voulut pas revoir Germaine après un échec, retourner auprès de sa mère, vaincu par Savinien. Il caressa son front pour en chasser toute hésitation, pour écarter le voile étendu sur des idées encore combattues par sa conscience, et, soudain, la voix ferme :

— Savinien, nous sommes, je te le répète, tous les deux dignes de celui que nous avons perdu. Seulement nous avons une façon différente d'envisager la vie. Il ne s'agit pas de connaître la cause de mes actions, ni si je pardonnerais à Sandoret coupable. Il faut, tout est là, que tu me prouves qu'il l'est. Le peux-tu ?

Il frémissait de parler ainsi contre sa propre conviction. Savinien, poussé à bout, répliqua :

— Allons, tu es exigeant, en fait de preuves ! Il y a eu des hommes de doute qui sont devenus des croyants et même des saints... heureusement.

— Pourquoi Sandoret aurait-il assassiné Maxime ? Moi, je l'avais souffleté... et il m'a laissé vivre.

— Ce n'est pas avec des interrogations que je vais te répondre, mais avec des faits. Sandoret

en était pas à son coup d'essai contre ton frère ?
Une autre fois, il avait tenté...

— Ah ! par exemple ! protesta Georges de Luz.
Il me semble que Maxime en aurait parlé ?...

— Maxime n'était pas certain que l'attentat eût
été dirigé contre lui, ni certain que l'auteur en
fût Sandoret.

— Voilà qui est bizarre, propre aux contes de
fées ou aux histoires des chevaliers de la Table
ronde ! La victime du guet-apens, mon frère, a
été sans doute attaquée par un homme masqué
qui lui a fait accroire une méprise !

— Ne raille pas, Georges, Maxime n'avait pas
besoin de te conter cette histoire, tu la connaissais mieux que lui.

— De plus fort en plus fort, Savinien. Tu joues
avec ma curiosité.

— Souviens-toi. Nous étions tous les trois dans
la salle à manger, Maxime, toi, moi, par une
belle soirée, la fenêtre ouverte, lorsque...

— Ah ! l'histoire du coup de feu, de l'abat-jour
volant en éclats sur la nappe !... s'écria Georges
qui ne s'attendait point à l'intervention de ce souvenir dans la discussion.

— Oui, reprit Savinien. Tu bondis par la fenêtre le premier, le pistolet au poing. Tu courus
après une ombre qui fuyait. Nous te suivîmes, et
ce n'est que vingt minutes plus tard que tu re-
vins bredouille ! Nous n'avions pas vu l'auteur de
l'attentat ; cette attaque devait demeurer mysté-
rieuse, et quelle insouciance de jeunes gens !
Nous n'y pensions même plus !

Georges de Luz se taisait.

En effet, il la connaissait mieux que Maxime
et mieux que Savinien, cette histoire, puisque
seul il savait qui avait tiré le coup de feu, et sur
qui madame de Montvert avait tiré. Il s'en souvenait de cette poursuite dramatique dans la nuit,
où il finit par saisir dans ses bras une femme
quand il croyait poursuivre un homme. Avec
quelle énergie elle avait lutté, refusant d'avouer
son nom ! Et c'était cette femme qui régnait maintenant dans cette maison ! L'instant était solennel. Georges attendait de savoir jusqu'à quel
point Savinien poussait son erreur et de cette erreur peut-être allait jaillir le salut de Sandoret.

— Et depuis, interrogea Georges, tu y as pensé, tout seul... et tu as trouvé... quoi ?

Instinctivement, Savinien sentit une pointe d'i-
ronie dans l'interrogation du frère de Maxime.

— J'ai trouvé, répondit-il, comme s'il lançait
une massue formidable, j'ai trouvé que ce soir-là,
Sandoret faillit tuer Maxime.

— Et qui t'a dit cela ?

— Qui me l'a dit ! Personne. C'est une déduction. Et vingt témoins affirmeront que Sandoret a
été vu très souvent, le soir, devant ma fenêtre,
au moment où je dînais avec Maxime. Il avait
toujours son fusil étendu sous ses pieds, dans la
paille de la charrette. Deux fois, on l'a vu descendre, examiner si ma haie de clôture n'offrait
pas un passage facile. Que penses-tu de cela ?
Tous ces témoins déposeront.

— Je pense que tu fais du roman, Savinien, et
que ton imagination te prépare des déceptions.

— Pourquoi donc ?

— Parce que ce n'est pas Sandoret qui a tiré
le coup de feu et parce qu'on ne l'a pas tiré sur
mon frère !

— Ah ! sur toi donc ? Ou sur moi ? Qu'en sais-
tu ?

— Je te le dirai dans un instant.

Georges comprenait que la discussion se ter-
minerait à son avantage. Il exultait. Et il continua de louvoyer pour établir l'innocence de Sandoret.

— D'abord que prouveront les témoins ? Que
Sandoret avait un fusil dans sa charrette ? Le
meunier est un homme à ressources. Pour sa

charrette il dira qu'il allait chercher du foin. Pour
le fusil tout le monde le sait grand chasseur d'occasion. Ces deux mots paraissent se contredire.
Ils donnent bien la physionomie de ce chasseur à
coup sûr qui connaît le gîte du lièvre et ne se
donne la peine d'aller à la chasse que pour tuer.
Et puis... il y a le principal argument contre ton
système... ah ! celui-là, démolis-le, si tu peux...

— Expose-le d'abord...

— Ce n'est pas un coup de fusil qui a été tiré,
mais un coup de revolver.

Savinien devint nerveux.

Georges ne lui donna pas le temps de la contradiction.

— En revenant de ma poursuite à travers la
nuit, pendant que vous discouriez sur l'événement, moi, j'ai cherché, j'ai trouvé — et j'ai mis
dans ma poche la petite balle qui a brisé le globe.
Elle est chez moi. Si tu veux la voir...

— De sorte que... balbutia Savinien.

— De sorte que si je suis entendu comme témoin — ce qui me paraît inévitable — ma déposition suffira pour prouver l'innocence de l'accusé. Une balle de revolver n'est pas du plomb de
fusil de chasse.

Savinien, narquois, se révolta :

— Un fusil ne peut pas lancer des balles de revolver ! Ah ! par exemple ! La ruse de Sandoret,
au contraire, serait machiavélique...

— C'est vrai, reconnut Georges...

— Alors, en expliquant, en dévoilant cette ruse,
Sandoret sera perdu.

— Non, affirma Georges. Car, je n'ai pas la
balle seulement. L'arme aussi est entre mes
mains.

— Ceci, murmura Savinien ahuri, c'est de la
fantasmagorie ou de la plaisanterie...

— Je ne plaisante pas, hélas ! murmura Georges. Je cherche à t'arracher Sandoret. J'ai tenu
à ta disposition l'arme dont je parle. Elle est
exactement du calibre de la balle et la douille qui
contenait la balle est vide. Saisis-tu ?

— Tu me feras voir cette arme ?

Le front de Georges se plissa :

— Si tu doutes de ma parole, oui. Sinon, je préférerais garder un secret pénible...

— Mais enfin, cette arme — je ne te demande-
rai rien de plus — de qui la tiens-tu ? A quelle
époque est-elle tombée en ta possession ?

— J'ai arraché le revolver des mains de la
personne qui a essayé de tuer, ce soir-là, l'un
de nous... Celui qui était visé n'était pas Maxime.
C'est tout ce que je puis te confier. Ne m'interro-
ges plus. Je ne t'en dirai pas davantage...

— A moins que...

— A moins que tu ne t'obstines à poursuivre
Sandoret.

— Et dans ce cas ?

— Dans ce cas, pour le décharger de la nouvelle accusation, je dévoilerai le vrai coupable.

— Et tu t'es engagé à respecter un mystère ?

— Oui.

— D'honneur ?

— Non. Par un pacte. J'avouerai même que le
pacte est rompu, l'engagement non tenu d'autre
part et que je ne suis plus lié.

— Alors, pourquoi ne pas parler.

— Par pitié.

— Est-ce toi ? Est-ce moi que cette divulgation
intéresse ? un mot de plus, Georges.

— Je ne peux répondre. Suppose que c'est moi.

Savinien, debout, à travers le salon marchait,
impatient, fiévreux :

— Evidemment, c'est toi ! Tout à l'heure, tu le
disais. Tu avais cravaché Sandoret. Il cherchait à
te tuer. Donc c'est le meunier qui a tiré le coup de
feu. Et que ce soit sur Maxime ou sur toi, au point
de vue criminel, l'attentat existe, et je ne me fais
aucun scrupule de désigner cet homme comme
assassin.

Georges pâlit. Le raisonnement de Savinien était juste. Pour le réfuter, allait-il être obligé de dire jusqu'au bout la vérité ?

— D'un seul mot, il rendrait deux services immenses, l'un à Alice qui attendait le retour du criminel, l'autre à Savinien lui-même. Et pourtant, il hésitait devant la délation. Si Savinien poursuivait sa logique, il était forcé pour le vaincre de se servir de l'arme la plus meurtrière, de lui dévoiler sinon l'âme, du moins l'acte criminel de Mme de Montvert. Il se taisait. Impitoyablement Savinien continuait :

— Georges, laissons ce côté mystérieux, puisque tu ne veux pas l'éclairer. Il faudra bien, néanmoins, que tu l'expliques devant le magistrat instructeur et que tu fournisses les pièces à l'appui de ton plaidoyer en faveur de Sandoret... n'est-ce pas ?

— Il faudra... il faudra... maugréa Georges. Je serai forcé de me soumettre et de trahir le secret, si les choses vont jusque-là... et je te demande de les arrêter... pour les raisons de sentiment que je t'ai données d'abord, pour les raisons de justice ensuite et enfin pour les raisons dernières dont nous parlons et que j'appellerai, si tu veux, personnelles...

— Mais arrêter l'action de la justice, est-ce en mon pouvoir ?

— Oui, pour le moment. Plus tard, non.

— Mme de Montvert a parlé !

— Mme de Montvert n'a qu'à se contredire.

— Justement, c'est ce que je désire.

— On la croira folle.

— Elle ne voudra pas.

— Elle voudra. Et, de plus, tu seras le premier à confirmer à tes amis du parquet que ta dénonciation n'ayant pour base qu'une affirmation de ta maîtresse, tu ne te sens pas le courage de la soutenir ! Tu expliqueras que le doute te gagne, tu exagéreras tes scrupules.

— Georges, ce que tu exiges est monstrueux ! Tu es affolé par ton désir d'innocenter Sandoret !

— Non, non ! La preuve que je suis sain d'esprit je vais te la donner...

Et pour se tirer de la situation dramatique où il se débattait, son cerveau surexcité enfanta une idée audacieuse, une idée d'enfant terrible qui risquait, en cas d'insuccès, de rompre à tout jamais ses relations amicales avec Savinien.

— Fais venir devant nous Mme de Montvert.

Savinien le regarda, stupéfait :

— A quoi bon ? Tu veux la supplier de se contredire. Elle n'y consentira pas.

— Fais-la venir, nous verrons bien. Elle consentira.

Savinien, soupçonneux :

— Aurais-tu un moyen de l'intimider ?

Georges se garda bien d'avouer :

— Fais-la venir, répéta-t-il avec calme. Je ne m'adresserai qu'à sa raison et à son cœur...

— Soit !

Savinien se dirigea vers la porte.

Georges pensait :

« Notre entrevue sera courte, car Mme de Montvert a tout écouté ! Je ne donnerai que de très brèves explications. »

En effet, Savinien reparut aussitôt, très pâle, car il avait trouvé Mme de Montvert dans la pièce voisine.

Elle le suivait. Georges s'avança vers elle, salua froidement. Savinien crut devoir les présenter l'un à l'autre. Georges s'inclina. Elle s'assit. Savinien la regardait, inquiet.

— Me permets-tu, Savinien, de poser quelques questions à madame — et je vous remercie d'avance, madame, si vous avez l'obligeance d'y répondre.

— Parlez, monsieur.

Elle se trouvait en face de l'adversaire résolu qu'elle avait rencontré une fois dans sa vie et qui l'avait domptée.

Elle sentait encore le cercle de fer des doigts du jeune homme autour de son poignet, la pression d'étau qui l'avait forcée à lâcher le revolver fumant.

— Je viens implorer mon ami Savinien en faveur d'un homme qui, je le reconnais, a su accumuler sur lui la haine de tout le pays. Mais être détesté de tout le monde ne prouve pas qu'on soit un assassin et jusqu'à présent il n'existait contre cet homme aucune charge sérieuse. Savinien m'apprend que votre témoignage contre lui sera décisif, le fera, tout au moins, traduire en cour d'assises.

— Il s'agit de l'homme qui a assassiné votre frère ! nota d'un ton mordant Mme de Montvert.

Georges, de sa voix brève et claire, sans se départir d'un calme de juge :

— Oui, madame, du meunier Sandoret dont la femme, Alice Sandoret, était votre voisine.

Mme de Montvert se pinça les lèvres.

— Je vous demande, madame, poursuivit Georges, de vouloir bien préciser votre souvenir. Avez-vous vu réellement le meunier, ensanglanté, poursuivre un enfant, lui jeter un bâton pour entraver sa course, le soir même où, un cri ayant traversé la forêt, vous supposez qu'on venait de commettre un crime ?

— C'est là ce que je suis disposée à déclarer.

— Ah ! fit Georges en regardant Savinien avec reproche, ce n'est donc pas encore fait, et vous n'avez pas à revenir sur une chose dite.

— Non, monsieur.

— Tant mieux, madame, car l'effet de cette déposition n'est pas de petite importance, bien que moins décisif que Savinien le pense. Votre témoignage serait précieux s'il était corroboré par d'autres faits prouvés. Or, la plupart des arguments que Savinien supposait irréfutables contre Sandoret seront anéantis par moi. Enfin, ne croyez-vous pas, madame, qu'un témoignage de cette gravité exige, avant d'être donné, une mûre réflexion, car c'est la tête d'un homme qui est en jeu ?

— Cet homme...

— Vous vous étonnez de me l'entendre défendre. Je ne l'aime pas ; je le hais. Mais sa vie est désirée par des personnes qui me sont chères et qui le croient innocent. Cela me suffit. Vous n'avez pas à plaider pour lui ; vous n'avez qu'à ne pas parler et il est sauvé. En vérité, madame, vous hésitez beaucoup.

Savinien intervint.

— Georges, tu pèses sur l'esprit de madame, avec une partialité qui ferait de toi un détestable juge d'instruction.

Georges, en effet, s'impatientait, s'irritait de voir qu'elle n'avait pas conscience de sa faiblesse, qu'elle ne comprenait pas assez vite comment il était le maître de l'empêcher de parler. Et justement, il ne voulait pas la faire se rétracter devant Savinien d'une façon trop étrange, trop accusatrice pour elle...

Il revint à la charge, plus net, la regardant fixement :

— Madame, voulez-vous toute ma pensée ? Vous ne direz pas que vous avez vu cette scène nocturne... parce que vous ne l'avez pas vue ! En accusant Sandoret, vous vous tromperiez vous-même, car vous l'accuseriez, je n'en doute pas, de bonne foi ! Pourquoi, aurais-je confiance en cette vision d'une frayeur de femme ? Ne soutiendra-t-on pas aussi que le même Sandoret a tiré un coup de fusil qui brisa la lampe suspendue de votre salle à manger, et que cet attentat lui, contre mon frère. Or, je sais que c'est faux... et si l'affaire n'est pas étouffée en ce qui concerne Sandoret, je prouverai, moi, qu'il est innocent de cette première accusation et je dévoilerai qui est coupable.

Très émue, Mme de Montvert murmura :

— Il est possible, comme vous le dites, monsieur, que j'aie été hallucinée... Les choses du soir, dans la lumière de la lune, en pleine solitude sous bois, prennent des aspects fantastiques... et comme j'avais entendu des cris...

Pendant que Savinien, éperdu, n'en croyait pas ses oreilles, Georges, généreusement, aidait Mme de Montvert à battre en retraite :

— Ce que vous dites, madame, est très judicieux. On cite de nombreux exemples de ce phénomène et votre vision peut avoir été troublée par votre imagination...

— C'est possible, monsieur...

— Aussi, madame, est-il imprudent — et si vous le permettez, j'ajouterai : peu charitable — de produire de tels témoignages en justice. Ils paraissent probants et ils coupent la tête d'un homme avant le couperet... Madame, au nom de tous ceux qui souffrent et qui m'ont chargé de venir implorer l'influence de Savinien, je vous prie d'unir votre prière à la mienne...

Elle se tourna, obéissante, vers Savinien :

— N'est-ce pas que vous ferez l'impossible pour arrêter l'affaire, comme monsieur vous le demande ?

Nerveusement, en proie à une exaltation qu'il dissimulait, Savinien, enveloppant de toute sa force de divination sa maîtresse tremblante :

— Ne m'implorez pas, ne m'implorez pas. Le sentiment et la pitié sont hors de cause ici. Affirmerez-vous ou non que vous avez assisté à la scène nocturne de la forêt ?

Madame de Montvert balbutia :

— Je n'oserais pas... l'affirmer.

Savinien haussa les épaules et marchant vers Georges, il lui tendit la main :

— Tu avais raison ! murmura-t-il.

— Alors, puis-je compter sur toi ?

— Avant deux jours je te ferai savoir le résultat de mes démarches.

— J'ai confiance. Adieu.

Georges de Luz salua Mme de Montvert et quitta le château de Reillan à la hâte, pour porter la nouvelle d'espérance à la ferme de Mourion.

Il était à peine dehors que le baron Savinien se laissait emporter par la colère qu'il avait jusqu'alors maîtrisée.

— Ou vous m'avez menti d'abord par haine, ou vous mentez maintenant par terreur, s'écria-t-il.

Madame de Montvert se contenta de répliquer, soumise et féline :

— Je ne comprends rien à ce que vous dites, mon ami.

Il sortit du salon, menaçant.

— Tous les mystères s'éclairent, madame. Je saurai bien un jour la cause de cette influence de Georges de Luz sur votre conscience.

XXXI

LA PRÉSENCE DU DISPARU

Le triomphe de Georges de Luz n'était pas sans amertume. Pour la première fois de sa vie, en vertu de considérations de haute moralité, de forces plus impérieuses que sa propre volonté, il avait louvoyé, rusé, menti.

Ce fut d'abord à sa mère qu'il voulut confier l'espoir, à sa mère dont la volonté consultée lui avait donné la force nécessaire pour tant faiblir. Elle l'écouta, très intéressée par le résultat atteint, le teint reposé, la figure calme, les yeux levés au ciel dans une paix de résignation qui étonna le jeune homme.

— Il vous est arrivé quelque chose d'heureux, ma chère mère ? interrogea-t-il.

— Oui, mon Georges. Tu m'as obéi.

— Mère, ai-je donc l'habitude de vous résister ?

— Non, fils aimé, non, mais ce que je demandais à ton cœur de frère était bien dur.

— Vous oubliez l'effort d'abnégation qui vous a été nécessaire pour me conseiller...

— Soit, mon fils, j'ai agi pour ton bien... et c'est beaucoup d'être secondé par ceux en vue de qui on travaille... c'est même rare.

— Mère, vous parlez par énigme. Rien dans ma conduite n'a été intéressé.

— Je le sais, Georges, interrompit la mère...

— Et si j'avais cru même que...

— Tu aurais refusé ! Ah ! je te reconnais là, frère de l'autre ! Âmes de cristal.

— J'ajoute, mère, que si mon action doit m'apporter une récompense personnelle, je suis prêt à la détruire... s'écria Georges avec la juvénile indignation d'un cœur blessé...

— A moins que je n'envisage comme but intéressé ta volonté d'être agréable à mademoiselle Germaine, dit, avec un pâle sourire, la mère désolée.

Georges, un instant gêné, répondit :

— En effet, mère, ce sentiment n'a pas été étranger à mon acte. Vous m'avez deviné.

La mère aux blancs cheveux étendit ses deux bras pour y recevoir Georges et déclara, une caresse dans la voix :

— Oui, mon enfant, je t'approuve. De cela, je t'approuverai toujours.

Et ils ne dirent plus rien, se comprenant, très émus tous deux, n'osant plus remuer, comme si entre leurs deux poitrines un troisième cœur battait qu'ils ne voulaient point laisser échapper, hors de leur protection, le cœur de la jeune fille qui était entrée dans leur famille en épousant un mort. Ils ne furent pas d'accord sur la conduite immédiate à tenir. Madame de Luz inclinait pour que Georges tînt au courant de sa démarche au moins le père Privat. Georges, pris soudain de scrupules et de doutes, ne voulait pas jeter dans la famille une semence d'illusions qu'un souffle pourrait balayer ! Si Savinien, après avoir lancé l'affaire, ne réussissait pas à l'arrêter.

L'après-midi, ne sachant comment dévier sa pensée, il faisait le tour de ses terres et les regardait d'un œil navré. Les vendanges avaient été déplorables. Ni quantité, ni qualité. Le phylloxéra rongeait les racines de la vigne et le mildew corrodait les feuilles. C'était là la fin de ces opulents domaines si verdoyants dont le coteau de Saint-Edme se tapissait dès le printemps. Les flancs de la colline avaient encore de la sève et du sang, mais le soleil était impuissant à les aspirer, à les faire monter dans les rameaux, à leur faire gonfler les grappes d'or. Pour aider le soleil, pour jeter de l'engrais, pour rajeunir les plans épuisés, pour défoncer le sol et planter des sujets jeunes, pour greffer, soigner et vaincre les maladies, il fallait des capitaux. L'intelligence n'y supplée pas.

Georges de Luz, le front plissé, les bras croisés, se promenait, rêveur, ne cherchant pas à récriminer contre les erreurs de son père mort, la mollesse de Maxime, l'inexpérience de sa mère, acceptant toutes les suites de l'incurie successive, c'est-à-dire la déchéance, la ruine, la pauvreté. Et des larmes, en brume vite chassée, montaient à ses yeux quand il pensait : « Il faudra vendre ça ! » Ça, c'était toute sa jeunesse, toute sa vie !

Georges de Luz se trouvait sur le flanc de la colline qui dévale vers la ferme de Mourion. Il apercevait les toits plats dans la plaine, au milieu d'une mer immense de carrassons et de piquets droits et serrés comme les baïonnettes d'une armée qui fait halte. C'étaient les vignes vendangées de Calixte Privat qu'il avait là sous les yeux, encore

... gées de feuilles vineuses chaudement colorées
... par des gelées matinales.

Maxime, l'esprit très large, n'éprouvait à ce spectacle aucune jalousie. Georges allait jusqu'à donner son admiration.

Le vainqueur, c'était Calixte. C'était le travailleur, l'ouvrier, le commis, le sans le sou, qui s'était fait paysan pour demander à la terre le repos de la vieillesse, la considération et la puissance. La ferme, en bas, maintenant dominait le château des hauteurs ; son rayonnement, comme d'un soleil à l'horizon, montait vers les tourelles grises. La richesse était dans le bas-fond. Il semblait à Georges entendre sortir de la vallée un sourd murmure d'armée en marche, d'ouvriers, de paysans montant à l'assaut des murailles qui lui appartenaient encore. Il pouvait, avec de la persévérance, de la volonté, de la patience et du travail, résister, lutter à armes égales, peut-être vaincre. Le travail régénérant les anciennes castes, le travail régulateur et compensateur de l'universel appétit, il entrevit dans un éclair cette vérité unique. Et cela fit du bien à sa poitrine d'homme juste. Il respira plus aisément. Il continua de regarder avec une admiration attendrie la ferme du père Privat !

— Ah ! murmura-t-il, après la récompense terrestre que la société, mal organisée comme elle l'est, donne justement à cet homme, il serait désespérant de penser à une injustice divine. Je souhaite que ce travailleur ait une vieillesse heureuse. Savinien, je l'espère, aura écarté le premier nuage de menace.

Il se reprit à penser à Sandoret qui, depuis son arrestation, n'avait donné aucune nouvelle à sa femme. Etait-il au secret ? Quel dommage de mettre en mouvement tant d'affections, de sentiments, d'influence, pour sauver une si misérable canaille ! Et pourtant, obscurément, Georges comprenait que tout lui imposait de réussir, surtout les réticences mystérieuses de sa mère. Et pour ne rien laisser au hasard, il passa chez Mariette, qui gardait le vacher Mathurin.

— Mariette, lui dit-il, il faut plus que jamais veiller à ce que personne ne voie l'enfant... pour que personne n'entende ce qu'il dit en dormant. C'est ma volonté, c'est aussi la volonté de la petite Germaine.

— M. Georges n'a rien à craindre. Je serai vigilante et muette. Personne n'entrera et n'entendra.

Rassuré, il se dirigea vers l'écurie, y prit le bâton sanglant ramassé dans la forêt, alluma une botte de paille dehors, et jeta le bâton dans le brasier.

— Maintenant, Sandoret est blanc comme neige ! murmura-t-il navré. Il peut sortir de prison, marcher la tête haute, et s'il doit être un jour puni... je crois que j'ai bien gagné qu'il le soit par moi seul !

Il ne savait que faire du reste de l'après-midi. Il ne résista pas au plaisir de descendre jusqu'à la ferme. S'il hésitait à donner de l'espoir à M. Privat et à sa fille Alice, du moins pourrait-il implorer le pardon de Germaine en lui confiant qu'il avait vu Savinien.

Et comme si elle l'attendait, ce fut elle qu'il aperçut aux abords de la ferme, seule. Elle courut vers lui. Ses yeux interrogeaient Georges.

Il la comprit sans qu'elle parlât, et dit avec une humilité un peu fière :

— J'y suis allé.

Elle, non moins naïve en sa confiance, répondit :

— Je m'en doutais.

Georges rougit de satisfaction. Et ils se prirent les mains, heureux, lui d'avoir fait plaisir, elle de n'avoir pas douté, tous deux bien plus d'avoir donné du bonheur que d'en avoir reçu...

— Il a promis d'agir ? demanda-t-elle.

— Tout de suite, aujourd'hui même. Il est en ce moment à Bordeaux. J'aurai une lettre demain.

— Il réussira ?

— Pour vous, Dieu le veuille !

— Pas pour moi, dit-elle en sombrant la voix pour Alice.

— Croyez-vous que je doive rapporter le résultat de ma démarche à votre sœur et à votre père ?

— Non, attendez. Attendons de savoir, mon ami.

Elle l'entraîna dans le vestibule :

— Mon père est sorti, Alice est là-haut, ajouta-t-elle en s'asseyant, lasse d'émotion.

— Vous avez à me parler, interrogea-t-il, gêné toutes les fois qu'il était seul près d'elle.

— Non, Georges, mais j'aime votre présence. Elle me console. Ne vous en allez pas.

Il s'assit un peu à l'écart et ils se mirent à parler... de lui ! Quel autre sujet pouvait faire vibrer Germaine ?

— Oh ! oh ! fit-elle en sanglotant, quand je songe que nous allons sauver son assassin !

— Ne pleurez pas Germaine.

— Vous, dit-elle, vous m'avez comprise ! Oh ! merci, vous êtes bon ! Vous et lui, ça me suffit.

Georges de Luz sentit passer un frisson. Ce n'était pas la première fois qu'il éprouvait une sensation de froideur et de gêne physique quand elle l'associait, dans ses sentiments, au frère perdu.

— Germaine, ne parlons pas de lui !

Mais elle, exaspérée dans sa douleur, perdue dans une crise aiguë de souvenir, tira de sa poche une petite photographie, encadrée d'or mat, la tête de Maxime, et la montrant à Georges avec pitié :

— Le voilà, voyez-vous, Georges ? Le voilà, lui, mon cher mari !..

Et, pieusement, elle déposa un baiser sur le verre terni, puis deux, puis trois, sans pudeur, en sa douleur d'épouse vierge :

— Mon bien-aimé, je ne serai jamais à toi.

Georges ne put retenir un mouvement de révolte qu'il ne s'expliqua pas. Il se leva, marcha vers la porte et l'ouvrit pour respirer. Derrière lui, toujours assise, la jeune fille sanglotait. Georges ne se retourna pas de longtemps, n'ayant aucune pitié. Il sortit, effrayé de lui-même, sans dire adieu. Il allait, d'un pas allongé, la tête en feu, sans regarder la ferme qu'il venait de quitter. Enfin, il entra dans la cour d'honneur du château, fatigué comme après une journée de chasse ; il courut à sa chambre, se jeta sur son lit et se mit à sangloter comme un enfant.

Quand la crise inexplicable, incompréhensible pour lui fut passée, il s'assit sur son lit, dans l'ombre crépusculaire de la chambre, et il laissa ses yeux errer, vagues et lents, comme des yeux de convalescent, sur les objets qui ornaient les murs. En face de lui, dans un grand cadre ovale, le portrait de Maxime le regardait, sévère.

Georges se voila de ses deux mains, se détourna et fut de nouveau secoué de sanglots.

XXXII

LA RÉCOMPENSE D'ALICE

Le lendemain, la journée s'écoula sans que des nouvelles vinssent du château de Reillan. Pourtant, Savinien avait promis d'écrire le résultat de son intervention. Le surlendemain, Georges descendit jusqu'au bureau de poste. Aucune lettre n'était à son nom. Il remonta vers le château. Alors, au bout de l'allée qui passe devant la maison de garde de Mariette, il aperçut une petite fille qui se hâtait, et il la reconnut : une enfant pauvre que la receveuse des postes employait à porter les dépêches

domicile. Il se sentit forcé de s'avancer vers
l'enfant, lui arracha presque le petit bleu, l'ouvrit
lui.

— Après formalités, mise en liberté ce soir. »
Il n'était pas encore midi qu'il avait annoncé
la bonne et grave nouvelle à la comtesse, et descendait de son cheval et devant la ferme de Mou-
lon. Cette fois, tout le monde l'attendait ; il le
comprit aux regards qui se tendaient vers lui, ri-
gides, impérieux, fouillant son visage impassible et
froid pour saisir un indice d'espoir. Il entra, muet,
dans la salle à manger.

Les deux femmes, Alice et Germaine, silencieuses, et Calixte, presque timide, l'y suivirent.

— Oui, dit-il simplement. Il sort ce soir.

Une seconde de stupeur reconnaissante et douce
emplit la salle d'un silence solennel. Et un cri
de détente déchira la poitrine de l'épouse. Elle
avait fléchi les genoux, la pauvre Alice, et elle
baisait les mains du frère de Maxime. Il la releva, reçut tout de suite l'effusion des mains du
père Privat qui prononçait :

— Merci, monsieur Georges, merci !...

Il se reprit :

— Merci ! mon enfant ! Vous permettez ? Si ça
ne vous contrarie pas, je vous considère comme
mon fils.

Un bref tremblement des lèvres et des cils dé-
celait l'émotion du jeune homme, mais il regardait vers Germaine qui restait immobile, seule
à ne pas le remercier.

— Eh bien ! Germaine, fit le père. Tu ne dis rien
à notre ami si dévoué ! Germaine, voyons !

Elle s'avança, froide, l'idée ailleurs, et tendit
la main à Georges :

— Nous sommes complices, dit-elle.

Il fut frappé de la profondeur de cette parole,
sentit mieux que jamais tout ce qu'elle avait pu
souffrir pour abdiquer la vengeance, et l'attirant
à lui, devant tous, identifiant sa pensée à la
crainte exprimée par son amie, il répondit tout
haut :

— Germaine, il nous pardonnera !

— Et même, murmura la femme de Sandoret,
il vous récompensera.

Le vieux Calixte, retiré dans un coin, pour
cacher son émotion, pensait : « Oui, oui, il vous
récompensera, le mort, mes pauvres enfants, mais
je connais un vivant qui l'aidera bien dans cette
bonne œuvre. » Et, comme Alice venait subitement de disparaître pour monter dans sa chambre, il ajouta très haut, comme pour soulager son
âme :

— Ah ! mes enfants, ça fait tout de même plaisir de faire du bien à une canaille ! Je vais déjeuner d'appétit ce matin ! A table ! A table,
monsieur Georges, à côté de Germaine...

Et il répéta de sa voix des grands jours de
marché quand il avait traité une excellente affaire :

— A table ! A table ! Allons, Alice, descends-
tu ?

Elle descendait, mais elle était en toilette de
ville ; le manteau, le chapeau, la voilette et les
gants.

— Où vas-tu ? demanda Calixte.

— A Bordeaux, père... Je vais le chercher... Je
veux être la première à le revoir...

— Mais, grande enfant, tu peux arriver trop
tard, le manquer. Et votre réunion sera retardée.
Il vaut mieux l'attendre chez toi...

— Je serai là... quand il sortira... Je serai là...
Je veux.

— Va ! consentit Calixte... Tu n'as pas faim ?

— Non, père, non. A ce soir. A demain !

Elle ne savait pas trop bien ce qu'elle entendait
ou disait. Elle était à la pensée de revoir plus tôt
le misérable, le mari, le père, qu'elle croyait perdu ! On le relâchait. Donc, il était innocent ! Donc,
il lui avait menti ! Elle n'aurait plus, entre lui et

elle, au milieu de leurs baisers, le spectre de l'assassiné. Elle ne subirait pas le cauchemar d'être
la femme d'un assassin qu'elle aimait ! Elle aurait
un homme réhabilité. Son amour n'était plus anormal et monstrueux.

Devant la porte du fort du Hâ, elle fut prise
d'une hésitation de honte, se troubla et, sa voiture
congédiée, ne sut à qui s'adresser pour obtenir des
renseignements.

Elle s'informa ; les paroles qu'elle recueillit furent celles-ci :

— Il est parti pour Castiran dès qu'il a été libre.

Et son entêtement, sa combinaison pour le voir
et l'embrasser plus tôt aboutissait à retarder
l'union de quatre heures au moins ! Elle s'affolait.
Sandoret ne les trouverait pas à la ferme de Sivac
en arrivant, ni elle, ni son petit Lucien qu'il devait
lui tarder de revoir... Lucien était resté chez son
grand-père Privat.

Cet absurde contretemps lui semblait criminel.
Dès la première minute, Sandoret serait contrarié,
jurerait, tempêterait, irrité déjà contre elle avant
de la voir. Tout ce qu'elle faisait tournait ainsi.
Elle remonta en voiture, arriva trois-quarts d'heure trop tôt à la gare Saint-Jean et s'assit dans la
salle d'attente, au milieu de la foule, sans voir personne, au milieu du bruit, sans rien entendre.
Qu'allait dire et faire son mari pendant ce temps ?
Elle le voyait violent, soupçonneux, inquiet, accu-
mulant ses fureurs pour le moment où elle rentrerait. Et la pauvre Alice se prit à trembler.

Étrange faiblesse de son amour, la terreur de le
retrouver était égale à la frayeur qu'elle avait eue
de le perdre. Sa joie maintenant était gâtée. Elle
se trouva avec l'inconscience d'une malade qui est
tombée dans la rue et qu'on rapporte chez elle,
dans le wagon, sans se rappeler qu'elle y fût montée. Et le train roulait vers Castiran.

Dans le pays où régnait Calixte Privat, ses deux
filles Germaine et Alice, héritières de la douceur
de visage de la mère, Eugénie Privat, étaient sym-
pathiques à tous. Alice surtout que l'on savait malheureuse sous l'autorité du meunier. On la saluait,
on lui exprimait par des sourires qu'on avait revu
libre le mari au-devant de qui elle était allée.

Il y a vingt-cinq minutes de route à pied de la
gare à la ferme de Sivac. Alice ne se sentait pas
la force de parcourir cent mètres ! Elle trouva un
charretier qui allait dans les pins changer des po-
teaux de mine, lui demanda de monter sur le banc,
près de lui. Et, dès qu'elle descendit devant le portail de sa maison, elle se sentit défaillir. Tous les
volets étaient clos. Le jardinier, au ralentissement
de la charrette, devant le portail, était accouru :

— Tu n'as pas vu monsieur ?

— Pardon, madame, monsieur... vers
trois heures ; il est resté une heure. Il doit être allé
au moulin ; c'est jour de paie, aujourd'hui.

— Il ne t'a pas demandé où j'étais ?

— Non, madame. Monsieur est sorti sans me
parler.

En effet, c'était un milieu de mois, jour de paie.
Quelques ouvrières avaient continué de travailler... par habitude. Le moulin n'avait pas chômé
tout à fait au départ du maître. Sandoret avait
donc très bien agi en se montrant au personnel
dès son arrivée, ne fût-ce que pour donner de bonnes paroles au lieu d'argent, car... l'argent, où le
prendrait-il, maintenant, si Calixte Privat demeurait implacable ? Et cette inquiétude d'argent
s'ajoutant à toutes ses anxiétés la jeta dans
une nouvelle aggravation de souffrance nerveuse.
Son cœur battit plus fort.

— Je vais le revoir au moulin !... Elle...

Il était plus de six heures. A trois cents mètres,
derrière les peupliers de la route, une construction
de brique se profilait dans le reste des lueurs épar-
ses qui glissaient des collines voisines. Portée par
le vent, la rumeur du Gua-mort, aux eaux lentes

une grossies par un barrage, arrivait jusqu'à la
ferme. De la route même, après quelques pas,
Alice aperçut à une fenêtre du bâtiment une lumière fixe. C'était le cabinet de travail de Sandoret. Là, il faisait ses comptes, s'isolait à dix mètres du mouvement et du bruit des meules.

Tous les ouvriers, à cette heure, avaient quitté
le travail, le contremaître aussi, à moins qu'il ne
causât avec le patron revenu. Elle avançait, moins
inquiète, satisfaite de cette pensée, fertile en espérances, qu'il avait eue de se remettre au travail, de
s'occuper des affaires, quelques minutes après son
retour. Elle entra dans le moulin. Elle n'avait eu
qu'à pousser la porte, une légère porte de bois qui
se fermait seulement au loquet et qui donnait accès à un escalier tournant, pour se rendre au premier étage, au bureau de son mari. En bas, les
ténèbres étaient complètes, tout travail abandonné.
Sandoret était donc seul là-haut ; au bout de ces
vingt marches à franchir, elle allait le retrouver,
au travail déjà, prêt à une vie nouvelle de labeur
et de bonheur.

Elle montait lentement, sans faire craquer le
bois sous son pas léger, et elle arriva près de la
porte de frise, un simple battant garni de crin qui
la séparait encore de lui. Pourquoi n'entrait-elle
pas ? Quelle curiosité la prit de le voir avant de
se présenter ?

Elle venait de remarquer des rais lumineux
jaillissant d'un judas poudreux sur la nuit de l'ate-
lier, éclairant à travers des toiles d'araignées les
poutres entrelacées de la charpente et les tuiles
des combles.

Elle n'avait qu'à faire deux pas sur une galerie
de pourtour et, par ce judas, elle verrait, à l'intérieur du cabinet, Sandoret, avant qu'il la vît.
Elle devinerait sur son visage comment elle allait
être accueillie, avec irritation ou avec douceur.
Et elle pensait, émue :

— S'il est là, au lieu d'être en prison, c'est pourtant à moi qu'il le doit !

Elle fit deux pas vers le judas et se haussa sur
la pointe des pieds.

— Ah ! mon Dieu ! Ah ! mon Dieu ! murmura-
t-elle, les yeux troubles, les deux mains sur son
cœur.

Distinctement, à la lumière crue de la lampe posée sur la table, elle voyait Simonne Soria assise
sur les genoux de Sandoret, Simonne pâmée dans
les bras de son mari !

Au hasard des bonds, au risque de se briser à
terre, elle descendit l'escalier, sortit du moulin en
courant, répétant la tête perdue :

— Ah ! mon Dieu ! Ah ! mon Dieu !

Elle se trouva sur le bord du Gua-mort. L'eau
froide et lente dont la moire luisante, piquée d'étoiles, glissait sous les branches nues, l'attirait, comme un linceul caressant et mouvant en route pour
des rives inconnues, d'autres rives calmes dans
des solitudes éternelles. Elle regarda marcher
cette eau lourde et claire qui, de son clapotis mystérieux, lui parlait de choses vagues, autres que
les choses de la vie... Elle voulait la suivre, s'y
plonger, y dormir toujours.

Soudain l'humidité de la nuit fusa le long de ses
moelles. Au moment de tomber, elle se cramponna
au tronc d'un saule :

— Non, dit-elle, il faut vivre... pour mon fils.

XXXIII

JEUNES ÂMES

Le lendemain matin, le père Calixte s'attendait
à voir apparaître son gendre, disposé à le recevoir
froidement. C'était le moins que pût faire Sandoret, après une absence si cruellement motivée, de
venir expliquer au chef de la famille les absurdes
erreurs de la justice et le triomphe définitif de l'innocence.

Calixte se promettait de l'écouter sans aucun signe qui décelât ce qu'il pensait, sans blâme, sans
allégresse.

Il se promenait devant la ferme, la pipe aux dents,
les mains derrière le dos, le pas encore ferme et
jeune sur la terre durcie par la gelée blanche. Encore une belle journée pour le vin dans les chais !
Calixte s'applaudissait de ne pas s'être défait de
ses dernières vendanges. C'était une petite fortune
qui rentrait.

— Ah ! ah ! pensait-il, ce diable de Sandoret est
à la côte. Dire que ce propre à rien a déjà dévoré
la fortune de ma fille. Il va venir, patelin, me présenter ses hommages et me demander de soutenir le
moulin qui s'écroule... de le soutenir sur mes épaules, à mon âge... Ah ! le garnement ! il saura toujours écorner mes bénéfices, celui-là ! Il en faudrait
des récoltes phénoménales quand on est pourvu
d'un gendre de cet appétit ! Pauvre Alice ! Pauvre
petite ! Mais comment n'est-il pas encore ici ?

Germaine parut.

— Que veux-tu, petite ?

Elle était vêtue de noir, en toilette de visite.

— Je veux vous embrasser avant de partir, père.

— Partir ? Pour où ?

— Je rentre au château... vous savez... j'ai promis.

Il ne protesta pas, remarqua seulement :

— Tu me laisses seul ?

— Oh ! non... Je me partagerai... la mère de
Maxime aussi est toute seule...

— C'est vrai, fit-il avec effort. Tu fais bien de
penser à elle... bien que son second fils soit près
d'elle... mais j'ai des droits... plus anciens, ajouta-
t-il, très tendre.

Elle sourit.

— Je reviendrai... tous les jours... si tu veux...
mais, là-bas, momentanément ce sera ma maison.
C'est accordé. C'est permis. Au moins, je sais que
là...

— Là, tu n'es pas plus aimée qu'ici...

— Mais là, je ne risque pas de rencontrer Sandoret ! avoua-t-elle, une flamme dans les yeux.

— D'accord, fit le père.

— Et je ne veux pas défaire ce qui est fait, nuire
à la bonne entente d'Alice et du mari que M. Georges et moi nous lui avons rendu. Si je les rencon-
trais ensemble, je serais capable de laisser éclater
devant ma sœur des paroles qui ne seraient pas gé-
néreuses...

— Je te comprends, va-t-en. Aime bien la comtesse, c'est une sainte femme. Aime-la bien...
M. Georges aussi, c'est un bien brave garçon, va !

Il lui baisa les joues, l'étreignit, et, comme pour
donner la liberté à un oiseau qui s'ennuie en cage, il
ouvrit la porte sur les champs... et Germaine, à
petits pas pressés, monta vers le château.

Comme il était bon et doux, son père, depuis la
mort de Maxime ; depuis qu'il savait sa Benjamine
malheureuse !

Il avait les mêmes volontés qu'elle et il aimait
ceux qu'elle aimait.

Une reposante tristesse était maintenant la joie
de Germaine ; elle se sentait maîtresse absolue en
deux maisons de deuil, également attendue et chérie dans les deux. Sa présence dans l'une et dans
l'autre redonnerait le goût de vivre.

Elle montait vers le château, guidée ce matin-là
par cette seule idée : remercier M. Georges !

L'attendait-il ?

Non, il ne la croyait pas si touchée par son acte ;
il ne croyait pas qu'elle eût apprécié la grandeur
de son dévouement. Il était triste. Il ne l'attendait
pas.

Mais il se trouva sur sa route.

Et ce fut pour tous deux un émerveillement de se rencontrer sous bois, seuls, avec la liberté d'être heureux de se revoir.

En lui tendant la main, elle dit :

— Monsieur Georges...

Il l'interrompit aussitôt :

— Georges seulement.

— C'est vrai, vous êtes mon frère.

Il rougit, peiné, mais il prit ce qu'elle donnait de son cœur, une amitié fraternelle, et c'était déjà une très grosse conquête.

— Georges, je n'étais pas maîtresse de ma tristesse, hier, et nous n'étions pas seuls. J'ai voulu venir vous remercier... en tête-à-tête.

— Je n'ambitionnais pas de plus douce récompense.

— Et si vous y consentez, je resterai pendant quelques jours auprès de... votre... notre mère, à présent !

— Elle vous attend sans cesse... comme moi.

L'allée où ils marchaient était très claire. Le vent l'avait découronnée de feuilles et les cailloux, sous leurs pas, s'enfonçaient dans la terre détrempée. Le long des fossés, les pieds glissaient sur la glaise gluante. Et du brouillard montait en spirales autour des arbustes dans les halliers voisins.

Ils marchaient, heureux, sans se le dire.

S'ils se l'étaient dit, ils auraient cru commettre un sacrilège ; ils seraient restés effarés de leur paroles sous les arbres, comme de ces cris d'oiseaux qui présagent de prochains malheurs.

XXXIV

RÉVOLTÉE

Alice Sandoret, après avoir hésité devant le suicide, était revenue à la ferme de Sivac, chez elle, et, en femme soumise et résignée, elle-même avait préparé le souper du meunier, comptant bien qu'après s'être désenlacé des bras de Simonne, il rentrerait sous le toit conjugal. Elle l'attendit vainement. Morne attente où le tic-tac de la pendule enfonçait chaque fois une épingle au cœur d'Alice. La vision restait précise et ignoble.

Ah ! que les évènements là servaient mal ! Si elle n'était pas allée au-devant de lui à Bordeaux, il l'aurait rencontrée dès son arrivée et Simonne n'aurait pas eu les premiers baisers du retour ! Alice examinait ces hypothèses sagement, froidement, le cœur mort, sans haine, mais aussi, dès maintenant, sans amour. Une voix lui criait : « Divorce !... Il est libre, l'honneur est sauf ! En divorçant, tu ne l'accables plus de ton témoignage. Quitte cet homme et ne sois plus martyre ! »

Et, machinalement, elle continuait de faire le ménage, réservant ses résolutions, mais si lasse, si meurtrie, qu'elle s'asseyait à tout instant. Quand le clocher de Saint-Edme sonna minuit, elle se coucha, seule, dans la vaste maison. Elle ne l'attendait plus ; il avait sans doute décidé de passer la nuit ailleurs, comme autrefois. Elle ne l'avait donc délivré que pour le rendre aux autres. Elle passa la nuit suprême, la nuit d'agonie de son cœur. Elle eut tout le temps de revivre le passé, de songer à l'avenir. Une force secrète, une transmission de courage lui était sans doute cédée à travers l'espace par son père, par sa sœur, par ceux qui l'aimaient, la conseillaient, la protégeaient ! Elle ne pleura même pas. Cet homme lui devenait étranger. La douce Alice était morte.

Une autre Alice naissait, entière dans ses droits et dans sa dignité, l'épouse libre, l'égale, la mère, la femme qui prendrait en main la barre du ménage à vau-l'eau pour le diriger, puisque le pilote était ivre. Que Sandoret fût libre, il était tout de même prisonnier de ses passions, il était comme absent toujours, incapable de gouverner, déchu ! Alice sentait se lever en elle l'orgueil de son père et la volonté de sa sœur.

A l'aube, elle quitta le lit, très pâle, décidée à se rendre à Mourion pour confier à son père la dernière injure de son mari. Sandoret, à pas étouffés, entra dans la chambre. Elle recula, surprise.

— J'avais une clef sur moi, dit-il. En me relâchant les robins me l'ont rendue. Enfin, me voici de retour. Comment vas-tu, chérie ?

— Où as-tu passé la nuit ?

— Au bureau. Quand ils sont venus m'arrêter, je n'avais pas fini mes comptes. Il y en a dû travail en retard... et j'ai besoin d'y consacrer mes nuits.

Il lui tendit les bras. Elle n'avançait pas. Elle avait cent choses à lui crier, indignée, révoltée, en proie au dégoût. Elle se tut. Cela valait mieux. C'était plutôt fait. Pas une allusion. Pas un mot de blâme. Il ne méritait même pas cela !

Ce maintien décontenança Sandoret... mais il s'en arrangea vite.

Et la maison, toute la matinée, resta silencieuse. Sandoret comprit que, de la part d'une femme soumise comme Alice, ce n'était point une bouderie passagère mais une prise d'état déterminée, une manière d'être contre laquelle l'homme ancien aurait à lutter. Il devinait quelles conditions lui imposait l'attitude nouvelle de sa femme. Elle possédait son secret. Elle était maîtresse des deniers que compterait encore le père Privat. Il était donc lié pieds et poings et, si elle montrait de l'énergie, il ne pouvait que céder. Il préféra paraître s'humilier par affection, se proposa d'accéder, au moins en paroles, à tous les amendements qu'on lui soumettrait.

Au déjeuner, en face d'elle, le pénible silence ne pouvait durer.

— Alice, lui dit-il, je suppose qu'en décidant de me priver de tes baisers tu n'as pas pris aussi la résolution de me priver de notre enfant.

— Lucien est chez son grand-père. Tu peux aller le voir ou j'irai le chercher.

— Je préfère que tu ailles le chercher.

— Alors, tu n'annonces pas ton retour à mon père ?

— Il l'ignore donc ?

— Il est censé l'ignorer.

— Que veux-tu dire ? Et toi, avais-tu été informée de mon arrivée ? A qui dois-je ma liberté ?

Elle ne répondit pas.

Hier encore, elle eût été si heureuse de lui déclarer :

« Tu me dois d'être libre, d'être ici, de vivre, d'avoir une femme et un enfant pour t'aimer ! »

— Tu ne sais donc rien, reprit-il. Tu ignores même ce qui t'a poussée à me recevoir avec cette indifférence.

Elle faillit lui crier :

« Tu étais encore chaud des baisers de Simonne ! »

Elle baissa la tête, muette.

— Je comprends, continua-t-il. J'ai eu la faiblesse de te faire une terrible confidence... et depuis tu espérais bien que les juges te délivreraient de moi.

Alice, en écoutant cette dernière phrase qui lui eût paru monstrueuse la veille, s'étonna de trouver naturel le soupçon de son mari. Elle ne l'aimait donc plus ? Il se leva de table, réprimant sa colère. Il n'obtiendrait ni un renseignement, ni une explication, ni un mot tendre ?

Pour le moment, il était à la merci d'Alice. Il avait besoin d'elle pour qu'elle implorât la générosité récalcitrante du père Privat. Le moulin, déserté déjà par la moitié du personnel qui avait perdu confiance, chômerait ayant quinze jours, faute de capitaux. Après l'arrestation, c'était la faillite.

Alice pouvait parer le coup terrible de la cessation du travail en empruntant sur ses biens futurs ou en demandant une forte somme à son père. Ce n'était pas le moment de s'opposer à elle, de front. D'autant plus que Simonne avait besoin d'argent et que Sandoret comptait bien, sur celui que le père Privat accorderait pour faire honneur aux affaires, en distraire pour elle une partie ! Et le soir, nouveau tête-à-tête lugubre, où Sandoret exposa la situation nettement, sans rien déguiser de la dure vérité :

— Voilà, il me faut trente mille francs ou je saute !

Vingt-cinq mille francs suffisaient largement, mais il en avait promis cinq mille à Simonne.

— C'est bien, répondit Alice, je ferai la démarche auprès de mon père, et s'il y consent...

— Il te reviendra plus que ça à sa mort...

Elle eut une moue de mépris.

— S'il y consent, reprit-elle, je te prierai de me faire une liste exacte de tes créanciers et de mettre en regard de leur nom les sommes que tu dois à chacun. Je veux un tableau très clair.

— Pourquoi cela ?

— Pour les payer...

— Mais je sais bien ce qui leur est dû.

— Pas moi.

— Tu as mes livres à ta disposition.

— Tes livres, c'est juste, mais je n'ai point l'habitude de les consulter et j'y comprends fort mal...

— Je t'expliquerai...

— Non, je veux une liste.

— Au fait, t'expliquer cela, pourquoi ? C'est accepter d'être soupçonné...

Elle le regarda fixement :

— Et tu ne mérites pas de l'être ? répliqua-t-elle sur un ton d'ironie tragique.

— A quoi te serviront ces noms ? interrogea-t-il, intimidé par l'assurance d'Alice.

— A payer.

— C'est donc toi qui paieras ? jeta-t-il, dans un défi accompagné d'un gros rire.

Elle répondit, simplement résolue :

— Oui, c'est moi.

— Dans mon bureau ?

— Non, ici.

— Alors, c'est toi, désormais, qui dirigeras le moulin.

— Non, nous deux. Tu feras les achats, je les réglerai. Tu engageras les ouvriers, je leur donnerai leur salaire. Tu feras des ventes, j'encaisserai. En un mot, je suis ta femme, je t'aiderai.

— Tu ne connais rien aux affaires.

— Elles iront, en tout cas, sous une direction commune aussi bien que sous ta direction unique.

— C'est absurde et injurieux pour moi.

— C'est le succès dans un an, la fortune dans dix ans, car l'affaire est excellente et je sais qui la tue, je connais le mal ; le remède, c'est ma présence. Acceptes-tu ?

— Tu es ridicule de dévouement. Laisse le prix des blés se relever. J'ai des approvisionnements. Tu n'as pas besoin de te mettre au travail. Il suffit que je puisse attendre.

— Ma collaboration n'empêche pas d'attendre. Acceptes-tu ma proposition ?

— Non...

— Je n'irai pas chez mon père.

Il la regarda, goguenard, d'un **air de doute** :

— Tu n'iras pas ?

— Non.

— Et de quoi vivrons-nous ?

— C'est bien simple, nous vivrons chez lui.

— Si je veux.

— Ou tu iras vivre ailleurs. Ne pouvant nourrir ni ta femme, ni ton fils, peut-être pourras-tu te tirer d'affaire tout seul.

Il consentit à discuter.

— Mais... que ton père nous ait à sa charge chez lui ou chez nous, il faudra bien qu'il débourse ! Il ne te laissera pas mourir de misère dans un pays où tout le monde le sait très riche.

— Tu spécules là-dessus...

— Et qu'il dépense chez lui pour nous, ou qu'il nous donne de quoi vivre chez nous, c'est à peu près le compte ; nous serons moins libres l'un et l'autre, dans le second cas, voilà tout.

— Et c'est surtout cela que tu veux... ta liberté !

— Ah ! dame ! En sortant d'où j'étais... répondit-il, effrayé lui-même de son allusion plaisante.

— Moi, répliqua-t-elle, ce que je veux surtout, c'est que tu n'aies pas d'argent dans les mains. Et tu n'en auras plus, du moins de celui qui doit m'appartenir ou assurer l'avenir de ton fils.

— Et pourquoi, s'il te plaît ?

Elle l'enveloppa d'un de ces regards dont il ne la croyait point capable, elle si douce et si résignée. Il eut la certitude qu'elle était désormais maîtresse de lui. Il ne répéta pas sa question.

Alice disait :

— Je m'étais promis de ne plus te parler de ces ignominies, mais, puisqu'il faut bien que je motive ma décision, sache que tu n'auras plus l'argent de ta femme et de ton fils pour le donner à des filles. Je veux sauvegarder l'avenir. Distribue ton cœur et tes caresses, mais non notre pain. Ces filles, elles ont déjà mangé ma dot, et je t'ai pardonné. L'une d'elles t'a conduit au crime que tu m'as confié. Je suis devenue ta complice pour te pardonner... non pour t'absoudre... Tu n'as pas de repentir ! Et si je surprends encore une tentative de toi pour rejoindre Simonne, Dieu m'est témoin que je ne voulais pas être méchante, — eh bien ! je vous perdrai tous les deux...

Il ricana :

— On ne te croirait plus, on dirait que tu es folle ou que tu te venges d'une infidélité ; on te sait jalouse. Non, non, personne n'ajouterait foi à ta dénonciation. Ils n'ont trouvé aucune preuve contre moi, ils ont cherché pourtant. C'est qu'il n'en existe pas.

— Tu te trompes, Séverin.

— Mon aveu n'est pas une preuve. On rirait de toi si tu disais que je t'ai confié mon crime. Ils sont si peu connaisseurs de l'âme criminelle, les magistrats ! Oui, j'ai été poussé à te dévoiler l'action de cette nuit terrible, malgré moi, pour soulager ma poitrine, et aussi pour savoir si cela t'enlèverait le désir de mes baisers ! Mes baisers, ce soir-là, tu me les as rendus.

— Misérable épouse que j'étais !

— Et maintenant tu te servirais de cet aveu contre moi, de cet aveu qui a surexcité et affolé ton amour !

— Tais-toi, Séverin. Ne me rappelle pas cette honte.

— Tu ne m'as jamais aimé.

— Je ne t'aime plus... c'est possible.

— Et tu me dénoncerais... toi... allons donc !

— Tais-toi ! Tais-toi ! Ne me pousse pas à bout. Je ne sais pas ce que je ferais, puisque je te pose des conditions et que tu ne les as pas encore violées. Mais je te répète que tu n'auras jamais d'argent, que je dirigerai les affaires de concert avec toi, et qu'à la première fuite vers Simonne ou une autre, je t'abandonne comme un chien.

— Je garderai ton fils.

— Oh ! alors !

Il attendit qu'elle expliquât sa menace :

— Alors tu apprendrais que si ton aveu n'est pas, comme tu le dis, une preuve contre toi... il en existe d'autres qui convaincraient les juges ! Et, s'il le fallait, je me ferais rendre mon fils par l'échafaud.

Le meunier parut atterré.

— D'autres preuves, murmura-t-il, pensa, cherchant sans doute à se rappeler la nuit du crime. Allez, triomphante, ajouta :

— On t'a vu... et celui qui t'a vu, parlera... si je veux.

Il ne protesta pas. Ainsi, une autre personne pouvait le perdre ! Au moment où la prison le lâchait, la terreur le prenait. Sa liberté n'était que conditionnelle. La vie lui était rendue, mais gâtée par les angoisses. Il ne pourrait faire un pas, sans se dire : « On m'a vu, on m'a reconnu, quelqu'un sait que le coupable c'est moi ! » Cette menace sur sa tête, il faudrait aller, venir, boire, manger et rire, et vivre ! Etait-ce vivre ? Il faudrait de plus obéir. Une liberté d'esclave qui est dehors, chargé de chaînes. Les champs et le soleil mesurés et obscurcis par la crainte de la prison et de la mort. Et celle qui le menaçait de cette déchéance, de toutes les jouissances humaines, c'était sa femme, une femme qui prétendait l'aimer, qu'il avait faite sa chose, son esclave, qui se réveillait maîtresse absolue et tyrannique, et devenue toute-puissante contre lui à force de le mépriser ! Il se courba.

— C'est bien, dit-il, j'obéirai.

Alors, elle eut un tremblement dans la voix, en le voyant vaincu.

— Séverin, reprit-elle, je serai inexorable si tu n'es pas loyal, mais il se peut qu'il y ait encore pour toi, dans la famille et par le repentir, des jours heureux.

— Et, pour le tirer de son abattement sournois :

— J'irai chez mon père, aujourd'hui. En attendant mon retour, tu dresseras la liste que je t'ai demandée et je paierai les dettes quand tu voudras.

— Trente mille ?...

— Je rapporterai trente mille.

— Merci ! fit-il sèchement. Tu ramèneras l'enfant, que je l'embrasse !

Et il sortit dans le jardin.

XXXV

UN TÉMOIN EN FUITE

La conséquence première du retour de Germaine Privat au château de Saint-Edme avait été la fréquence des visites de Calixte à la comtesse de Luz. Le vieux vigneron, devenu veuf, sentait l'isolement, le trouvait pénible et déprimant. Toujours actif, il aimait autour de lui le mouvement et le bruit. Ce n'était point que la défunte Eugénie occupât une grande place et fît un gros tapage dans la ferme de Mourion, mais il était habitué à la voir. Et pourtant il ne lui venait point à l'idée de réclamer, d'exiger la présence de Germaine auprès de lui. Il consentait volontiers à ce qu'elle restât éloignée, en mission charitable auprès de la comtesse si éprouvée. Mais la concession qu'il faisait à madame de Luz de lui laisser sa fille augmentait son désir de la voir souvent, et, pour ses grandes jambes de haut vieillard sec et vert, il n'y avait pas de trop longues distances.

Aller à pied de la ferme au château était pour Calixte une promenade hygiénique. Il ne se passait guère de jour sans qu'il traversât ses terres pour gravir le coteau. En sortant de ses domaines, il entrait dans les champs du château, limitrophes à l'ouest et séparés par un simple fossé plein de l'eau dite ferrugineuse des ruisseaux landais.

Il n'y allait jamais le matin, mais l'après-midi. Au crépuscule, il redescendait. Le plus souvent, il causait deux heures avec la comtesse, et Germaine s'étonnait du plaisir familier qu'ils prenaient ensemble. De quoi pouvaient-ils bien parler ? C'était là une des curiosités des jeunes gens. La conversation entre les vieillards ne tarissait guère et recommençait toujours intéressante puisque jamais les jeunes n'étaient appelés en tiers. Et quand Germaine se rappelait les prédictions de son « les gens du château », elle ne pouvait s'empêcher de penser que le bonheur, souvent, est à portée de la main et qu'on le dédaigne.

Calixte poussa l'habitude de la route du château jusqu'à venir, quelquefois, même le soir.

Calixte changeait de foyer. La haute cheminée monumentale du salon du château abritait sa stature, tandis qu'il se courbait, à Mourion, pour entrer sous le manteau de sa cheminée de cuisine. Le temps, la commensalité, la vie quotidienne avaient fini par effacer toute gêne entre les jeunes gens. Germaine considérait Georges comme son frère, se liait à lui, de plus en plus affectueuse et simple, sans préméditation et sans crainte. Lui, plus réservé, la traitait avec une nuance plus délicate, comme si leurs rapports dussent changer un jour de nature et ses regards l'entouraient d'une respectueuse admiration. Elle, cependant, ne pouvait plus guère se passer de la présence de son nouveau frère. C'était même un de ses griefs contre son père qu'il la privât souvent de Georges. En effet, quand ses entretiens avec la comtesse avaient pris fin, Calixte Privat demandait à Georges d'être accompagné jusqu'à la ferme. Et tous deux, en causant, s'en allaient jamais par la route, toujours à travers champs.

Germaine, accoudée à une fenêtre du château, ou assise sur un banc d'où elle dominait la vallée, les regardait descendre ensemble, les suivait presque des yeux jusqu'à Mourion. Elle remarquait que c'était son père qui parlait tout le temps. Georges l'écoutait attentivement. Souvent, le jeune homme ne rentrait que la nuit tombée et il paraissait radieux :

— Germaine, j'ai pris encore une bonne leçon de viticulture et d'agronomie. Il est franchement très fort votre père et je ne suis qu'un tout petit garçon auprès de lui !

Madame de Luz qui l'entendait :

— Oui, Georges, écoute bien les conseils de M. Privat. Ce fut un travailleur et c'est une intelligence.

— Je ne m'étonne pas du rendement de ses terres. Il a mis la science au service de son ambition. Ah ! si Saint-Edme avait reçu les mêmes soins que Mourion !...

— Il est temps encore, mon enfant ! Ne blâme personne et va vers l'avenir.

— Je veux bien, mais les capitaux ?

— Etudie, écoute, et le reste...

— Le reste... c'est tout !

— Non, mon fils, le principal, c'est le sol. Il est à toi et il est généreux. Sache t'en servir et je trouverai les capitaux. Mais tu as besoin de suivre d'abord les conseils et les leçons de M. Privat, s'il veut continuer à t'en donner...

— Je ne demande pas mieux, déclara Georges pensif.

— Et papa aussi, certainement ! s'écria Germaine, un peu railleuse. Pensez donc, il dirige, on l'écoute, on se soumet, quelle fête !

Pour la première fois, Germaine laissait poindre une raillerie joyeuse. Georges se retourna, l'examina, éprouva une sourde et incompréhensible montée d'espérance qui le fit pâlir. Il lui semblait qu'elle soulevait le lourd voile de deuil et que sa fraîche figure de vingt-deux ans rayonnait de clarté. Elle ajouta :

— Je trouve seulement les leçons de papa un peu longues Georges, vous rentrez trop tard... à la nuit.

tout de suite, en même temps que la comtesse, s'attrista, reprise par le souvenir cruel. Du reste, le printemps approchait, la nuit montait plus tard de la plaine, et dans les après-midi plus longs, Georges avait tout le temps de prendre des leçons de M. Privat pendant que la campagne était bien éclairée.

Déjà, sur un rectangle choisi, bien exposé, mais de terre ingrate, il avait fait, à l'insu de tout le monde, les premières applications de son nouveau savoir, aidé, pour éviter les tâtonnements et les expériences coûteuses, par la présence de son professeur.

— Je ne sais comment vous remercier, monsieur Privat, de tout ce que vous m'enseignez. J'avais bien étudié ces choses dans les livres, mais au point de vue pratique, j'ignorais l'essentiel et j'aurais commis de lourdes fautes. Encore merci.

— Ne me remerciez pas, mon jeune ami... bien que votre reconnaissance soit pour moi plus précieuse, assurément, que la « distinction du Mérite agricole » répondit Calixte, railleur, pour la décoration que son ami Nicaise Rabastin venait d'obtenir.

Et il riait, fier de sa supériorité méconnue. Le printemps fut pluvieux, se tint en harmonie de tristesse avec les habitants du château. Les distractions à la douleur n'étaient point recherchées. Calixte, isolé dans sa ferme, avait plus d'un sujet de morosité. Sandoret, par l'intermédiaire d'Alice, devenait exigeant. Le moulin, il est vrai, allait mieux. Alice prétendait que l'argent qu'on y jetait était semé en bonne terre et, prochainement, rapporterait de gros intérêts. Mais le plus gros souci de Calixte était de se sentir vieillir. La superficie de ses vastes damiers de vignes était maintenant difficile à parcourir. Le fardeau de ses richesses territoriales était lourd à ses épaules. Il avait su conquérir. Pourrait-il conserver ses conquêtes ? Une extrême lassitude des jambes et du cerveau attaquait à la fois son courage. Il commençait à penser à la mort. Et sa Germaine, dont il avait autrefois repoussé les idées de mariage avec tant d'obstination, il l'aurait souhaitée mariée maintenant ! Comment oser parler de mariage à cette vierge inconsolée ? Et de quel futur mari l'entretenir sans risquer d'être repoussé violemment et de s'attirer son antipathie ?

Calixte avait bien ses idées particulières sur ce sujet : il les avait confiées à madame de Luz qui ne les avait pas désapprouvées, mais, en femme avisée et prudente, elle avait demandé le temps pour auxiliaire, le temps qui étouffe le passé sous l'oubli et fait croître au-dessus la fleur d'espérance, le temps qui fait mûrir les germes de la moisson d'avenir.

— Monsieur Georges, déclara-t-il un jour, je sens que je faiblis trop vite. Je verrai sans doute les prochaines vendanges, et d'autres encore, si Dieu le veut, mais je ne pourrai veiller à tout. Ce n'est point la tête qui me fait défaut, ce sont les forces. Il faut absolument que je trouve quelqu'un qui ait mes idées, qui entre dans mes vues, connaisse ma façon de diriger... et je n'ai pas trop de quelques mois pour le former, avant le coup de feu de la récolte. Je vais partir pour choisir à Bordeaux un jeune ingénieur agronome, actif et bien portant, et je lui confierai mes terres, moyennant des appointements...

Georges de Luz avait compris. Il saisit au passage l'occasion d'être agréable au père de Germaine, de concilier le désir de rendre service avec sa dignité personnelle :

— Vous ne me jugez donc pas assez bon élève, monsieur Privat ?

— Vous, mon enfant... personne mieux que vous ne servirait mes vues et mes intentions...

— Et en même temps, monsieur Privat, je vous épargnerai de débourser des appointements devenus inutiles... et que, je l'espère, vous n'osiez pas me proposer.

Georges de Luz articula la fin de sa phrase d'une voix si ferme que Calixte jugea impossible d'insister sans le froisser. Et, un peu embarrassé, il se taisait, quand Georges ajouta avec bonhomie :

— C'est ainsi que je paierai vos leçons, maître.

— Soit, jeune homme, répliqua le père Privat, trouvant le joint pour donner une leçon d'une autre nature : les paiements ne vous honorent donc que si vous les faites et non si vous les recevez ? Croyez-moi, toute chose gagnée par le travail est due et l'accepter ne diminue jamais un homme, fût-il de race.

Georges de Luz rougit. Calixte poursuivit :

— Vous me devez de la reconnaissance, dites-vous. Je l'accepte sans honte. Soit, vous dirigerez les terres de Mourion et tout le monde saura que c'est seulement pour m'aider. Je ne suis pas fier, moi ! J'accepte.

Il se donnèrent la main pour cimenter la convention verbale. Et Calixte conclut :

— Vous êtes jeune et fort ! Diriger Saint-Edme en même temps que Mourion ne sera qu'un jeu pour votre activité... J'espère qu'avant trois ans les terres seront non pas rivales, mais sœurs en beauté et en fécondité.

Georges n'osa pas confier l'objection formidable qui l'inquiétait. Comment les vignes de Saint-Edme atteindraient-elles la production de celles de Mourion, puisque les capitaux lui manquaient pour les mettre en valeur ? A partir de ce jour, les liens d'amitié, ou du moins de la condescendance et de respect d'un côté, de protection et de sympathie de l'autre, se resserrèrent entre Calixte Privat et Georges de Luz.

Et l'été passa. Un matin Georges descendit du château vers la ferme pour « prendre les ordres du patron », disait-il, en riant, à sa mère, et à Germaine. Et comme il coupait à travers champs, il avait à franchir le fossé qui séparait ses terres des terres de M. Privat.

Sur ce fossé il trouva un pont de bois, tout neuf, auquel travaillait un charpentier en train d'étayer des solives qui supportaient un plancher.

— Eh bien ! monsieur Georges, fit l'ouvrier, après un salut, voilà une solide plate-forme. Les charrettes pourront passer dessus. Vous serez content. J'ai employé mon meilleur bois.

Il ne montra pas sa surprise, mais, dès qu'il fut à la ferme, il interrogea le père Calixte :

— Vous avez commandé un pont de bois sur le fossé limitrophe ?

— Ah ! sapristi. J'avais oublié de vous en parler, s'écrie Calixte d'un air désolé. Je vous fais des excuses d'avoir agi sans votre permission. Figurez-vous que les charretiers... pour cette pièce de vigne... en passant chez vous, économiseront deux kilomètres. Or, il faut la défoncer, en retirer d'énormes blocs de pierres qui serviront à construire de nouveaux chais... et...

— Vous avez bien fait, monsieur Privat... évidemment le trajet est bien plus court.

— Dès que les travaux seront terminés, j'enlèverai le pont !

— Oh ! vous pourrez le laisser ! Il sera très commode, même pour nous. Il facilitera nos communications.

Septembre était en son milieu. Le raisin se dorait, appellerait bientôt les ciseaux des vendangeurs. Pendant huit jours, le père Privat pria Georges de Luz de surveiller le côté de ses propriétés exposé à l'est, la partie la plus éloignée du château. Le jeune homme constata que des vignes n'avaient pas été suffisamment sulfatées, craignit une maladie de la feuille et se tint au poste, ne rentrant au château que le soir, au crépuscule, les ouvriers partis. Et, un matin, descendant plus tôt que de coutume, à l'aube grise,

Il éprouva le besoin d'explorer son bien, du côté de l'ouest. Il passa devant plusieurs pièces, s'étonna de leur propreté. Il n'avait pourtant pas fait arracher les herbes. Comment sa terre était-elle si nette, alors qu'il avait ordonné deux nettoyages dans les sillons de M. Privat ? Mais, à deux cents mètres de là, il eut l'explication de sa surprise. Il rencontra une équipe de terrassiers.

— Que faites-vous là ?

— Monsieur le voit. Nous remontons les cavaillons.

— Et qui vous a donné l'ordre ?

— M. Privat.

— Pour ici ?

— Il nous a dit : Commencez après le pont de bois.

— Il a voulu dire avant, mes braves. Après... de l'autre côté ! Vous êtes ici chez moi, non chez lui.

— Ah ! faites excuse, monsieur Georges. Mais vous savez, ça en avait besoin tout de même. Et puis, le vieux est assez riche pour payer l'erreur.

Georges, après cette découverte, resta gêné, honteux comme s'il avait reçu une aumône, d'autant plus qu'il avait été trop aveugle. A force de soigner les vignes de Germaine, il n'avait pas eu le temps de surveiller les siennes, découragé du reste, puisqu'il savait que les capitaux nécessaires à la main-d'œuvre lui manquaient. Et voilà qu'à présent, ces vignes délaissées, il les regardait et les trouvait aussi soignées que celles du voisin, florissantes, presque puissantes.

Et maintenant, Georges ému et confus contemplait la relative opulence de Saint-Edme, se croyait reporté dix années en arrière au milieu d'une telle verdure étendue sous ses regards. Il essaya de se plaindre à M. Privat.

— Mon enfant, répondit le vieillard, c'est ma façon de m'acquitter. Vos services — pardon, votre aide et votre bonne volonté — valent mieux que ça. Un régisseur m'aurait coûté plus cher. C'est moi qui suis votre obligé.

Georges de Luz se soumit, et il se sentait renaître, prenait courage, trouvait la vie plus ouverte à l'espérance. Un vague instinct l'avertissait de la tendresse protectrice de Calixte.

Les capitaux, un jour il les trouverait chez lui sans se soumettre à l'usure. Calixte Privat n'était pas homme à abandonner quelqu'un qui l'écoutait, suivait ses leçons, lui rendait justice. Sincèrement Georges l'admirait, et le vieillard, flatté, le récompensait d'être sincère.

Un soir, Germaine et Georges se promenaient dans le parc du château. Leur silence ne gênait point leurs pensées, dont ils suivaient les détours chacun dans les regards de l'autre... lorsqu'ils virent accourir vers eux Mariette tout en larmes, Mariette le visage bouleversé, s'essuyant les yeux du coin de son tablier.

— Ah ! Monsieur Georges ! Monsieur Georges !

— Eh ! bien, Mariette ?

— Ah ! mademoiselle Germaine ! Ah ! mon Dieu !

— Voyons, Mariette, explique-toi.

— Mathurin est parti !

— Comment, parti ? Depuis quand ?

— Depuis ce matin.

— L'as-tu cherché ?

— Oui, avant de le dire à monsieur, j'ai fouillé tous les coins de la propriété. Pas de Mathurin !

— Dans les écuries ?

— Partout, monsieur. Il n'est nulle part. Il avait ça dans la tête de s'en aller, le gosse... et j'ai eu beau le surveiller. Il aurait fallu l'attacher... depuis quelques jours. Il allait bien mieux, monsieur, il n'avait plus de cauchemars. Il écoutait bien tout ce qu'on disait le rusé, mais il ne parlait pas... et il guettait les moments où j'étais dehors pour venir sur le seuil. Ce matin, il a filé sous bois...

Georges, inquiet, dit :

— Il reviendra... Je le trouverai... Et je le ferai garder en lieu sûr... Jusqu'à ce que sa guérison soit achevée... Ne te tracasse pas Mariette.

Georges de Luz hâta le pas, suivi de Germaine.

— Il faut retrouver cet enfant à tout prix.

— Que redoutez-vous, Georges ?

— Un mot de lui, s'il a recouvré sa mémoire, peut perdre de nouveau Sandoret...

Germaine resta muette. Il continua :

— Tous nos efforts, devant des révélations si nettes et si précises, n'auraient servi de rien.

Elle ne répondait pas, réfléchissant, songeant à ces volontés supérieures qui effacent les combinaisons humaines.

— Ecoutez, Georges, articula-t-elle enfin. Nous retrouverons cet enfant... Si Dieu le veut !

Il s'arrêta, la regarda, inquiet de sa réticence.

— Que voulez-vous dire, Germaine ?

— Nous étions les instruments naturels de la colère divine, moi la fiancée, vous le frère de la victime. Nous nous sommes dérobés à notre rôle, pour des motifs étrangers à l'absolue justice. Si quelqu'un là-haut nous blâme, il nous rejette comme impropres à le venger et le châtiment, pour arriver plus sûrement, prend une autre voie...

Georges l'écoutait, impressionné par sa voix grave de croyante et de voyante. Et, comme elle, il regardait au fond des ténèbres le petit vacher Mathurin s'enfuir pour être libre de parler... Il sentait vaguement que l'avenir du coupable ne dépendait plus de leur clémence.

XXXVI

UNE RUPTURE

Cette date de l'anniversaire terrible que Germaine sentait présente derrière quelques feuilles de calendrier qui restaient à arracher la rendait d'une nervosité farouche. Tout le monde autour d'elle participait de cette influence de l'anniversaire odieux. Tout ce qui avait approché Sandoret, appartenait à Sandoret, rappelait Sandoret, devenait objet de répulsion et d'horreur.

Crise passagère, explicable par l'acuité de l'évocation du passé. Elle voyait Maxime partout ; c'était l'époque prochaine où ils allaient, elle et lui, se marier. Le jour de l'union approchait, c'est-à-dire le jour de l'assassinat. Dans l'hallucination de la vision rétrospective, elle avait la crainte de l'avenir, elle croyait Maxime vivant et la date terrible s'avançait, la date de sa mort. Il lui semblait entendre le cri d'agonie, la chute du corps, être présente au drame. Et Georges de Luz et la comtesse et le père Privat, assombris aussi, respectaient sa vibrante désolation.

Par un de ces phénomènes si fréquents de ressemblances successives, entre frères à la fois utérins et consanguins, Georges de Luz, si dissemblable physiquement de son aîné Maxime, devenait semblable à lui, en atteignant le même âge... Il y avait deux ans de distance entre la naissance des deux frères ; Maxime n'existait plus depuis un an. Germaine, à regarder Georges, percevait qu'avant la fin d'une seconde année la ressemblance serait complète et qu'elle aurait devant elle un nouveau Maxime vivant !

Cette constatation l'enveloppait d'une subtile tristesse. De temps en temps elle regardait Georges à la dérobée.

Une fois, elle était arrivée en retard à la messe de l'église de Saint-Edme où la comtesse avait des chaises retenues, marquées et gravées aux armes des Luz. Georges se tenait debout à côté de sa mère. Germaine entrait par une porte

...rale, comme au temps où elle venait voir si Maxime ferait le signal convenu pour le rendez-vous dans la forêt voisine. Et elle était restée à l'entrée, violemment émue d'apercevoir sur le dossier de la chaise, devant Georges, les deux gants croisés.

Enfin, un dimanche matin, comme Germaine causait avec la comtesse avant de descendre, Georges de Luz, un peu nerveux de les attendre, cria du bas de l'escalier :

— Mère, Germaine, descendez donc !

Et la comtesse fut obligée de tendre la main à Germaine, près de tomber, dont les yeux s'étaient subitement obscurcis :

— Germaine, qu'avez-vous ? Vous souffrez ?

La jeune fille redevint maîtresse de ses sens troublés. Pour ne pas attrister la comtesse, elle répondit qu'elle ignorait la cause de son malaise passager. C'est que la voix de Georges, sonnant dans le corridor, avait eu le timbre de la voix de Maxime, si parfait, qu'elle avait cru entendre Maxime lui-même. Ressemblance des traits, du port, des gestes. Consonance identique en vibrations de la voix parlée. Maxime revivait en Georges. L'angle facial était le même, le profil surtout frappait d'étonnement par la similitude de la silhouette portée, de l'ombre sur un mur. Le soir, dans le salon, quand Georges se trouvait placé entre la lampe et le panneau de la boiserie, Germaine regardait sur ce panneau le fantôme de Maxime, un peu d'ombre instable, tout ce qui restait de son pauvre grand amour.

Georges de Luz avait fini par remarquer avec quelle attention pénétrante et affectueuse les regards de la jeune fille le suivaient, et, par une méprise naturelle à son âge, il était joyeux, sans le dire, de cette attention, bien plus joyeux que de la régénération de ses terres et de la convalescence de son vignoble.

S'il n'avait pas redouté les tentatives audacieuses, les curiosités téméraires, depuis beau temps des paroles amoureuses auraient jailli de sa bouche devant Germaine mais s'il s'était tu, c'était pour sauvegarder plus longtemps son bonheur discret. Comment aurait-elle accueilli ses aveux ? Comme un sacrilège au culte du mort !

Georges avait cette certitude et il préférait ne pas exposer son bonheur, par une imprudente parole, à un écroulement subit. Un matin, il entra dans la chambre de sa mère avant le déjeuner. Elle était descendue à la salle à manger. Aucun bruit dans la chambre voisine dont la porte était ouverte. Il se crut permis de passer par là pour gagner le couloir. Germaine était sans doute descendue aussi. Il éprouva l'âpre plaisir de violer un sanctuaire. Rapidement, Georges traversa la chambre de Germaine et sur une étagère d'encoignure, bien en vue, non dissimulée, il aperçut en passant sa photographie dans un cadre d'or ovale, sa toute petite photographie d'album qui datait de quatre années environ, où il était imberbe et se trouvait très laid.

Ces réflexions, l'album, l'année, la barbe, la laideur en même temps surgirent, mais une seule autre les effaça vite toutes :

— Je suis là ! Comment suis-je là ? Pourquoi ?

Et son cœur s'arrêta, suffoqué par une inexprimable suavité de surprise.

Vite, il dégringola l'escalier pour n'être pas pris en flagrant délit de curiosité. Et il fut gai pendant le repas, si gai, que sa mère s'en étonna, si gai que Germaine faillit lui rappeler la date terrible à laquelle on arrivait.

Le lendemain était l'anniversaire de la mort de Maxime.

— Vous voudrez m'accompagner jusqu'à la tombe après le service ? lui demanda Germaine.

— Nous irons tous ensemble, si mère le veut.

— Non, mon fils. Moi, j'irai seule. Je vous prie de m'y laisser aller seule.

Georges de Luz employa toute sa force de caractère, toute son énergie à ne pas déceler, durant quelques jours, l'état tumultueux de son âme. Calixte Privat le surprit, aux champs, riant aux plaisanteries lourdes des campagnards... Mariette s'étonna de l'entendre passer, le matin, le fusil en bandoulière, sifflant les merles en virtuose. Ses yeux étaient vivants, sa parole sonnante ; sa jeunesse et sa santé débordaient. La lugubre journée de l'anniversaire ne put même le faire tomber dans une mélancolie durable.

En revenant du cimetière où les larmes ferventes de Germaine avaient appelé les siennes, il se rattachait déjà à toutes les causes d'espérance.

A la fin d'une après-midi de novembre, la comtesse de Luz avait entendu Germaine rentrer et monter dans sa chambre. Selon l'habitude, elle attendait qu'elle descendît dans le petit salon où elles passaient d'ordinaire l'heure qui précédait le dîner. Germaine restait là-haut. La comtesse craignit que la jeune fille ne fût un peu souffrante et monta prendre des nouvelles. Germaine avait poussé sa porte. Mme de Luz frappa. Ce ne fut qu'après une hésitation assez longue que Germaine répondit d'entrer. Tout de suite, la comtesse comprit que la jeune fille avait pleuré et s'était donné, avant de répondre, le temps d'essuyer ses dernières larmes. Et, comme Germaine, depuis quelque temps, montrait plus de courage, la mère de Maxime se crut le droit de la blâmer :

— Encore, mon enfant, encore ! je vous surprends à pleurer. Vous étiez partie presque gaie pour la promenade et vous en revenez meurtrie. De quoi donc avez-vous parlé avec Georges ?

Germaine fit un geste vague qui éludait la réponse.

— De Maxime toujours ? insista la comtesse.

— Non, madame, oh ! non !

— Alors, qu'est-ce qui vous fait pleurer ?

— Rien.

A ce monosyllabe qui sert toujours à dissimuler le refus de parler, la mère de Georges se tut, embrassa Germaine et la conduisit par le bras, maternellement, jusqu'à la salle à manger. Pouvait-elle blâmer cette petite de rester si longtemps troublée par le souvenir sacré ? Mais, à table, dès que Georges fut assis sous la lampe, elle remarqua qu'il était, lui aussi, très ému ; qu'il levait à peine les yeux sur Germaine, timide et presque confus.

La comtesse eut l'intuition que quelque différend avait surgi entre les jeunes gens.

— Les voilà tous deux bien préoccupés, ce soir ! pensait la comtesse intriguée.

Et, tout à coup, en tournant un feuillet d'album :

— Tiens ! s'écria-t-elle, il me manque là ta photographie, Georges !

— Ah ! fit-il, indifférent en apparence.

— Est-ce toi qui l'as prise, mon fils ? Il faudrait me la rendre. De l'âge qu'elle me rappelle, il ne me reste que celle-là !

— Je n'y ai pas touché, affirma Georges.

Et son regard erra sur Germaine. A la question de la comtesse, elle avait levé la tête et jeté ses regards sur la partie de l'album où la photographie manquait, et subitement elle avait rougi jusqu'au front. Elle quitta son fauteuil, s'approcha de la mère de Georges, toujours rougissante, et déclara franchement :

— Cette photographie ? C'est moi qui l'ai dans ma chambre ! J'ai cru que c'était Maxime que j'emportais là-haut. Maxime à l'époque où je l'ai connu, Maxime il y a quatre ans !

Et elle était si tremblante en s'excusant que la comtesse se leva pour l'embrasser... pendant que Georges, muet et pâle, continuait de paraître indifférent ou absorbé par sa lecture.

— Maxime, il y a quatre ans, répondit la mère
attristée... c'est Georges il y a deux ans... comme
Georges maintenant, c'est presque Maxime au moment de sa mort.

Le silence recommença, pénible. Germaine, frois-
sée de sa méprise, Georges déçu ne se regardaient
point. La comtesse devinait qu'ils avaient à se
parler et n'osaient point devant elle. La colère des
jeunes gens ne s'apaise qu'après avoir lancé beaucoup d'éclairs et de grondements. Elle se retira,
sans prétexte, avec une aisance qui parut innocente de préméditation.

Aussitôt, Georges marcha vers Germaine.

— Je vous ai fait beaucoup de peine ? dit-il.

— Beaucoup, affirma-t-elle.

— Je vous demande pardon.

— Je vous accorde le pardon bien volontiers,
mais je n'ai plus confiance en vous... et.

— Et vous persistez dans votre résolution ?

— Oui.

— J'ai vu, pendant le repas, au pli de votre
front, que vous seriez inexorable.

— Vous avez bien vu.

— Vous nous quittez demain ?

— Oui, je vous quitte. J'abandonne votre mère
avec douleur.

— Et moi, sans regrets, avec joie ?

— Avec tristesse.

— Qui vous y force ?

— Vous-même, vous le savez.

— Puisque je me repens ! Puisque je me déclare
imbécile et fou ! Restez, Germaine, restez... Pour
ma mère, je vous en supplie.

— Non. Je dois sortir de cette maison...

— Quel prétexte donnerez-vous à ma mère ?

— Ce que je n'ose pas lui dire de vive voix, parce
qu'elle me retiendrait et m'empêcherait de partir,
je le lui écrirai une fois partie. Je lui dirai la vérité.

— Germaine, vous me désespérez. Aurez-vous
pitié de moi ?

— Avoir pitié, Georges, c'est cela qui serait redoutable. Il faut que je sois inflexible...

— Germaine... Encore une fois...

— Votre insistance m'irriterait, Georges.

— C'est bien, adieu ! murmura-t-il, héroïque.
Elle lui tendit la main.

— Adieu ! répondit-elle avec fermeté.

Elle s'enfuit, monta dans sa chambre. Georges
entendit sa mère, un instant après, qui revenait
vers le salon. Pour ne pas montrer son agitation,
pour n'être pas interrogé dans cette minute de
crise, il disparut par la porte opposée et se réfugia
chez lui.

XXXVII

LA MISE AU POINT

Le lendemain matin, avant de quitter le château, Germaine écrivit une longue lettre où elle
remerciait madame de Luz de son hospitalité ma-
ternelle, où elle lui exprimait ses regrets d'abandonner un séjour où elle avait été si heureuse de
pouvoir penser dans la solitude de son malheur, où
elle la priait de demander à son fils l'explication
de la résolution définitive qu'elle prenait. Et, sans
bruit, vêtue de noir, elle descendit de sa chambre,
dès l'aube.

Elle croyait ne pas être vue. A peine avait-elle
quitté la cour d'honneur pour entrer dans le bois
que Georges de Luz surgit devant elle, pâle
après l'insomnie. Elle crut voir le spectre même
Maxime. Elle eut pitié et ne tenta pas de l'évi[ter].
Au contraire, elle alla vers lui.

— Pourquoi, Georges, êtes-vous là ?

— Pour vous voir une dernière fois.

— Cette insistance est la suite de votre
déclaration d'hier. Vous savez bien que je ne puis
accepter aucun hommage qui dépasse ceux qu'of-
frirait une amitié fraternelle.

— Aussi, viens-je vous demander pourquoi,
poussant l'amour, vous ne voulez même plus de
cette amitié ? Je m'engage...

— Ne vous engagez à rien, Georges. Si je n'avais
pour vous aucune tendresse, je ferais l'expérience
de ce sentiment qui croît diminuer de force parce
que vous lui changez son nom. Vous m'avez dit,
Georges, vous avez osé me dire les mêmes paroles
que Maxime : « Je vous aime; Germaine, je vous
aime. » Et, très simplement, sans colère, sans
haine, avec tristesse, je l'avoue, je vous réponds ce
que je dois répondre : « Georges, adieu... »

Elle disparut, après lui avoir interdit d'un geste
de la suivre.

Et il comprit qu'il avait tué son bonheur, si foi
quotidienne de la voir et de vivre près d'elle. Comment réparer cette inconséquence de jeunesse
d'ardeur ?

Mais il avait beau essayer de trouver à sa faute
l'apparence ou la profondeur du crime, il ne le
pouvait pas. Sa vitalité d'amoureux protestait. Il
ne se considérait point comme ayant trahi son
frère. Il avait obéi à la loi puissante de la nature
qui a horreur des terres infécondes, inutiles et stériles.

Il eut une fière révolte de jeunesse, une colère du
sang qui apaisa un instant sa douleur. Mais vite il
retomba dans la réalité navrante. Qu'allait dire sa
mère en constatant le départ de Germaine ?

Il se rendit au château pour être prêt, au réveil
de la comtesse, à expliquer les choses par une confession vraie, exacte et sincère. Il avait confiance
dans le bon sens de sa mère. Il dirait tout, et elle
jugerait.

Germaine, pendant ce temps, arrivait à la ferme
de Mourion. Son père était debout malgré l'heure
matinale. Il remarqua tout de suite qu'elle avait
obéi, en venant, à des préoccupations graves.

— Madame de Luz est souffrante ?

Ce fut sa première question instinctive et inquiète.

— Non, père, répondit Germaine, je viens vous
voir, demeurer avec vous. C'est une surprise que
je vous ménageais. C'est bien votre tour de me
garder, n'est-ce pas ?

Il trouvait étrange le son de la voix de Germaine, fatiguée sa figure d'insomnie, lasse déjà sa
marche du matin, et je ne sais quoi de désabusé
de découragé dans toute la personne de son enfant
qui le fit douter aussitôt de ce qu'elle disait.

— Il y a autre chose, ma fille.

— Père, que voulez-vous qu'il y ait ?

— Tu ne veux pas parler...

Elle eut un geste d'acquiescement qui signifiait
« Tôt ou tard, il le faudrait. Mieux vaut maintenant. »

Elle entraîna son père jusqu'à sa chambre de
jeune fille et, l'embrassant tendrement :

— Je viens habiter avec vous, père. Il ne m'est
plus possible de demeurer au château.

— Qu'est-ce qui t'en empêche, ma fille ? Ta résolution est bien subite. Te serais-tu fâchée avec
la mère de Georges ?

— Oh ! non, la chère femme est si bonne !

— Avec Georges, donc ?

— Pas davantage, mais c'est à cause de lui que
je suis partie.

— Et pourquoi ?

maine prononça d'une voix troublée :

— Père, il m'aime !

Calixte réprima un léger frémissement, puis, d'un air plein de bonhomie :

— Vraiment ? Ça ne m'étonne pas ! C'est que tu mérites d'être aimée, petite.

— Oh ! père, père ! ne plaisantez pas... S'il m'avait aimé sans me le dire, j'aurais pu, ne le sachant pas, rester près de lui ?

— Et il te l'a dit ? Ah ! ah ! C'est très grave, grommela Calixte en souriant.

— Comment, père, vous souriez ? Il a osé me dire : « Germaine, je vous aime ! »

— Je ne voudrais pas être cruel ; cependant tu n'as pas toujours fui si rapidement devant un aveu.

Germaine fronça les sourcils.

— Justement, mon père, c'est qu'il est permis d'en écouter un et non deux !

Calixte fit un geste sceptique :

— Écouter n'est pas approuver, déclara-t-il.

— Aussi, répondit-elle, ai-je montré, en partant, que je désapprouvais !

— C'est partir qui était inutile !

— Le départ seul donnait de l'importance à mon indignation, oui, père, je redis le mot, à mon indignation ! Le départ seul prouvait à Georges qu'il m'injuriait en doutant de ma fidélité de souvenir et qu'il se diminuait en jetant les yeux sur la veuve de son frère.

Et vraiment surexcitée, Germaine parlait avec nervosité, s'étonnant de l'attitude calme de son père.

— En voilà des mots ! s'écria Calixte les bras levés au ciel, les mains jointes dans un élan de pitié comique. Ton indignation ! Son injure ! Ta fidélité ! Qu'est-ce que tout cela signifie ! Rêves creux ! Idées de malade ! Vie prise à rebours ! Ah ! ça ! crois-tu donc que Georges ne se porte pas mieux que toi ? Il est dans le vrai, lui ! Crois-tu que Georges soit un malhonnête homme et un criminel ? Non, tu ne le crois pas. Toi, veuve de Maxime, eh bien ! merci, ne te déshonore pas avec des mots en l'air, petite, et réfléchis avant de faire de la peine à ceux qui t'aiment bien.

— Je ne comprends pas votre attitude, mon père. Ne savez-vous pas que j'ai aimé Maxime ?

— D'accord, mais tu n'es pas sa veuve, cré bleu ! Et serais-tu sa veuve que ça ne te donnerait pas quatre-vingts ans ! Encore en est-il qui se marient plus tard.

Germaine se voila les yeux pour pleurer.

— C'est cela, père, c'est cela que je ne veux pas. C'est cela que je veux fuir, le mariage !

— Je ne t'ai point dit que je voulais t'y pousser de force, ni même te le conseiller, reprit Calixte adoucissant sa voix rude, mais j'aime beaucoup la comtesse, j'adore ce brave garçon de Georges, je crains que ton départ ne les ait blessés, au...

— Père, j'ai écrit une lettre si tendre à sa mère ! et j'ai si bien expliqué... à lui... pourquoi je m'en allais ! Ils me comprendront bien... tandis que vous... oh ! vous... père, vous ne me comprenez jamais ! ni quand je vous dis que j'aime, ni quand je vous explique mon droit... de ne pas vouloir aimer !

À cette allusion au passé, Calixte Privat eut un subit attendrissement. Il marcha vers Germaine en pleurs, la prit dans ses bras :

— Pauvre petite ! Fais ce que tu voudras, va ! J'ai juré de ne plus te contrarier jamais ! Reste ici, reste avec ton vieux papa. Et crois que je parlais seulement pour la comtesse, la comtesse est si douce et son fils est si bon !

Germaine, sans répondre, pleura longtemps en ses bras. Il la quitta, non consolée, mais apaisée, et se dirigea vers le château.

XXXVIII

L'ENTENTE

Georges de Luz avait trouvé sa mère au moment où elle tenait entre les mains la lettre laissée pour elle par Germaine. La comtesse ayant entendu Germaine se lever plus tôt que d'habitude, s'était souvenue de la tristesse plus grande de la jeune fille, la veille au soir. Elle se leva aussi, s'habilla, poussa la porte de communication et se trouva en face du secrétaire ouvert où une lettre était placée en évidence pour elle :

A madame la comtesse de Luz.

Germaine lui écrivait ! Germaine quittait donc le château. La déduction s'imposait. Elle se souvint de l'air gêné de Georges devant Germaine et, avant de lire, elle avait deviné :

— Germaine est partie par un excès de délicatesse.

La lettre, en effet, confirmait cet état d'esprit. Lettre affectueuse et tendre, exquise de sentiments, où le plus souvent Germaine se laissait aller jusqu'à nommer la comtesse : maman. Et ce qui était, dans cet adieu, le plus touchant, c'est que Germaine n'en voulait pas avouer elle-même la cause.

L'attente du plaidoyer ne fut pas longue. Georges rentrait, ayant reçu dans le bois l'adieu définitif de Germaine. Il rentrait confus et accablé, honteux et irrité, partagé en des sentiments si divers que son visage en était bouleversé. Sa mère l'accueillit avec un sourire de pitié aimante :

— Eh bien ! mon Georges, qu'as-tu fait ?

Il vit qu'elle tenait une lettre.

— Cette lettre ? interrogea-t-il.

— Elle est de Germaine... de Germaine qui nous a quittés et qui te prie de m'expliquer sa conduite.

— Elle ne te dit pas...

— Elle m'exprime ses regrets de ne pouvoir plus vivre chez nous. A toi de me dire pourquoi...

Madame de Luz ajouta malicieusement :

— Elle a dû te le confier ?

— Mère, répondit le jeune homme. Germaine me punit et me soumet à une dure épreuve.

— Que te reproches-tu donc envers elle ?

— Elle me punit d'avoir agi vis-à-vis d'elle comme déjà l'avait fait mon pauvre frère, de l'avoir aimée sans vous en demander d'abord l'autorisation... Ça finit toujours mal ces incorrections !

— Quelle amertume dans les paroles, Georges ! Et que signifient-elles au juste ! Tu as l'air irrité contre elle, contre moi, contre la mémoire de ton frère, contre tout et tous à la fois... alors que tu devrais peut-être n'éprouver d'irritation que contre toi-même.

— Qu'en savez-vous, mère ?

— Je le suppose, car, ni ton frère mort, ni ta mère qui t'aime, ni Germaine qui est bonne, n'ont pu te blesser volontairement. Ce qui t'aigrit contre nous, c'est sans doute tes torts envers nous.

— Lesquels, mère ?

— Ah ! grand enfant, tu veux que je te con-

Il ne répondit pas. La comtesse poursuivit :

— Crois-tu que les vieillards, qui aiment bien, soient aveugles ? Crois-tu que M. Privat et moi nous ne l'avions pas deviné depuis longtemps ?

— Deviné ? Qu'aviez-vous deviné ?

— Ton cœur... ton amour... ce que tu devais nécessairement avouer un jour à Germaine !

Georges rougit, embarrassé, étonné surtout.

— M. Privat aussi ? demanda-t-il.

— Oui, lui et moi, et souvent nous avons causé de vous deux.

— De vos craintes, mère ? Alors, votre devoir

était de prévenir le danger, de me séparer plus tôt de Germaine... que j'ai sottement chassée d'ici...

— Mon devoir, mon fils, personne n'a le droit de me l'indiquer. Mon affection en est le guide le plus sûr. M. Privat et moi, nous ne nous faisions pas seulement part de nos craintes, mais aussi, faut-il le dire, de nos espérances.

— Vos espérances ! murmura Georges de plus en plus surpris. Si je vous comprends bien, mère...

— Nous espérions... non ce qui est arrivé... cela, nous le redoutions... mais plus de confiance de ta part envers ta mère et plus d'abandon amical envers M. Privat qui t'a montré tant d'affection. Et je suis certaine que si ta demande repoussée par Germaine avait été faite à son père, elle eût réfléchi davantage. Et si elle l'avait sue approuvée de moi, elle n'y aurait pas pensé sans en être au moins flattée.

Georges, en courbant la tête, murmura :

— Je ne comprendrais pas ces sentiments chez Germaine.

— Tu es un enfant et tu ne connais pas les âmes... les âmes de jeunes filles. Dans le plus grand amour, elles aiment autant avec leur éducation qu'avec leur cœur. Germaine a juré fidélité à Maxime et à sa mémoire. La chère enfant ignore ce que la vie fait des serments de la jeunesse, mais pour le moment, elle s'y tient comme si c'était en eux que résident les preuves de l'amour et de l'honheur. Si tu veux être aimé de Germaine, mon fils, — souviens-toi bien de mon conseil d'aujourd'hui, — il faut l'en faire aimer sans qu'elle s'en doute, il faut que la passion semble supprimée de votre affection, il faut qu'elle, se trompe elle-même et croie, en se donnant à toi, ne pas trahir son passé ! En ce moment, elle t'aime peut-être déjà !...

— Mère... ne le croyez pas !

— Ne désespère pas, mon fils, et surtout, ne sois pas malheureux. Il est impossible que la même jeune fille soit fatale à mes deux enfants. Dieu nous doit du bonheur par elle. Aie confiance. Attends. Ah ! si l'entente avait existé jadis !

Georges, voyant sa mère s'attendrir à ce souvenir, l'approuva, pris d'enthousiasme pour les idées qu'elle exprimait avec tant de bon sens et d'abnégation :

— Oh ! mère, tu es si belle quand tu parles de l'avenir ! Ta philosophie est si consolante et si humaine et si vraie. Ne t'attarde pas au passé. Ne pleure plus !

— Pour moi, reprit-elle, le point de vue est différent. Je descends vers la tombe. Il faut penser à ceux qu'on y retrouve. Mais je ne connais rien d'aussi déprimant que la tristesse des jeunes gens. Tout ce qui est un acte de foi en la vie est de leur part un blasphème.

— Mère, moi qui ai tant de courage pour la lutte et tant d'ardeur au travail, je me sens faible devant Germaine et j'ai peur de Celui qu'elle a tant aimé !

La comtesse lui prit la tête, caressa son front et murmura, dans une émotion grandissante :

— Je te dis, moi, je te dis qu'elle t'aimera aussi !

— Que dois-je faire maintenant ? Germaine va se plaindre de mon audace à son père ? Que va supposer M. Privat ? Que j'ai agi peut-être par intérêt ? Oh ! si jamais cette idée germait en lui, c'en serait fini pour moi de penser à Germaine !

— Georges, M. Privat ne supposera pas cela, ni Germaine. Ils te connaissent.

— M. Privat avait blessé mon frère de cet abominable soupçon !

— Il ne le connaissait point.

— Et si j'avais cru que ma conduite pouvait être interprétée contre mon désintéressement, jamais je n'aurais ouvert mon cœur à Germaine.

La mère ne paraissait émue que du chagrin présent de son fils, mais le léger sourire de ses regards apitoyés indiquait bien qu'elle avait confiance en l'avenir.

— Mon enfant, tu me demandais ce qu'il te restait à faire ? A travailler toujours. A aider notre ami, M. Privat. Ne t'inquiète pas. Ne faiblis pas. Ne te reproche rien. Tout ce qui est arrivé n'est que de la logique des circonstances. Va, travaille, et le bonheur surviendra.

Georges ayant appuyé son front brûlant aux petits carreaux de la fenêtre aperçut M. Privat entrer dans la cour.

— Mère, M. Privat vient te parler. C'est sans doute Germaine qui l'envoie. Permets-moi de ne pas assister à cette entrevue.

— Tu le fuis, enfant !

— S'il est fâché, tu m'excuseras. Moi, je serais trop faible devant lui, à cause d'elle !

Il resta dans la chambre vide de Germaine et sa mère descendit pour accueillir M. Privat. Tous deux avaient le sourire aux lèvres.

— Eh bien ! dit le père de Germaine. Ça y est ! Nous l'attendions cet aveu ! Georges a pris son temps ; enfin, il s'est décidé.

— Oui, mais quel fâcheux incident de début ! Qui aurait supposé qu'elle serait si absolue, si entière, la chère petite !

— Moi ! moi, qui m'en doutais. Néanmoins, cette séparation est un grand bien, croyez-moi, madame. Elle ne fera qu'attiser l'affection. Ah ! Ils peuvent bien attendre un peu... soupira-t-il.

Et, fixant sur la comtesse un regard pénétrant, respectueux et tendre, il ajouta :

— J'en connais qui ont attendu plus longtemps.

Elle sembla n'avoir pas compris, n'avoir d'autre préoccupation que le bonheur des jeunes gens :

— Pensez-vous, demanda-t-elle, que ce renoncement de Germaine la tienne éloignée de lui pour longtemps ? Vous la connaissez mieux que moi...

— Longtemps... pour lui... Des semaines sans doute... peut-être des mois... car je ne veux point l'influencer, l'irriter en manifestant trop de désir...

— Des mois ! répéta madame de Luz... c'est aussi bien longtemps... pour moi...

Au ton de tristesse, il comprit les craintes presque avouées.

— Votre santé ? interrogea-t-il.

— Hélas ! monsieur Privat, je vieillis vite. La douleur tue. J'ai hâte de savoir Georges heureux. Je pourrai partir ensuite... Savez-vous que l' « Autre » m'appelle ?

Il l'enveloppa d'un second regard plus dévoué, plus respectueux, plus tendre que le premier.

— Allons, dit-il, j'essaierai de hâter le dénouement... Et peut-être, au contraire, le spectacle du bonheur vous donnera-t-il le désir de rester longtemps parmi nous !

XXXIX

LE COUPLE TRAGIQUE

A la ferme de Sivac, chez les Sandoret, le bonheur n'était pas parfait. Bien que le moulin parût se relever autant à cause d'une hausse des blés que par l'effet de la nouvelle tenue des comptes, les nuées orageuses s'accumulaient entre Alice et Séverin.

La fille de Calixte Privat ne faiblissait plus. Elle avait toujours présente la scène odieuse d'adultère qu'elle avait surprise à la minoterie, quelques heures après avoir sauvé Sandoret de la cour d'assises. Elle voyait toujours Simonne, sa rivale, entre les bras de Séverin. Elle savait bien que tout l'argent dont elle se priverait irait à l'autre. Ce n'était point par vengeance qu'elle conservait a sévérité des premiers jours, ni même par jalousie — car ce débordement de honte avait noyé son amour — c'était par dignité froide, par un besoin d'ordre et de justice qu'exigeait sa nature. Elle ne voulait pas payer les vices de son mari au détriment de son fils. Elle était, du reste, forcée à l'économie, à la circonspection par l'attitude même de son père.

— Si l'expérience ne réussit pas, lui avait-il dit, ma maison te restera ouverte... à la condition qu'il ne te suive pas chez moi. Va, ma chère fille, je te souhaite de garder tes illusions.

Elle n'avait pas mis longtemps à les perdre. Dès les premiers jours, Séverin, tendre et félin, sachant que la somme était rentrée et que, les dettes payées, il en restait une grosse part dans les tiroirs d'Alice, — la part dont il avait majoré les comptes pour la réserver à Simonne — Séverin s'était montré d'une prévenance et d'une douceur inaccoutumées. Il ne sortait pas, se soumettait à l'inventaire exigé par sa femme, faisait avec elle des plans de fortune, escomptant la prospérité qu'entraîneraient l'économie, la surveillance et le travail. Les premiers résultats de la fin du mois parurent excellents. Pas de nouveaux déficits. Un bénéfice léger touché par Alice. Sandoret, flairant l'argent en réserve, parla d'innovations, de machines perfectionnées qu'il voulait commander à Bordeaux, acheter au comptant pour bénéficier de l'escompte :

— Donne-moi les cinq mille francs qui te restent.

— Non, ce n'est pas prudent. Ne hasardons pas si vite nos derniers capitaux.

— S'il en manquait, ton père, en présence de l'augmentation des affaires, satisfait, t'en prêterait de nouveaux... dont nous paierions les intérêts... Je m'y engagerais...

— Non. Père ne prêterait plus rien. Il me l'a formellement affirmé.

— Ton père est vraiment d'une intelligence bornée.

— C'est possible. Il en a eu assez pour s'enrichir, il n'est pas forcé de l'employer maintenant à se ruiner pour nous.

— Tu n'as pas confiance en mes projets ?

— Si... mais nous verrons plus tard...

Plus tard, il revint à la charge.

— Je consens, dit-elle. Je t'accompagnerai. Je paierai les machines... moi-même.

Il poussa un juron terriblement odieux, l'insulta, se déchaîna dans une de ces colères qui le laissaient ensuite écumant, les yeux hors des orbites, le visage violet. Il leva le bras, prêt à la frapper. Elle ne recula pas. Il sortit.

Plusieurs fois des scènes dont l'origine était une demande d'argent se terminèrent par ces départs brusques de Sandoret. Alice veillait d'abord sur son argent, elle prit le parti de le mettre à l'abri d'une tentative de force et l'apporta dans une banque de Bordeaux, sans rendre compte de cet acte à son mari... puis, elle songea, un instant à se mettre à l'abri elle-même et verrouilla sa porte tous les soirs. Ils ne vivaient plus de la vie commune. Le mariage était rompu. Sans Lucien, elle aurait eu la tentation de mettre à exécution les conseils de Calixte Privat, de demander le divorce.

Lui, de son côté, il nourrissait la fureur d'être impuissant devant cette femme qu'il avait habituée à la servitude du baiser. La douce et tendre Alice le traitait en inférieur qu'on punit et l'humiliait de sa sévérité implacable. Il ne pouvait secouer le joug. Il se courbait mais la haine naissait. Il savait bien que le jour où, de nouveau, elle

apprendrait ses relations avec Simonne, elle ne pardonnerait pas !... Elle fuirait chez son père, emportant Lucien. Et s'il réclamait l'enfant, elle le conquerrait par les considérants d'un jugement de divorce. Alors que deviendrait-il, lui, Séverin, sans famille, sans foyer, sans le sou, chassé du pays par l'opinion et par la misère ? Simonne elle-même ne voudrait plus de lui ! C'était sa grosse crainte : perdre tout à fait Simonne. C'était là ce qui exaspérait sa haine contre Alice, l'impossibilité où elle le jetait de contenter Simonne !

Comme il ne pouvait presque rien apporter à sa maîtresse, il la voyait rarement. Et sa fringale d'adultère s'accroissait de privation. Alice le gênait. Il voyait rouge à certains moments et l'idée confuse lui venait qu'il pourrait peut-être la supprimer !

Et soudain, ses terreurs de l'avenir renaissaient... Sans Alice, pas de situation, pas d'argent pour vivre, pas de miettes à glaner ou à voler pour subvenir aux besoins de Simonne ! Simonne devenait son but, son unique souci, sa raison de vivre. Il allait vers elle, inconsciemment, en impulsif, courbé sous la passion charnelle, la tête basse comme un taureau qui fonce, résolu à se faire un passage libre. Malheureux chez lui, il l'était encore plus chez sa maîtresse ; s'il parvenait à s'échapper une heure de la minoterie ou de la ferme de Sivac pour gagner à travers bois la maison isolée de Simonne, il trouvait là, non plus les caresses d'autrefois, mais l'accueil glacial de la femme à la fois vénale et jalouse qui se croit des droits et exige plus impérieusement qu'une femme légitime l'apport de l'argent et l'hommage de l'amour.

Les violentes colères où la sévérité d'Alice le jetait ne pouvaient plus s'apaiser sous les douces paroles de Simonne. Rude, impitoyable, Simonne le repoussait aussi, ne concluant de la rareté des visites et du tarissement soudain de la générosité que ceci : « Il aime sa femme ! Il garde pour elle tous les bénéfices du moulin ! Il aime sa femme ! Il n'ose plus la quitter la nuit comme autrefois ! »

Si, plus habile, Simonne n'avait trop souvent montré son âpreté aux récompenses, le bonheur et l'illusion de Sandoret eussent été complets ; il n'eût pas douté de l'avenir, il eût trouvé en elle la véritable compagne future de ses appétits. Mais, toujours il se tenait sur la réserve, en dompteur qui craint le coup de griffe de sa bête ou une tentative d'évasion. Et c'est pourquoi, la plupart du temps, aux colères de Simonne, aux prières, aux révoltes, aux scènes jalouses, il opposait une patience robuste, un calme ironique. Elle s'y heurtait, s'y brisait et elle recommençait ensuite plus ardente, inlassée, à récriminer contre Alice, à menacer Sandoret.

Un soir, il survint, pâle et mou, suant l'alcool. Simonne recula devant l'odeur, étonnée, car Sandoret buvait peu. Il n'y avait ni bougie, ni lampe allumée.

— D'où viens-tu ? demanda-t-elle avec dégoût.

Les yeux rougis étaient vagues. La barbe se hérissait, le front était moite, plissé de rides nombreuses.

— Du cabaret, toi... toi qui n'y vas jamais ?

— Bon ! Tu vas faire la bourgeoise à présent ? Si je sors de chez moi pour trouver une autre légitime, gare la casse ! J'en ai assez.

— Ah ! ah ! Ta femme t'a fait une scène ?

Il se reprit, il eut honte d'avouer la vérité. Une fois de plus, Alice venait de rester victorieuse, ayant refusé l'argent qu'il voulait apporter à Simonne. Et, battu une fois encore, les nerfs frémissants de s'être retenu pour ne pas étrangler Alice, il avait demandé à l'alcool l'oubli.

— Conte-moi pourquoi ta femme t'a fait une scène, reprit Simonne curieuse.

— Mais non, mais non, elle n'oserait pas ! C'est toi qui me reçois mal, très mal, ma petite.

il voulut saisir Simonne par la taille. Elle le repoussa si rudement qu'il chancela.

— Moi, dit-elle, je ne sais rien faire de bien !

— Oh ! que si ! Oh ! que si ! répéta-t-il, goguenard.

— Non, rien, répéta Simonne rageuse... et c'est
pour cela que tu ne viens pas me voir du tout.

— Du tout ? Tu exagères. Tu ne te souviens
donc pas, ma petite Simonne ? C'est très mal ! Je
suis venu il y a quinze jours et tu fus si gentille !
Moi, je me souviens, j'ai de la reconnaissance.

— Ah ! oui ! Parlons-en de ta reconnaissance.
Elle ne te coûte pas cher.

La réalité le dégrisa. Il fallait donc toujours que
la conversation en arrivât à ce sujet : c'était toujours autour de ce sujet que naissaient les insultes
et les colères. C'en était fait de l'intimité pour ce
soir, après ce mot de vénalité ! La soirée était
gâtée. Il ne répondit rien, alla s'asseoir, lourdement, près de la table de la cuisine où il s'accouda. La table qui le soutenait était poussée contre le mur sous la fenêtre et lui, il tournait le dos
à la nuit du dehors. Simonne distinguait ses traits
éclairés par les rares flambées rouges du foyer.
Lui, il voyait la figure de Simonne dans la clarté
éclatante de la lune qui montait toute ronde sur
la campagne glacée.

— Tu ne pousses pas les contrevents, Simonne?
On peut me voir de la route.

— Et tu as peur ? Tu redoutes qu'on te voie ici ?

— Oui, dit-il, pour en finir. A quoi bon livrer notre vie aux yeux indifférents ?

Elle haussa les épaules.

— La lumière au ciel nocturne. Ainsi, j'écono-
mise la bougie et l'huile. Voilà où j'en suis ré-
duite, monsieur le meunier !

Il se résigna. Pas un mot ne s'échangerait donc
sans que surgît la question d'argent.

— Si tu crois, continua-t-elle, que c'est une vie
gaie que tu me fais là. Le jour, je suis dans la
maison, le soir aussi, mais le soir, il y a les ténèbres en plus pour me porter aux idées noires !
Et tu t'étonnes que je ne te reçoive pas gaiement !
Ah ! vraiment, elle est riante mon existence, privée
de toi, privée d'argent, privée de tout. Et c'est toi
qui te plains ? En voilà de la justice !

— Ce qui en serait de la justice, répliqua Séverin, toujours accoudé à la table, ne serait de ne
demander d'abord si ma présence est possible, ensuite si la générosité m'est permise ?

— Permise ? Tu as dit le mot. On t'interdit les
deux, de venir et de donner.

Il ricana.

— Et tu ne trouves pas cela naturel ?

— Si, mais ce qui n'est pas naturel à un homme
de ta trempe, c'est d'obéir. Ah ! il est joli mon maître tenu en laisse. Tu demandes l'autorisation de
découcher et on te met deux sous dans la poche
pour ta chaise à l'église. Tu n'as pas honte ?

Il simulait de se tordre de rire sous les invec-
tives, mais l'accusation mordait son amour-propre
et sa face congestionnée par la colère autant que
par l'alcool se violaçait :

— Tu déraisonnes, ma Simonne !

— Ma Simonne ? Ta Simonne ? Attends-toi à me
traiter longtemps en conquête. Dès à présent, je
me reprends. J'en ai assez de l'amour d'un gosse...

— Oh ! quarante-cinq ans passés !...

— D'un trembleur... d'un lâche !...

Il fut soudain debout, flagellé par le mot. Il fermait les poings.

— Hein, Simonne ? Tu as dit...

Plus atténuée, la voix rageuse, elle reprit :

— Alors, qu'est-ce qui t'empêche de venir ?

Il osa répondre, pour paraître le maître de sa
femme comme de sa maîtresse :

— Personne. Je viens quand ça me plaît.

— Ce n'est pas vrai, Séverin ! Elle te défend de
sortir...

— Faudrait voir ça, encore une fois ! Ne suis-je
pas ici maintenant ?

— Tu as pu t'échapper !

— Parbleu ! En voilà un argument ! Il faudrait
donc, pour te faire honneur, qu'elle fût prévenue
par moi quand je me dispose à pousser ma promenade jusqu'ici ?

— Je maintiens que tu lui obéis... parce que...
parce que tu l'aimes...

Il vit poindre l'accès jaloux, en fut flatté cette
fois, ne nia pas, se contenta d'une ironie pleine de
suffisance :

— Tu crois, ma Simonne ? Ah ! tu crois ça ?

— Oui, oui, répéta-t-elle énergiquement. Tu l'aimes ! Tu l'aimes. Tu lui donnes tout, la présence
et ton argent, ton cœur et ton temps ; les baisers
que tu me voles...

— Tu finiras par le croire ma femme, Simon-
nette !

Il rit et s'avança pour lui prendre le menton.
Elle était au point de surexcitation où une femme
qui a quelque chose à dire, dût-elle y perdre la
langue et l'aptitude à parler plus tard, tient à le dire
tout de go, sans délai, pour se soulager le cœur.

— Et je sais bien des choses ! ajouta-t-elle en
évitant la caresse protectrice.

— Quoi donc, ma Simonne, que sais-tu donc ?

— Je sais que le moulin est en pleine prospérité.

— C'est beaucoup dire...

— Je suis bien informée. Tu as des mois d'un
bénéfice qui pourrait le permettre...

— On t'a trompée.

— Seulement, tu apportes tout dans l'autre ménage ! Ta femme te détrousse rapidement et tu
consens à ce pillage...

— Moi ? Je n'écoute pas des contes en l'air...

— Oui, tu consens ; tout à elle, à moi rien...

— Mais, Simonne, si c'était vrai...

— C'est vrai, interrompit Simonne, ne mens pas...

— Pourquoi te priverais-je... si je pouvais donner ?

— Pourquoi ? Encore une fois, parce que tu l'aimes ! Tu l'aimes, te dis-je ! Tu n'aimes qu'elle et
je ne compte plus pour toi...

— Décidément, il vaut mieux que je te quitte
pour ce soir.

Il fit le geste de prendre son chapeau sur la
table. Elle lui arrêta le bras :

— Non, non. J'ai encore à te parler, Séverin. Il
y a assez longtemps que je souffre. Tu entendras
tout en une fois...

— Est-ce que ce sera long ?

— Raille. Tu ne railleras plus bientôt.

— Des menaces ?

— Ecoute ce que j'ai décidé.

— J'écoute, dit-il, immobile et résigné.

— As-tu bien tes idées à présent, Séverin ? S'il
te reste encore quelques vapeurs d'alcool dans le
cerveau, j'attendrai une heure ou deux... car il
faut que tu comprennes et tu ne partiras pas sans
m'avoir entendue.

— Je suis très lucide.

Il passa la main sur son front dénudé, la fixa de
ses yeux rouges, eut un rire béat, se consolida pour
lui montrer qu'il avait les jambes et la tête valides.

— Parle, va. Tu disais donc que j'aime ma
femme ? Tu m'accusais de ça ? C'est drôle... Allons, dépêche-toi, elle m'attend...

Simonne haussa le ton, menaçante :

— Prends garde, Sandoret, prends garde ! Pas
d'argent, passe encore ! Mais pas d'amour... alors,
je me vengerais.

— C'est toi qui me repousses, c'est toi qui m'ac-
cueilles avec des sermons longs d'une lieue, des insultes, des menaces... Ah ! ah ! ma bonne Simonne,
personne n'a jamais fait marcher Séverin Sandoret par les menaces ! Tonnerre ! Tu te vengerais !
Ah ! ah ! Explique-moi comment, ma colombe
noire ? Tu vois, je suis doux comme un enfant et
je m'assieds. Parle.

Mais il se leva aussitôt, ajoutant :

— Pardon, donne-moi à boire.

Il se dirigea vers un vieux bahut, l'ouvrit, y prit une bouteille de vieil armagnac :

— Je le reconnais, dit-il, c'est du mien, du bon !

Il s'en versa un demi-verre à bordeaux et d'une seule lampée, exagérant délibérément sa soif gloutonne, il l'avala sans froncer les sourcils.

— Ça y est ! Comme je vais entendre des bêtises, j'avais besoin de prendre du courage.

Elle l'avait suivi, effarée, stupéfaite :

— Mais, Séverin, tu veux donc te tuer ?

— Ça va ! Ça va ! Parle maintenant. Je suis très calme et si je m'échauffe ce sera ta faute, non celle de la boisson ! Mon estomac est solide.

Elle restait interloquée, pourtant l'œil dur et le regard assuré.

— Parle, parle, ordonna-t-il brusquement. J'attends... mais réfléchis bien à ceci : dès la première insulte... je fiche le camp !

— C'est ta façon d'écouter ?

— Non, c'est ma façon de te prouver que je n'aime pas qu'on me chauffe les oreilles, et, crédieu ! si je m'en vais...

— Eh bien ?

— Je ne reviendrai plus !

Simonne poussa un cri d'indignation :

— Ah ! tu le vois bien que tu ne m'aimes plus ! Tu es venu soulever une querelle ? Tu cherches un prétexte. Elle t'a donné l'ordre de me quitter !

— Non, je te l'affirme... ce sera de ma propre volonté... veille au grain.

Elle ne se connaissait plus de colère et de rage et de honte. Jamais Séverin n'avait eu cette audace ! Fallait-il qu'il se sentît aimé pour oser la menacer d'une rupture !

— Tu t'en irais ? Tu me lâcherais ? interrogea-t-elle, le cou en avant, les lèvres ouvertes, les dents serrées, les yeux en feu, tout le visage crispé par une expression de hautain défi.

— C'est comme je le dis, petite.

— Ah ! tu me pousses à bout... eh bien ! je vais t'apprendre ce que j'ai décidé... tu vas le savoir... Séverin.

— Pas trop tôt, ricana le mari d'Alice, debout et tranquille devant la furie.

— Comme je ne veux pas que tu sois à une autre femme tout entier, pas même à la tienne, j'ai décidé que si tu me quittais tu n'appartiendrais jamais à aucune, tu m'entends, à aucune.

Il demanda avec pitié :

— Tu me tuerais ?

— Non, je te dénoncerais !

Un instant Séverin fut hésitant. Ses yeux flambèrent. Son torse en avant se courba vers elle. Mais il aperçut la lune ronde sur la campagne et le ruban blanc de la route communale qui passait devant la maison.

— Tu n'as pas poussé les contrevents, fit-il remarquer pour la seconde fois, avec un léger tremblement dans la voix.

Et elle, fortifiant son défi :

— Quitte-moi maintenant, si tu oses !

— Simonne, articula-t-il lentement, je n'ai jamais eu peur.

— Alors, quitte-moi ! insista-t-elle, avec cette irritante obstination des femmes qui vont dans la colère au bout de leurs idées jusqu'au paradoxe.

Il eut plus de lucidité et de logique, malgré la chaleur d'alcool qui lui montait au cerveau.

— Te quitter pour te prouver mon courage ? Rien que pour cela ? Non, ce serait enfantin, Simonne. Et du reste, de quoi aurais-je peur ?

— Je te dénoncerais ! répéta-t-elle.

— Soit... fit-il, très nerveux... On m'a déjà dénoncé, et j'ai été relâché. Tu vois qu'il faut des preuves... et des preuves... tu n'en as pas.

Elle se révolta :

— Eh ! qu'importe ? Je sais, moi. J'ai vu des choses. Ah ! tu ne te souviens donc pas ?

— Si, si. En voilà bien assez sur ce sujet.

Elle se rapprochait de lui, haletante :

— Non, tu ne te souviens pas assez de cette soirée-là. Je vais te la conter, si tu veux.

Il l'écarta d'un geste violent.

— Je ne le veux pas.

Elle recula dans un coin d'ombre et, à haute voix, parla :

— J'étais seule, ici, par une nuit de lune semblable à celle-ci...

— Assez, Simonne, assez !

— J'entends frapper à cette porte. Je t'attendais. J'accours. J'ouvre et je pousse un cri en te voyant, souviens-toi, Sandóret.

— Tais-toi, Simonne !

— Tes cheveux, ta barbe étaient souillés de sang... Tes mains noires de boue sanglante...

— Simonne, tais-toi...

— Tes vêtements éclaboussés aussi de boue et de sang... et tu fermas la porte derrière toi en disant...

— Assez, te dis-je, à la fin, te tairas-tu ?

— En disant : « Simonne, j'ai tué un homme ! » — « Qui ? » — « Le comte Maxime ! » — « Malheureux ! » — « Et je l'ai traîné dans la mare de Sivac ». — « Mais on saura que c'est toi ! » « Non, si tu m'aides... Sauve-moi, Simonne ! Sauve-moi ! » Et je t'ai aidé, Sandóret, et je t'ai sauvé.

— Tu es ma complice ! déclara le meunier furieux.

— Alors, j'ai lavé tes habits, je t'ai fait changer de linge, tu as effacé les traces de boue et de sang... et tu es parti, calmé... Après ton départ, j'ai enterré la chemise sanglante...

— Où ? demanda-t-il, inquiet.

— Au fond du jardin.

Il eut l'habileté de se calmer, malgré l'effroi qui l'envahissait à cause de cette imprudence.

— Tu m'avais promis de la brûler, Simonne ! Il faudra la brûler, car c'est la seule preuve qui reste, la seule contre moi ! Il n'y en a pas d'autres... Serais-je ici sans cela ? Donc, je n'ai rien à craindre, pas même tes menaces, pure folie de jalouse ! Si je ne te quitte pas, Simonne, c'est que je t'aime, et ce n'est pas par peur.

— Je ne te crois plus, Séverin.

— Allons, viens, Simonne, je t'ouvre les bras. Viens, et ne sois pas dure pour moi.

— Des promesses ne me suffiront plus. Il faut que tu redeviennes le Séverin d'autrefois.

— Viens, te dis-je, viens.

— Promets-moi une dernière fois...

— Je te promets.

La flamme du foyer était morte. La lune seule éclairait la cuisine.

Lentement, Simonne s'avança vers son amant qui l'appelait debout au milieu de la pièce. Et ses bras de colosse géant se refermèrent sur elle. Il eut l'atroce sensation qu'il pourrait, en la serrant très fort contre sa poitrine, l'étouffer, supprimer la confidente et le danger... et il lui baisa les cheveux.

Elle avait le visage enfoui sous sa barbe, restait immobile, comme blottie. Lui, le menton appuyé au front de Simonne, il regardait par-dessus la tête inclinée, la blanche nuit du dehors, pris par la double torpeur des deux ivresses, de l'alcool et des sens. Soudain, il ouvrit les bras, lâcha Simonne, la repoussa.

— Vois, lui dit-il, vois. Qui est là ? Vois.

Sa parole était rauque, ses yeux désorbités ; il écumait en montrant la fenêtre claire.

— Quoi ? demanda Simonne en se retournant.

— Là... cette tête... vois ! Collée à la vitre, là.

Instinctivement, Simonne se rapprocha de lui, prise de frayeur, mais sans pousser un cri. Quelqu'un essayait de regarder à l'intérieur privé de lumière et, la nuque du curieux étant seule éclairée par la lune, Sandoret continuait à s'inquiéter, dans une angoisse exagérée d'homme ivre, en demandant

— Qui est là ? Qui est là ?

Et comme Simonne restait muette, il frappa du pied avec rage et hurla :

— Qui est là ?

La tête disparut.

— Un enfant, dit Simonne en éclatant de rire. Le vois-tu courir et s'enfuir ? Un enfant indiscret à qui tu as fait peur ?

Mais Sandoret avait fait deux pas et, les bras écartés du corps incliné en avant, les poings fermés, il essayait de distinguer le visage de l'enfant en fuite.

— C'est lui, murmura-t-il, quant la silhouette traversa la route.

Et ses dents claquèrent de terreur.

— Qui lui ?

— Le petit domestique du château...

— Eh bien ?

— Je ne l'avais pas revu... depuis longtemps... Je croyais qu'il avait quitté le pays.

— Et cet enfant te fait trembler.

— Non, non... c'est la fièvre, Simonne, c'est la fièvre... J'ai froid. Pousse les contrevents.

Il s'assit, balbutiant avec l'incohérence du délire :

— J'ai froid, Mathurin. Pousse les contrevents, Simonne : le comte Maxime veut entrer.

Elle comprit. L'ivresse régnait. Elle eut peur, à se sentir seule sous les poings de ce colosse. S'il les levait, en un accès de fureur ! Et, vite, ayant allumé un grand feu pour qu'il puisse passer la nuit à sommeiller sur la chaise, elle courut clore la maison, du dehors, et se réfugia dans sa chambre dont elle poussa le verrou.

. . . .

— Simonne ! Simonne !

Elle n'avait point dormi, inquiète, ne s'était même pas dévêtue, écoutant à travers le corridor le ronflement sonore de Sandoret vaincu par l'alcool. Au bout de deux heures à peine, — il n'était pas encore minuit — elle avait entendu qu'il parlait haut, se débattait sans doute dans un cauchemar... auquel avait succédé le silence. Elle le croyait de nouveau assoupi lorsqu'il essaya de tourner le bouton de la porte qui les séparait et, n'y parvenant pas, appela d'une voix maussade, lente et pâteuse :

— Simonne ! Simonne !

— Qui est là ? C'est toi, Séverin ? répondit-elle, avec l'hésitation feinte d'une personne réveillée en sursaut.

— Oui, c'est moi. Tu te barricades ? Nous sommes donc brouillés ? Ouvre donc, Simonne.

Le timbre de la voix était plus apaisé, plus tendre. Rassurée, elle ouvrit. La chambre était pleine de ténèbres. Seule, la lumière du foyer rallumé de la cuisine tremblotait incertaine au plafond quadrillé de solives.

— On n'y voit pas, dit-il Où es-tu ?

Elle s'était retirée pour échapper à la première étreinte, qu'elle redoutait brutale. Et, d'un coin obscur elle demanda :

— As-tu bien dormi ? Tu te méfieras de ton vieil armagnac, maintenant ?

— Je ne sais plus trop bien ce que j'ai fait ni où j'étais, répondit-il en s'excusant. Je me rappelle seulement que tu m'as comblé de reproches. Après quoi, j'ai eu des hallucinations. J'ai revu une soirée terrible. Est-ce toi qui me l'as rappelée ?... Est-ce qu'une tête ne s'est pas collée à la vitre pour nous regarder ? Je ne sais plus distinguer ce qui fut vrai de ce que j'ai rêvé...

Elle voulut effacer le souvenir de l'horrible menace où la colère l'avait entraînée :

— Tu as tout rêvé, affirma-t-elle.

Il soupira comme débarrassé d'un poids énorme. Et il se trouva subitement dans cet état d'attendrissement où l'ivresse, en se dissipant, jette parfois ceux dont elle a ébranlé les nerfs.

— Ah ! tant mieux ! tant mieux ! si j'ai rêvé tout cela, Simonne, parce que je suis assez malheureux, éveillé, sans l'être aussi quand je dors ! Bon Dieu, ma Simonne, si tu savais comme j'en ai assez de la vie !

Elle se rapprocha, ne l'ayant jamais vu si faible, émue à la vue de ce maître terrible qui confiait son découragement comme un enfant. Il continua, la voix dolente :

— L'ai-je rêvé ? Etait-ce vrai ? Tu m'as jeté mon crime à la face... Tu m'as menacé, toi aussi, de me dénoncer... Tout le monde m'en veut, me déteste, m'abomine et me hait. Toi comme l'autre. Elle aussi autrefois, m'a menacé de me dénoncer. Toutes les deux, vous jouez avec mon cœur. Vous m'accablez. La vie m'est à charge. Avant longtemps, j'en finirai. On ne me prendra plus vivant !

Il trouva un fauteuil et s'y laissa tomber. Simonne le suivit, s'assit sur ses genoux, lui caressa le front et, l'interrogeant avec une anxiété suppliante :

— Et si tu te tuais, Séverin, que deviendrais-je ?

— Que deviendrais-tu après m'avoir dénoncé ? répliqua-t-il.

— Mais... je ne te menace pas, moi. Je t'aime trop, moi. Répète, Séverin, ce que tu disais à l'instant et que je n'ai pas compris. Une autre, disais-tu, t'a menacé aussi... c'est bien cela, n'est-ce pas ? Mais quelle autre ?... Qui donc sait ce que je croyais être seule à savoir ?

— Ma femme.

— Ta femme ? Elle a deviné.

— Non.

— Elle a des preuves ?

— Non.

— Alors ?...

— Le lendemain... je lui ai tout dit...

Simonne se leva, s'écarta de lui et, dédaigneuse sincère et tragique :

— Imbécile ! imbécile ! lui cria-t-elle.

Il courbait la tête, humilié, lorsque le dédain ému et affectueux de Simonne se changea en une colère nouvelle de jalouse :

— La voilà bien la preuve que tu l'aimes, que tu l'aimes toujours autant, et plus que tu ne m'aimes. Tu lui as confié le crime ?... Oh ! imbécile ! imbécile !

Sandoret, par son silence, acceptait ce jugement.

— Oui, gémit-il enfin, toutes les deux vous pouvez me perdre ! Il vaut mieux que je vous vienne en aide par le suicide. Allez, je saurai me perdre tout seul.

— Séverin, s'écria Simonne, tu ne crois pas à mes menaces. Je sais bien que je suis incapable de faire la chose lâche dont je t'ai menacé. Tu peux vivre avec moi sans crainte. Mais l'autre ! Ah ! celle-là, redoute-la. Elle te domine maintenant, tu la crains... Avoue que tu la crains ?

Sandoret réfléchit un instant. Il semblait plus maître de lui, paraissait étudier et diriger l'exaltation de Simonne.

— Oui, je la crains, avoua-t-il... pour voir l'effet produit sur sa maîtresse.

Cet aveu déchaîna Simonne en pleine fureur.

— Tu la crains? Et c'est sans doute pourquoi tu lui obéis. Allons, confesse-toi donc à moi. Par des menaces, elle a obtenu de toi que tu ne viennes plus chez moi ?

— Oui, dit-il... oui... de même que toi, par des menaces, tu voulais m'y attirer et m'y retenir... vous êtes pareilles...

— Séverin, ne dis pas cela. Moi, je suis incapable de te trahir.

— Ma tête est à votre merci... J'ai deux ménages qui veulent tous deux que j'emplisse le panier...

Il s'arrêta pour rire lugubrement :

— C'est ma tête qui l'emplira le panier. Que m'importe dans lequel elle roulera... Vous êtes avides et avares... toutes les deux !

— Séverin, Séverin... je ne te parlerai jamais plus d'argent... Avoue que c'est elle qui t'empêche de m'en donner ! Par des menaces, elle obtient de tout garder.

— Elle me le prend tout... oui, par des menaces, comme toi tu voulais, par des menaces, me forcer à t'en verser toujours...

— Moi, Séverin, je n'ai rien pour vivre... Ne me compare pas à elle... puisqu'au besoin je te défendrais contre elle.

— De vous deux, je m'attends à tout... et pourtant, Simonne... je t'aime.

— Mais elle aussi... tu l'aimes ?

Il saisit Simonne par le poignet, l'attira, lui murmura dans l'oreille :

— Je la hais.

— Vrai ? vrai, Séverin ? interrogea-t-elle, avide d'entendre de nouveau ces trois syllabes, qui la vengeaient, trois syllabes de feu qui décelaient plus d'amour que la douceur de tous les : « Je t'aime ! »

— Je la hais ! répéta Séverin. Elle est la cause de toutes nos querelles. Elle me prive de toi. Un jour, elle me privera de mon fils. Je la hais jusqu'à la mort.

A chaque affirmation nouvelle, l'exaltation d'amour de Simonne, d'amour sauvage et bestial, d'amour fier de la conquête et du triomphe, lui jetait au visage une expression différente et tourmentée, comme si ses nerfs, sous la caresse des trois mots de haine, vibraient et frémissaient en un spasme d'amour. Elle entoura la tête de Séverin de ses deux bras fougueux :

— Ah ! s'écria-t-elle, qu'elle ne te menace plus, mon Séverin ! qu'elle n'ose plus te faire de la peine... A présent, tu m'es sacré, tu es à moi tout entier... tu es mon mari ! Je veux que tu sois libre et que tu sois le maître, là-bas comme ici, je le veux, et que ta femme prenne garde ! S'il tombait par sa faute un cheveu de ta tête, mon Séverin... foi de Simonne, je serais capable de nous débarrasser d'elle.

Sournoisement, Sandoret la regarda :

— Tu dis des folies, Simonne.

— Non, non. Je pense ce que je dis.

— Quelle furie, ma petite ! Pas de bêtises, hein ? Il faut te calmer... Si j'avais su t'exciter à ce point...

— Tais-toi. Je suis maîtresse de mes actes... Tu n'es pas responsable de moi. Je n'ai besoin ni de conseils, ni de complice.

— Que signifient tes paroles ?

— Rien. Je m'entends. Rien.

Il y eut un profond silence de quelques minutes entre ces deux êtres. Ils se comprirent aux battements tumultueux de leurs artères.

Séverin Sandoret brisa l'entente et rompit le charme de la complicité inavouée.

— Il faut que je m'en aille.

— Oh ! Séverin, murmura Simonne, caressante et féline, c'est ici que tu es chez toi. Reste.

— Non. Il le faut. Adieu. Il est très tard.

— Tu vois, tu obéis encore. Tu obéiras toujours. Reste, Séverin, reste.

— Non, non, fit-il en se dégageant. Je ne suis pas le maître de rester... Ah ! j'en souffre, ma Simonne ; le jour ne viendra jamais où je serai libre !

— Peut-être ! articula lentement Simonne pensive en le regardant du seuil de la porte disparaître dans la nuit.

XL

UNE SUPPLIQUE

Depuis le drame nocturne de la mare de Sivac, l'hiver avait deux fois poudré de frimas les ifs du cimetière de Saint-Edme, et pour la seconde fois, le printemps renaissait.

Des conciliabules fréquents avaient lieu entre la mère de Georges et le père de Germaine. Georges les surprenait, savait qu'on parlait de lui et d'elle. Et, comme il connaissait les sentiments pour lui bienveillants qui s'agitaient dans ce complot, il s'attendait chaque fois à un résultat, à une solution. Il n'était pas possible que les choses restassent en l'état, que Germaine demeurât irréductible en sa retraite orgueilleuse.

La jeune fille ne se trouvait pas bien de sa décision. Elle en souffrait sans l'avouer. Sa santé même s'en ressentait, car elle était tout entière enveloppée par le souvenir navrant tandis qu'au château, elle avait été soumise à l'influence de la jeunesse de Georges. Lui, vieillard, peu enclin au sourire, que pouvait-il pour rasséréner sa fille quand il rentrait fatigué, le soir ? Pouvait-il chasser d'un baiser paternel les nuages accumulés pendant la longue solitude du jour autour de cette tête chère ?...

Assurément, si cette situation ne changeait pas, Germaine tomberait gravement malade.

Calixte Privat, à cause de l'intérêt même qu'elle attachait aux nouvelles qu'elle recevait de Georges, ne désespérait pas de changer la nature des sentiments de Germaine. Une jeune fille qui se sait aimée et qui prend plaisir à écouter parler de celui qui l'aime n'est pas éloignée de succomber à cette tendresse de charité par où se prend souvent le cœur des femmes. N'était-ce pas en Germaine un indomptable amour-propre qui subsistait, une crainte louable de paraître trahir le serment d'une fidélité pourtant inutile et désormais puérile ?

Non, Germaine pleurait encore tous les soirs, au souvenir de Maxime, mais ses larmes étaient plus douces, comme si, occupée d'un autre, elle ne les versait qu'en hommage, inquiète plutôt de l'avenir qu'à cause du passé. Elle s'étonnait parfois du courage de Georges, de ce respectueux repentir qu'il poussait plus loin qu'elle n'aurait souhaité. Elle commençait à l'excuser, puisqu'elle s'accusait de dureté. Et, depuis quelques soirs, c'était elle qui amenait son père à parler de la comtesse, du château, de Georges, avec des ruses inconscientes peut-être, mais qui n'échappaient point à l'esprit clairvoyant, à l'analyse du cœur paternel de Calixte. Et il avait traduit sa joie intime à Mme de Luz en quelques mots peu gourmés : « C'est encore loin, mais je crois que ça vient ! »

Le père et la fille s'observaient.

Or, un soir, ce fut Germaine qui alla au-devant de ses désirs et parut se laisser convaincre avec une facilité qui le charma. La cause de ce changement était un fait romanesque et bizarre, une circonstance imprévue que ni lui, ni Georges, ni la comtesse, ni Germaine elle-même n'auraient pu prévoir.

A midi, M. Privat était sorti, avait laissé Germaine seule dans cette chambre de jeune fille où elle avait tant souffert et pleuré. Sur la voie des souvenirs attristants, Germaine pensait à sa sœur Alice qui venait la voir quelquefois, qu'elle devinait malheureuse mais qui ne formulait aucune plainte, comme si elle voulait avec fierté n'avoir pas l'air de se repentir du service autrefois demandé. Germaine avait sauvé Sandoret par l'entremise de M. Georges de Luz et du baron de Reillan ; il fallait sser croire à Germaine que les conséquences de mon acte étaient heureuses.

Une fille de ferme, frappant à sa porte, la tira de sa rêverie :

— Mademoiselle, une dame demande à vous parler. Elle est là, dans l'antichambre.

— Une dame ?... Qui pouvait être ainsi dénommée dans le pays, sinon la comtesse de Luz ? Vite Germaine se montra et se trouva en présence d'une inconnue.

Son sourire ému se figea. Sa grâce devint grave et, pendant que la fille de ferme se retirait, Germaine indiqua un siège à la nouvelle venue, un siège de bambou, dans cette antichambre claire de campagne, accommodée pour une station agréable, un salon d'été. Et son maintien interrogeait la dame qui semblait gênée.

— Nous ne nous connaissons pas, mademoiselle, mais votre réputation de bonté m'a donné le courage, l'audace de venir vous demander un service. Comme nous isolées ? Personne ne peut m'entendre ?

— Mon père est sorti, madame. Je suis seule au milieu des gens de la ferme qui n'entrent pas ici. Qui êtes-vous et que puis-je pour vous ?...

— Je vous dirai mon nom dans un instant, mais je vous affirme que vous pourrez me rendre le service que j'attends de vous.

— Parlez donc, madame, car je pressens à l'émotion de votre voix que vous devez souffrir. Néanmoins, permettez-moi de vous redire mon nom, moi. Vous ne vous serez pas trompée... Je suis la fille cadette de M. Privat, Germaine Privat. N'est-ce pas à ma sœur aînée que vous vouliez parler... pour affaires concernant la minoterie... par exemple ?

Pendant que Germaine expliquait son étonnement avec cette timidité de jeune fille qui gagne la sympathie, la dame avait repris de l'aisance et du calme.

— Mademoiselle, affirma-t-elle, c'est bien à vous que je désirais parler. Et, tout de suite, pour gagner votre confiance, permettez-moi d'invoquer un nom qui vous est cher, le nom de votre fiancé que j'ai un peu connu, M. Maxime de Luz.

Germaine pâlit et ses yeux se voilèrent.

— Je vous rappelle, mademoiselle, ce pénible souvenir parce que si M. Maxime de Luz était vivant, je me serais adressé à lui et non à vous pour obtenir ce que je désire.

— Quoi donc, madame ? parlez vite ! Je suis toute dévouée à la mémoire de mon fiancé, et je ferai à votre demande l'accueil qu'il lui eût fait.

— Vous n'ignorez pas, mademoiselle, qu'il était le plus intime ami de M. le baron de Reillan.

— Ami des anciens jours et de la dernière heure, murmura Germaine.

— Et que le baron a gardé de lui le plus cuisant souvenir. Il en porte même le deuil.

— Vous connaissez bien le baron Savinien, madame ?

— Oui, mademoiselle.

— Vous le remercierez pour moi de cette constance du souvenir qui m'émeut et que mon amour brisé me permet d'apprécier.

— Vous avez un moyen de démontrer délicatement votre sympathie à M. de Reillan.

— Lequel, madame ?

— C'est d'empêcher qu'il ne devienne malheureux pour toute sa vie.

— Et je le puis ? s'écria Germaine.

— Vous le pouvez, mademoiselle.

— Expliquez-moi, madame...

— C'est le but de ma visite, mademoiselle, car le service que je vais vous demander lui sera profitable autant qu'à moi. Je vais être aussi brève que possible, mademoiselle, et je me fie à votre cœur qui a aimé pour deviner la profondeur des sentiments sur lesquels je n'insisterai pas. Il y a plusieurs années que le baron de Reillan aime une femme en tous points digne de lui. Le confident de son amour était M. Maxime de Luz. Malheureusement, le caractère du baron est soupçonneux, ombrageux et jaloux. Sur des apparences mensongères, il crut pouvoir accuser celle qu'il aimait d'une infamie dont elle était incapable et cette accusation qui la blessait dans son orgueil la martyrisa surtout dans son amour. Car elle aime M. de Reillan avec toute la passion d'une femme sérieuse qui se sent destinée à faire seule, à l'exclusion de toute autre femme, le bonheur d'un homme... Après avoir avoué, dans un moment de colère, son soupçon accusateur à cette femme, le baron sembla l'abandonner, s'éloigner d'elle, reculer à l'infini la date de leur mariage qu'elle avait espérée très prochaine. M. Maxime de Luz, je le sais, essayait de le calmer et d'attendrir son ami Savinien qui demeurait inflexible. Cette injustice affola, irrita la dédaignée qui eut tort de se venger.

Germaine écoutait avec attention.

— De se venger ? répéta-t-elle étonnée.

— Oui, mademoiselle. Dans un moment de folie amoureuse, d'exaltation morale, se voyant si mal jugée par celui qu'elle adorait, elle conçut le projet incompréhensible de le tuer...

— De le tuer ? protesta Germaine.

— Trop d'amour éteint à ce point la raison. Elle ne pensait plus qu'à l'empêcher d'aimer plus tard une autre femme, à le tuer, à se tuer après. Oh ! mademoiselle, ne jugez pas trop mal cette infortunée ! Les manifestations d'amour sont différentes, selon l'âge, le caractère, l'éducation. Si elle ne l'avait pas aimé, elle fût restée indifférente à l'outrage, et elle ne se serait pas créé un remords pour toute sa vie.

— Pourtant, objecta Germaine surprise, puisque M. de Reillan vit, de quel remords s'agit-il ?

— Le remords de l'intention, mademoiselle, serait déjà pénible, mais l'intention fut suivie de l'exécution. La délaissée tira un coup de revolver sur le baron et s'enfuit. Elle avait manqué son crime prémédité. M. de Reillan ne sait pas encore qui a tiré sur lui... et, aujourd'hui, il s'est repris d'amour pour cette malheureuse qui se demande à tout instant s'il n'apprendra pas qu'elle était l'auteur de l'attentat dirigé contre lui. Le jour où il saura que la femme qu'il aime, la femme qu'il est sur le point d'épouser, a voulu le tuer, qu'adviendrait-il pour elle et pour lui de l'avenir et de l'amour rêvés ?

Germaine voulut interrompre la confidence, mais la dame, très absorbée par ses pensées, continua très vivement :

— Elle ne se consolerait jamais de le perdre une seconde fois, lui d'avoir été trompé par elle ; car cet attentat, hélas ! par une fatalité qui poursuit la pauvre femme, peut être interprété comme un acte intéressé. La mort du baron aurait fait tomber une partie de sa fortune entre les mains du fils mineur de cette femme qui est veuve.

— Oh ! mais c'est horrible... avoua Germaine. Pouvoir être soupçonnée d'un pareil calcul...

— A quoi bon insister, mademoiselle, entrer dans des détails superflus ! Vous comprenez à demi-mot. Vous devinez l'anxiété, les craintes perpétuelles de cette femme...

— Mais, madame, quelqu'un l'a donc vue, quand elle a failli commettre son crime ?...

— Oui, mademoiselle... et la personne, la seule au monde qui connaisse son secret, sur une prière de vous, garderait éternellement le silence.

— Sur une prière de moi ? Je la connais au point d'avoir cette influence ? Qui donc, madame, tient ainsi votre bonheur en ses mains ?

— M. Georges de Luz.

Germaine réprima un cri, pâlit très légèrement, comprit ce qu'on voulait d'elle.

— Vous désirez que j'implore la pitié de M. Georges de Luz ? Pourquoi m'écouterait-il...

— Mademoiselle, n'eût-il pas mille autres raisons d'être soumis à vous, qui êtes bonne, douce et belle, il resterait toujours que vous avez été la fiancée de son frère.

— Madame, je ferai ce que vous désirez.

— Et je vous bénirai et je vous remercie !

Elle saisit les mains de Germaine et les baisa.

— Vous réussirez, mademoiselle ; j'emporte cette certitude. Le baron Savinien ne saura jamais mon acte de folie. Merci, mademoiselle, merci !

— Vous êtes ? demanda timidement Germaine.

— Je suis Mme de Montvert.

Elle se leva, enveloppa la jeune fille d'un lent regard de gratitude, abaissa son voile noir sur ses yeux de velours et sortit après s'être inclinée, captivante de grâce et charmeuse, après son départ même, par le souvenir de ses poses abandonnées et du timbre caressant de sa voix.

. . . .

Mme de Montvert ? Germaine la connaissait seulement de nom, savait qu'elle habitait près de la minoterie.

Germaine s'intéressait à l'histoire de ce cœur meurtri par l'homme aimé et surtout à la souffrance aimante de M. Savinien de Reillan.

Inavoué régnait en elle le désir d'un rapprochement de Georges. Le motif, l'occasion étaient trouvés. Comme si, des deux côtés, l'attrait de se revoir en était au point d'extrême tension, le père Privat rentra, mandataire de Georges, chargé d'une dernière supplique. L'âme de Germaine tressaillit de contentement. Elle n'avait qu'à accepter, qu'à sembler fléchir par miséricorde. Elle fit mieux. Elle usa de camaraderie enjouée et se montra, aussitôt que son père voulut parler du château, disposée à l'écouter.

— Voyons, petite, je t'ai, jusqu'à ce jour, laissée bien tranquille. J'ai jugé moi-même utile et digne ta petite manifestation sentimentale... mais il me semble qu'elle a duré le maximum de temps permis ; tu risques de paraître, désormais, inquiète et ridicule.

Germaine parut choquée de l'appréciation et répondit en simulant un peu d'ennui :

— Je croyais n'avoir plus à revenir sur ma décision, mais si tout le monde me donne tort... comme je suis sans haine, ni prévention... je répondrai par des paroles de paix.

Calixte sourit. Il savait bien que le moment viendrait de la capitulation déguisée. Au lieu de témoigner sa joie, il voulut blâmer encore :

— Je veux croire, Germaine, non seulement que tu es sans haine contre nos amis, mais que tu leur as conservé toute ton affection.

Elle eut un sourire tendre.

— Mais oui, père, oui ! J'aime la comtesse comme si elle était ma mère et son fils comme un frère... il le sait bien.

— Il en doute, à présent !

— Oh ! protesta Germaine.

— Oui, ma fille. C'est là l'écueil des rigueurs puritaines. Elles vous font passer pour manquer de cœur. La comtesse aussi se demande pourquoi tu as poussé la cruauté du devoir à ce point. Elle aime pourtant bien son fils, elle, et si ta conduite n'était pas entachée d'outrance, elle l'aurait approuvée !

Ce raisonnement parut frapper Germaine.

— Alors, père, je suis disposée à lui faire mes excuses ! dit Germaine.

Et, ironique, un peu, elle ajouta :

— Faut-il que j'en fasse à Georges aussi ?

— Mon Dieu ! affirma Calixte, tu le devrais. Sais-tu ce que le pauvre garçon se figure ?

...-il croire ? Il connaît le sentiment qui m'a guidée !

... mais il s'imagine surtout que tu l'as soupçonné d'être intéressé...

— Lui ! s'écria Germaine.

— Et de courir après ta dot !

— Oh ! oh ! fit-elle effarée et repentante.

— Et d'abuser de ta présence chez lui pour compromettre...

— Oh ! le pauvre ami !

— Oui... oui, et il en a beaucoup souffert.

— Père, pourquoi ne m'avoir pas dit cela plus tôt ?

— Tu ne voulais rien entendre...

— Père, vous avez raison, je lui dois des excuses. Choisissez le jour et l'heure où nous devrons nous voir...

— Tu lui en dois et c'est lui qui t'en fait. Il t'envoie son bon souvenir... Il te prie de venir au château quelquefois, te jure de ne plus t'effrayer puisqu'il est convenu qu'il est effrayant !

— Ne m'accablez pas, ne raillez pas, mon cher papa. Portez-lui ma réponse. Dites-lui que notre définitive réconciliation aura lieu demain, voulez-vous... demain... sur la tombe de Maxime.

— Il est g... le lieu de rendez-vous ?

— Que vous importe ! Ni Georges, ni moi nous ne sommes gais. Qu'il vienne ici me chercher demain matin à huit heures. Nous monterons ensemble et nous redescendrons tous deux, déjeuner ici, à Moulrion, avec vous !

— C'est entendu ! approuva le vieux Calixte, radieux.

— Et, l'après-midi, nous irons ensemble voir sa mère... bien seule, bien isolée...

— La pauvre dame, gémit Calixte Privat.

Elle jugea inutile de parler à son père de la visite de Mme de Montvert.

Et, tout le reste de la journée, elle fut d'âme légère. Ses yeux souriaient. Elle congédia son père avant la nuit pour qu'il apportât vite à Georges la demande de rendez-vous pour le lendemain. Et il lui sembla qu'elle arrivait à un tournant de route, au sommet d'une colline, que l'horizon laissé derrière était noir, tandis que devant elle s'ouvrait une plaine rose, lumineuse et infinie.

XLI

LES FOUS

Le soir de ce même jour, à la nuit tombante, Séverin Sandoret quittait le domicile conjugal pour se rendre chez Simonne Soria. Il le quittait irrésolu, l'âme flottante, se demandant s'il y rentrerait. Le crime avait été sur le point de s'échapper de ses mains ; il avait failli frapper à la face Alice restée sévère et sereine, Alice toujours dressée contre ses désirs et ses plaisirs, statue hautaine d'où tombaient sur lui le blâme et le mépris.

Il frappa, cria : « C'est moi, Simonne ! »

— Enfin ! C'est toi ? Je ne t'attendais plus jamais. On t'a accordé une permission ?

— Assez de raillerie, ma Simonne. Je suis joyeux de te voir, sois joyeuse aussi.

— Ah ! Tu crois que je peux sauter en deux minutes de la colère à la tendresse ?... J'étais là, seule, à penser à toi, et je te détestais de ta faiblesse et du mensonge de ton amour... Je t'attendais et tu ne venais pas... Voilà quinze jours que tu n'es venu... et, à chaque visite hâtive, tu jures que tu n'es plus sous la dépendance de ta femme, que tu es le maître ! Montre-le donc que tu es le maître et reste cette nuit, et reste demain, toujours, toute la vie, reste !

Elle avait poussé la porte, mais elle ne s'était pas, comme à l'habitude, suspendue à son cou, se reculait comme si elle se refusait à être aimable avant une promesse.

Il la vit si surexcitée, les yeux si étrangement luisants, qu'il se demanda si elle n'était pas sous l'empire de la fièvre.

— Justement, ma Simonne, je viens pour rester.

— Longtemps ?

— Longtemps, Simonne... aussi longtemps que tu voudras, ma Simonne.

Elle le regarda, défiante :

— Ah ! fit-elle.

Et, comme obéissant à une préoccupation qui la dominait et l'empêchait de se livrer à un élan de reconnaissance, elle s'approcha de la cheminée et poussa du pied sous le foyer une grosse corde déroulée, qui gisait en pagaïe sur le plancher. Séverin suivit le mouvement et remarqua la corde neuve. Elle expliqua aussitôt, sans qu'il l'interrogeât, que celle du puits était usée et qu'elle était forcée de la renouveler.

— Un peu mince et fragile pour une corde de puits, fit observer Séverin.

Ce détail infime avait arrêté les récriminations et coupé court aux mauvais souvenirs. Sandoret pressait Simonne entre ses bras. Ils s'alanguirent, sans parler, et quittèrent la cuisine pour passer dans la chambre. Et là, Simonne fut reprise de sa jalousie que Séverin calma vite, tellement il fut sincère dans ses manifestations d'amour. Même, il s'emporta contre Alice en termes violents, dépassant toute mesure, et Simonne n'eut plus de doute : il la haïssait, il souffrait par elle, il avait dit vrai la dernière fois, ce serait pour lui un soulagement d'être débarrassé de cette dominatrice, de cette geôlière, unique entrave à leur mutuel bonheur.

— Oh ! moi aussi, je l'exècre, murmura Simonne.

— Parce que tu m'aimes !

— Parce que je te suis dévouée, et que je ne veux pas, Séverin, que tu sois malheureux. Ne t'ai-je pas été toujours dévouée, même depuis ton crime ?

Il pâlit, en proie depuis quelques jours à des terreurs inexplicables. Pourquoi lui rappelait-elle ce secret ? Il n'avait plus goût aux caresses, devint froid et triste.

— Cette semaine, continua Simonne, j'ai fait selon tes vœux, j'ai déterré les linges sanglants et je les ai jetés dans les flammes.

Il ne répondit rien.

— Et te souviens-tu d'avoir apporté ici même, le jour où fut tué le comte de Luz, une bêche dont tu ne conservas que le bâton après l'avoir épointé et fait durcir au feu ? Eh ! bien, le fer de la bêche que tu avais laissé ici, sais-tu ce que j'en fis ? Je le lançai après ton arrestation par-dessus la haie de Nicaise Rabastin, cet imbécile qui n'a pas su épouser ta belle-sœur !

Et elle se mit à rire d'un rire lourd de belle fille sans conscience.

— Si on avait arrêté le gros Nicaise, c'est ça qui aurait été amusant !

Sandoret ne riait pas, restait muet, comme obsédé par la vision évoquée...

Mais, son regard, errant vaguement sur tous les objets de la chambre faiblement éclairée par une seule bougie, s'arrêta, se fixa soudain à une fulgurance, une surface métallique miroitant sous l'armoire. Et il distingua une petite hache fraîchement aiguisée.

Pourquoi Simonne avait-elle mis là cet objet de cuisine ou de chai à bois ? Et pourquoi cette corde neuve inutile au puits ? Et pourquoi cette attitude exaltée, cette exubérance de gestes, ces yeux hagards de Simonne ? Où n'était-ce pas lui-même, Sandoret, qu'une imagination surmenée poussait à s'étonner de choses quelconques et futiles ?

Sa pensée fut tellement absorbée par ces menus faits que son corps resta sans chaleur amoureuse, frigide dans les étreintes de Simonne. Quand l'aube enfin parut, l'aube grise et sale d'une matinée de brume, il se leva frissonnant, les traits tirés, laissant Simonne répéter inassouvie :

— Tu ne m'aimes pas ! Tu ne m'aimes pas !

Elle se leva aussi. Elle s'habilla. Ils déjeunèrent frugalement, en silence, lui l'observant, elle gênée :

— C'est dimanche, dit-elle, j'irai tout à l'heure à la messe, m'attendras-tu ?

— Je ne sais pas, répondit Séverin.

— Tu vas donc me quitter encore ?

— Eh bien ! je resterai, j'attendrai. Sors.

Il l'examinait à la dérobée. Elle se revêtit de ses plus coquets atours, fut bientôt semblable à une riche fermière. Et Sandoret la trouva très belle, très capiteuse, oublia sa froideur inquiète et voulut l'embrasser au moment où elle sortait. Elle se recula vivement.

— Non, fit-elle.

Et elle partit précipitamment.

Un instant il la suivit des yeux dans la matinée qui voilait la route de brouillards encore épais. Où allait-elle ? A la messe ? Ah ! le ridicule prétexte ! Pourquoi cet air gêné quand elle avait exprimé son désir de sortir ?

Et une pensée lui vint, une pensée terrible qui l'invitait à se rendre compte de la justesse d'un soupçon ; il se pencha pour regarder sous le foyer... la corde n'y était plus ! Il courut à la chambre... la hachette n'était plus sous l'armoire. Son front se plissa :

— Où est allée Simonne ?

Le manteau long dont elle était couverte en sortant ne devait pas lui servir à se préserver du brouillard, mais à dissimuler les objets qu'elle emportait.

— Où va Simonne ?

Il frémit et sortit à son tour. Mais au lieu de courir derrière elle, il prit la direction contraire. Où allait-elle ? Il ne cherchait pas à lui barrer la route. Il la laissait marcher à une œuvre inconnue. Il ne voulait pas savoir ! Et pour ne pas savoir, Sandoret allait, lui, en sens inverse, la fuyant.

Et il éprouvait, en marchant, une terreur étrange de l'heure présente. Le silence des bois lui était douloureux. Il marcha sur la route, tirant de temps en temps sa montre, passant tout près des voitures quand il en rencontrait et interpellant les gens pour être reconnu. Il causa avec un mendiant qui lui demanda l'heure ; il la lui dit en l'avançant de trente minutes. Il fut aise d'être vu par le garde champêtre, salua aimablement deux ouvriers du moulin au seuil de leur chaumière. Il semblait imposer sa présence aux indifférents, vouloir qu'on le remarquât et qu'on se souvînt de son passage, comme un criminel qui chercherait à se créer un alibi.

Sans doute craignait-il qu'on pût croire qu'en ce moment même il accompagnait Simonne ! Et quand il songeait où Simonne était peut-être, il fermait les yeux, très pâle... et continuait sa marche errante.

Une vision sinistre lui donnait un tremblement des jambes. Il était si absorbé qu'il oubliait maintenant la direction d'abord voulue et, arrivé à un carrefour, hésitait un instant, puis revenait sur ses pas. Il passa devant la maison de Simonne sans entrer, sachant bien qu'elle n'était pas encore de retour. Il aperçut de loin les hautes cheminées de la minoterie, plus tard la toiture de sa maison à lui. Il eut un frisson et s'écarta de cette route, il prenait maintenant un des sentiers sous bois qui aboutissent à la mare de Sivac. Dans le pays, on appelait, depuis un an, cette eau stagnante au pied d'une colline, la *mare sanglante* ! Une force impérieuse poussait Sandoret dans le dos et lui criait : « Va là ! » Une autre force l'attirait, lui disait : « Viens. » Et des voix nombreuses, autour de son crâne, lui hurlaient son crime : « Va voir où tu l'as tué ! C'est là-bas ! Tu en es tout près, tu y arrives, tu y es, c'est là ! » Et sa vitesse s'accrut d'enjambées énormes. Il courait. Il s'arrêta. La mare silencieuse et plate, un miroir de clairière, dormait devant lui.

Il s'épongea le front. Il était livide. Les brouillards flottaient au-dessus de l'eau, à mi-hauteur des arbres qui commençaient à feuiller.

Sandoret, las, essoufflé, ne bougeait plus, adossé à un chêne, comme cloué au tronc par une flèche de fer. Les yeux démesurément ouverts, il regardait à terre au bord de l'eau.

Et, nettement, il voyait, couché là, le corps inanimé du comte Maxime. L'évocation était intense, la vision claire. Le grand jeune homme pâle, renversé sur le dos, la gorge trouée, la poitrine sanglante, gisait devant lui sur la rive. Le cadavre était présent.

Sandoret poussa un cri rauque, voulut d'un effort s'arracher au cauchemar de fièvre qui l'enveloppait. Il fit quelques pas en arrière sous les arbres, loin de l'eau que le premier rayon de soleil rosait d'une teinte sanglante.

Et son cerveau reçut une brusque secousse : à vingt mètres, il apercevait le vacher Mathurin qui semblait le guetter et l'attendre. Alors il se retrouva. Sa colère, sa rage, sa force de brute exaspérée se renouvelèrent. Il bondit vers l'enfant, mais Mathurin, agile, à toutes jambes s'enfuit, et le colosse renonça vite à la poursuite, hagard, essoufflé, la tête emplie de bourdonnements.

Tout à coup, sa terreur atteignit la folie. De l'autre côté de la mare, là-bas, dans le sentier montant sous le voile des brumes, qui voyait-il ? Germaine et Maxime ! Germaine donnant le bras à l'assassiné et lui souriant... Le cadavre de tout à l'heure, debout, entraînant Germaine... Ils étaient ensemble malgré lui, ils étaient, malgré lui, mariés.

Sandoret tomba, les deux genoux dans le sol humide, et sa tête buta contre une racine pointue. Le sang coula de son front. Il se releva, vit sa barbe sanglante, ses vêtements souillés de boue jaunâtre, comme le soir du crime... et il s'éloigna furtivement, avec des allures de fauve traqué, la tête basse, les yeux fuyants, vers la maison de Simonne.

Le comte Maxime de Luz n'était ressuscité que dans le corps semblable de son frère, et le couple que Sandoret avait aperçu dans les taillis, c'était Georges et Germaine montant ensemble vers la tombe du fiancé.

. . . .

Avant d'entrer chez Simonne, Sandoret rôda autour de l'enclos, inquiet, soupçonneux, se croyant poursuivi, hâve, pâle, déprimé comme après une longue torture physique. Enfin, il poussa la porte et appela Simonne. La petite maison resta silencieuse. Simonne n'était pas encore revenue. Il eut une raillerie lugubre, un rire d'insensé qui découvrit toutes ses dents :

— Ah ! ah ! La messe est bien longue !

Et il s'assit près du foyer, le regard morne.

Soudain, la porte du corridor grinça et Simonne, les cheveux en désordre, les gestes fous, se dressa devant lui, criant dans une hâte fébrile :

— On me poursuit. Va-t'en. Qu'on ne te trouve pas ici !

Et pour fuir aussi, elle se dirigea vers la porte laissée ouverte.

Il bondit sur elle, l'arrêta par les épaules :

— Où vas-tu ?

— On me poursuit, répéta-t-elle. Il faut que je me cache... J'ai voulu t'avertir... va-t'en d'ici par prudence... Adieu.

Il ne la lâchait pas :

— Qui te poursuit ? D'où viens-tu ?

Elle se retourna, brusque et violente, lui jeta cette phrase à la face :

— Eh ! tu le sais bien.

— Non.

— Si, tu le sais.

Il lui serra les bras brutalement en réitérant sa question :

— D'où viens-tu ?

Simonne, sous la douleur, laissa tomber à terre la hache qu'elle rapportait maintenant marquée de taches brunes. D'instinct, pour se défendre sans doute, en fuyant elle n'avait pas abandonné son arme. Sandoret se baissa, la ramassa :

— Simonne, Simonne, qu'as-tu fait ?

Il se relevait, brandissant la hache.

Simonne fit un bond en arrière, se trouva dehors :

— Je t'ai rendu libre ! lui cria-t-elle.

Et elle s'enfuit dans les bois qui bordent la route vers la gare de Castiran. Alors Sandoret eut peur. Il jeta l'arme dans le fossé, examina les espaces nus autour de la maison et se glissa, le dos courbé, dans un chemin creux qui conduisait à la minoterie. Le branle-bas des cloches de Saint-Edme annonça la fin de la grand'messe. Pour n'être pas surpris par la foule, il précipita sa course et entra seul dans le moulin désert.

XLII

L'EXPIATION

C'était cette jolie matinée qui planait sur Georges de Luz et Germaine réconciliés.

A l'heure convenue, prévenu la veille par le père Calixte, Georges était descendu des hauteurs du château vers la ferme de Mourion. Il avait embrassé sa mère, lui avait dit :

— Mère, je vais revoir Germaine !

Et jamais la comtesse n'avait trouvé son fils si radieusement jeune et beau, tellement la joie et le bonheur, avivant l'éclat des yeux, donnaient à la démarche une allure de confiance et de force.

Huit heures sonnaient au clocher de Saint-Edme. Le soleil perçait le brouillard. Il s'approcha, ému, de la ferme basse. Germaine, déjà prête pour la promenade projetée, l'attendait. Elle rougit un peu en le voyant, quitta le seuil pour recevoir son ami, lui tendit la main et ne trouvant rien, en sa timidité inexplicable, pour lui souhaiter la bienvenue, murmura :

— Je vais avertir mon père de votre arrivée !

Et elle disparut une seconde derrière une porte pour « se remettre », car son cœur battait très fort. Puis, elle appela M. Privat.

Calixte ne se fit pas attendre.

A l'aspect de Georges très pâle et de Germaine très rose, il comprit qu'il n'y avait plus besoin d'intermédiaire pour rapprocher les cœurs. Le temps avait fait son œuvre. L'aveu de Georges de Luz avait germé.

Le vieillard obtint de Georges une minute de conversation à l'écart et lui donna un sage conseil.

— Mon enfant, vous allez ensemble prier ou rêver ou pleurer sur le tombeau de votre frère. Je trouve la promenade un peu macabre pour un jour de réconciliation, mais je sais que les amoureux caressent la tristesse....

— Les amoureux ?

— Oui... au pluriel... aujourd'hui... Germaine vous aime, c'est visible pour moi. Mais soyez sûr qu'elle ne vous l'avouera pas de longtemps. Et ce ne sont pas des visites comme celle de ce matin qui la pousseront à l'état définitif que j'espère et que je souhaite comme vous...

— Merci, monsieur Privat, merci...

Les jeunes gens partirent sous l'œil de Calixte, qui les vit s'enfoncer sous bois au moment où le soleil y pénétrait aussi. Ils marchèrent, un peu attristés par le but, mais d'une allure légère, le pas ferme dans la fraîche matinée. Et, après avoir évité d'une brusque déviation, de longer les bords de la « mare sanglante », ils arrivaient en pleine lumière, au-dessus des cimes déjà verdoyantes des arbres, dans le cimetière où reposait Maxime de Luz.

A peine s'ils avaient rompu le silence. Sur la pierre plate, surmontée d'une croix de marbre blanc, ils s'agenouillèrent côte à côte, graves, les lèvres balbutiantes, mais les yeux sans larmes. Ils ne pleuraient plus, ayant sans doute versé depuis dix-huit mois tout le tribut de larmes... et peut-être vaguement préoccupés, sur ce toit lugubre qui abritait le passé, de construire le toit qui protège et assure l'éclosion de l'avenir. Longtemps ils restèrent les genoux glacés, la tête brûlante.

Elle se leva la première et, d'un ton résolu :

— Allons-nous-en ! dit-elle.

Elle s'inclina sur la rampe de fer qui entourait le tombeau, y déposa un baiser.

— Venez, Georges, allons-nous-en ! répéta Germaine.

Elle lui prit le bras. Ils descendirent le coteau. Ils rencontrèrent des paysans qui montaient visiter leurs morts et qui les saluèrent sans s'étonner de les voir seuls ensemble. Ils se sentaient libres dans ce pays qui les aimait.

— Il y a longtemps que je n'ai vu ma pauvre sœur ! dit Germaine, en apercevant au-dessus du bois voisin la fumée de la maison des Sandoret.

Elle n'avait pas fini sa phrase que des gémissements et des cris de terreur retentissaient au bas du sentier par où ils descendaient. Les plaintes arrivaient distinctes et lugubres, mêlées à des cris d'enfant épouvanté :

— Maman ! On tue maman ! Au secours, on tue maman !

— C'est la voix de mon neveu, déclara Germaine secouée d'un frisson.

Georges, assailli d'un pressentiment terrible, dévala par le sentier, bondit dans les cailloux, suivi de très loin par Germaine défaillante.

Près du portail du jardin du meunier, il rencontra Lucien qui lui tendit les bras en l'apercevant.

— Monsieur Georges, on a tué maman !

— Qui ?... Où ?...

— Une femme... dans la cuisine... là... Venez.

Georges, bouleversé, suivit l'enfant. Il se permettait d'entrer dans la maison de l'assassin de son frère, sans y être autorisé, audacieux par générosité. Il gravit le perron. Lucien se voila les yeux de ses petits bras tremblants et refusa de le suivre, gémissant à fendre l'âme.

— On a tué maman !

Georges entra seul dans la cuisine. Il faillit reculer d'horreur. Alice Sandoret était étendue sur le dos, les pieds près du foyer, la tête au milieu de la pièce, le cou serré par une corde qui traînait le long du corps, la bouche tordue, les yeux ouverts, la face violacée, immobile — et, de son front ouvert, le sang, glissant à gouttes rapides, formait flaque sur les carreaux. Il s'agenouilla, vite, écouta si le cœur battait encore. Oui, le cœur battait. La voix stridente, il appela :

— Germaine ! Vite, Germaine.

Elle arrivait derrière lui, armée d'un courage viril, mais pourtant, à ce spectacle, elle s'appuya un instant à la muraille. Georges avait déjà dégagé le cou, rejeté la corde et Germaine plaçait un linge sur la blessure béante du front.

— Elle vit ! Elle vit ! répéta Georges pour rassurer la jeune fille.

Ils la portèrent sur le lit dans la chambre voisine.

Le petit Lucien était entré avec eux et pleurait près du lit.

Lentement, la corde ne serrant plus la gorge, Alice poussa un soupir. Le visage s'éclaircit. Elle ouvrit les yeux et les referma, puis les rouvrit emplis d'une indicible épouvante.

— Soignez-la, Germaine, dit Georges résolu. Ma place n'est pas ici. Mon devoir est de ne pas laisser échapper les coupables.

Alice le regarda, murmura dans un souffle :

— La Soria !

— Simonne ?... J'en étais certain !

Il se précipita dehors. Simonne, surprise par les cris de l'enfant, croyant Alice morte, n'avait pas eu le temps d'achever son crime. Entendant courir dans le sentier, derrière la maison, elle avait fui. Mais le temps de secourir Alice laissait Georges loin derrière elle. Quand il arriva dans la maison seule, Simonne n'y était plus et Sandoret, averti, avait eu le temps de se réfugier au moulin.

La déception de Georges de Luz se traduisit par une imprécation contre le couple d'assassins, et emporté par une folie de justice sommaire, de réparation immédiate, sans se demander s'il était armé pour une lutte, avide de rencontrer un des complices ou les deux, il courut d'instinct vers la minoterie qu'il savait déserte le dimanche.

Il pensait :

« Ils se cachent là ! »

Il arriva devant les grands bâtiments de bois dont une partie passait, par-dessus le ruisseau du Gué-Mort, en fit le tour, se présenta devant la porte de solives, lourde et massive, qu'il trouva entr'ouverte et cette imprévoyance l'étonna. Et sans plus de réflexion, la colère aidant, il se glissa dans l'intérieur.

Alors seulement, il songea qu'une arme quelconque lui serait utile et il ramassa une des barres de fer où entraient boulons et clavettes pour barricader la minoterie. Le vaste bâtiment était silencieux. Les fermes de bois, sous le soleil pénétrant à travers les vitres sales, craquaient. Une légère buée poussiéreuse montait vers les combles et glissait le long des piles de sacs de farine que venait de secouer le roulement d'une carriole sur la grand'route voisine.

— Ils n'y sont pas ! murmura Georges de Luz, déçu.

Il allait se retirer lorsqu'un bruit, dans une galerie latérale, éveilla son attention. Il assujettit son arme dans son poing et, à pas lents, s'avança pour regarder. Et, à l'abri d'un amoncellement de sacs, un sourire de vengeance aux lèvres, il vit ceci :

Sandoret avait accroché une corde à une poutre. La corde suspendue offrait à l'extrémité inférieure un nœud coulant, à deux mètres du sol. Sandoret prit une chaise, la porta sous le carcan de chanvre qu'il élargit assez pour y passer la tête et brusquement se serra la gorge par son propre poids en soulevant les genoux. Les yeux du pendu restaient ouverts.

Alors Georges de Luz se montra. Il se plaça dans le rayon visuel de l'agonisant, sans avancer pour se retenir de lui cracher à la face. Le supplice de Sandoret parut atteindre le plus haut degré des souffrances infernales. La vue de Georges de Luz contracta son visage plus que l'étreinte de la corde. Sa bouche écuma. Ses dents grincèrent. Il se rappela sans doute avoir omis de pousser du pied la chaise qui lui avait permis d'atteindre le nœud coulant. Il voulut vivre. Il chercha le point

...nd. Ses genoux se déplièrent. Un de ses pieds contra la surface résistante. Il allait se sauver. Soudain, une forme grêle et chétive sortit de l'ombre, donna un coup à la chaise qui fut renversée. Sandoret, de nouveau, se débattit dans l'espace en poussant un râle.

Et Georges de Luz assista, justicier impassible au sauvage assouvissement d'une haine d'enfant. Cramponné aux jambes du colosse, l'être frêle et torse suffisait à tripler la morsure de la corde. L'enfant ne lâcha l'homme que lorsqu'aucun tressaillement n'agita plus le corps.

— Assez ! Mathurin, assez ! cria Georges de Luz.

Le petit vacher aperçut son maître.

Il se précipita vers lui, à genoux, lui baisa les mains, répétant :

— Pardon ! pardon ! J'avais manqué de surveillance. J'avais laissé tuer M. Maxime et je ne voulais pas rentrer.

XLIII

AUTOUR DE LA VICTIME

Georges de Luz prit l'enfant par la main :

— Viens, Mathurin, viens, mon petit.

Ils sortirent. Personne ne les vit.

— Ne dis à personne rien de ce que tu as vu.

— Rien, m'sieur, rien.

— Demain matin, on trouvera le meunier pendu ; il sera toujours temps de couper la corde.

— Oui, m'sieur ; il sera bien plus mort.

Georges de Luz, stupéfait par la succession des drames, mêlé à ces événements de cauchemar, marchait d'un pas pressé vers Germaine à qui il voulait apprendre la mort de Sandoret et prêter un aide pour soigner Alice.

— Où as-tu passé le temps, depuis que tu t'es enfui de chez Mariette ? demanda-t-il à Mathurin.

— Près d'ici, dans les bois.

— De quoi t'es-tu nourri ?

— De fruits et de farine.

— De farine ?

— Oui, j'avais trouvé un sac sous le hangar du moulin. Je délayais la farine dans l'eau du Guâ-Mort et j'en triturais des boulettes que j'avalais.

— Où couchais-tu ?

— Derrière les sacs, sous le hangar.

— Et pourquoi étais-tu venu là ?

— Pour surveiller le meunier.

— Dans quelle intention ?

— Dans l'intention de le faire mourir, un jour qu'on ne me verrait pas !

— Et pourquoi t'es-tu enfui de chez Mariette ?

— Pour tuer le meunier.

— Tu te souviens donc de son crime ?

— Je me souviens de tout...

— Et d'avoir été bien malade aussi ?

— De cela, non.

— Tu es resté chez Mariette malade, bien soigné, plus d'un an, mon petit !

— Plus d'un an ? répéta l'enfant étonné. Il me semble que M. Maxime est mort, cet hiver...

— Non, l'autre hiver... Maintenant, adieu, petit.

— M'sieur Georges me permet de revenir garder les vaches ?

— Je te l'ordonne... gamin... mais, d'abord, passe chez Mariette pour la remercier.

— Oui, m'sieur.

— Dis-lui de faire atteler une carriole et de courir à Castiran pour qu'on envoie un médecin chez Mme Sandoret. C'est très pressé.

— Oui, m'sieur. Elle est donc malade la pauvre dame ?

— Va, va vite.

Mathurin partit en courant, et Georges se trouva seul sur la route, oppressé, venant de quitter le cadavre du mari, redoutant de se trouver bientôt en présence de la femme morte. Et, au milieu du tumulte de ses pensées, l'âme généreuse de Georges subit le frôlement instinctif de l'égoïsme commun à tous les hommes. Il vit dans la mort d'Alice Sandoret la cause d'un nouveau retard de la réalisation de ses espérances ; la pauvre Germaine toujours en deuil, toujours en proie aux larmes et aux regrets, à peine échappée à une douleur qu'elle retombait à une torture, perpétuelle martyre de la vie par la disparition de ceux qu'elle aimait.

À la maison de l'attentat, il retrouva Alice, Germaine, Lucien, dans les attitudes où il les avait laissés, avec moins de pâleur au visage de la blessée et plus d'abattement dans les traits de la sœur et du fils. Georges, pourtant, releva le courage de la jeune fille en écoutant la paisible respiration d'Alice, en constatant que le pouls était sans fièvre. Un peu tranquillisée, elle le pria d'avertir le père Calixte avec prudence et d'écarter l'enfant, en le conduisant, soit au château, soit à Mourion.

— Viens, mon enfant, dit-il à Lucien ; nous allons voir grand-père.

Lucien ne voulut pas quitter sa mère, refusa d'abandonner le coin de l'oreiller où il enfonçait la tête pour se cacher, se mit à sangloter. Germaine alors n'insista pas. Mais elle pâlit et, tout bas, fit remarquer à Georges qu'elle préférait la présence du petit pour n'être pas seule si Sandoret revenait !

— Oh ! Georges ? Si cet homme revenait ! Que ferais-je ? Je ne veux jamais le revoir.

Georges l'entraîna deux minutes dans la pièce voisine, pour que l'enfant n'entendît pas.

— Il ne reviendra pas, Germaine.

— En êtes-vous sûr ? Pourquoi ? Il est chez lui, ici.

— Il ne reviendra pas.

Elle leva les yeux pour comprendre.

— Justice est faite, prononça Georges.

Germaine eut un recul.

— Par vous ? demanda-t-elle.

— Non, par lui-même ! Il s'est tué.

— Ah ! Dieu ! Alice est libre !

Ce fut un cri du cœur, un cri de délivrance. Et plus bas, elle murmura, secouée d'un frisson douloureux : « Maxime est vengé ! »

Puis, repoussant violemment tout appesantissement de pensée sur le passé, elle tendit la main à Georges :

— Allez vite chez mon père... et chez votre mère aussi. Allez, pour que tout le monde se succède aux soins de ma chère Alice et pour que toutes les affections l'entourent. Si nous la sauvons, c'est le bonheur qui restera parmi nous... sans mélange maintenant que le misérable est mort !

Georges, dehors, décida de commencer par voir sa mère.

La présence de la comtesse serait réconfortante pour la victime de Simonne. Si, en ouvrant les yeux, Alice rencontrait le regard de la mère du comte Maxime, elle éprouverait une émotion d'une violence bienfaisante, un étonnement reconnaissant pour une si profonde délicatesse. Ce serait la première fois que la comtesse quitterait le château depuis l'assassinat de son fils. La gravité de la circonstance exigeait d'elle ce sacrifice dont Georges ne doutait pas. Mais quand elle apprit les événements de la matinée, elle se crut le jouet d'un rêve, se refusa un instant d'admettre qu'elle était mêlée à ces démences, se vit transportée devant les mythes et les légendes de théâtre, spectatrice subjuguée par l'épouvante d'une tragédie eschylienne.

— Mère, irez-vous là-bas, aujourd'hui même ?

— J'irai, mon fils, j'irai.

— Germaine serait ici, près de vous, mais ce drame horrible l'a retenue...

— Je l'embrasserai près du lit de sa sœur.

— Je vous y retrouverai ce soir, mère ?

La comtesse parut surprise.

— Ce soir seulement, pourquoi donc ? Dès que tu l'auras prévenu, M. Privat va se précipiter chez sa fille Alice. Que feras-tu du reste de l'après-midi ? Ne l'accompagneras-tu pas ?

— Mère, je désirais aller à Castiran... prévenir la gendarmerie...

La comtesse après une seconde de réflexion :

— Mais... mon fils...

— Expliquez-moi votre hésitation, mère. Ne faut-il pas punir cette Simonne ?

— Ne va pas à Castiran et ne parle ni du crime, ni du suicide avant que j'aie causé avec M. Privat. Je vous attendrai tous les deux à Sivac.

Georges fit seller son cheval pour atteindre plus tôt la ferme de Mourion.

. . . .

Vers onze heures et demie, dans la salle à manger de Calixte Privat, la nappe était mise, toute l'argenterie dehors, les verres de cristal debout devant les assiettes au « chiffre » du propriétaire ; un aspect de jour de gala pour recevoir un seul invité, pour faire honneur à M. Georges de Luz qui avait promis de ramener Germaine vers midi.

Calixte présidait à la petite installation, donnait des ordres brefs aux servantes maladroites, les culbutait parce qu'elles ignoraient où Mme Privat, morte depuis huit mois, avait serré les « affaires ». Il ne le savait pas mieux qu'elles, mais il emplissait la maison de sa joyeuse mauvaise humeur, jetant des gaudrioles, les sourcils froncés, prêt à tout bouleverser pour donner une place plus symétrique à un verre de mousseline qui dépassait le rang. Car, des verres, il en fallait, c'était son triomphe, un par qualité de vin et les vins différents ne manquaient point, bien que tous du même cru, le sien.

La demie de onze heures étant sonnée, Calixte se planta sur le seuil de sa porte, les jambes écartées, et bourra une pipe en regardant l'horizon du côté du cimetière.

— Ah ! les jeunes gens ! Devaient-ils s'en donner à cœur joie de pleurer là-haut ! Quoi de plus doux que de verser des larmes à vingt ans ?

Calixte haussait les épaules en tirant des bouffées de fumée. Georges de Luz, à cheval, déboucha au grand trot dans l'allée.

Déjà anxieux, flairant son déjeuner décommandé, Calixte interrogeait Georges :

— Et Germaine ? où est Germaine ?

— Germaine est auprès d'Alice souffrante.

— Alice souffrante ! Assez pour que Germaine ne vienne pas déjeuner ? Alors, moi ? Dois-je aller à Sivac ? Voyons Georges, la vérité tout entière. Vous êtes très ému. Qu'y a-t-il ? La vérité...

— Venez à Sivac... avec moi.

— Ah ! s'écria le vieillard, Alice est en danger... Alice est morte !

— Non, non, monsieur Privat.

— Ce misérable l'a tuée !

Il crut avoir deviné et répéta :

— Ce misérable... Oui, oui, c'est cela que vous me cachez, ce misérable l'a tuée !

— Non, monsieur Privat, non ! Vous vous trompez, c'est lui qui est mort !

Le père d'Alice eut un moment de stupeur, puis sa face contractée se détendit, ses pleurs coulèrent dans un inexprimable soulagement.

— Ah ! fit-il... le malheur n'est pas grand.

Et, néanmoins, ses mains tremblaient.

Georges, descendu de sa bête, le conduisit à l'écurie de la ferme, suivi de M. Privat qui exigeait un complément d'explications.

— Partons à pied, dit Georges, et je vous parlerai en route.

Le jeune homme fut d'une délicatesse toute filiale. Quand ils arrivèrent près de la maison d'Alice, le vieillard savait tout, connaissait le plus petit détail des événements horribles de la matinée. Il avait une certitude. Alice n'était pas en danger immédiat. La blessée dormait encore lorsqu'ils entrèrent. Madame de Luz, arrivée déjà, serra la main du père inquiet. Germaine et Lucien lui sautèrent au cou. L'ordonnance du médecin venu dans l'intervalle, les avait tous tranquillisés. La convalescence d'Alice, la guérison morale surtout serait longue ; la vie serait sauve.

La comtesse, dans une large vision de l'avenir, s'élevait au-dessus des préoccupations de l'heure présente. Ce fut elle qui entraîna tout le monde à son opinion par sa parole mesurée. Elle fut d'avis qu'on ne devait pas porter plainte au parquet contre Simonne Soria et qu'il fallait tenir secrète la tentative d'assassinat sur Alice. Germaine, Calixte, Georges, d'abord, se révoltèrent, mais Calixte comprit que l'intérêt supérieur de la famille présente... et aussi de la famille dont la comtesse ne parlait jamais mais à laquelle elle pensait toujours... l'exigeait. Accuser Simonne dont tout le monde connaissait les relations avec Sandoret, c'était risquer de faire croire à la complicité du meunier. Demain, la foule aurait connaissance, dès l'arrivée des ouvrières au moulin, du suicide de Sandoret, et tout le monde croirait que le meurtrier s'était suicidé après le crime. A quoi bon doubler la honte du suicide de la honte de l'assassinat ? Sandoret était le père du petit Lucien. Le mieux était donc de cacher à tous l'état inquiétant d'Alice, de la défendre contre toute curiosité en déclarant que le médecin avait interdit sa porte. Elle aurait été atteinte d'une fièvre dangereuse en apprenant la triste fin du meunier.

— Du reste, Simonne n'est plus à craindre ! fit remarquer Calixte. Elle a quitté le pays pour toujours.

Il fut décidé que Germaine passerait la nuit auprès de sa sœur, mais que personne ne quitterait la maison à l'exception de la comtesse qui rentrait au château. Avant le soir, un à un, tous étaient inquiétés, prévoyant la funèbre arrivée du corps du suicidé pour le lendemain matin, chacun prêt à jouer l'ignorance devant la foule... mais leur frayeur était surtout qu'Alice comprît ou devinât. A la seconde visite du médecin, leur préoccupation, hélas, céda devant une autre plus terrible : ils apprirent que la martyre avait perdu la raison à la suite du choc sur la tête et ne la retrouverait pas avant de longs mois, sans doute. Nouvelles ténèbres d'un nouveau deuil.

XLIV

L'IDYLLE RECOMMENCE

Six mois s'écoulèrent. L'hiver revint encore, un hiver maussade et pluvieux. A peine si, de temps en temps, des fenêtres du château de Saint-Edme, Germaine pouvait apercevoir dans la plaine le toit de la maison d'enfance. Une tristesse pesante tombait des nuages.

La santé de la comtesse de Luz chancelait. Germaine vivant près d'elle s'en apercevait mais ne confiait pas ses craintes à Georges. La comtesse regardait parfois Germaine de certaine façon où la eune fille devinait un monde de pensées, un désir unique contre lequel elle ne protestait plus.

Un jour, la mère de Georges avait dit à Germaine :

— J'ai eu deux fils. Je les ai toujours. L'un est au cimetière, l'autre est dans ce château, et bientôt, c'est avec l'aîné que j'habiterai.

— Oh ! madame, ne soyez pas triste !

— Ne m'appelez pas madame, ma chère enfant. Oui, j'habiterai près du disparu. Il faut bien ne pas toujours rester avec le même.

— Maman, je vous en supplie !

— Et mon chagrin vient, de laisser seul mon second fils, mon grand Georges si avide d'affection et de tendresse !

Germaine baissa la tête, émue jusqu'aux larmes. Elle saisit la main de la comtesse, et affirma :

— Mon père et moi, nous l'aimons bien !

Et Georges, en ce moment, entra suivi du père Calixte :

— Nous allons là-bas, mère ; nous vous rapporterons des nouvelles ce soir, Germaine ; et sans doute d'excellentes.

Toutes les semaines, Georges de Luz accompagnait M. Privat à Bordeaux, à jour fixe ; ponctuels, appelés par un devoir qui les arrachait aux grands travaux entrepris pour régénérer les vignes du château.

— Allez, répondit Germaine, embrassez-la bien pour moi !

Après la traversée de Bordeaux, la voiture qui portait Calixte Privat et Georges de Luz s'engageait dans la route du Médoc et longeait la voie des tramways électriques, entre deux haies de villas, jusqu'à la station du Chemin des Ecus. Et, là même, elle tournait à gauche, entrait dans la propriété privée de Castel d'Andorte, dont on apercevait au fond, l'allée principale en charmilles et dont les arbres de haute futaie laissaient deviner le parc immense.

Les visiteurs eux-mêmes, tristes jusqu'à l'arrivée, éprouvaient dans ce lieu l'impression réconfortante qu'on y devait guérir, car ce n'était point là cette géhenne, cet enfer de supplice et de tortures dénoncé par les romanciers.

Le directeur accueillit d'un sourire, le père et l'ami de sa pensionnaire.

— Elle va de mieux en mieux, dit-il. Venez la voir.

— La guérison est-elle prochaine, docteur ? demanda Calixte Privat, anxieusement.

— Je le crois. J'ai bon espoir. Vous reconnaîtrez aujourd'hui des changements notables dans son état.

— Son regard est-il toujours aussi vague, aussi effrayé ?

— Non, non. Et le geste lassant qu'elle faisait, cette caresse de la main promenée sur le front comme si elle souffrait d'une vision...

— Elle l'a abandonné, ce geste ?

— Oui, à peine si, de temps en temps, elle relève une mèche de cheveux rebelle. Enfin, hier, elle m'a demandé de vos nouvelles avec intérêt.

Le père Privat laissa échapper une larme.

— Quand me reconnaîtra-t-elle ? Ma fille !

— Ecoutez-moi, reprit le directeur, nous allons faire une tentative. Je vous ouvrirai la cellule et vous entrerez seul. Aujourd'hui peut-être...

Calixte Privat se laissa conduire. Il traversa des cours, un préau, des corridors, suivant le directeur-médecin qui ouvrait des portes.

— Vite, entrez.

Calixte se trouva dans la cellule de sa fille, seul avec elle, tremblant d'émotion. Elle leva la tête très lentement, ayant cru sans doute que c'était le médecin qui venait la voir. Et le livre qu'elle lisait, assise sur son lit, glissa sur le parquet. Elle ouvrit les yeux très grands, considéra un instant Calixte muet, et tout d'un coup, avec un long sanglot qui

semblait lointain, comme un soupir sortant du fond de l'être, une renaissance de conscience et de souvenir, Alice murmura :

— Oh ! Papa ! C'est vous, papa !

— Oui, ma fille chérie, c'est moi !

Et ils ne se dirent plus rien.

Calixte pleurait plus qu'Alice.

La clef de nouveau grinça ; la porte s'ouvrit.

— Docteur ! Docteur ! Elle est guérie !

— Elle vous a reconnu ?

— Oui, docteur.

Le médecin considéra la malade redevenue silencieuse dès son entrée.

— Voyons, dit-il.

« Monsieur de Luz, entrez, s'il vous plaît. »

Georges parut sur le seuil. Aussitôt Alice se réfugia dans le coin le plus sombre, en criant :

— La victime ! La victime ! Oh ! Germaine ! pardonne-lui, Germaine !

Et le médecin, mis au courant du drame de famille par des entretiens qui lui permettaient de suivre l'évolution des pensées de la malade, se tourna vers le père, en répétant :

— Pas encore, hélas ! pas encore, monsieur Privat ! Ce n'est pas encore le jour attendu... de la délivrance.

Et il fit signe à Georges de Luz de disparaître. Mais Alice fut difficile à calmer. Une émotion nerveuse la tint oppressée durant quelques minutes, puis elle s'assoupit en regardant son père... la moitié de sa raison reconquise devant cette moitié de son cœur.

— Avant un mois, affirma le médecin, elle aura demandé à voir son fils et sa sœur... et vous serez tous heureux !

. . . .

Ce fut cette promesse que Calixte Privat et Georges rapportèrent le soir même à Saint-Edme. La soirée au château fut moins morose. Il semblait vraiment à tous que la guérison d'Alice serait le signal de la joie enfin reconquise, si toutefois les forces de la comtesse revenaient, car là était le nouveau, point noir de l'horizon.

— Il faut guérir, maman ! suppliait Germaine.

Mais Mme de Luz, qui s'efforçait de paraître gaie devant son fils, ne dissimulait plus ses appréhensions à Germaine :

— A quoi bon me soigner et vivre, si je ne dois pas voir mon fils heureux ! Ah ! je vivrais avec joie, si je pouvais prévoir que son bonheur est prochain... car je voudrais le bénir !

— Et ce bonheur, de qui dépend-il, maman ? demanda Germaine pour provoquer une réponse devinée et attendue.

— Vous le savez, ma fille ! de vous seule.

Germaine s'inclina sur le front de la mère de son premier fiancé :

— Georges sera heureux, puisque vous le voulez ! dit-elle en déposant un baiser.

— Et vous, Germaine ?

Elle hésita un instant. Elle rougit. Elle balbutia pudiquement :

— Il y a tant de diversités de bonheur que je crois pouvoir dire : Moi aussi...

— Ah ! petite ! petite ! tu viens de réaliser le rêve de ton père et le mien !

. . . .

Le printemps, très chaud, hâtait la poussée des bourgeons et les désirs d'amour.

La vigne luxuriante des deux domaines, du château et de la ferme, vue des hauteurs de Saint-Edme, n'était qu'une vaste propriété sans barrière de séparation, un territoire sous une domination unique.

Calixte Privat avait cédé la direction de son vignoble à son élève Georges de Luz. Et Germaine parcourait la campagne immense, au bras de son fiancé, chastement troublée, du même trouble que jadis !

Au cours d'une de leurs promenades, le facteur remit à Georges de Luz un large pli blanc.

— Une lettre de mariage ! s'écria Germaine. Nous n'apprenons que des joies !

La veille, un mot du directeur de la maison de santé de Castel d'Andorte les avait prévenus d'une amélioration si notable dans la mentalité d'Alice, qu'ils espéraient sa guérison complète avant leur union.

Mais Germaine vit poindre une contrariété dans les yeux du jeune homme :

— Cette lettre ? interrogea-t-elle.

— Cette lettre de faire part m'annonce brutalement, simplement et vulgairement, le mariage de M. le baron Savinien de Reillan avec Mme veuve de Montvert.

— Et ce mariage vous contrarie, Georges ?

— Oui, Germaine, Savinien aurait pu me prévenir... au moins m'écrire... il n'agit pas en ami. Mais c'est elle qui l'aura empêché d'être cordial... il pourrait s'en repentir !

— Vous lui en voulez à ce point ?

— Non, certes ! Si je désirais être prévenu, c'est que j'ai pour lui beaucoup d'affection et que mes conseils auraient pu lui être utiles...

— Comment ? Qu'auriez-vous conseillé ?

— Pas le mariage, assurément.

— Eh bien ! Georges, vous auriez eu tort... Sans aucun doute... grand tort.

— Qu'en savez-vous, Germaine ?

— Il ne faut pas donner plus de soin à l'avenir des autres qu'ils n'en donnent eux-mêmes et vouloir plus heureux qu'ils ne sont, s'ils pensent l'être.

— Là est la question. Savinien n'est pas, croit pas être et ne sera pas heureux... et je sais qui me retiendra de le détourner d'un mariage, s'il en est temps.

— Moi, mon ami, moi qui sais que vous pouvez tout contre elle et qui vous implore pour qu'en vous lui pardonniez... parce qu'elle l'aime...

— Le croyez-vous, Germaine ?

— Et lui aussi l'aime !... Il l'aime puisqu'il n'a pas osé venir auprès d'un ami qui pouvait le détourner de ce qu'il voulait ! Il a craint les conseils. *Il a préféré ne pas savoir !*

— C'est vrai, murmura Georges de Luz.

Germaine, attendrie et triomphante, ajouta :

— Ne troublons jamais aucun bonheur, même factice, même éphémère, même immérité...

Et, les yeux dans les yeux, ils s'étonnaient ensemble, en leur âme radieuse, de l'épanouissement de cette fleur de tombe que tant de larmes auraient dû brûler et flétrir, de ce grand amour qui les rattachait à la vie, puisé dans un souvenir commun de deuil et de mort.

FIN

Paris — Imprimerie GAMBART & Cie, 52, avenue du Maine.

10 CENTIMES — le Volume — 10 CENTIMES

(Format 17 × 10.5)

LES MEILLEURS LIVRES

Nouvelle Collection Littéraire

Publiant tous les chefs-d'œuvre Français et Étrangers, Anciens et Modernes

Catalogue des Volumes actuellement en vente dans les Librairies et les Gares

Nᵒˢ des volumes

ARISTOPHANE
Lysistrata ... 171

H. DE BALZAC
Eugénie Grandet ... 5 et 6
Le Père Goriot ... 59 et 60
Le Colonel Chabert ... 86
Le Curé de Tours ... 101
La Cousine Bette ... 133 à 138

BEAUMARCHAIS
Le Barbier de Séville ... 20
Le Mariage de Figaro ... 54

BENJAMIN-CONSTANT
Adolphe ... 10

BÉRANGER
Chansons (I) ... 33
Chansons (II) ... 138

BERNARDIN DE SAINT-PIERRE
Paul et Virginie ... 58

BOILEAU
Épîtres. — Le Lutrin ... 189
Satires. — Art poétique ... 120

BOSSUET
Oraisons funèbres ... 145 et 146

BRANTÔME
Vies des Dames Galantes ... 179 et 180

CAZOTTE
Le Diable Amoureux ... 47

CERVANTES
Don Quichotte ... 69 à 82

CHATEAUBRIAND
Atala. — René ... 74

ANDRÉ CHÉNIER
Idylles. — Odes. — Iambes ... 97
Élégies ... 130

CORNEILLE
Le Cid. — Polyeucte ... 2
Cinna. — Horace ... 28
Le Menteur. — Pompée ... 121
Nicomède. — Rodogune ... 162

ALPHONSE DAUDET
Tartarin de Tarascon ... 62 et 63
Contes du lundi ... 69 à 71
Lettres de mon moulin ... 75 et 76
Sapho ... 98 à 100
Le Petit Chose ... 106 à 109
Fromont jeune et Risler aîné ... 154 à 157
Tartarin sur les Alpes ... 183 à 185
Rose et Ninette ... 195 et 196
Numa Roumestan ... 197 à 200

CH. DICKENS
Aventures de M. Pickwick ... 21 à 24
David Copperfield ... 125 à 128

DIDEROT
Le Neveu de Rameau ... 43
Paradoxe sur le Comédien ... 193

TH. DOSTOIEWSKY
Les Nuits blanches ... 131

ESCHYLE
Prométhée enchaîné ... 172

EURIPIDE
Alceste ... 175

GOETHE
Faust ... 51
Hermann et Dorothée ... 79

HOMÈRE
L'Iliade ... 47 à 50
L'Odyssée ... 64 à 67

HORACE
Poésies ... 84 et 85

LACLOS
Les Liaisons dangereuses ... 16 à 18

Mᵐᵉ DE LA FAYETTE
La Princesse de Clèves ... 202

LA FONTAINE
Fables (I) ... 19
Fables (II) ... 81
Contes et Nouvelles (I) ... 105
Contes et Nouvelles (T. II et III) ... 123 et 124

LAMENNAIS
Paroles d'un Croyant ... 137

LAS CASES
Le Mémorial de Sainte-Hélène ... 205 à 210

LE SAGE
Turcaret ... 9
Le Diable Boiteux ... 101 et 102

LONGUS
Daphnis et Chloé ... 3

MARIVAUX
Le Jeu de l'Amour et du Hasard. — Le Legs ... 26
Les Fausses Confidences. — L'Épreuve ... 72

MOLIÈRE
Le Malade Imaginaire. — Les Précieuses Ridicules ... 25
Le Misanthrope. — Les Femmes Savantes ... 27
L'Avare. — Les Fourberies de Scapin ... 68
Don Juan. — Georges Dandin ... 80
Tartuffe. — Sganarelle ... 104
L'Étourdi. — Le Médecin malgré lui ... 149
L'École des Femmes. — Critique de l'École des Femmes ... 163
La Comtesse d'Escarbagnas. — Le Mariage Forcé. — Le Sicilien ... 164
Le Bourgeois Gentilhomme ... 188

MONTESQUIEU
Lettres Persanes ... 34 à 36

H. MURGER
Scènes de la Vie de Bohème ... 14 et 15

A. DE MUSSET
Lorenzaccio ... 7
Poésies nouvelles ... 53
Contes d'Espagne et d'Italie ... 73
Confession d'un Enfant du Siècle ... 77 et 78
Namouna. — Rolla. — Une Bonne Fortune ... 88
Croisilles. — La Mouche ... 129
Le Chandelier. — Il ne faut jurer de rien ... 132
La Coupe et les Lèvres. — À quoi rêvent les jeunes filles ... 143
Un Caprice. — On ne saurait penser à tout ... 159
La Nuit Vénitienne. — Les Caprices de Marianne ... 187

GÉRARD DE NERVAL
Les Filles du Feu, Sylvie. Jemmy ... 177
La Main Enchantée. — Les Nuits d'Octobre. — Paris, Pantin, Meaux ... 178

CHARLES NODIER
Thérèse Aubert. — Adèle ... 176
Trilby. — Lydie ... 190

CH. PERRAULT
Contes de ma mère l'Oye ... 11

PIRON
La Métromanie ... 201

PLUTARQUE
Démosthène. — Cicéron ... 158
Marius. — Sylla ... 159
Antoine ... 165
Alexandre ... 166
César ... 189
Pompée ... 193

EDGARD POE
Le Scarabée d'Or ... 139

PRÉVOST (ABBÉ)
Manon Lescaut ... 8

RABELAIS
Gargantua ... 89 et 90

RACINE
Esther. — Athalie ... 1
Phèdre. — Andromaque ... 42
Britannicus. — Les Plaideurs ... 82
Bérénice. — Bajazet ... 92
Iphigénie en Aulide. — Mithridate ... 161

REGNARD
Le Joueur. — Le Bal ... 122
Le Légataire Universel. — Les Folies Amoureuses ... 140

J.-J. ROUSSEAU
Confessions ... 37 à 41

SCHILLER
Marie Stuart ... 63
Guillaume Tell ... 160

Mᵐᵉ DE SÉVIGNÉ
Lettres choisies ... 147 et 148

SHAKESPEARE
Roméo et Juliette ... 110
Le Songe d'une nuit d'été ... 144
Macbeth ... 168
Jules César ... 186

H. SIENKIEWICZ
Quo Vadis ... 44 à 46

SOPHOCLE
Œdipe Roi ... 173
Œdipe à Colone ... 174

STENDHAL
De l'Amour ... 12 et 13
La Chartreuse de Parme ... 93 à 96

SWIFT
Voyages de Gulliver ... 141 et 142

A. THIERRY
Récits des temps mérovingiens ... 203 et 204

CL. TILLIER
Mon oncle Benjamin ... 191 et 192

TOLSTOÏ
La Sonate à Kreutzer
Anna Karénine ... 150 à 155

A. DE VIGNY
Poèmes antiques et modernes ... 111
Cinq-Mars ... 112 à 114
Chatterton ... 115
Stello ... 116 et 117
Servitude et Grandeur militaires ... 118 et 119
Quitte pour la peur. — Sur la vérité dans l'Art. — Sur un système dramatique ... 120

VIRGILE
L'Énéide ... 55 à 57
Les Bucoliques. — Les Géorgiques ... 161

VOLTAIRE
Candide ... 52
L'Ingénu. — Micromégas ... 194
Mythologie gréco-latine ... 181 et 182

Envoi franco d'un volume contre 15 centimes.
10 volumes franco poste : 1 fr. 30. — 25 volumes franco gare en France : 3 fr. 10
A partir de 40 volumes, envoi franco gare en France sans augmentation de prix

Arthème FAYARD et Cie, éditeurs, 18-20, rue du Saint-Gothard PARIS

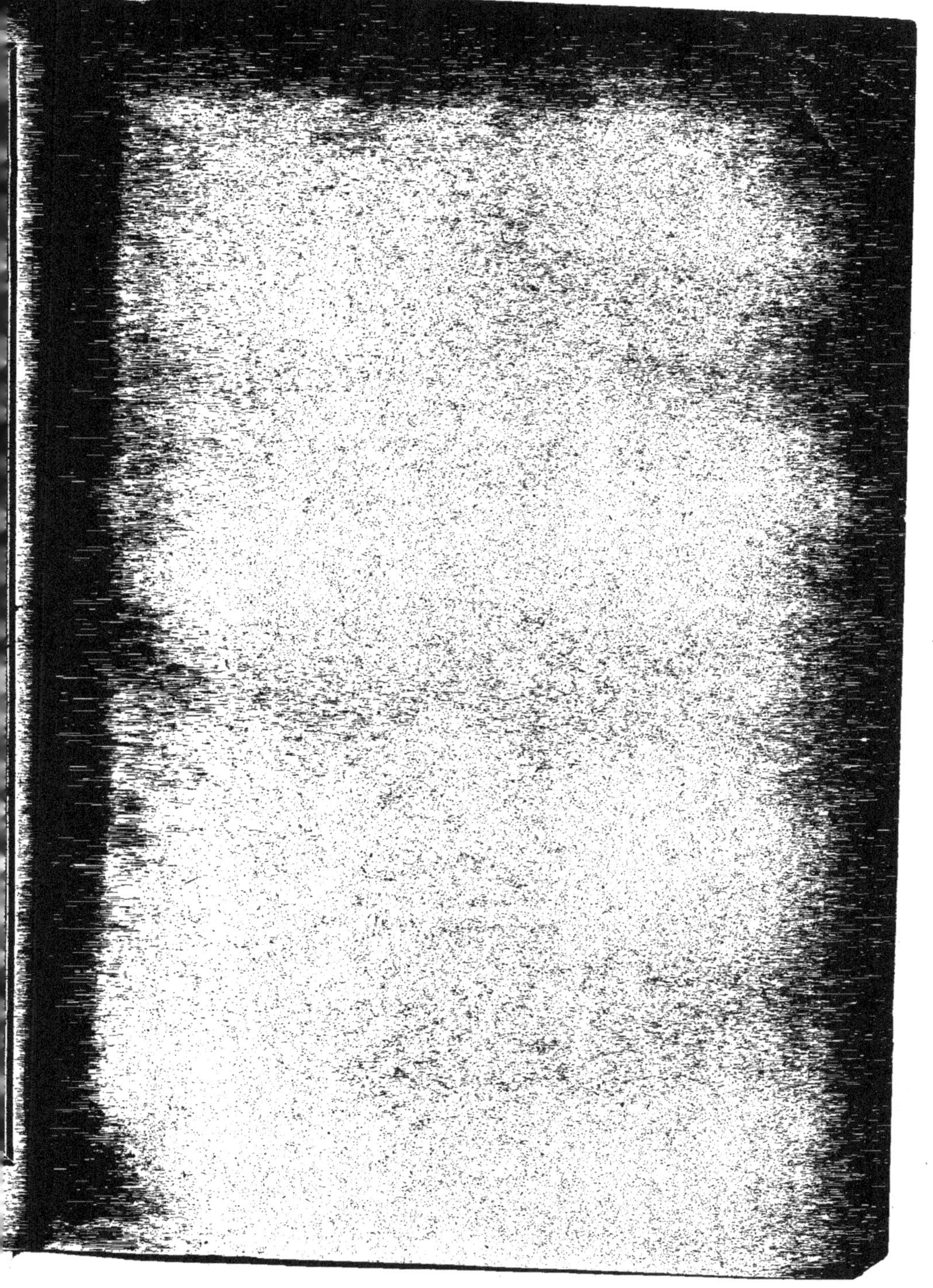